문학과지성 소설 명작선

이 소설 총서는
초판 간행 이후 시간의 벽을 넘어 끊임없이
독자와 평자들의 애호와 평가를 끌어 열고 있는
말의 바른 의미에서의 '스테디 셀러'들을
충실한 원본 검증을 거쳐 다시 찍어낸,
새로운 감각의 판형과 새로운 깊이의 해설로
그 의미를 더욱 풍요롭게 만든,
우리 시대 명작 소설들이 펼치는
문학적 축제의 자리입니다.

◇ 문학과지성사에서 펴낸 지은이의 소설책들

낯선 시간 속으로(1983; 신판, 1997)
한없이 낮은 숨결(1989; 신판, 1999)
미쳐버리고 싶은, 미쳐지지 않는(1995)
강 어귀에 섬 하나(1999)

낯선 시간 속으로

이인성

문학과지성사

1997

문학과지성 소설 명작선 8
낯선 시간 속으로

초판 1쇄 발행__1983년 6월 25일
초판 14쇄 발행__1995년 4월 10일
재판 1쇄 발행__1997년 3월 20일
재판 10쇄 발행__2017년 9월 29일

지 은 이__이인성
펴 낸 이__이광호
펴 낸 곳__㈜문학과지성사

등록번호__제1993-000098호
주   소__04034 서울 마포구 잔다리로7길 18(서교동 377-20)
전   화__02)338-7224
팩   스__02)323-4180(편집) 02)338-7221(영업)
전자우편__moonji@moonji.com
홈페이지__www.moonji.com

ⓒ 이인성, 1997. Printed in Seoul, Korea

ISBN 89-320-0889-2

이 책의 판권은 지은이와 ㈜문학과지성사에 있습니다.
양측의 서면 동의 없는 무단 전재 및 복제를 금합니다.

낯선 시간 속으로

길, 한 이십 년 ——— 9
그 세월의 무덤 ——— 64
지금 그가 내 앞에서 ——— 116
낯선 시간 속으로 ——— 178

해 설
전체에 대한 통찰/김현 ——— 317
상처의 계보학, 또는 생성의 의미론/김동식 ——— 332

길, 한 이십 년
―1974년 봄, 또는 1973년 겨울

그때, 그가 돌아오려 했던 곳은 어디인가? 여기인가? 그렇다면, 여기서, 그가 여전히 돌아가려 했던 곳은 어디인가? 어디론가 돌아가야 한다는 막연한 절실함, 그는 지나는 길에 잠시 머문 춘천을 떠나 돌아오기 위해 서울행 직행 버스에 앉아 있었다. 탑승대 옆 벽시계의 커다란 분침이 뚝 일 분을 건너뛰어 네시 사십분을 가리킬 때 버스는 움직이기 시작했고, 그는 또 뜻 모를 조바심을 느꼈다. 종합 정류장을 빠져나온 버스는 왼쪽으로 방향을 꺾더니 곧 나타난 다리 위로 올라섰다. 다리 아래로, 반쯤 얼어붙은 너른 물폭의 공지천이 길게 내려다보였다. 깨끗하게 기슭을 다듬은 강둑 가까이 보트 한 척이 얼음 속에 갇혀 있었고, 그 안에 두터운 파카옷을 껴입은 한 쌍의 남녀가 앉아 있었다. 헛되이 얼음을 저어 나가려는 것일까? 그 장면을 바라보며 불현듯 꿈터 오는 그의 상상 속에서, 남자가 말했다. 사랑해. 물끄러미 남자를 바라보던 여자가 피식 대꾸했다. 안 믿어.

순간, 그의 두 손이, 가슴 밑으로 한 낱 바늘처럼 날카롭게 관통해 들어오는 통증을 움켜잡았다. 그는 잠깐 얼굴을 일그렸다. 언제나 그랬지만, 그 아픔만은 그 자신 특유의 무표정으로 참아낸다는 것이 불가능했다. 그때 해야 할 일은 가능한 한 빨리 그 표정의 동요를 지우는 것뿐이었다. 언제부턴가 때때로 그의 몸 한 점을 향해 기습해오는 그 지독한 아픔. 그것은 언제나 순간으로 왔다. 그러면 그 순간의 긴 그림자가 오랜 시간 남은 몸 안에 드리워질 것이었다. 겨울이었다. 그리고 봄이었다. 그는 여전히 어디론가 돌아가려 하고 있었다. 어디로? 낯익은 거리를 내다보던 그는 다시 뜻 모를 조바심을 느꼈다. 그리고, 버스가 창경원 돌담을 끼고 고가도로를 넘어 '弘和門' 앞에 멈추었을 때, 황급히 버스를 내렸다. 한 정거장을 남기고, 그는 예정된 목적지를 포기했던 것이다. 그곳은 그가 돌아가야 할 곳이 아니라는 깨달음이 들면서, 그리고 한 정거장만 더 갔다면 또 자신을 속일 뻔했다는 생각이 들면서, 그는 번번이 그런 의식에 시달리는 것이 힘겹게 여겨졌다. 하늘을 가리는 낮은 천장처럼 연회색 구름이 내려앉은 삼월의 음산한 날씨, 그는 밭은기침을 뱉아냈다. 그는 꺼끌거리는 혀끝을 씹었다. 그는 한 갑의 담배를 고스란히 소비하며 지난밤을 뒤척였었다. 무모하게도. 왜냐하면 그가 밤새도록 확실하게 확인할 수 있었던 것은 단 한 가지 사실뿐이었으므로. 그렇다. 그는 전날 그곳에 있지 않았었다, 그 현장에. 그래서? 생각은 거기서 캄캄하게 가로막혔었다. 어둠의 벽 뒤에서는, 자욱한 안개가 꾸역꾸역 밀려나왔었고… 어둠의 안개 속에서는, 고삐 풀린 말이 방향 없이 날뛰는 소리와 허공을 마구질치는 채찍 소리가 들려왔었고… 귓속이 웅웅거렸다.

통증의 여운 때문인지, 아니면 하루종일 버스에 시달리는 데서 오는 피로 때문인지. 춘천의 외곽 지대를 꾸미는 주택가의 그런 그런 풍경들이 차창을 지나가고 있었다. 그는 억지로 자세를 낮추고 좌석 깊숙이 등을 파묻었다. 자, 잠깐 동안이라도 좀 편안한 마음이 되도록 하자. 이 통증을 진정시킬 겸. 어차피 앞으로 두 시간은 버스에 내맡겨야 하니까, 그러면 어쨌든 이 귀향—서울을 고향으로 느껴본 적은 한 번도 없건만—의 종착점에 다다를 테니까, 그래, 그렇게 이 하루는 지나갈 테니까, 이 모습을 가늠할 수 없는 괴로움들은 내일로 좀 미루도록 하자. 그는 억지로 눈을 감았다. 눈을 감는다고, 거리에 선 그가 다른 곳에 가 있을 수는 없었다. 그는 뜻하지 않게 빗나간 그 시간을 어떻게 수습해야 좋을지 알 수 없었다. 정류장 앞에서, 그는 한 손에 들고 있던 책으로 허벅지를 툭툭 두드리며 사방을 두리번거렸다. 그는 더듬이를 잃은 벌레처럼 제자리를 한 바퀴 맴돌았다. 빌어먹을, 어쩐다? 어디로 가야지? 그가 누군가에게 물었다. 아무도 그에게 대답하지 않았다. 무심히 오가는 사람들, 무심히 오가는 차량들. 무심하다고? 아니, 결코! 그가 허점을 보일 때, 저들의 무심함은 소름끼치는 어금니를 드러낼 것이었다. 허점을 보이지 않기 위해, 그는 마치 어떤 버스를 기다리기라도 하는 듯한 모습을 지니려고 애썼다. 초조함이 목구멍 근처로 모여들었다. 그는 꿀꺽 침을 삼켰다, 남모르게. 저 혼자 표정 없이 간직한 마음의 어려움을, 누가 담담한 모습으로 귀향하는 한 평범한 제대병에게서 찾아볼 것인가? 그는 몸짓을 풀고, 잠자는 듯 눈을 감고 있었다. 그러나 그는 제 얼굴의 살갗이 두 겹으로 분리되며 굳은 무표정 밑의 다른 표정이 뒤틀려오는 것을 감지하고 있었다. 이상했다, 부대를 떠나면서부터 그 철저했던 무표정이 자꾸 더 심하게 허물어져가는 것 같았다. 눈꺼풀 밑의 근육이 함께 뒤틀려왔다. 뒤틀림을 의식하자, 그는 곧 체념했다. 결국 눈을 뜨고야 말 거라면 더 참을 필요가 없었다. 그는 이미 실눈을 뜨고 있었다. 앞좌석의 등받이에 붙은 쇠재떨이의 윤곽이 가물거렸다. 그는 눈꺼풀을 밀어올렸다. 눈꺼풀이 뜻밖에 무거웠다. 어서 돌아가고 싶은데 눈을 감았던 시간은 몇 분이나 될까, 버스는 아직도 춘천을 벗어나지 못한 모양이었다. 마당이 들여다보이는 길가 신흥 주택의 방 창문에 달라붙어 있는 아이의 얼굴이 보였다. 확인할 수는 없었으나, 아이는 웃고 있었던 것 같았다. 그는 무뚝하게 남아 있는 통증을 쓰다듬으며, 다시 스스로를 달랬다. 자, 눈을 뜨고라도 좀 편안한 마음이 되도록 하자. 어차피 앞으로 두 시간은 버스에 내맡겨야 하니까, 그 사이 시선은 풍경의 표면만을 스쳐갈 수밖에 없을 테니까, 그래, 생각 없이 창밖이나 내다볼 수 있었으면 좋으련만. 그저 보이는 거나 보면서. 보이는 것은 오가는 사람들, 오가는 차량들, 공중변소, 아직 잎을 피우지 못한 가로수들…, 길 건너 홍화문과 돌담, 그 앞에 쪼그리고 늘어앉은 행상들, 공중전화 박스…, 따위였다. 정말 어쩐다? 어디로 가지? 그는 거듭 누군가에게 물었다. 그런데 놀랍게도 그 누군가가 그의 등뒤에서 속삭였다. 창경원 구경 어때? 그는 헛웃음을 터뜨렸다. 보나마나지, 유치찬란하게 꾸며놨을 텐데. 그럼 어때? 어린아이 같은 기분 있잖아. 순진한? 그래, 순진한. 젠장, 그게 될까? 가벼운 그의 대꾸는, 그러나 무거웠다. 그는 손에 들고 있던 책을 겨드랑이에 끼었다. 그리고 두 손을 주머니에 찔러넣으며 길을 건넜다. 길을 따라 싸늘한 흙먼지가 휘몰려왔다. 바람이 차창 뒤에서 잉잉거렸다. 마침내 춘천을 빠져나온 버스는 산길로 접어들었다. 그늘진 산기슭을 뒤덮는 눈밭에 굵은 흑갈색 나무들이 줄기만으로 빼곡이 들어차 있었다. 바닥에 깔린 눈빛이 검은 나무들의 흰 그림자처럼 보였다. 흰 그림자가 바람에 뿌옇게 쓸렸다. 겨울이었다. 그리고 차가운 봄이었다. 한적하기나 했으면 좋겠는데. 조용하겠지. 조용할 거야, 이런 날씨에 창경원에 오는 사람은 드물 테니 말이야. 그는 매표소로 가던 발길을 멈추고 공중전화 박스로 들어갔다. 그는 손끝이 기억하는 친숙한 전화 번호를 돌렸다. 드르르르륵, 챌칵. "네, 학림입니다." 어, 오늘은 어떻게 주인 아줌마가 전화를 다 받고? "아, 주인 아주머니세요?" 그의 목소리가 줄지어선 플라타너스 밑을 달려 삐걱이는 계단을 뛰어올랐다. 그 담백한 거리가 내다보이는 창가. 거기서 모든 것은 의미있는 그 무엇인가였다, 지나간 시절. "네, 아… 광대 학생이구먼." 그는 학생이라는 말의 껄끄러움을 묵인했다. "패거리 중에 아무나 좀 바꿔주세요." "기다려요." 알 듯 모를 듯한 어떤 교향곡의 한 구절이 수화기 속에서 흘러나왔다. 저 음악 속에 쭈그리고 앉은 거슴츠레한 눈빛들을, 그는 언제나 경멸했었다. 잠시 사이. "여보세요!" "나야." "누구?" "나." "으응, 왜? 얼른 오지 않고?" "나 거기 못 가." "뭐? 좀 크게 말해!" 학림의 음악 소리가 친구의 귀를 방해하는 모양이었다. "나 거기 못 간다구!" "왜?" "갈 수가 없어." "왜냐니까?" "갈 데가 있어." "어딘데?" "나도 몰라." "헛소리하구 자빠졌네. 지금이 농담할 때야? 냉큼 못 와!" "못 간다니까. 그리구 부탁이 있어." "뭔데?" "마침 니가 전화 받았으니까, 이따 시내로 잠깐 나와! 너 혼자.

할 이야기가 있어." 무슨 기미를 느꼈는지, 친구는 반응을 중지했다. 수화기에서 다시 가는 음악 소리가 흘러나왔다. "심각한 이야기야?" 다시 친구의 목소리. "뭐라구? 여기서도 잘 안 들려" 하고, 이번엔 그가 거리의 차소리를 핑계삼았다. "알았어! 어디서 볼까?" "글쎄… 응, 그래, 종로 대학서점에서 보자." "몇 시?" "네시." "그러지." "끊는다." 숲이 끊기면서, 벌목지일까, 헐벗은 등성이에 바둑판처럼 가지런히 심겨진 작은 전나무 묘목들이 보였다. '녹색 혁명'과 '입산 금지'의 커다란 팻말들이 연속적으로 나타났다. 그 팻말에서 멀지 않은 곳에 산속으로 숨어들어가는 샛길과 절 표지가 있었다. 저 절에는 갈 수 있다는 것일까, 없다는 것일까? 들어가야 하나, 말아야 하나? 그는 홍화문 앞에서 한 번 더 망설였다. '弘和門' 안의 '明政門' 안의 '明政殿'이 그림 속의 그림 속의 그림처럼 들여다보였다. 습한 암회색 하늘빛을 끌어모아 고체로 굳혀놓은 듯한, 이끼 낀 옛 기와들이 가지런히 그림의 깊은 곳으로 수렴되고 있었다. 그 깊은 곳에서, 그는, 그 수렴의 끝에 열려 있을 어둡고 허황된 공간과 낡은 옥좌를 앞질러 보았다. 그러자, 그의 망설임이 그림 속으로 빨려들어갔다. 거기에 혹시 투명 인간처럼 아무에게도 보이지 않는 한 임금이 앉아 있을지도 모른다는 엉뚱한 생각이 들었던 것이다. 버려진 헐벗은 자리이므로, 더 이상 아무 신하도 거느리지 못하므로, 이제 진실로 모든 것을 맑게 다스릴 왕이 있다면, 그렇다면, 그는 그 왕에게 자신이 돌아가야 할 곳을 묻고 싶었다. 그는 반쪽으로 찢어진 입장권을 들고 홍화문을 들어섰다. 하지만 그는 아직 왕을 만날 자신이 없었다. 그는 발길을 왼쪽으로 돌렸다. 왼쪽으로 방향을 꺾자, 문득, 버스 오른쪽 시야에 넓은 물의 터전이 펼쳐졌다. 그와 동시에, 하마터면 그는 탄성을 터뜨릴 뻔했다. 그는 왼쪽 창가의 좌석에 앉아 있었음에도 불구하고, 마치 그 장면을 기다리기라도 했다는 듯 단번에 그 물덩이를 알아보며 엷게 지켜온 잠시의 평정을 무너뜨릴 뻔했던 것이다. 아니, 사실 그는 이미 그 평정을 포기한 것이나 다름없었다. 그는 자신을 억제했지만, 거의 반쯤 몸을 일으킨 자세였다. 추위에 얼기에는 아직 너무 넓고 깊은 물덩이였다. 산줄기와 산줄기 사이로 흘러들어 고인 넓디넓은 물덩이가 흐름을 멈춘 듯 금속처럼 응결되어 보였다. 그것은 찻길이 바투 허리를 타고 질러가는 계곡의 벼랑을 되비치고 있었다. 그는 고개를 돌려 벼랑을 올려다보았다. 때로는 둔각을 이루며 무너질 듯 버티어선 절벽. 돌금을 끼고 삐죽삐죽 튀어나온 바위들과 그 틈바구니에 비집고 선 나무들이 위태로웠다. 하지만 무너지지 않을 돌의 응집력, 모든 혼돈을 돌로 가둔 맺힌 마음의 단단함. 그 바위의 마음이 저렇게 물 위에 서려 있는 것인가? 그래도 언젠가는 무너지리라, 무너져 물 속에 잠기리라… 그는 뒤늦게 제 모습을 깨달으며, 꾸부정하게 일으켜세웠던 몸을 제자리로 떨어뜨렸다. 옆사람이 힐끗 그를 곁눈질했다. 버스가 다리 앞에 멈추어섰다. 그는 괜스레 헐렁한 제대복의 옷매무새를 고쳤다. 설명되지 않으며 받아들이기도 싫건만 스스로 이해할 수는 있는 어색함과 쑥스러움. 그가 다다른 첫 철장—그것은 어떤 새의 우리였다— 앞에서, 그는 바로 그런 감정의 뒤범벅에 뒷얼굴이 뜨거워졌다. 주위에 아무도 없다는—어쩌면 보이지 않는 눈이 숨어 있을지도 모른다는— 사실 때문에 더욱 뭉쳐오르려는 그 감정의 덩어리를 감당하기 위해, 습관처럼 그는 제 앞의 철장에 붙어 있는 안내판을 읽어내렸다. '이름: 에미우 / 사는 곳: 평원 / 먹이: 과일, 풀잎 / 생식: 산란 수는 7~13개, 40일 간 부화 / 수명: 40년 / 특징: 타조 다음가는 제2의 큰 새로 날개가 퇴화한 흔적이 있음. 진회색. 시속 50km를 낼 수 있으며…' 그는 간신히 감정의 열을 억눌렀다. 비로소 그는 가로·세로·높이 이십 미터쯤의 철장 속에 갇힌 시속 오십 킬로미터의 뭍-날짐승을 찬찬히 바라보았다. 깃털로 덮인 큰 몸뚱이에 어울리지 않게 삐죽한 목과 작은 머리를 가진 에미우는 본능을 숨긴 듯 몸을 웅크리고 회색의 공기 속에서 더 진한 회색의 덩어리로 서 있었다. 그런데, 그리고 그뿐이었다. 그는 무엇인가 다른 것을 보고 싶었다. 그래서 그는 더 유심히 그 새를 관찰했다. 또는 더 유심히 관찰하는 척하여보았다. 그러나 역시 그뿐이었다. 그가 억눌렀던 감정의 열이 이번엔 심한 수치심과 뒤엉켜 가로막을 수 없이 솟구쳐올랐다. 도리 없이 그는 감정의 소용돌이를 허락했다. 그래도 그 소용돌이의 뜨거움이 앞얼굴의 무표정만은 일그러뜨리지 못하도록, 그는 남아 있는 마음의 긴장을 끌어모았다. 그는 제대병답게 헌병 앞에서 담배를 꺼내 물었다. 그가 왜 담배를 피우는지 헌병은 눈치채지 못한 듯싶었다. 그는 아직 자기 뒷얼굴의 심한 뒤틀림이 발각되지 않았음을 알았다. 버스 안을 쓱 휘두르고 내려가는 저 헌병이나 전투경찰의 검문 기준은 무엇일까? 한눈에 척 보았을 때의 그럴듯함일까? 그렇다면, 그럴듯하지 못한 자여, 혹 그대만은 그대가 어디로 되돌아가야 하는지 알고 있는가? 그때, 언제 다가왔는지, 한 꼬마 아이가 쪼르르 그의 옆을 지나 철장으로 다가갔다. 아니, 아이는 철장으로 다가간 것이 아니었다. 아이는, 마치 철장 따위는 존재하지 않는다는 듯, 철장의 존재를 뚫고 그대로 지나쳐 그 커다란 에미우에게로 다가갔다. 에미우가 아이에게 몸을 굽히자, 아이가 그 잔등 위로 올라탔다. 갑자기 에미우는 무서운 속도로, 그것 역시 철장의 가로막음을 지워버리고 달려나갔다. 아이와 에미우가 삽시간에 그의 시야에서 사라졌다… 그는 눈을 비비고, 다시 철장 너머로 사라진 에미우의 자리를 바라보았다. 거기에 진정한 '있음'으로 있지 않은, 하지만 색감과 입체감과 동작을 그대로 지닌 에미우의 그림자가 어른거리고 있었다. 뛰쳐나간 제 몸을 쫓아가지 않은 그림자. 그 그림자가 움직이는 박제처럼 그에게로 다가와 그를 태우려는 듯 몸을 숙였다. 그러나 그림자의 동작은 철장에 저지당했다. 그는 고개를 끄덕였다. 그의 감각은, 무수한 마름모꼴로 그의 시야를 난도질하는 철장의 거슬림 때문에, 새우리 그 자체에 머물러 가로막혀 있었다. 그의 사고 또한 새의 속도와 철장의 크기가 갖는 상관 관계에 멈추어 있었다. 그래서 그는 무엇을 보았나? 한 짐승의 부자유를? 그뿐이라면, 단연코 그는 그 짐승의 현실을 꿰뚫어본 것이 아니었다. 그가 꿰뚫고 싶다는 것은, 그가 꿰뚫고 싶다는 것은…, 어쨌든 그것이 아니었다. 그는 여전히 고개를 끄덕이며 발길을 옮겼다. 검문을 마친 버스가 '신연교'를 건너기 시작했다. 오히려 빛과 열을 끌어모으고 있는 듯 비현실적으로 서편 하늘 낮게 떠 있는 주홍빛 태양 아래, 우뚝우뚝 골격을 세운 '의암댐'의 거대한 콘크리트 축조물이 물의 흐름을 가로막고 있었다. 가로막힌 생각은 진전하지 못했다. 그는 생각이 진전하지 못하고 있다고 생각했다. 그는 생각이 진전하지 못한다고 생각한다는 것을 생각했다. 그는 생각이 진전하지 못한다고 생각한다고 생각한다는 것을 생각했다… 그러므로 그는 존재하지 않는다? 혹시 그도 떠나간 제 몸의 그림자에 불과한 것이 아닐까? 대답할 수 없음. 대답할 수 없음의 막막함. 고개를 끄덕인다고 사태가 바뀌는 것은 아니지. 그는 고개의 끄덕임을 멈추고, 지난 겨울 내내 놀이터 공중 궤도의 한 지점에 떠 있었을 녹슨 전동차를 멀리서 바라다보았다. 봄이었다. 그러나 겨울이었다. 다리를 건넌 버스는 이제 계곡의 반대편을 따라 나갔다. 댐에 가로막힌 강줄기는 댐 밑에서 기이한 돌바닥을 드러냈다. 저 돌무늬는 흐르는 물의 마음이 새겨진 것인가, 물 밑에 숨어 있던 땅의 마음이 드러난 것인가? 활짝 편 공작 꼬리의 영롱함은 저 공작 그림자의 마음인가, 그것을 보는 사람 혹은 사람의 그림자의 마음인가? 아주 제 몸답게 생긴 화식조의 그림자, 하기야 동물원이란 그런 걸 보여주는 곳일 테지만, 아주 제 몸답게 생긴 칠면조의 그림자… 그림자처럼, 그가 탄 버스는 땅에 닿아 있으면서도 허공에 뜬 듯이 달리고 있었다. 달리는 타이어 소리가 진공을 열며 가르는 바람 소리 같았다. 계곡 건너, 비교적 가파른 산등성이의 낮은 허리를 둘러친 철도가 이쪽 차도의 대응선인 양 뻗어가고 있었다. 그 위로 등성이를 부숭숭하게 뒤덮은 나무들. 소나무, 전나무, 잣나무… 그러나, 그는 그 나무들이 어떤 나무들인지 구별해낼 수 없었다. 그는 아무렇게나 나무 이름을 붙여 나열해나갔다. 마구 이름이 떠오르는 대로. 떡갈나무, 향나무, 산사나무… 하마, 바닷사자, 잔점박이물범… 오리나무, 참나무, 노가주나무, 옻나무, 가락나무… 흰곰, 불곰, 푸마, 흑표범, 쟈가… 싸리나무, 개옻나무, 갈매나무… 거북, 고릴라, 비단구렁이… 검은댕기해오라기, 먹황새, 흑따오기, 흰뺨관학, 꼬불새, 어치,

파랑까치… 줄참나무, 박달나무, 피나무, 엄나무, 오리나무—
이런, 이건 아까 나왔던 이름인데—, 팽나무, 물가리나무…
그리고는 더 이상 나무 이름들이 떠오르지 않았다. 도대체 나무
이름들은 어디서 배웠었지? 나무의 질감도 향기도 잘 모르면서,
식물 도감 같은 책에서나겠지. 어쩌면 고등학교 교과서에 나온
이효석의 「산」쯤을 읽으며 심심풀이로 외웠는지도 모르고. 숨어
있던 어떤 지류들이 합해진 것인지, 혹은 땅속에서 스며나온 것
인지, 강줄기가 다시 굵어졌다. 물은 어디로 가려고 자꾸 더 큰
물로 모이는 것일까? 물도 어디론가 되돌아가려는 것일까? 그렇
다면, 코끼리의 그림자는 제 몸 곁으로 되돌아가고 싶지 않을
까? 그렇지 않을지도 몰랐다. 몸의 괴로움을 감당하지 않고도
몸인 척할 수도 있으니까, 게다가 그림자의 괴로움까지 잊어버
릴 수도 있으니까. 그는 '열대관'을 감아돌아 명정전 뒤뜰로 빠
져나왔다. 그곳은 몇 개의 작은 '堂'과 '殿'들이 세월의 나무들
을 사이에 끼고 서로를 비껴 보고 있는 좁은 옛 공간이었다. 세
월이 흘러가 세월의 말을 버린, 이제는 그저 단순하고 아늑한
뜨락일 뿐인 공간. 그는 그 공간을 밀폐시키고 싶었다. 그리고
는 제 몸과 마음을 휘젓고 있는 모든 움직임을 중단시킨 채, 땅
위에 드러누워 게으르게 뒹굴고 싶었다. 이미 드러누운 그의 한
마음이 열대관 옆에 까마득히 솟구친 거대한 굴뚝을 올려다보았
다. 그것은 한낮을 향해 점점 더 어둡게 몰려오는 구름을 배경
으로 흔들리고 있었다. 불길한 날씨를 알리는 신호의 깃발처럼.
그 나부끼는 신호는 그의 머릿속에서 다른 해독을 요구하는 새
로운 암호가 되어 모스 부호처럼 찍혀나갔다. 다닥 다다다닥 다
닥… 다닥닥 다닥… 그것은 무슨 통신이었던가? 겨울, 두메 산

골의 한 민가에서 그가 납작하게 엎드려 잠들려 할 때, 나뭇가지 하나가 창문을 두드리기 시작했었다. 닥 다다닥 다다닥… 해질 무렵까지 개인 날씨였는데, 그의 선잠 속으로 바람과 먹구름이 몰려들고 있었다. 그는 어렴풋이 암호를 해독했다. 너는 개다, 너는 개다, 너는 이미 개처럼 살기 시작했다, 우리가 너를 개처럼 살게 할 것이다, 우리가 너를 개처럼 죽게 할 것이다… 통신을 보내는 자, 누구인가? 그는 뱃가죽을 허공에 드러내며 자빠지는 여윈 개처럼 돌아누웠다. 강 건너 산이 허옇게 뱃가죽을 내밀었다. 산사태가 났던 곳일 테지. 골짜기를 타고 산머리에서부터 돌더미가 휩쓸려 있었다. 산사태를 피해 솟아오른 전신주를 따라, 등성이 너머로 고압선이 뻗쳐갔다. 그는, 어느 순간 드러날 수밖에 없는 것들을 그대로 수락하고, 그러나 강렬한 전류에 새로 충전되고 싶었다. 헛된 욕망일까? 누워 있던 그의 한 마음의 귀가 개들의 낮은 헐떡거림을 들었다. 그는 주위를 살폈다. 음음거리는 기척은 '歡慶殿' 뒤쪽에서 새어나왔다. 그는 발소리를 죽여 건물의 모퉁이로 접근했다. "…같이 가는 거야." "안 돼. 그것만은 안 돼. 내가 뭐 싫다고 한 거 있어? 허지만 그건 안 돼, 응?" 또 그 수작들이군. "그럴 이유가 없잖아. 오늘은 정말 그냥 보낼 수 없어." "……" "난 더 못 참겠어. 정말 싫어? 싫다면 우리 그만 만나. 네가 싫어서가 아니라…" 짐짓 협박, 그렇게 말하겠지. 그러면… "정말 날 사랑해?" 예정된 순서. "그걸 말이라고 해?" "정말?" "물론이지." "난 몰라. 난 겁이 나." 수컷이나 암컷이나 어쩌면 저토록 완벽할까? 완벽하게 터무니없을까? "괜찮아. 날 믿지, 그지?" 다시 헐떡임. 믿냐고? 무엇을? 헐떡거림을? 핥아주다가 그게 먹이인 줄 알고 물어뜯다가 다시 핥아주는 시늉을 하는 사랑. 엉덩이를 뭉개놓고, 소주를 퍼먹이는 사랑. 그 역시 겨울이었다. 그는 물컵으로 소주를 받아 벌컥벌컥 들이켰다. 엉덩이를 어부정히 내뺀 걸음으로 그는 야간 초소 근무를 나갔다. 그는 이를 갈며 총을 허리에 대고 버티어섰다. 차갑게 별들이 쓸리는 어둠 속에서, 어둠으로 웅크리고 있는 눈앞의 모든 형체들이 순식간에 적이 되어 몸을 털며 달려들 것만 같았다. 그는 어둠을 향해 마구 총을 쏘고 싶은 충동에 사로잡혀 있었다. 그때, 초소 안의 무전기에서, 심한 잡음과 함께 무슨 소리가 들려왔다. "덩이… 즈즈즉 즈즉… 덩이 초소… 즈즈… 나… 라… 즉즉 나와… 즈… 여기…" 그것은 저기 어딘가 먼 별의 한 군데에서 들려오고 있었다. 그는 고개를 들어 하늘을 올려다보았다. 차갑게 박혀 있던 별들이 술렁이기 시작했다. 별들이 눈앞을 빙빙 돌며 하늘의 더 깊은 곳으로 멀어져가고 있었다. 별뿐만 아니라 주위의 모든 것들이 그를 중심으로 아득히 멀어져가는 것이었다. "즈즈즉즉즉… 여… 즉즈즈… 답… 라… 즈즈즈…" 닥다닥다닥… 다다다… 다다닥다… 나뭇가지의 통신은 끝없이 반복되고 있었고, 그는 머릿속의 바람과 구름이 부리는 요술 그림들을 몽롱히 바라보고 있었다. 그러다가 깜박 잠들려는 찰나에, 그는 거센 바람의 목소리를 들었다. 나를 찾아왔는가? 네? 아니오, 아닙니다, 그저 지나가는 길입니다. 그가 얼떨결에 대답했다. 그렇다면 뭐 하러 이렇게 궂은 길을 택해서 돌아가는가? 곧바로 돌아갈 수 있었을 텐데. 바람의 힐책에 그는 금방 기가 꺾였다. 밤기차 시간까지 기다릴 수가 없었습니다. 전 그곳에 잠시라도 더 머물 수가 없었던 거예요. 한시라도 빨리 그곳을 벗어나고 싶었고, 그래서 시외버스 정류장으로 갔는데, 그런데, 제게 낯익은 지명이 보였던 겁니다. 여기, 강원도 산골의 여기, 한번 꼭 와보고 싶던 여기. 그래서 이곳으로 오는 표를 샀습니다. 그때 갑자기 바람의 목소리가 친근하게 변했다. 이놈, 많이 컸구나. 이 텁텁하게 휘몰아치는 목소리, 많이 듣던 목소린데, 누굴까? 네가 기어이 우리의 밭을 일구러 왔구나. 아, 아니오, 전 그저 지나가는 길인데요. 우리의 밭은 여기만 있는 게 아니니까, 어디든 네가 가꿀 우리의 밭은 있는 법이다. 전 지금 지쳐 있어요. 아무것도 할 수 없어요. 젊은 나이에 지쳐? 이제 고작 한 이십 년을 살았나, 그래놓고? 한 이십 년, 대략 이십 년, 고작 그럴 뿐인 이십여 년, 그러나 한 맺힌 한 이십 년… 만 이십삼 년, 그는 손가락으로 자신의 나이를 헤어냈다. 그러나 그 이십여 년 동안 이백여 년을 산 것은 아닐까? 강 건너 철길을 따라, 기차가 느리게 춘천 쪽으로 달리고 있는 것이 보였다. 기차는 그의 시간을 묵묵히 거슬러 올라가고 있었다. 지나간 시간의 자력에 끌리지 않으려고 버티던 어떤 힘이 풀어져버리면서, 갑자기 그의 버스가 뒤로 달리기 시작하더니 삽시간에 춘천의 종합 정류장으로 되돌아갔다. 그는 뒷걸음질로 버스를 내려 어느 완행 버스에 처박혔고, 그 완행 버스가 다시 뒤로 달렸다. 덜컹덜컹 험한 산길을 거꾸로 헤어올라간 버스는 두메 산골의 한 마을에 그를 떨궜다. 전혀 낯설면서도 그 평범함 때문에 낯익다고 착각을 일으키는 어느 시골에의 도착 장면을, 그는 자주 상상하곤 했었다. 전날 저녁, 그가 발을 디딘 곳이 바로 그 장면을 실현하고 있었다. 그는 매표소와 구멍가게를 겸한 길가의 납작한 흙집에서 담배와 소주 한 병과 새우깡을 샀다. "여기, 풀무배움집이란 데가 어디 있죠?" "마을 맨 꼭대기, 저기 긴 돌담이 쌓인 곳이오." 쉰 줄로 보이는 가게 주인이 힐끗 쳐다보더니 무뚝뚝하게 대답했다. 그는 언 개울의 징검다리를 건너며 골짜기에 펼쳐진 마을을 바라보았다. 저녁 무렵이라곤 하지만, 전체적으로 거무튀튀한 풍광이 서린 마을이었다. 어느 날, 그 거센 바람의 목소리를 가진 사람도 이렇게 도착했겠지. 무엇이 당신을 이곳으로 오게 하였는가? 그는 생경한 느낌으로, 그것도 한자의 붓글씨체로 '意志'라는 낱말을 떠올렸고, 곧이어 긴 숨을 내쉬었다. 서산 너머, 무심히 붉은 해가 지고 있었다. 지는 해를 향하여, 그의 의식 속에서 뒷걸음쳤던 버스는 다시 속력을 냈다. 강줄기 끝에 핀, 아까보다도 더욱 비현실적인 붉은 꽃송이. 유리벽 안에 흐드러지게 벌어진 붉은 햇조각들. 동화 속에나 나올 법한 세 채의 유리집 '식물관'이 때없이 붉은 꽃을 피우고 있었다. 그는 유리벽에 얼굴을 바싹 붙였다. 그는 유리벽 밖으로 스며나오지 않는 그 꽃향기를 맡고 싶었다. 맑은 피냄새랄까, 붉고 신선한 향기를 뿜으며 새벽해가 막 떠오르고 있었다. 밤새 몰려오던 바람과 구름은 눈을 뿌리고 새벽이 오기 전에 말끔히 사라져 없었다. 그는 눈 위에 시린 발을 구르며 마을 위로 올라갔다. '풀무배움집'의 돌담이 일직선의 굵은 선으로 흰 눈풍경을 가로지르고 있었다. 그 돌담은 야릇한 애착과 거부감을 함께 뻗쳐왔다. 돌담 뒤로 눈이 가득 고인 경사진 운동장은 그리 넓지 못했다. 운동장 건너편, 작은 교사의 맨 앞머리방에 불이 켜져 있었다. 낮은 찬송가 소리가 새벽빛 속으로 새어나왔다. 여기가 당신께서 마지막으로 일군 밭인가? 다듬지 않은 나무를 그대로 박아 세운 축구 골대 앞에서, 그는 눈 덮인 땅 위에 엎드렸다. 그는 눈 속에 턱을 처박고 운동장의 반대편 끝을 향해 기기 시작했다. 엉덩이가 높다! 무릎을 땅에 붙이고! 자세를 낮춰! 귓속에 쟁쟁한 소리들이 울렸다. 그만둬, 이제 그만둬, 내가 기어가겠어! 그는 귓속의 소리를 몰아냈다. 눈 밑의 싸늘한 바닥이 그를 고문했다. 그는 벌레처럼 꿈틀대며 온몸으로 전진해나갔다. 그의 몸자국이 길게 밭이랑처럼 눈 위에 끌려갔다. 겨울이었다. 그리고 여전히 겨울이었다. 그는 서울 변두리의 한 황량한 밭을 일구기 시작했다. 그는 서툰 솜씨로 언 땅에 쟁기를 박았다. 근로 청소년들을 위한 밤학교에서 그가 맡은 과목은 영어였다. 히 이즈 언 앰비셔스 보이. 보이즈, 비 앰비셔스… 그는 겨드랑이에 끼우고 있던 야학 교재를 펼쳤다. 주저앉은 벤치가 냉기를 전해왔다. 책갈피의 온기 속에 오글거리던 글자들이 스멀스멀 기어나왔다. 그는 벌레를 잡듯 세게 책갈피를 닫았다. 그가 앉아 있는 완만한 언덕 밑으로 사슴 우리가 내려다보였다. 진흙기가 많은 우리 안의 땅을 사슴의 그림자들이 느릿느릿 질컥질컥 움직이고 있었다. 한쪽 구석의 두 마리가 뿔을 부딪혀 탁탁 소리의 그림자를 울렸다. 어느 영화에선가 저 뿔이 얽혀 죽도록 풀어지지 않는 모습을 본 적이 있었지. 그러나 그림자로 얽힌 뿔은 얼마나 쉽게 풀어질 것인가. 그는 정말 보고 싶었다. 풀어지지 않는 뿔을 얽고 마주선 두 사슴의 눈빛을. 그 맑디맑다는 사슴의 눈은 그때 어떤 빛일까? 그는 학생들의 눈빛을 마주볼 수가 없었다. 그 초롱초롱함은 무엇인가가 달랐다. 무엇이? 그는 알 수 없었다. 때로는 그것이 자신에 대한 증오심이 아닐까 하는 생각에 등줄기가 뻣뻣해졌다. 그는 오십 분 내내 책과 교실 밖 뒷산의 나무들만을 바라보며 가르쳤다. 그러다가 어느 날, 수업을 끝내며 책을 덮다가 한 학생의 눈과 오갈 데 없이 마주쳤다. 그는 당황하며 물었다. "힘들지?" 학생이, 당신은 우리가 얼마나 힘든지 짐작도 못 할걸요—라고 소리없이 전제하듯, 씩 웃으며 대답했다. "힘들어도 배워야지요." 그는 때없이 떠오르곤 하는, 그가 수업 시간을 빠져 뛰어넘던 고등학교의 철망 친 담장을 생각했다. "그렇게 공부하고 싶어?" 그는 재수 학원의 컴컴한 계단과 거기서 피우던 담배를 떠올렸다. "하나라도 더 알고 싶으니까요. 모르는 게 억울할 때가 많아요." 저 학생을 가르치는 그가 알고 있는 것은 무엇인가? "학생은 장래 희망이 뭔가?" 그 자신의 희망은 무엇인가? "저도 선생님이 돼서 저같이 못 배운 학생들을 가르치는 거예요." 그는 시큰한 코를 한 손으로 덮었다. 그 시큰함은 무엇이었던가? 그것이 일종의 감동이었을까? 그는 확인할 수가 없었다. 그리고 그것은 더욱 불확실해질 것이었다. 왜냐하면, 그러고 난 어느 날, 그는 버스 안에 더러운 옷차림으로 올라서 징징댈 어느 아이에게서 문득 똑같은 느낌을 받을 것이었기 때문에. "차 안에 계신 아저씨, 아주머니, 형님, 누나, 조용한 차중에 잠시 소란을 끼치게 되어 대단히 죄송합니다. 저는 일찍이 부모를 여의고…" 단순한 동정심—맙소사, 동정이라니—이 아닌 게 확실하다면, 그것은 무엇이었던가? 감동과 동정의 너머에 있는 무엇? 그는 여전히 알 수 없었다. 그리고 그때, 맞다, 이런 생각들이 튀어올랐다. 동전을 주머니 속에 모아 아이는 어디로 돌아가는가? 영어를 배운 그 학생은 어디로, 영어를 가르친 그 자신은 어디로 돌아가는가? 왕초의 주먹이 할당량을 못 채웠다고 아구창을 돌리거나 또는 그의 말 속에서 죽은 휑한 부모가 라면을 끓이는 무허가 판잣집으로, 그리고 홀어머니가 외롭게 지키고 있는 일본식 이층집으로? 아니, 그들은 기다리는 사람들보다 더 많이 남은 나이를 채우기 위해, 그들의 집을 넘어 더 어디로 돌아가는가, 돌아가야만 하는가? 그는 서울로 돌아오는 버스 안에서도 어렴풋이 짐작하고 있었다. 그 버스의 목적지가 곧 자신의 목적지는 아닐지 모른다는 것을. 강 건너, 집들이 몰려 있는 게 보였다. 기차역 같은 곳이 보이고, 붉은 쇠다리… 강촌인 모양이군. 강촌이라면, 이 근처 어딘가 폭포가 숨어 있지, 아마. 떨어지는 물의 힘과 부서지는 물의 몸의 영상이 그의 상념을 뒤따라 왔다. 그리고 폭포 위에서 떨어지는 물을 내려다보는 아찔함이 그를 기습해왔다. 번번이 그런 아찔한 느낌으로, 그는 언덕을 뒤덮은 판잣집과 흙집들을 내려다보곤 하였다. 밤학교를 마치고 돌아갈 시간, 밤 아홉시나 열시 무렵의 비탈진 골목길로는 일월의 매서운 바람이 몰아쳤다. 그 골목의 맨 위에서, 그는 선뜻 내키지 않는 발길 때문에 우두커니 서 있기 일쑤였다. 무엇이 그를 그곳에 가게 했던가? 무허가 건물 번호가 노란 페인트로 매겨진, 구더기떼마냥 오글대던 집들의 지붕 위 어둠 속에 인공의 더듬이로 솟아 흔들리던 수많은 텔레비전 안테나들. 그가 내려다본 것은 그것뿐이었던가? 그는 자기가 들어와 있는 창경원을 한눈에 내려다보기 위해 케이블 카 타는 곳으로 갔다. "손님이 한 사람이라도 태워 줍니까?" 창구 안에서 껌벅이던 눈이 한참 만에 대답했다. "타세요." 그는 아침 식사를 끝내자마자 서둘러 춘천행 버스를 탔다. 왠지 그는 한낮의 밝음 속에서 그 마을을 보고 싶지 않았다. 눈밭 위에 백금빛을 뿌리며 제법 떠오른 해를 등지고, 그는 햇살에 밀리듯 황망히 두메 산골을 떠났다. 그는 그곳을 지나

어서 돌아가야 한다고 생각했다. 그런데 그가 다다른 곳이 결국은 그 바람의 목소리가 말하던 '우리의 밭'이란 말인가? 그는 허공의 우리에 홀로 담겨 실려가기 시작했다. 회색 하늘이 방향을 가늠할 수 없는 단면의 둥근 벽이 되어 그를 둘러쳤다. 암록색 연못이 발 밑의 바닥 없는 깊이로 여겨지면서, 그의 다리가 갑자기 후들거렸다. 그는 손잡이를 잡기 위해 두 손을 뻗쳤다. 겨드랑이에 끼워져 있던 책이 툭 떨어졌다. 그는 책을 주울 수 없었다. 그는 조심스럽게 시야를 넓혔다. 그러나 생각했던 것만큼 넓은 조망이 아니었다. 큰 물새집과 식물원과 명정전의 지붕과 열대관과 그 너머가 가려진 채 건너다보였다. 다른 한쪽으로는 창경원 밖 대학 병원의 건물과 거리의 차량과 사람들이 보일 정도였다. 그는 그 정도의 높이에 후들거리면서도 더 높은 곳에서 더 넓게 사방을 둘러보고 싶었다. 그렇지 못하다면, 차라리… 순간, 건너편에서 오는 텅 빈 케이블 카가 부닥칠 듯 스쳐지나갔다. 쏜살같이 스쳐지나가는 버스에 그는 날카로운 위협을 맛보았다. 둔중한 충돌, 뒤집히는 허공, 벼랑, 추락, 물바닥, 물먹은 죽음… 확률이 희박한 우연이 자신을 내려칠지도 모른다는 예감, 그것은 전혀 뜻밖의 써늘함이었다. 언젠가 죽음은… 피? 모르겠다, 기억이 자욱해진다. 그러나 분명 이런 써늘함은 아니었다. 그런데 이 써늘함은? 그것이 개죽음이기 때문에? 개죽음이란 또 무엇이냐? 억울한 죽음, 스스로 받아들일 수 없는 죽음? 도대체 개처럼 죽기 싫다면 어떻게 죽어야 하나? 차라리 그 정도로 우연을 빙자한 개죽음이라면 행복에 훨씬 가까운 게 아닐지? 이끌리던 생각은 곧 저지당했다. 케이블 카가 벌써 반대편 탑승대에 다다라 있었다. 케이블 카를 내리며, 그는 힐끗 그 바닥에 그대로 떨어져 있는 자신의 책을 돌아보았다. 그것은 손댈 수 없는 물건처럼 여겨졌다. 그것은 어쩌면 케이블 카를 폭파하기 위해 놓여진 시한 폭탄일지도 몰랐다. 내버려두자, 이제 저 혼자 터지도록. 그는 눈앞의 저 초현실적인 풍경을 폭파하고 싶었다. 차창의 틀이 만든 풍경화의 초현실적인 모습은, 아주 사실적인 산수화의 저 중심에 펼쳐진 기이함 때문이었다. 산세와 물줄기가 아련히 멀어지며 모여드는 거기서, 까닭 모르게 더욱더 비현실화되어가던 태양은, 이제 언젠가 현미경의 작고 둥근 시야로 확대되어 보이던 핏방울과도 같았다. 아까까진 꽃이었는데, 왜 피인가? 피, 그것이 그가 남모르게 키워온 어떤 환상적인 붉은 꽃의 정체였던가? 그러나 저 풍경을 초현실화로 완성시키고 있는 것은, 허공에 둥글게 응집되어 쏟아지지 않는 핏방울 아래, 옆으로 뉘어 세워진 사다리였다. 구분되지 않는 먼 하늘빛과 강물빛 사이에 걸린 사다리는 강 건너편과 이쪽을 위·아래로 구분하는 듯싶었다. 그래서 풍경 속에는 우리가 살아온 위·아래·옆과는 다른 개념의 위상이 동시에 존재하는 듯싶었다. 그 다른 질서로 보자면, 강 건너편은 그가 사다리를 타고 올라가야 할 높은 곳이었고, 그는 여태껏 그 질서에 수직으로 비껴 서서 옆으로 살아온 셈이었다. 어지러움도 없이. 겨울이었다. 그리고 여전히 겨울인 봄이었다. 그는 '들어가지 마시오'의 경고를 물리치고, 그가 미리 보았던 명정전 안의 을씨년스런 공간 속으로 몸을 들였다. 그는 옥좌 앞에 무릎을 꿇고 앉았다. 그리고 그 옥좌를 뚫어지게 바라보았다. 왕이여, 모습을 나타내다오. 그는 시선에 모든 정기를 모았다. 제발… 몸 안의 핏줄을 따라 흐르던 정연한 시간이 돌연 점점의 불씨로 흩어져 마구 부딪치며 불길을 지펴 불덩어리로 솟구치는가 싶더니, 이내 그 열기에 몸의 내벽 가득 뜨거운 물방울들이 송글송글 맺혀 드는가 싶었다. 하지만 그는 몸을 흐트러뜨리지 않기 위해 이를 악물었다. 그러던 어느 순간, 바랜 단청을 입고 나무로 굳어 있던 천장의 용과 봉황이 잠을 깬 듯 무서운 울음 소리가 들렸다. 세월을 차단하던 격자문들이 북처럼 울리고, 옥좌 뒤에 함께 떠 있던 해와 달이 동시에 빛을 발하기 시작했다. 마침내, 그의 눈이 불을 뿜었다. 불길은 옥좌 위로 쏟아져 타올랐다. 아, 그러자, 그 불의 옷을 입은 한 형체가 투명한 모습을 눈부시게 드러내는 것이었다. 그리고 삽시간에 다시 사라지는 것이었다. 동시에, 그의 힘은 산산이 흩어졌다. 그는 장님처럼 캄캄해오는 시선을 떨궜다. 그는 본 것인가? 비록 돌아갈 곳을 물을 틈조차 없었지만, 보기는 한 것인가?… 그가 착각하고 있었던 것은 아니었다. 그는 그 사다리가 다리와 물 위에 어린 다리 그림자의 대칭이 결합되어 빚어낸 모습임을 깨닫고 있었다. 그러나 사실이 사실로 있을 때, 몽상 또한 몽상으로 함께 있었다. 그것이 다리라는 사실은 그것이 사다리라는 몽상을 지우지 못했다. 그 때 그것은 단연코 사다리였다. 그것이 없다는 것을 알면서도 그 '없음'의 '있음'에 빠져들 수밖에 없는 어떤 상태를, 그는 헤매고 있었다. 껍질을 깨고 나올 때, 껍질의 안과 밖을 선명히 구분해볼 때, 그러나 그곳이 그 껍질을 둘러싸는 더 큰 껍질의 안쪽일 때, 그럴 때… 다시 고개를 들었을 때, 그는 옥좌에 버티고 앉은 한 마리 거대한 사자를 헛보았다. 사자의 포효가 쩌렁 명정전을 울렸다. 그는 얼어붙은 몸으로 간신히 뒷걸음질쳤다. 몸을 돌리자, 명정전 안뜰의 품석 옆으로 짐승들이 도열해 있는 것이 보였다. 그는 그 가운데를 허둥지둥 달려나갔다. 저놈을 잡아라! 한 짐승의 발톱이 그의 옷을 찢으며 등허리에 날카로운 상처를 긁었다. 사방에서 발톱들이 무수히 달려들었다. 그는 이리저리 휘저어 도망치다가 간신히 피투성이 몸을 명정전 밖으로 날렸다… 악몽. 그는 나무에 기대어 숨을 가누었다. 몽상 속으로 잠입해 들어온 현실. 현실적 몽상의 보복. 사다리를 타고 철길이 쏟아져 내려왔다. 다리를 건너온 철도가 차도와 맞물릴 듯 나란히 달리기 시작했다. 두 길이 모두 강 이쪽으로 건너오자, 강 건너편은 더욱 높고 먼 세상처럼 여겨졌다. 그는 자꾸 제 속에 들끓고 있는 어떤 사태의 핵심에서 멀어져가고 있다는 기분이었다. 그 기분은 긁을수록 깊고 넓게 스미고 번지는 흉측한 부스럼 같았다. 그는 왕에게 자신의 돌아갈 곳을 묻지 못한 것이 못내 아쉬웠다. 아니, 어쩌면 왕도 모른다고 대답했을지 몰랐다. 그래, 왕은 모를 것이다. 그는 강한 반발심을 가지고 거꾸로 단언했다. 아는 게 있다면, 그건 자신이 아무것도 모른다는 것이겠지. 그 밖의 무엇인가를 안다면, 어찌 그의 왕이겠는가. 왕은 말했을 것이다. 나를 시험하지 말라. 가거라, 가서 헤매거라. 치닫는 그의 기분을 어우르기라도 하듯, 속력을 줄인 버스가 건물들이 줄지어선 거리로 들어섰다. "가평입니다. 내리실 분 준비해주세요!" 안내양의 꾀죄죄한 목소리와 함께 서서히 차가 멈췄다. 부스럭거리는 몇몇 사람들의 움직임이, 새삼 그가 버스 안에 다른 사람들과 동승해 있다는 사실을 일깨웠다. 저들은 사람이 아니었다. 저들은 사람의 그림자로조차 보이지 않았다. 저들은 대머리호로새 또는 검독수리였으며, 낙타나 고릴라이기도 했다. 아니, 그것들의 그림자들이었다. 그렇다면 그 자신은 무슨 짐승의 그림자인가? 창경원을 나서 발길을 망설이며 오가는 짐승들의 그림자를 바라보던 그는 다시 홍화문 안으로 시선을 돌렸다. 그는 그림 밖의 그림 밖의 그림 밖에 있었다. 그가 발 디디고 있는 그 그림을 나설 문은 어디에 있을까? 어쨌든 서 있을 수만은 없지. 그는 막연히 걷기 시작했다. 물방울 한 점이 뺨 위로 떨어졌다. 그는 반사적으로 하늘을 보았다. 결국 비가 올 참인가. 바람은 싸늘함에 습기를 더했다. 그는, 아까 그가 넘어온 고가도로가 굵게 떠받쳐진 네거리까지 거슬러나와 다시 멈췄다. 어디로 갈까? 안국동 쪽으로? 종로 4가 쪽으로? 아니면, 아직도 안 늦었으니 학교 쪽으로? 그는 창경원 돌담에 나붙은 쭈글쭈글한 영화 광고를 보았다. '로저 무어의 007/죽느냐!? 사느냐!?/ 앙콜 로드쇼 단행!' "죽느냐, 사느냐, 그것이 문제로다…" 그의 입이 뜻없이 햄릿을 흉내냈다. 그러자 기계적으로 대사가 흘러나왔다. "가혹한 운명의 화살을 맞아 참는 것이 마땅한가, 아니면…" 그는 곧 대사를 끊었다. 내 주인공은 어쩔 것인가—하는 생각이 기어이 끼여들었던 것이다. 그는 자신에게 발각당한 자신의 비밀에 당황했다. 또는, 만약을 대비해 자신에 대한 알리바이를 남기려는 양 당황을 가장했다. 그 비밀이란 그 봄의 그로서는 감당하기 벅찬 꿈이었기 때문에. 벅찬 꿈! 그랬다. 그는 감히 연극을 하나 만들고 싶다는 꿈을 품고 있었다. 그는 스스로 기미를 느끼면서도 모른 척하며, 얼굴 모를 제 주인공과 그를 둘러싼 막연함이 어느 날 형태로 드러나기를 끈질기게 기다리고 있었다. 그런데 이제 막 어떤 시작을 부여할 수 있을지도 모른다는 생각이 들었던 것이다. 만일 그 막연함 자체로 연극을 만든다면… 언뜻 스친 그 생각에, 모든 것은 여전히 막연했지만, 그는 약간 가슴의 생기를 얻었다. 그가 오던 방향 그대로 뻗친 횡단보도의 신호등이 초록색 불을 켰다. 그는 신호등에 발길을 맡겼다. 버스가 다시 움직이기 시작했다. 서울까진 사십구 킬로구나. 가평을 벗어나는 곳에서, 철길이 이번엔 차도 오른쪽으로 나타났다. 그러나 강줄기가 나타나지 않았다. 길 왼편으로는, 빈약한 개울이 그나마 얼어붙어 있었다. 강물로 가기를 중단한 개울 주변의 자잘한 나무들이 목말라 보였다. 그는 목에 끓는 마른 가래를 끌어올려 탁 길바닥에 뱉았다. 막연함, 막연함이라… 어떡하면 주인공을 막연함으로 괴롭힐 수 있을까? 주인공이 막연함 속을 개처럼 기어다니게 하려면 어떤 구도가 필요할까? 그는 잔인한 마음을 주인공에게로 몰아붙였다. 찰흙의 그 두터운 흙기가 느껴지는 어둠을 둘러쳐야 할 텐데… 철길이 차도와 멀어지며 시커먼 암흑의 문 속으로 뻗쳐들었다. 컴컴한 터널 속으로 뻗친 반들반들한 두 줄의 쇳길이 그 자신의 몸 속에서 번득이는 마음의 두 줄기처럼 보였다. 마음의 두 줄기, 어떤 두 줄기? 버스는 철길이 그 가슴을 관통한 산의 등허리 살을 기어오르기 시작했다. 빛의 상당량이 산의 높이에 차단당한 듯한, 뚜렷지 않은 그늘이 느껴졌다. 밝음은 그대로 있는데, 그래도 무엇인가 없어져가고 있는 것 같았다. 점점이 빛이 사라지는 것인지? 의문문만 가득찬 상황, 제 안팎의 아무것도 모를 때처럼 가혹한 상황은 없을지도 모르지. 헉헉거리도록 허우적거리도록, 주인공 놈을 그런 늪에 풀어놔야 할 텐데, 제풀에 꺾이도록. 그는 줄짓는 생각에 발길을 잊었다. 버스의 속력이 두드러지게 떨어졌다. 제법 굴곡지고 험한 가파름이었다. 터널로 들어가는 기찻길이 계곡 밑으로 내려다보였다. 어느덧 개울조차 숨어버렸다. 하지만 더 작게 흩어져 갈라진 무수한 물길들이 혈관처럼 산의 몸 곳곳에 닿아 있을 것이었다. 그는 그 한 줄기 작은 물길을 거꾸로 거슬러 올라가 보고 싶었다. 그 끝은 어디일까? 어느 숨은 돌부리 밑에서, 혹은 나무 밑동이나 풀뿌리 아래서 물줄기는 시작될까? 한없이 계속될 한 흐름의 시작. 때로는 급류가 되어, 때로는 얼어 멈추며. 그러나 언젠가는 끝이 오리라. 크나큰 바다가 되리라. 그리고는 더 깊고 낮은 곳을 떠돌다 수증기가 되어 하늘로 떠오르리라. 덧없이, 기꺼이. 결국 정체를 알 수 없는 징그러운 뱀의 포승에 온몸을 맡겨 친친 감기는 양, 그의 주인공은, 때때로 뒤를 돌아보며 도망치다 막다른 곳에서 뿔 들이대기를 포기한 사슴이 죽음으로 가증스런 맹수와 살을 섞는 양, 그렇게?… 산 고비를 넘어서는 순간인지, 그는 버스 앞머리가 아래로 기우는 느낌을 예민하게 받아들였다. 그의 몸이 지나치게 앞으로 쏠렸다. 시야가 다시 조금 밝아졌다. 그것은 불투명한 밝음이었다. 둥근 원으로 응집되어 있던 핏방울이, 이제 조금 전과 반대편으로 내려다보이는 먼 서산마루에 거의 닿아 있었건만, 마지막 힘을 잃은 듯 하늘의 삼투력에 끌려나와 번지고 있었다. 한 방울의 핏빛이 저렇게 온 누리를 덮을 수 있었던가? 그의 손끝이 가늘게 경련했다. 핏빛을 휘감고 있는 나무들이 유난히 정지된 인상을 주었다. 그는 막 손끝으로 스며들어오려는 붉은 기억을 씻어내기 위해 혼잣속으로 외쳤다. 움직여다오, 나무여. 가로수들이 일제히 몸을 떨었다. 짐승-그림자들이 따라서 몸을 움츠렸다. 갑자기 선명해진 빗줄기들이 갈피를 잡을 수 없이 휘몰리는 바람을 타고, 그의 시야에 이리저리 꽂혀왔다. 그는 눈이 아렸다. 그는 팔뚝으로 눈을 가리며 자신의 감정을 과장했다. 하늘 위에서 무색의 피가 떨어지고 있다고. 사자에게 옥좌를 물려주고 제 손목을 끊은 왕이 하늘로 떠오르며 흘리는 피랄지. 떨어져 흐르는, 무색의, 피. 비. 비. 피, 붉은, 괴어 얼어붙은. 경사지를 타고 어지러운 무늬를 그리며 일구어져 올라온 밭, 그것을 뒤덮은 비닐하우스들은 붉고 진득하게 침전되어 보였다. 핏덩이? 또? 결국? 다시 한번, 그는 그 윤색된 광경을 씻어내기 위해 외치고 싶었다. 헌데 외칠 말이 없었다. 별수없이, 그때, 거기서, 그는, 기억 속의 손목에 휘감기던 한 줄 아픔과 솟구치던 피와 그 순간의 한없는 침몰을 되살렸다. 그는 자인했다. 그는 죽으려 했었던 것이다!… 그는 주인공을 죽이기로 결심했다. 그리고 주인공을 머릿속에서 지웠다. 비가 내리는데, 그렇게 우두커니 서 있을 수만은 없었다. 어느 틈에 뛰쳐나왔는지, 비닐우산 더미를 움켜안은 어린 망아지가 이리저리 뛰어다니고 있었다. 그는 우산을 샀다. 그런데 우산을 펴는 것과 동시에, 몰아친 바람이 우산을 뒤집었다. 우두둑, 뼈 부러지는 소리와 함께 방금 산 우산이 망가졌다. "제기랄." 그는 우산을 길바닥에 팽개치며, 무의식적으로 가로수 밑에 들어섰다. 그러나 잎을 키우지 못한 가로수 가지 사이로, 빗바늘들은 여전히 그의 얼굴을 찔렀다. 그는 비에 젖기로 마음먹었다. 느긋해지려고 애쓰며, 그는 얼굴을 훔쳐냈다. 자, 청승맞게 비를 맞으며 어디로 가나? 처량한 폼을 잡고 청계천이나 기웃거려? 그러면 너무 우회하는 것이 아닐까? 그러다 영 다른 길로 빠지면? 그는 다시 초조해졌다. 그의 초조함은, 그 치명적인 기억을 인정했을 때, 그러나 얼핏 다른 이유로 다가왔다. 그가 너무 지쳐 있었던 탓인지, 다행스럽게도, 그 기억이 환원될 때마다 그러했듯이 그 장면에 맞물려 사슬처럼 앞뒤로 이어진 고통의 궤적이 송두리째 재현되지는 않았다. 뜻밖에도 그 장면은 한 장 스냅 사진처럼 떠올랐다 사라졌고, 다만 그때 엄습한 진한 허탈감이 풍경의 붉은 색감에 더해졌을 뿐이었다. 그의 초조함은, 그때 그 허탈감 속에 울리기 시작한 클랙슨 소리로부터 시작되었다. 계속해서 신경을 자극하는 클랙슨 소리에 아랑곳없이, 버스 앞에는 커다란 화물 트럭 몇 대가 느릿느릿 길을 방해하고 있었다. 그래서 그는 트럭에 가로막혀 지체될 시간과 그 하루가 흘리는 마지막 핏빛이 어둠으로 완전히 굳어갈 시간을 재고 있었다. 마지막 빛의 도움으로, 그 길을 따라 펼쳐질 한 풍경을 보아야만 한다고 생각했기 때문이었다. 어찌하여 그런 욕망이 그 쓰디쓴 핏빛의 뒷면을 이루고 있었던가, 동시에 한몸으로? 아무려나, 그는 견딜 수 없이 그 풍경 속으로, 그 아름다움 속으로 가고 싶어졌다. 그곳이 그에게는 대성리였다. 굵은 강줄기가 하염없이 건너편 산그림자를 드리우고, 이쪽에는 우거진 숲 그늘이 물가에 닿아 있던 곳. 그저 자연 그대로 아름답던 곳. 아니, 보이는 것을 넘어 아름다움 그 자체가 어른거리던 곳. 아름다움은 왜 그렇게 비현실적일까? 그는 그곳에 가서 그 숲속에 한 그루 나무로 서고 싶었다. 그 숲을 이루던 나무들은 무엇이었던가? 이탈리아포플러였던가, 아니면 개량종 사시나무? 왠지 그것들은 흰 줄기를 늘씬하게 뽑아올린 나무들이었던 것 같았다. 그러나 그것이 무엇이든 상관없었다. 그것은 단지 나무였다. 아름다움 그 자체 속에 들어선 나무 그 자체. 그렇다면 그곳은 대성리라는 지명을 넘어선, 현실을 넘어선 어떤 곳일지도 몰랐다. 그런데 왜 하필이면 대성리를 그리기 시작했을까? 언젠가 서울을 벗어나오던 길에 그는 무턱대고 그곳에 내렸었다. 지금은 얼굴이 지워진 누군가와 함께. 버스가 언덕을 넘어설 때 문득 펼쳐지던 굵은 강줄기가 거기에 있었다. 그 길을 따라 땅과 물이 마주치던 곳, 그런 곳이었기 때문에? 그러나 섬뜩, 그는 다른 사실을 깨달았다. 서울로 돌아가는 방향에서 보자면, 그곳은 땅과 물이 마지막으로 헤어지는 곳이었던 것이다. 그래도 보고 싶다, 늦기 전에 어서 달려다오. 그는 버스에 명령했다. 마침 버스는 U자 길을 돌며, 아스팔트를 가른 노란 줄을 넘어 트럭들을 추월하기 시작했다. 커브를 트는 차를 따라, 그의 마음이 크게 꺾였다. 그는 마음과 몸을 틀어, 한길을 등지며, 철근 골격이 솟아오르는 공사판 옆 골목으로 들어가 버렸다. 그는 제 엉뚱한 발길을 이해하지 못한 채, 좁은 외길 골목을 무턱대고 따라 들어갔다. 시간의 뒷면으로 발을 디딘 듯, 그가 내미는 발걸음이 자꾸 가라앉았다. 그는 길을 막고 선 가파른 계단 앞에서 멈추어 섰다. 그리고 고개를 들어 계단 위를 올려다보았다. 그리고, 느닷없는 설움과 마주쳤다. 이미 알고 있는, 그러나 언제나 다른 모습으로 예고 없이 복받쳐 나타나는… 그 설움이 이번엔 거대한 늙은 느티나무의 모습으로 서 있었다. 계단 위의 어느 고궁—무슨 고궁? 아, 종묘인가?—의 높다란 돌담 위로, 느티나무는 구상적으로 검게 용틀임치는 굵은 몸통과 추상적으로 얽히고 뻗친 가지에 하늘의 피를 적시고 있었다. 그는 아무래도 누군가가 교묘하게 자신을 이곳으로 몰아넣은 것만 같았다. 누가? 이렇게 몰아넣고 어쩌란 말이냐? 춤이라도 추란 말이냐? 정말 춤을 추랴? 소리없는 오열로 흔들리며, 설움을 가락삼아, 그렇게 어깨를 들먹이며, 들썩들썩, 그리고 탁, 젖은 땅을 치며, 어어이 어어이… 싸늘한 비가 뿌려지는 봄이었다. 그러나 눈 덮인 겨울이었다. 그때 설움의 첫 모습은 얼어붙은 수면 위의 흰 눈밭이 눈부시던 호수였다. 그는 막 제대복을 갈아입고 부대를 나오는 참이었다. 그는 전역 명령서를 받고, 밤늦도록 소주와 군가와 가요를 퍼붓고 토하고 또 퍼부었다. 때마침 크리스마스 이브였던 지난밤, 그는 자신의 개인적인 고통 때문에 전혀 어울리지 못했던 동료들—그 어감은 참으로 어색했다—에게 그렇게나마 마지막 정을 주려 했었던 것이다. 쓰린 배를 쓰다듬으며, 그는 호숫가 눈 위에 주저앉았다. 그 순간, 설움은 풍경 전체로 다가왔다. 순간이었지만, 그 순간 속에는 제 나이만한 편력이 담겨져 있었다. 한참 만에 그가 자리에서 일어났을 때, 그에게는 단 두 가지 사실만이 명백했다. 이제 돌아갈 수 있게 되었다는 사실. 그러나 그것은 외아들인 그의 아버지의 죽음—그것은 그에게 언제나 절제를 요구하며 낮게 깔려오던 어떤 지적인 목소리의 죽음이었다—으로 인한 의가사 제대 덕분이라는 사실. 아버지가 죽었던 것이다!… 그는 자신을 그 골목으로 몰아넣은 그 누군가를 찾아내 죽이고 싶었다. 그는 적개심을 다지며, 또는 그 반대로 체념을 다지며, 계단을 하나하나 밟아올랐다. 계단 위에서, 골목은 더욱 좁아지며 종묘 돌담을 따라 완만하게 흘러내렸다. 드높은 담의 질서 속에 차곡차곡 쌓아올려진 수없는 돌들이 무너뜨릴 수 없는 견고함을 이루고 있었다. 군 부대들은 왜 돌담을 쌓은 곳이 많을까? 조금씩 핏빛이 안개 같은 어둠으로 변해가는 차창 밖에, 커다란 웅덩이처럼 움푹 패인 산의 지형을 이용해 들어선 군 부대의 돌담이 보였다. 그 돌담은 야릇한 애착과 거부감을 함께 뻗쳐왔다. 아마도 지금쯤 병정 하나가 내무반 창문으로 제가 쌓은 저 돌담을 망연히 내다보고 있지 않을까? 겨울이었다. 그러나 더 먼 겨울이었다. 그가 배속 부대로 처음 배치되던 그 겨울 내내, 돌담을 쌓는 작업은 계속되었었다. 트럭을 타고 언 개울가로 가서 차가운 돌을 옮겨 담고, 나르고, 쏟아내고, 다시 나르고, 쌓고. 약간의 훈련 시간을 뺀 남은 시간을 휴일도 없이 계속하던 지겨운 작업이었다. 누구는 돌에 발등을 찍혀 실려가고. 그는 한없이 길어지는 시간과 돌의 무게를 잊기 위해 자꾸 무엇인가를 추억하고 생각하지 않을 수 없었다. 그는 제 머릿속을 샅샅이 뒤졌다. 그가 찾아낸 가장 먼 추억은, 네 살 때던가, 나중에 안 일이지만 피난에서 돌아온 후 누상동 집에서 얼마간 나와 셋방살이를 했다는 동대문 밖 신설동 시절의 어느 장면이었다. 봄이었나보다. 그의 과거인 어린아이가 나른한 햇살을 받으며 마루 끝에 앉아 있었는데, 나이가 위였던 주인집 계집애—지금은 얼굴이 지워진—가 다가와 등뒤에 숨기고 있던 조그맣고 빨간 사과를 내밀었다. 아이는 아작 한입을 물었다가 곧 뱉아냈다. 조그맣게 잘린 사과의 살 속에 흰 벌레가 곰실거리고 있었다. 아이는 놀라 사과를 내팽개치며 괜스레 뛰쳐나갔고, 그때 달려간 곳은 골목 입구의 부서진 공장 건물이었다. 벽돌 몰골 속에는 어둠이 웅크리고 있었다. 아이는 더 큰 아이들이 귀신놀이를 하던 그 무서운 어둠 속으로 혼자 한발 한발 헤쳐 들어갔다… 그런 기억의 단편들을 한번 찾아내면, 그는 되씹고 또 되씹었다. 되씹음 속에서, 그는 무수한 기억의 입자들을 제가 나르고 쌓는 돌의 촉감으로 느끼기 시작했다. 기억은 각양각색의 돌이 되었고, 돌은 기억이 되어 가지런히 쌓였다. 그리하여 끝날 것 같지 않던 괴로운 작업이 그의 키만한 높이로 마무리되었을 때, 그렇게 과거는 돌담으로 완성되었다. 그러나 그곳은 언젠가 떠나야 할 시간의 울타리였다. 그래서 그는 어디로 떠나고 있는가? 그의 턱 높이에 차오던 두메 산골 배움집의 돌담을 쌓은 아이들은 어디로 떠나갔을까? 그들은 괴로움이 아니라 희망으로 그 돌담을 쌓았겠지만, 그래도 떠나야만 했으리라. 그 역시 시간의 어떤 영역을 감싸는 소박한 울타리임에도 틀림이 없었으므로. 그렇다면, 이 턱없이 높은 종묘의 돌담을 쌓은 백성들은 그 어느 것보다 거대한 시간—차라리, 한 시대랄지—의 울타리 밖 어디로 떠나갔을까? 아니, 그들이 완성한 돌담이 그들 자신은 주인 노릇을 할 수 없었던 한 시대의 과거요, 그래서 그들은 애당초 울타리 밖—그때 울타리 안에 산 자는 누구였던가—에 놓여 있었다면, 과연 그들은 무엇을 떠나 어디로 갈 수 있었을까? 떠나간다는 것 자체가 가능했을까? 가능했다면 그 중에서 얼마나 많은 사람들이? 그 시대 그들의 그 노동은 괴로움이었을까, 희망이었을까, 또는 일종의 경건함이었을까? 아마도 대부분은 괴로움이었겠지. 이 시대의 의식으로 짐작하는 거지만, 그제나 이제나 사람의 마음이 비슷하다면… 추적이는 빗속에서 돌을 짊어지고 줄지어 언덕을 오르는 흰옷들의 환영을, 그는 거꾸로 거슬러 내려갔다. 좁은 골목을 사이에 두고, 더러운 담벼락이 종묘 돌담과 마주보고 있었다. 여기저기 부서지고 깨지고 땜질하거나 뒤집어씌운 시멘트마저 뜯겨나간 벽, 조잡한 페인트 덧칠이 더덕더덕 몇 겹으로 벗겨져 지저분해진 벽, 먼지와 때와 오물과 욕지거리와 배고픔과 한숨과 울음과 간혹은 미친 듯한 웃음과 절망적인 희망으로 얼룩진 벽, 요컨대 서울의 더러운 뒷골목 주택가의 담벼락이었다. 그 너머가, 저 돌담을 쌓고 제 시대의 울타리를 떠나지 못했던 백성들의 자손의 자손의 자손의 [⋯] 자손들이 짐승으로 남아 부지하는 땅일까? 그는 철봉에 매달리듯 젖은 담벼락에 뛰어올랐다. 그리고 얼굴을 벽 위로 끌어올렸다. 아까 계단을 오른 만큼, 그곳이 약간 높은 지대임에 틀림없었다. 경사를 타고 빼곡이 들어찬, 오래된 한식 기와지붕·양철지붕·슬레이트지붕 들이 낡은 흑백사진의 어두운 부분으로 내려다보였다. 어김없이 빼곡한 텔레비전 안테나들은 흡사 지붕 위에 꽂히는 빗줄기 같았다. 그 뒤로 한길의 고층 건물들이 그 밀집 주택가를 둘러친 건너편 담벼락──그게 이 시대의 울타리?──을 이루고 있었다. 그는 턱걸이를 내렸다. 그는 빗소리 사이로 앙금처럼 엉기고 있는 거대한 소음의 덩어리를 의식했다. 그것은 엄청난 신음 소리였다. 그것은 종묘 돌담의 돌 하나하나가 제가끔 꿈틀대며 괴로워하는 먼 소리들의 집합처럼 들렸다. 소리의 앙금이 그의 상상력 속에 갑갑하게 가라앉았다. 그의 시야가 갑갑해지고 있었다. 조금씩 빛이 어둠으로 화해가는 것말고도, 무엇인가 그의 시선을 방해하는 것이 있었다. 그는 그것을 확실히 파악해낼 수 없었다. 그저 무엇인가가 뿌옇게 망막 속으로 끼여드는 것 같았다. 버스는 제 속도를 찾고 있었지만, 딱딱한 고체성의 풍경은 여전히 계속되었다. 골목은 쉽사리 끝나지 않았다. 비는 여전히 내리고, 그는 옷 속의 살갗에 와 닿는 습한 한기를 느꼈다. 문패도 없는 어느 문 앞에 리어카가 거꾸로 세워져 있었고, 바퀴 하나가 쇠사슬에 묶여 자물쇠로 채워져 있었다. 그는 다른 바퀴를 돌렸다. 허공의 제자리에 헛도는 바퀴가 빗물을 튀겨 그의 얼굴을 때렸다.

그는 반쯤 열린 문을 슬쩍 밀었다. 문이 열리면서 아래로 내려가는 계단이 나타나고, 그 밑에 흙벽에 기와를 올린 낮은 집이 보였다. 어두움 속에 창호지 대신 신문지를 바른 방문, 그 안에 무엇이 있을지 그는 알 것 같았다. 누렇게 뜬 눈, 머리에 가득한 부스럼, 공장에서 잘려나간 손가락, 독약을 먹고 내빼문 혓바닥, 가슴의 칼자국, 비틀린 다리… 상투적 상상력? 그러나, 상투적인 상상력이 다른 것도 아닌 바로 고통의 현실과 엄연히 맞물린다면? 그러나, 그러나, 상상력은 거기 멈추어서는 안 되는 게 아닐까? 상상력이 거기 멈추면 현실도 거기 멈출 테니까? 그러면? 그 너머로 가야 하겠지. 그 너머 어디로? 그러나, 그러나, 그러나, 그는 왜 자꾸 되돌아가야 한다고 느껴지는 것일까? 그 너머로 가는 것이 곧 되돌아가는 것일까? 생각은 거기서 캄캄하게 가로막혔다. 그는 시야를 가로막는 모든 것들을 제거하고 싶었다. 바람아 불어다오, 이것들을 몰아가다오. 그때, 시야를 가로막는 그 무엇인가의 뒤에서, 드디어 넓은 강줄기가 다시 모습을 드러냈다. 여기서 다시 강을 만나는구나. 시야를 가로막는 그 무엇인가에도 불구하고, 너무도 확실한 강의 모습이 그에게 터무니없는 안도감을 주었다. 잠시, 하지만 섬뜩, 그는 다른 사실을 깨달았다. 서울에서 나오는 길로 보자면, 그곳은 땅과 물이 헤어지는 곳이었던 것이다. 땅과 물이 헤어질 때, 얼굴이 지워진 누군가가 말했었다. 사랑을 믿지 마. 그것은 농담이었을까? 그는 처음이자 마지막으로 부대에 면회 온 그 얼굴 없는 얼굴에게 그대로 말했었다. 사랑을 믿지 마. 그것은 진담이었다. 사랑이란 말은 그때 삶의 모든 것을 요약하며 그의 내부를 울렸었다. 그래서 그는 죽으려 했었다. 그런데도 그는 왜 대성리에

어서 이르고 싶은 것인지? 다시 한번 뒤집자면, 어쨌든 물과 땅이 만나는 곳이기도 하니까? 지금은 헤어져 없는 그것이 그때 거기에 있었으니까? 시간의 무한함 속 그때 그 순간에, 공간의 드넓음 속 거기 그 자리에, 이제는 믿을 수 없는 그것이 분명 '있음'으로 있었던 것이다. 시간-공간의 무한 좌표에 찍혀 있는 아주 작고 개인적인 체험의 한 점이건만, 아름다움 자체 속에 있는 그것 자체로서, 그리고 언젠가 다시 피어날 단단한 씨앗으로서… 후드득, 빗줄기가 굵고 거칠어졌다. 때아닌 소나기, 그는 뛰었다. 긴 골목을 벗어날 즈음에, 그는 완전히 젖어버렸다. 어디로 피하지? 그는 김이 피어오르는 포장 리어카 밑으로 달려들었다. 그는 부르르 몸을 떨었다. "뭘 드릴까?" 모래 위에 쑥쑥 제 알들을 떨어뜨릴 것만 같은 중년의 암거북이 딱딱한 등판 밑에서 고개를 쭉 뽑았다. 그는 리어카 판 위를 둘러보았다. '토스트/커피/코코아/생강차…' "토스트하고 코코아 주세요." 버터 뭉텅이가 달아오른 쇠판 위에 직직 그어졌다. 자글자글 끓는 버터 위에 척 올려진 식빵 두 장이 이리저리 문질러져 버터를 먹고 노랗게 되자마자 쓱 한쪽으로 밀려났다. 컵 속에 탁 깨져드는 계란과 그 속에 뿌려진 홍당무와 파쪼가리를, 거북이 젓가락으로 능숙하게 휘젓더니 다시 프라이팬 위로 펼쳤다. 삽시간에 익은 계란펼침이 빵 사이에 끼워졌다. "자, 이거 먼저 들구려." 그는 조그맣게 사각형으로 잘린 포장지 종이로 토스트를 집어들었다. 혹시 여기서는 익은 벌레가 씹히지 않을까? 그러나, 그의 목구멍에서 침이 꼴깍 넘어갔다. 배고픔만 남은 짐승마냥 뜨겁게 한입을 깨물며, 그는 잦아들지 않는 빗줄기를 바라보았다. 그것은 겹겹이 그를 가두는 철창이었다. 어둠의 겹이 점점 두터워지고 있었다. 그리고 그의 시야를 가로막는 무엇인가가 여전히 덧씌워져 있었다. 그는 시계를 보려던 제 몸의 움직임을 저지했다. 그것은 전혀 무의미한 동작이었다. 시계를 본다고 시간이 당겨지는 건 아니지. 머릿속이 웅웅거렸다. 그는 철창을 움켜잡고, 보이는 아무것도 없어 눈을 감고, 무슨 소리를 들었던가? 제 머릿속에 쌓인 어떤 소리? "지랄스럽네, 이거." 그가 중얼거렸다. 코코아를 내놓는 거북이 그의 말을 거들었다. "꼭 여름 장맛빌세." 여름? "어디 따뜻한 데 가서 이불 뒤집어쓰고 푹 잤으면 좋겠네요. 아줌마, 이 근처 사세요?" 그가 무심히 물었다. "저쪽 골목 안인데, 왜 그러우?" "아니오, 그냥. 요즘도 이 근처에 여자 키우는 집 있나 해서요." 그는 돈을 지불하고 시계를 들여다보았다. 친구 만날 시간이 바싹 다가와 있었다. 이를 어쩐다? 할 수 없지. 그는 빗줄기를 열고 나갔다. 빗줄기 뒤의 빗줄기, 철창 밖의 철창. 기소 유예. 유예, 뒤로 미루기, 남겨두기, 덧씌워놓기… '학생의 신분을 벗어난' 그가 가야 할 곳은 군대밖에 없었다. 군 부대가 철길을 따라 길게 자리잡고 있는 풍경, 그는 단번에 그것을 알아보았다. 그는 풍경이 갑자기 환해진다고 착각할 정도였다. 철길이 복선이 되며, 짧게 끊기는 한쪽 선 끝에 녹슨 유류 탱크를 얹은 열차 차량 두 동이 이 년 전과 다름없이 내버려져 있었다. 침목 사이를 비집고 올라와 흔들리던 잡풀들이 얼어죽어 눈 속에 박혀 있었다. 저 너머다, 유원지의 숲 그늘을 벗어나 강물을 따라 오르면 굵은 모래밭 뒤로 갈대밭이 이어지던 곳. 뜨거운 햇살과 나른한 바람에 기울던 갈대숲 속에서… 그때… 여름이었다. 여름이 아니었다. 무더운 겨울이었다고나 해야 할는지(그러나 어쨌든 무더움은 있었다, 그 자신 속에!). 햇살은 모든 것을 녹일 듯 작열했지만, 아무것도 녹지 않았다. 사물들은 모두 뜨거운 열 아래 얼어붙어 있었다. 여름이었으나 겨울이었으므로, 모든 것은 어긋났다. 몸과 그림자가 헤어지듯. 알 것 같은 대성리역이 보이고, 이어서 몇 채의 여인숙, 상점, 집 들이 나타났다. 숲이 우거진 유원지는 어차피 보이지 않았다. 길가에 줄지어진 건물들이 뒤에 가린 숲의 머리만을 보여줄 뿐이었다. 그 나무들은 그가 되뇌었던 것과는 달리 버드나무들이었다. 그는 놀라지 않았다. 잠깐만 멈춰 저리로 가보았으면… 그는 내키지 않는 걸음을 한길 쪽으로 향했다. 내키지 않는 그의 다른 마음은 그대로 그 자리에 서 있었다. 그러더니 다른 마음은 제 맘대로 발길을 돌렸다. 다른 마음은 다시 종묘의 돌담을 따라 나갔다. 한길로 나선 그는 조금이라도 비를 피하기 위해 건물 쪽으로 바싹 붙어, 빠른 걸음으로 걸어나갔다. 멈추고 싶은 그의 뜻을 저버리고 버스는 재빨리 대성리를 지나쳤으나, 그는 오히려 제 마음의 담담함에 놀랐다. 버스가 앞을 막은 산줄기를 피해 오른쪽으로 방향을 돌렸다. 물길은 산줄기 왼쪽으로 굽어 사라졌다. 그렇게, 물의 길과 땅의 길이 헤어지는 장면이 짧게 지나갔다. 차도와 엇갈린 철도가, 산등성이와 차도 사이 조금 높은 철둑 위로 곧게 뻗쳤다. 철길의 쇠선이 어스름 속에서 풍경의 저쪽과 이쪽을 날카롭게 갈랐다. 갈린 두 마음이 따로따로 발길을 재촉하고 있었다. 그가 피카디리 극장 앞 건널목을 건널 때, 그의 다른 마음은 다시 종묘 옆 동네의 어느 골목으로 접어들었다. 다닥다닥 달라붙은 한옥집들이 열심히 여관 간판을 내걸고 있었다. 여관촌으로 바뀌었군. 그는 하얀 타일로 벽을 치장한 '春雲旅館'을 택했다. 한산한 마룻바닥에 똬리를 틀고 화투장을 뒤집던 흑갈색 구렁이 한 마리가 몸을 풀었다. "아줌마, 따뜻한 방 있수?" "있는데…, 혼자예요?" "혼자가 아니게 해주면 더 좋고." "요즘엔 이 동네 단속이 심해서…" "알고 왔는데요, 뭘." "들어가 기다려보세요." "우산 좀 같이 받쳐도 될까요, 죄송하지만…" 하고, 그는 한 우산 밑으로 뛰어들며, 재빨리 말했다. "종로 이가 쪽으로 가는데, 가시는 데까지만…" 몸에 꼭 맞는 옷을 껴입은 호리호리한 수제비가 언짢은 듯, "그러세요" 하고 퉁명스럽게 대답했다. 우산 쓴 말똥가리, 얼룩말, 펠리컨, 바아바리양… 그 그림자들… 그림자도 비에 젖을까? 물먹은 구두가 무겁게 절벽거렸다. 그는 구두를 벗어 내던지고 싶었다. 젖은 옷을 벗어버리고 아랫목 이불 속에 누운 그의 다른 마음이 멍하게 담배 연기를 뿜어냈다. 어림없는 짓을 또 바라는 게 아닐까? 과연 흉터가 없는 여자가 있을는지? 때로는 지레짐작 그 자신이 보이지 않는 여자의 흉터를 찾아냈을는지도 모르지만. 창문 하나 없는 방이었다. 귀에 들리는 빗소리가 자신이 끌고 들어온 소린지 지금 제대로 들려오는 소린지 구별되지 않았다. 노크 소리. 그의 다른 마음은 황급히 담배를 끄고, 눈을 감으며 두 손을 눈 위에 올려놓았다. "들어오쇼!" 문 열리는 소리, 문 닫히는 소리. 다른 마음은 눈을 뜨지 않았다. 다른 마음은 저 여자를 짐승으로 바라볼 수 없었다. "급하시네, 옷까지 벌써 벗으시고." 여자가 들어오자마자 교태를 부렸다. "까불지 마. 젖어서 벗었어." "비가 질질 내리니까 환장하시겠던 모양이야." 다른 마음이 빈 웃음을 터뜨렸다. "그렇다면 어쩔쳐?" "어쩌긴요, 난 그런 사람 때문에 사는데." 그런 사람? 그 같은 사람? 어떤 사람? 사람 수

만큼 다르면서 하나같이 같은 어떤 것? 그 다른 마음 역시?⋯ 그러나?⋯ "너한테 흉터 있냐?" "흉터는 또 왜 찾으시나? 나한 텐 그런 거 없어요." 네 속에도? "그럼 됐어. 누워. 옷은 다 벗어야 돼. 그럼 더 줄게." "낮거릴 주셨으니 서비스 좀 해드릴까?" 아득한 잠시 사이. 여자가 누웠다고 여겨질 때, 눈을 감은 다른 마음은 대뜸 손을 뻗어 여자의 살을 움켜잡았다. 이게 살인가? 이게 사람의 살인가? 다른 마음이 살 속으로 들어갈 때, 그는 '대학서점'의 문을 열었다. 이미 어둠의 문 안으로 넘어들어온 버스는 어둠의 더 깊은 곳을 향해 나아가고 있었다. 완전히 서산을 넘어섰을 태양의 탈색된 마지막 빛 여운이 풍경 사이에 어렴풋이 끼어 있었다. 이제 그는 풍경에 무심했다. 다만, 조금 더 뚜렷이 시야를 가로막는 그 무엇인가의 정체를 확인하고 싶었다. 그가 확인하려는 것은 자기 자신이지 친구의 반응이 아니라고, 그는 미루어두었던 마음을 단숨에 정리했다. 서가 앞에서 책을 뒤적이는 친구의 등을 두드리며, 그는 얼굴을 외면했다. 그는 친구의 얼굴조차 짐승으로 보일까 두려웠다. "오늘 너 왜 이러니? 비 맞고 헤매질 않나⋯" "우산이 망가졌을 뿐이야." 그는 손에 잡히는 대로 책 한 권을 꺼냈다. "어젠 어땠어? 컸어?" 그가 무심한 척 물었다. "별로. 한 백여 명⋯ 한 시간도 안 돼 흩어졌지. 그건 그렇고, 도대체 할 이야기라는 게 뭔데 이렇게 폼을 잡어?" 친구가 곧바로 본론을 이끌어낸 게 오히려 다행스럽게 여겨졌다. 그는 망설임 없이, "요점만 말할게. 나, 그 일, 같이 못 해." 하고 대답했다. "무슨 일?" 친구는 반문했으나, 그의 음색은 무엇인가를 짐작하는 듯싶었다. 그는 뻔한 대답을 반복하지 않았다. 그는 건성으로 책을 뒤적였다. '이러한 통찰을 구현하는 이들 집단을 부르는 이름도 가지가지여서 하나는 히피 또는 한량패 *flower children*라 불리고, 또 하나는…' 결국 친구는 제 짐작을 그대로 받아들인 모양이었다. "이제 와서 그게 무슨 소리야? 그건 네 발상이었잖아?" 하고, 친구는 달리 물어왔다. "이 년 전 발상이지." 그가 다시 말을 이었다. "그때는 그렇게 해야만 한다고 믿었었어. 확신을 가진 믿음…. 그런데, 지금은 아니야." 친구는 말길을 잃은 모양이었다. '더욱 늘어가고 있는 환각제의 사용과 심기 폭발 *mind blowing* 환경의 이용을 지적고자 한다. 이 문제는…' "이유가 뭐냐고 안 물어?" 그가 먼저 질문을 앞질렀다. 그리고 대답했다. "이유는 나도 모르겠어. 그냥 그럴 수가 없다는 거야. 사실, 난 지금 아무것도 모르겠어. 내가 도대체 뭔지, 뭘 어떻게 해야 되는지…" "아니, 실질적으로 지금 네 처지로 보나, 넌 그냥 뒷전에서…" "그런 차원의 이야기가 아니야. 뒷전이건 앞전이건 난 아무것도 할 수가 없어. 그걸 네가 아이들에게 좀 전해 줘." "나, 참…" 친구가 어이없음을 내뱉았다. '한편, 만일 우리가 하나의 참여 사회를 진정으로 소원한다면 심기만이 아니라 제도마저도…' 그는 책을 덮어 다시 꽂았다. 친구가, "너 뭐 복잡한 생각을 하는 모양인데, 이러지 말고 어디가서 쏘주라도 마시면서 찬찬히 좀 이야기하자" 하고, 말숨을 바꿨다. "미안하지만, 지금은 안 돼." "무슨 일 있어?" "갈 데가 있어." "어디?" "나도 몰라." 거기서 그는 미친놈을 바라보는 듯한 친구-토끼의 놀란 눈길과 마주쳤다. 그는 저 자신의 눈길과 마주쳤다. 어두운 차 안에 불이 켜지면서, 그는 제일 먼저 차창에 떠오른 제 눈을 보았던 것이다. 아, 이 눈과 마주 대하는 일이 남아 있었던가. 어둠을 배경으로 되비쳐져 차창 밖에 드러난 차 안, 그것이 아까부터 그의 시야를 방해하던 무엇인가의 정체였던가. 빛 속에 숨어 줄곧 버스와 함께 달려온 그 다른 세계가 아직 완전히 제거되지 않은 풍경과 겹쳐져 있었다. 풍경은 곧 지워질 것이었다. 어둠이 곧 완전해질 것이었다. 날씨 탓인지, 거리에는 벌써 어두운 기운이 깔리고 있었다. 빗발이 수그러들어 있었다. 또 이제 어디로 가나? 그는 정류장에 와 닿는 버스들의 행선지 표지판을 기웃거리며, 살 속까지 스며든 빗물로부터 스며나오는 냉랭한 자기 냄새를 맡았다. 그는 종묘 앞에서 헤어진 자신의 다른 마음이 지금쯤 무엇을 하고 있을까 상상했다. 창녀—그녀가 짐승이었다면 무슨 짐승이었을까?—를 내보낸 그의 다른 마음은 기적처럼 깊게 잠들고 있었다. 저 자신도 모르게, 다른 아무도 모르게. 그는 바로 제 앞에 와 선 '…종로/신촌/제2한강교/화곡동/김포'행 버스를 후닥닥 뛰어올랐다. 무의식적으로 뛰어올랐는데, 오르고 나자 그것이 그가 늘 밤학교로 가기 위해 타는 버스였다. 그러나 이제는 책도 없지 않은가? 그는 망설였다. 공항에나 갈까? 거기 가서 떠나는 아무나 전송해볼까? 그는 뒤쪽 좌석에 늘어져 앉아 창문에 기진한 얼굴을 기댔다. 이미 축축하고 질펀한 버스 안에서, 그는 한줌 물먹은 솜 덩어리였다. 그는 여관방에 잠든 자신의 다른 마음이 무슨 꿈을 꾸고 있을까 상상했다. 그의 다른 마음은 꿈속의 어딘가에 이르러 있었다. 그곳은 그 다른 마음이 뛰어든 막다른 곳이었으나, 다음 순간 그곳은 더 이상 다른 데로 갈 필요가 없는 어떤 곳이 되어 있었다. 여기가 어딜까? 갑자기 세상은 환하고 따뜻했다. 마치 행복하게 죽음을 수락하듯, 다른 마음은 물오르는 나무에 기대어 섰다. 다른 마음은 맑은 허공에 떠도는 어떤 소리를 붙잡으려고 두 손을 들어올렸다. 그것은 헤매는 넋을 부르는 무슨 주술 소리 같기도 했다. 그 신비로운 소리에 감싸여, 다른 마음은 모든 것을 이해할 것 같은 알 수 없는 감격에 몸을 떨었다. 어떤 모든 것? 그저 모든 것, 모든 것! 다른 마음은 소리의 얼굴을 찾았다. 어디서 많이 듣던 소린데, 누구지? 그때 보이지 않는 소리가 대답했다. 언제나 만나고 있었으니까요. 언제나? 그런데 왜 누구의 소린지 모르겠지요? 너무 가까이 있었기 때문일 거예요. 얼굴을 보여주세요. 지금 보고 있잖아요. 그랬다, 다른 마음은 보이지 않는 얼굴을 보고 있었다. 여기가 어딜까? 꿈속의 봄이었다. 그러나 현실의 겨울이었다. 차창은 이제 완전한 어둠을 배경으로 또 다른 그의 얼굴을 뚜렷이 보여주고 있었다. 너구나. 하지만 그런 표정은 짓지 마라. 그가 소리없이 말했다. 나보다 네 표정이 더한 거 아냐? 창밖의 얼굴이 말했다. 뭐? 지금 네 표정, 뭐라고 형용할 수도 없어. 내 표정이? 내 표정이 무표정이 아니라구? 내 표정, 너의 네 표정? 네 표정, 나의 내 표정? 스스로 볼 수 없는 그 자신의 표정. 어쩌면 볼 수 있으나 본 것이 아닌, 어쩌면 본 것이 아니나 본 것일 수도 있는… 그의 '나'와 '너', 언젠가는 만나 하나가 되어야 할 그의 떨어진 두 몸. 그는 때가 되었음을 알았다. 그는 차창을 열어제쳤다. 차갑고 캄캄한 어둠이 숨막히게 몰려들었다. 그는 어둠을 향해 상체를 기울였다. 들어오라, 내 몸 속으로 들어오라. 겨울바람 속에 뜬 넋을 불러들이기 위해, 그는 온 갈망을 다했다. 그러나, "문 닫읍시다!" 하는 뒷자리의 짜증난 외침이 그의 갈망을 깨뜨렸다. 그는 굴욕을 느끼며 창문을 닫았다. 들어오지 못한 넋이 다시 떠올랐다. 그러자, 그의 눈과 귀가 소란해지기 시작했다. 바로 옆자리의 사내가 창밖에서 신문을 보고 있었다. 그리고 건너편 창가에서는 웬 할아버지와 할머니가 계란을 까먹고 있었다. 그리고 앞자리에서는, "바람나 도망간 년 뭐 해? 자식도 없는데 내버려둘 일이지." "그래도…" 어쩌구 소리가 만들어지고 있었다. 커튼이라도 있다면, 그는 차창 밖을 닫아버리고 싶었다. 차창의 뒷면을 때리는 빗줄기들이 물무늬—한 순간, 그 물무늬는 뱀 껍질같이 끔찍스런 촉감으로 그를 감쌌다가 풀어지는 것 같았다—를 그리며 흘러내렸다. 빗물에 가려 있는 거리, 그는 어디쯤 지나고 있는 것인가 가늠키가 어려웠다. 마주 오는 차량의 헤드라이트가 언뜻 어둠 뒤의 산길 풍경을 들췄으나, 그것은 방향과 위치의 지표가 되지 못했다. 그는, 원망스럽게 자신을 응시하는 제 밖의 제 표정과 함께, 그저 좁은 차 안에 실려 어디론가 가고 있는 셈이었다. "이 쌍년은 오늘도 벗네." "오늘은 누구하고?" "왜 그 비리비리한…" 이렇게 좁은 현실—현실이라구?—에 실려 어디로? "중장비 좀 다룰 줄 아니까 중동 가서…" 그는 차창의 안팎에 끼어, 앉은 자리가 답답했다. "너무 뻔한 소설이잖아…" "한 삼 년 뛰면…" 그는 몸을 뒤틀었다. 창밖의 그가 따라서 몸을 비틀었다. "차 안에 계신 아저씨, 아주머니, 형님, 누나, 조용한 차중에 소란을 끼치게…" 언제 올라왔는지, 비에 흠뻑 젖은 어린 원숭이 한 마리가 대사를 외우기 시작했다. 이놈아, 다시 만났구나. 언제까지 너를 만나야 한단 말이냐. 그는 다시 제가 탄 버스가 야학을 향해 가고 있음을 되살렸다. 이제는 그리로 갈 수가 없는데… "…범근이가 어제 킹스컵에서 또 하나 넣었더라." "워낙 빠르니까…" 저쪽 자리의 할머니가 비닐 봉지에 입을 대고 토하고 있었다. 탁한 공기에 역한 내음이 섞였다. 그는 헛구역질을 참았다. 그는 눈썹 위에 걸린 식은땀을 닦았다. 입 안이 버석 말라왔다. 갑자기 몸의 오관이 한계에 도달한 듯 몸서리가 돌았다. 어떻게 이 감각의 소란을 가다듬을까? 구원처럼, 몇 점 불빛들이 창밖에 떠올랐다. 그는 창문에 바짝 이마를 대고, 손으로 눈 위를 가려 반사광을 막았다. 벌써 서울인가? 아직은 아닐 텐데. 밝은 조명에 비추어진 안내판이 보였다. '금곡 입구'와 '예비군 훈련장 입구'가 나란히 서 있었다. 먼 곳의 숲은 보이지 않았다. 그런데 하필이면 왜 여기다 훈련장을 만들었지? 그는, 이제 예비군복이 될 제 제대복을 내려다보았다. 얼룩 무늬, 아직도 끝나지 않은 계급과 포복과 사격술과 비상 훈련에 더욱 얼룩질 무늬. 벗어버릴 수 없는, 점점 번져갈 피부의 반점 무늬. 물무늬진 그의 의식이 문득 여기쯤이라는 직감을 얻었다. 그는 습기진 유리창을 닦아냈다. 그렇지. 버스가 바로 제2한강교 위를 지나고 있었다. 하늘과 강은 온통 회색의 장막이었다. 그는 자리에서 일어났다. 늦기 전에, 야학에 닿기 전에 내려야지. 내릴 때가 다 와가는데, 조금만 참자. 서울이 다가오고 있다는 생각이 그의 좌석을 더욱 답답하게 죄어왔다. 제 밖의 소란이 제 안의 혼돈보다 더 참기 어려운 걸까? 하기야 당장 제 감각에 와 닿는 거니까. 몸을 비틀면 마음은 두 배로 더 비꼬였다. 그는 몸을 움직이지 않으려고 애썼다. 그러면 갇힌 마음이 몸을 세 배로 더 답답하게 얽어 묶어왔다. 조금만 참자. 하지만, 버스를 내린다고 이 답답함 속에서 풀려난다는 보장이 있을까? 버스를 내린 그는 홀로 강변에 버려졌다. 아니, 홀로가 아니었다. 동냥을 구하던 꼬마 원숭이가 마침 거기서 버스를 내렸던 것이다. 그 원숭이가 쪼르르 강둑을 뛰어내려갔다. 강줄기 속으로 돌기처럼 밀려 들어간 모래밭 가까이 자갈 채취선이 떠 있었다. 그것은 강 밑에 함정을 파는 거대한 갑충, 잠든 집게벌레처럼 보였다. 그는 저 기괴한 현실 하나가 잠들어 있다는 데 위안을 느꼈다. 그런데 강둑을 내려간 새끼 원숭이는 어디로 갔을까? 그는 찾아볼 수 없었다. 물 속으로 들어갔을까? 언젠가 그랬듯이, 늘 그랬듯이, 어느 날 어린아이 하나가 또 물 속으로 헤엄쳐가리라. 아이는 저 거대한 벌레 곁으로 멋모르고 다가가리라, 그리고 모래 웅덩이에 빠지리라, 그리고 허우적거리다가 물의 섭리를 거슬린 그 함정의 바닥에 가라앉고 물먹은 주검이 되어 떠오르리라, 그리고 걸어나와 짐승처럼 세상을 살리라… 회색 구름 위에 덧칠된 습한 어둠이 풍경 속으로 내려오고 있었다. 이미 흑회색으로 물든 강의 저쪽 끝에서부터, 어둠은 암담하게 덮쳐왔다. 원숭아, 아니, 아이야, 나오너라. 나랑 같이 가자. 무엇을 원하는지 말해보렴, 무엇을 나눠가질지. 아이는 끝내 나타나지 않았다. 그는 강 위에서 강을 내려다볼 생각이 들었다. 배는 없고…, 다리 위로나 갈까? 그는 인적이 없는 곳에도 비가 내리고 있는 게 이상했다. 찬찬히 그는 다리를 향해 걸어갔다. "늘 견디어냈었지. 그래서 지금 여기 있는 거니까, 또 견딜 수 있겠지…" 그는 저도 모르게 소리내어 중얼거렸다. 그것은 실수였다. "뭐라구요?" 옆사람이 말을 받았던 것이다. 그는 더욱더 좁혀진 제자리에 경황을 잃고 잠깐 말문이 막혔다. "아닙니다. 저 혼잣소립니다." "전 또 나한테 하는 이야긴 줄 알고…. 이제 다 와가는 모양이지요?" "네." "제대하셨군요?" "네." "춘천 근방에 근무하셨나요?" 아니오. "네." "그럼 몇 사단에?" "네. 네?" 말을 끊어버려야 할 텐데, 이를 어떡한다? 꿈에서 깨어났을 그의 다른 마음은 이제 어떡하고 있을까? 꿈으로부터 창 하나 없는 여관방으로 돌아와, 어둑어둑 오슬오슬 몸을 떨며 누워 무엇을 생각할까? 당연히 제 방인 줄 알고 잠에서 깨어나다 낯선 곳임을 깨달을 때의 불안이 꿈의 달콤함을 어떻게 무너뜨렸을까? 더구나 돈 주고 산 여자와 자고 났을 때라면? 아주 잠들지 못하고 왜 깨어났을까를 저주하고 있을까, 또는 제 꿈을 씁쓸히 떨쳐낼까? 혹시 벌써 잠을 깨어난 그의 다른 마음은 주섬주섬 마르지 않은 옷을 제 껍질처럼 껴입고 다시 빗속을 찾아나섰는지도 몰랐다. 다른 마음 나름대로의 돌아갈 곳을 찾아서? 아니면, 그를 찾아서? 아니면, 그를 잊어버릴 무엇을 찾아서? 다른 마음은 한없이 술을 찾고 있을지 몰랐고, 꿈속에 본 얼굴을 찾고 있을지 몰랐고, 사고인 척 자동차에 치여버릴 장소를 찾고 있을지 몰랐고, 혼자 음악을 들을 조용한 다방을 찾고 있을지 몰랐고, 자신에게 구걸하던 아이를 찾고 있을지 몰랐고, 그가 버린 야학 교재를 찾고 있을지 몰랐고, 자신을 때려줄 깡패를 찾고 있을지 몰랐고, 아까 그 창녀로는 모자라 보지로 담배를 피우는 여자라도 찾고 있을지 몰랐다. 둘로 나뉘어, 셋, 넷, 다섯으로 나뉘어, 그는 얼마나 더 떠돌아야 할까? 그래야 떠나가 돌아갈 수 있을까? 다리 위에서, 그는 한 목숨의 추락을 집어삼킬 수도 있을 저 물의 깊이를 헤아려보았다. 내려다보이는 뿌연 강물 위에, 수없는 빗방울들이 점찍히고 있었다. 물을 때리는 빗방울 소리는 어떤 것일까? 퐁퐁, 풍풍, 팡팡, 탕탕… 이해할 수 없는 격정으로, 그는 상상의 기관총을 물 위에 조준하고 마구 쏘아댔다. 제 몸 속에 한없이 흐르는, 이제는 스스로 두렵기조차 한 어떤 흐름을 사살하려는 듯. 물의 심장은 어디에 있는가? 수많은 총알 구멍들을 아물며, 강은 늠름하게 흐르고 있었다. 그는 물을 죽일 수 없는 총을 거뒀다. 그때, 등뒤에서 모습을 알 수 없는 그의 적이 그를 향해 총을 쏘아댔다. 언제나 몸 한 점을 향해 관통해오던 통증이 이번에 처음으로 그의 뒷몸 전체에 무수히 꽂혀왔다. 그는 쓰러질 듯 철책에 몸을 기댔다. 그러나 그는 몸을 일으켜세워 돌아섰다. 보이지 않는 적에게 자신이 죽지 않았다는 것을 보여주려고. 그리고 그 역시 죽일 수 없는 적을 향해 총을 쏘아대려고. 그는 손가락을 접고 펼쳐 권총 모양을 만들어, 다급히 옆자리의 사내 가슴에 가져다 댔다. 계속해서 말을 건네던 사내가 얼떨떨한 표정을 지었다. "하하하…" 그가 정신나간 사람마냥 짧게 웃었다. 그는 손을 풀었다. "아닙니다, 죄송합니다. 아까부터 딴생각만 하다가 그만…" 그러면서 그는 그늘진 사내의 얼굴과 음성을 예전에 한 번쯤 대해본 느낌이 들었다. 하지만 그는 기억을 들추기조차 귀찮았다. 얼떨떨한 표정을 채 풀어버리지 못한 사내가 몸을 뒤로 뺐다. 그는 찜찜한 가슴을 그 정도로 토닥거려 한숨을 돌리며, 고개를 휘둘러 목운동을 했다. 갑갑함이 조금 느슨해졌다. 창밖에 창백한 빛이 밝혀지더니 버스가 속력을 늦췄다. 드디어 서울로 들어가는 마지막 검문인 모양이었다. 다리의 중심이 걸쳐진 작은 섬의 검문소 앞을 지나면서, 다리 끝에서부터 차례로 수은등이 밝혀지기 시작했다. 허공의 작은 빛점들이 문득문득 다가오고 있었다. 다리 오른편 강 건너 기슭에서, 그는 머리를 든 누에처럼 강변에 돌출된 작은 봉우리와 그 위에 세워진 묘한 건물을 구별해냈다.

불 밝힌 둥근 건물의 윤곽 위에 솟아오른 탑 같은 것도 보였다. 얼마 멀지 않은 화력 발전소의 높은 굴뚝을 배경삼아, 그것은 뭍에서 물로의 출발을 앞둔 커다란 배의 형상이었다. 저기가…, 언젠가 들은 적이 있던 거기, 무슨 순교자들을 기념한다는 덴가? 그렇다면 저기나 가볼까? 그는 별다른 기대 없이 제 발길에 방향을 주었다. 기대라니, 이 나날의 예사로운 발길에 무슨 기대를 건단 말인가? 그는, 다음날 아침 또 하릴없이 깨어나야 할 시간에, 맑은 날이라면 동향의 창문 가득히 커튼 뒤에 괴어 스며들 그 건조한 아침 햇살을 생각했다. 지겨운 봄이었다. 그러나 우선 그 지겨움으로나마 돌아와야 할 겨울이었다. '어서 오십시오 서울입니다' 가로등이 밝혀진 언덕길의 팔차선 도로를 오르는 버스 안에, 츠츠즉거리는 잡음이 떠돌았다. 버스 안의 온갖 소리들이 저렇게 엉겨붙었나? 어지럽게 얽혀 있던 잡음이 문득 주파수를 찾으며 어떤 목소리가 되었다. "…라고 정통한 소식통이 전했습니다." 라디오 뉴스였다. "쿠웨이트에서 유 피 아이 동양. 아랍 석유 수출국 기구 오페크 소속 아랍 산유국들은 이십오일 새해 일월 일일부터 오 퍼센트 추가 감산키로 한 종전의 결정을 번복하고 오히려 십 퍼센트 증산키로 함에 따라…" 뉴스를 들으며, 그는 비로소 돌아온 현실을 실감했다. 현실로 들어가는 길은 공동 묘지를 이룬 산과 산 사이 가운데를 휑하니 가로지르고 있었다. 수은등 빛이 혹처럼 돋아난 무덤들을 비추고 있었다. 과연 죽으면 현실의 밖으로 물러나 편안히 잠들 수 있는 것일까? 슬픔을 잊는다는 곳—'忘憂里.' '切頭山'—머리가 잘려나간 곳. 그 이름이 전해주는 것은 숭고함이나 경건함이 아니었다. 그는, 절벽 밑으로 목을 떨구고 피 위에 넘어진 목 없는 시체들이 선연히 떠오르는 듯싶어 끔찍스러웠다. 당장이라도 그 자리를 떠나지 못한 원혼—원혼이라니, 신을 찬양하며 기꺼이 죽음을 받아 복자가 되었는데—들이 어둠을 타고 일어나 그에게 뒤집어씌워져 신들리게 할 것 같았다. 그도 스스로 죽음을 선택고자 했었다. 하지만 이런 믿음의 죽음은 아니었다. 그는 그저 없어지고 싶었다. 그의 죽음은 믿음 다음에 왔었다. 그의 믿음—그가 확고히 믿었던 그것은 무엇이었던가—은 죽음 이전에 있었다, 이 땅 위에. 이제는 그것도 잃어버렸지만. 여기서의 이 두려움은, 그 대상이 무엇이든 신앙이란 것이 없는 자의 마음일까? 그는 습관처럼 제 앞에 주어진 글귀를 읽어나갔다. '殉敎聖址 楊花津 切頭山: 삭풍 몰아치는 北京으로부터〔…〕西學의 연구를〔…〕숭고한 신앙심으로 정화되었다.〔…〕타오르기 시작한 신앙의 불길은〔…〕무수한 순교자의 성혈로〔…〕전국 도처 붉게 물들어진〔…〕丙寅迫害로 인하여〔…〕이곳 양화진에〔…〕굽이쳐 흐르는 한강가 깎아지른〔…〕'"한편 국무회의는 오늘 국제적인 자원 파동에 대처하여 관세법 제 십오조의 규정에 의한 탄력 과세 제도를 합리적으로 운영, 물가 수급 조절의 원활과 물가 안정을 기하기…" 방금 이것을 현실감이라 했던가? 그렇다면 보충되어야만 한다. 틀에 박힌 말을 통해 주어진, 체험되지 않고 주입된 현실감. 뉴스와 광고와 도처의 안내판과 도로 표지와 또 그 밖의 그런 것들로 만들어진 현실감. 누가 그것을 우리에게 주고 있을까? 그 누구를 지나쳐 더 먼 곳으로 되돌아가야 할 텐데. "칠차 한일 각료 회담이 오늘 오전 일본 외무성 대회의실에서 열려, 양국 관계 일반과 한반도 및…" 뒤늦게, 그는 저 딱딱한 말들이 돌임을 알았다. 지금까지 그의 둘레에서 그를 억압하던, 버스 안의 사람들이 저만큼 짝지어 웅성대던 말들은, 거기에 비하자면 차라리 얇고 투명하고 연약한 유리벽처럼 여겨졌다. 말-돌이 말-유리를 깨부수며 쏟아지고 있었다, 쏟아져 쌓이고 있었다. 차창 밖 불빛들이 조금씩 더 밝아져왔다. 이제 차창에 반영된 차 안을 보기 위해서는 밖의 빛을 피하는 어느 순간의 어느 각도가 필요했다. 거리에는, 여러 불빛 때문에 여러 그림자를 거느린 사람들이 오가고 있었다. 그는 제 그림자를 앞세우고 계단을 밟아올랐다. 오후 다섯시까지 열리는 '순교자 기념관'은 잠겨 있었다. 그는 기념관 앞의 '斥和碑'를 두들기다가, 건물을 둘러친 난간을 따라가보기로 했다. 무심코 두번째 모서리를 돌아 강 쪽으로 걸어가려던 그는 우뚝 발길을 멈췄다. 난간의 저쪽 끝에, 난간을 붙잡고 서서 강물을 굽어보는 조각 때문이었다. 어둠보다 진한 검은 의상에 희게 선 칼라로 보아, 그것은 카톨릭 신부의 조각이었다. 조각은 무엇을 저렇게 열중해 보고 있을까? 차창에 보이는 것은 이제 완전히 거리 풍경으로 대치되어 있었다. 거리는 갈수록 휘황해져, 차창이 차 안을 되비칠 틈을 주지 않았다. 그러나 아까 본 차 안이나 지금 보이는 차 밖이나 결국 같은 유리면을 통해 보여지는 것이라면… 그는 그 사실을 가지고 제 마음을 우겼다. 저 거리 풍경은 결국 이 좁은 차 안이 되비쳐진 것이라고. 다만 공간적으로 확산되어 보일 뿐이라고. 거꾸로 말해, 이 차 안은 저 거리의 응결이라고. 그렇다면, 창밖에 떠올랐던 그의 다른 얼굴은 저 거리 어디를 맴돌고 있을까? "…에 의하면, 인제군 서화면 천도리 임승택씨 피살 사건을 수사중인 인제경찰서는 임씨 부인 이십사 세 김순옥씨의 진술에 따라…"

쏟아져 쌓인 말-돌들은 이미 담을 이루고 있었다. 이것은 현실의 돌담인가? 과거의 돌담을 떠나 다다른 현실의 울타리? 이 울타리는 또 언제 떠날 수 있을는지? 출항을 앞둔 배의 선장처럼 물을 응시하던 신부가 천천히 조각의 자세를 움직였다. 이제야 그의 기척을 들은 모양이었다. 창문에서 흘러나오는 전등빛 속에 신부의 얼굴이 부드럽게 떠올랐다. 그는 신부의 얼굴이 짐승으로 유추되지 않는 게 오히려 신기했다. "여기 계신 신부님이신가요?" 그가 먼저 말을 꺼낼 수밖에 없었다. "아닙니다. 여기 신부님을 찾으신다면…" "아니오, 그저 여쭈어본 겁니다. 실은, 신부님 뒷모습이 하두 처연했다 그럴까, 제 감정입니다만, 그래서…" 신부의 얼굴에 미소가 떠올랐다. "가끔 이곳에 오곤 하지요. 여기 오면 신앙심을 가다듬을 수 있을까 해서요." "신부님도 신앙심을 걱정하시나요?" "신부도 사람이니까요… 차림을 보니까 학생이신 모양이죠?" "아닙니다, 그저 실업자 한량입니다." "무슨 자조의 뜻인 것 같군요." "사실이 그럴 뿐입니다." 사실… 사실은 현실인가? "끝으로 오늘 저녁에 있을 국무총리의 특별 담화 및 기자 회견을 예고해드리겠습니다. 오늘 저녁 아홉 시, 중앙청에서는 최근의 개헌 논의와 관련된 시국에 관해 국무총리의 특별…" 그때 툭 그의 어깨를 건드린 자는 다시 옆사람이었다. 그가 고개를 돌리자 사내는 아까 일은 있지도 않았다는 듯한 표정으로 말을 건넸다. "성냥 좀 빌릴까요?" 그는 주머니를 뒤지며, 수상스런 생각이 다시 떠올랐다. 어디서 봤지? 그가 성냥을 내밀었다. 성냥불이 확 당겨져 오를 때, 그는, 앗!—하며, 기억의 어느 장면에 겹쳐지는 사내의 얼굴을 확인했다. 아니, 당신이 어떻게?… 그는 놀란 표정을 감추며 다시 사내의 얼굴을 들여다보았다. 벌써부터 뒤쫓아다니기 시작한단 말인가? 그는 사내가 그림자처럼 바싹 발끝에 달라붙는 느낌을 떨쳐낼 수 없었다. 제 것도 아닌데 저를 따라 움직이는 음흉한 그림자는 무엇을 바라는 것일까? "감사합니다." 성냥을 되돌려주는 사내가 웃었다. 벌어진 입 속의 이빨이 날카롭게 드러났다. 부드러움에 자꾸 빨려들어가듯, 그는 다시 신부에게 말을 걸었다. "기념관 안에 뭐가 있나요?" "유품들하고, 사진, 그림, 또 복자들을 고문하던 형틀 같은 게 있지요." "보고 싶군요." "신자신가요?" "아닙니다. 전 종교를 갖고 있지 않습니다." "그런데 여긴?" "그냥 지나는 길에 들른 거지요. 저, 한 말씀 여쭈어봐도 될까요?" "그러세요." "아까 무슨 생각을 하면서 강물을 보고 계셨는지요?" "여기 올 때마다 생각해보는 거지만, 죽음의 순간에 순교자들은 무엇을 생각했을까, 무엇을 보았을까 하는 거였지요." "그게 무엇이었을까요?" "글쎄요. 모르겠습니다. 내 눈에는 그저 강물밖에 안 보이는군요." 그는 어둠이 얹혀진 강물을 굽어보았다. 그리고 그 둔중하게 흐르는 어둠 속에서 익사하지 않으려고 허우적대는 제 자신의 일그러진 표정과 안간 몸놀림을 보았다. "우리 시대에도 순교라는 게 가능할까요?" 그가 물 위에 뜬 제 모습을 지우려고 물었다. "어려운 질문이군요. 혹 신부답지 않은 생각일지 모르겠습니다마는, 아직도 그게 가능하다면, 그건 더 살아서 고통받는, 말하자면 서서히 고통스럽게 죽어가는 형태가 아닐지요…" "청량리 내리실 분 준비해주세요!" 여전히 꾀죄죄하고 기계적인 안내양의 목소리에서, 그는 사내를 따돌릴 방법을 찾아냈다. 그는 내릴 수 있는 마지막 순간에 벌떡 몸을 일으켰다. 방심하고 있던 사내가 흠칫 놀랐다.

"에이, 여기서 내려버리자." 혼잣소리처럼 중얼거리며, 그는 재빨리 달려나갔다. 그가 내리면서, 차는 떠났다. "휴우…" 그는 싸늘한 밤공기 속에서 한숨을 돌렸다. 가만, 그런데 이제 어떡하지? 길 건너 청량리역 광장이 붐비고 있었다. 그는 붐비는 사람들 속에 끼어보고 싶었다. 그는 완전히 혼자가 되어보고 싶었다. 불가능하겠지만. 신부와 헤어져, 그는 기념관 밑의 텅 빈 정원으로 내려와 동상과 기념비와 묘비들 사이를 오락가락 서성거렸다. 발길이 끌리는 대로, 그는 비에 젖은 성모 마리아의 석고상 앞에 마주섰다. 이 무지한 인간이 철들고 처음이자 마지막으로 올리는 단 한 번의 기도를 받아주시옵소서. 신이여, 당신이 진정 계셔 자비로우시다면, 당신을 믿지 않음을 용서하소서. 저는 당신을 지나 더 먼 곳으로 되돌아가야 하옵니다… 그리고 그는 물 속에 허우적거리는 제 넋을 건져 하루를 끝내고 집으로 데려가기 위해, 성모상 옆에 뚫린 철망을 넘어, 비에 젖어 미끄럽고 가파른 바위를 조심스럽게 더듬어 내려가기 시작했다. 무슨 낌새 때문이었는지, 그가 다시 성모상을 돌아보았을 때, 틀림없는 착각이었겠지만, 고개를 돌려 그를 내려보는 성모상이 희게 빛났다. 희게 솟구쳐 광장을 내려보는 시계탑 밑에서, 그는 광장을 오가는 온갖 사람들을 우두커니 쳐다보았다. 사람들은 하나의 거대한 유동체를 이루고, 시시각각 그 모습을 뒤바꾸고 있었다. 어느 순간, 유동체의 한 촉수가 불쑥 뻗쳐나와 그의 팔을 낚아챘다. 반사적으로 뿌리치며 물러서던 그는 시계탑에 등판을 부딪혔다. "제대하셨는데 몸 좀 푸셔야지. 어제 온 아가씨랑 연애 한번 안 할려우?" 그렇게 흉터가 생생한 여자와 어떻게 그 짓을 하란 말이냐? 흉터를 감출 줄 아는 여자라면, 그래서 그 짓을 하는 동안만이라도 자신을 잊게 해준다면, 그것이 문드러지도록 백날 천날이라도 그러마. 개가 되어. 둘 중의 누구 탓인지 한 번도 성공해본 적이 없었지만. "돈이 없수다." "그러지 말구 가셔, 응?" 옆으로 몸을 비킨 그는 유동체에 둘러싸여 숨이 조여질 것 같은 공포에 뒷걸음쳤다. 겨울이었다. 그리고 훌쩍 봄이었다. 그러나 겨울은 가지 않았다. 여름이 와도 겨울은 가지 않을 것이다. 물 끝을 밟고 서서, 그는 제 눈에 보일 정도로 덜덜덜덜 떨어대기 시작했다. 옛 나루터의 흔적 위에 빗방울이 희끗거렸다. 그는 떨리는 손으로 주머니의 담배와 성냥을 꺼냈다. 수건에 싸둔 그것들은 조금 젖어 있었다. 성냥은 몇 번씩 켜지지 않았다. 간신히 일어난 불길로, 그는 어두운 강을 비췄다. 그의 시선은 몇 발자국 앞에서 차단당했다. 그를 둘러치고 있는 것은 어둠의 벽이 아니었다. 벽은 이미 없었다. 벽이라면 뛰어넘거나 부술 수도 있으리라. 그러나 이것은 안개처럼 있으면서 없고, 없으면서 있는 무엇이었다. 한 발을 옮기면, 한 발 전과 똑같이 휘감기며 뭉뚱그려지는 어둠의 안개. 그는 다시 한번 성냥에 불을 댕겼다. 그는 담배에 불을 붙였다. 손으로 비를 가린 담배 끝에 한 점 불꽃이 그의 호흡에 따라 빠끔 달아올랐다가 스러지곤 하였다. 그는 담배를 든 손을 다른 손등으로 가져갔다. 그리고 담뱃불을 젖은 손등에 눌렀다. 치익! 뜨거움과 동시에 불이 꺼지고, 점의 아픔이 손을 꿰뚫으며 직선으로 파고들었다. 보이지는 않으나 수억만 개의 줄기로 어둠을 헤집고 있을 빗속에서, 그는 몸 안으로 떨어지는 눈물 한 방울의 무게를 느꼈다. 그 없는 무게를 느낄 정도로 별안간 예민해졌던 감각이 엎어지며, 그는 끝없는 몽롱함 속으로 빠져들었다. 그는

길, 한 이십 년

몽유병 환자처럼 몸을 움직여 돌아갈 길을 찾았다. 참 이상하지, 역이란 사람들이 돌아오는 곳이기도 한데, 꼭 떠나는 곳이란 인상을 준단 말이야. 돌아오며 떠나기, 떠나며 돌아오기… 그가 거머쥔 붉은 전화기가 위험 신호로 보였다. 그가 집의 전화기를 울렸다. 밤학교의 전화기를 울렸다, 잠속에서 잠 밖을 거닐 듯 거리로 나온 그가. "여보세요." "여보세요. 거기 일심학원이죠?" "네, 그런데요." "아, 김선생님이세요? 전 영어를 가르치는…" "아, 웬일이세요. 오늘 수업이 없으시던가요?" 봄. 겨울. "어머니, 저예요. 제가 왔어요." "너구나. 그래 어제 온다더니, 연락도 없구. 얼마나 걱정했는데." … "있습니다." "무슨 일이 생기신 모양이죠? 혹 편찮으신 건 아니구요?" "그렇진 않구. 거기 갈 수가 없어서요." … "아버지 좀 바꿔주세요. 아버진 또 공부만 하고 계신가요?" "뭐라고?" "아버지께 드릴 말씀이 있어요." "이놈아, 지금 무슨 소리냐? 술 마셨니?" … "네에, 학생들에게 그렇게 전하죠. 무슨 나쁜 일은 아니구요?" "아닙니다. 그냥 갈 수가 없어요." "내일은 괜찮으세요?" "내일도 안 됩니다." "그럼 언제나?" "다시는 안 됩니다." "네?" … "아니에요. 술 안 마셨어요. 아버지께 드릴 말씀이 있어요." "애야, 너 왜 그러니? 정신 나갔어?" "아버지!" … "다시는 갈 수가 없어요. 거길 지나왔거든요." "지나가다뇨?" "더 가야 해요. 이제는 더 가야 한다구요." … "얘, 얘, 정신 있니?" "아버지, 저 돌아왔어요. 할아버지가 계셨던 산골 학교를 들러 오느라고 늦었어요. 거길 지나왔으니, 이제 아버질 또 지나가야지요…" 어디로 떠나갈 것인가? 어디로 돌아갈 것인가?

　……나는, 그의 두 시간을 따르던, 내 의식을, 정지시킨다.

나의 밖. 늦은 봄 또는 이른 여름의 밤비가 내리고 있다. 나는 가만히 귀를 기울인다. 텅 빈 그의 방, 창 안의 어둠 속에서 무수한 빗소리가 덩어리져 들려온다. 창문으로 다가가, 나는 유리창에 이마와 코를 누르고 방안을 들여다본다. 방 밖으로부터 흘러들어가는 불빛 속에서 간혹 반짝거리는 것이 보인다. 그것은 소리의 모습이다. 헤아릴 수도 없는 작은 소리의 웅어리들이 방안에 투영된 창문 앞의 사철나무를 두드린다. 소리는 나무를 물들이고, 불빛은 물기 속에 스며 나무를 드리우고 있다. 그 불빛들은 여기저기 가지의 끝에서나 잎새의 끝에서 다시 뚝 뚝 뚝 떨어져내린다. 방안 창 밑의 깊은 어둠 속으로 불빛들이 스러질 때, 어둠의 우물 안에서는 설핏 빛의 소리들이 울려나온다. 창문을 열고, 나는, 그 깊은 깊이를 향하여 몸을 기울인다.

그 세월의 무덤
── 1974년 여름

 무덤으로 가기 위해, 그는, 잠에서 깨어났다. 문득 잠의 안에서 밖으로 건너뛰는 순간, 그렇게 의식되는 순간, 또는 의식보다 더 빠른 무엇이 자신을 깨어났다고 믿게 하는 순간, 그는, 무슨 까닭인지, 자기가 깨어난 것이 바로 무덤으로 가기 위해서라는 기이한 느낌에 사로잡혔다. 꿈 때문일까? 그러나 그는 자신이 무슨 꿈을 꾸었는지 전혀 알 수 없었다. 다만, 꿈속에서 그는 온갖 색깔들로 뒤섞인 진득한 물감 속을 헤매다가 빠져나온 것 같았다. 그 중에서 그는 붉은색과 푸른색, 그리고 검은색을 비교적 선명히 본 듯싶었다. 그 색깔들이 아직 그의 눈앞에 어른거리고 있었다. 아마도 그는 천연색 꿈을 꾼 모양이었다. 뭔가 신기한 꿈을 꾼 모양인데… 그 뜻없는 생각이 그의 머릿속에 가득찬 꿈의 여운에 파문을 일으키며 어지럽혔다.
 흔들리는 꿈의 여운에 잠겨, 그는 그대로 누워 있었다. 한참만에야 그는 자신이 깨어났음에도 불구하고 여전히 눈을 감고 있다는 사실을 깨달았다. 그의 깨어난 의식이 눈꺼풀 안을 응시하고 있었다. 벌써 늦은 아침인가, 여느 때보다 환한 기운이 눈꺼풀 위로 스며들어 조금씩 그가 꿈꾼 색깔들을 흩트리고 있었다. 어느 순간, 꿈의 색깔들은 완전히 사라져버렸다. 눈을 떠야지―하고, 그는 생각했다. 그런데, 눈이 떠지지 않았다. 아직도 잠에 취해 있는 걸까… 그는 목덜미의 땀을 느꼈다. 그는 땀을 닦기 위해 손을 들어올리려 했다. 그런데, 이번엔 손이 움직이지 않았다. 착각이겠지… 그는 그 착각을 어이없어하며, 다시 손을 움직이려 했다. 그러나 손은 여전히 움직이지 않았다. 그는 당황했다. 온몸에서, 느닷없는 두려움이 진득진득하게 솟아나기 시작했다. 그는 자신의 착각을 기습하기 위해서라는 듯, 순간적으로 발에 힘을 주었다. 그러나 발 역시 움직이지 않았다. 온몸이 무엇인가에 단단히 휘어감겨 있었다. 무엇인가가 감각의 구멍들을 틀어막고 있었다. 두려움의 진득함이 삽시간에 그의 온몸을 적셔왔다. 그는 아무 소리도 들을 수 없음을, 입을 벌릴 수 없음을, 그리고 숨마저 쉬어지지 않음을 느꼈다. 숨이 쉬어지지 않는다? 그렇다면 이게 죽은 것일까? 죽으면 이렇게 되는 것일까? 죽은 몸에서 아직 빠져나가지 못한 넋이 염을 당한 제 몸을 안타까워하고 있는 것일까?

두려움에 묶여, 그는 그대로 누워 있었다. 그는 자신이 죽었다고 믿을 수 없었다. 그는 회오리치며 멀어져가려는 정신을 가다듬으려고 애쓰면서, 자신이 살아 있다는 데 마음을 걸었다. 심장이 터질 듯하게 갑갑해왔다. 온몸의 모든 액체를 분비해버리려는 듯, 그래서 기어이는 그의 몸을 말려버리려는 듯, 두려움의 땀은 한없이 솟구쳐나오고 있었다. 그것이 그를 휘어감은 무엇인가를 적시며, 그를 축축하고 질펀하고 무거운 고통 속으로 몰고 들어갔다. 그러자, 물먹은 온몸을 몽둥이로 내려치는 듯한 연속적인 충격이 열과 아픔을 몰아치며 그를 들쑤시기 시작했다. 걷잡을 수 없는 통증이 그를 휘몰아쳤다. 수천만 개의 바늘이 된 통증이 온몸을 찌르고, 거기에 다시 묵직한 충격이 덮쳐오고, 아픔은 피가 되어 온몸을 돌다가 뼛속으로 스미고… 밖으로 터져나오지 못하는 신음은 그의 내장을 거칠게 휘저으며 떠돌았다. 아, 그것은 아픔조차 아닌, 아픔의 아버지, 아픔의 아버지의 아버지… 아아, 삶의 저 끝에 번득이는 아픔의 뿌리를 끌어내는 듯한 소용돌이였다. 수억만 개의 세포들이 소리없는 비명에 몸부림쳤다. 아아아, 기어이 그는 불꽃들이 튀어오르는 저릿저릿한 신경을 더 이상 감당할 수 없는 아득한 의식의 나락 속으로 떨어져내렸다. 곧 졸도할 것 같은 막바지 순간을 붙들며, 그는 마지막 생각에 매어달렸다. 지나갈 것이다, 이 모든 것은 결국 지나갈 것이다…

 몸을 움직일 수 없는 겉의 고요 속에서, 그러나 제 안을 휩쓰는 고통의 폭풍을 꼼짝없이 당하며, 그는 그대로 누워 있었다. 시간은 흐르지 않아, 고통은 지나가지 않았다. 아니, 그래도 시간이 흐른 것일까, 공포와 체념의 기묘한 갈등 사이에서, 그는 갑자기 아픔의 나른함을 느끼기 시작했다. 그러면서 그의 닫힌 감각 밖에서 뭔가 움직이는 것 같다는 예감이 들었다. 그것이 자신을 휘감은 무엇인가를 풀어내고 몸의 오관을 막았던 물체를 끄집어냈다고 생각될 때, 그의 어깨를 흔드는 감촉이 있었다. 굳어 웅크린 잠시 사이…, 그는 조심스럽게 눈을 떴다. 눈이 떠지면서, 얼굴이었다. 낯선? 아니, 낯익은 어머니의 얼굴. "그만 일어나렴. 자, 신문 가져왔다." 후우우… 멍멍하게 내뿜는 긴 숨. 그는 흐린 초점을 맞추려 눈을 껌벅거렸다. 눈이 부셨다. "이 더운 날, 웬 이불을 그리 뒤집어쓰고 땀을 흘리며 자니?" 어머니의 손이 그의 이마를 훔쳤다. 그는 저린 손을 무겁게 끌어올려 이불을 옆으로 밀어내고, 다시 땀을 닦았다. "빨리 일어나거라." 어머니가 일어섰다. 그 정신없음 속에서도, 그는 어머니에게서 무언가 다른 점을 발견했다. "어머니!" 그가 조심스럽게 입을 열었다. "왜?" "그 흰 모시 한복은 웬일이세요?" "그냥 입었다. 마땅히 입을 것도 없고 해서." "오늘도 일하세요?" "해야지, 그럼…"

아침부터 기진했으므로, 그는 누워진 몸 그대로 누워 있었다. 풀어 헤쳐진 잠시 사이…, 다시 그는 무덤으로 가기 위해 몸을 일으켜야겠다고 생각했다. 그는 벌떡 상체를 세웠다. 그러나, 닫혔다 열린 감각의 구멍들 속에서 뭔가가 주르르 흘러내린다는 것을 깨달으며, 그는 급히 손을 코로 가져갔다. 뚝, 그의 손잔등에 한 방울의 피가 떨어져내렸다. 이런, 그는 고개를 젖히며 코를 막았다. 찝찔한 코피가 목안으로 흘러내렸다. 그는 휴지를 찾아 코를 닦아내고, 다시 누웠다. 그는 휴지를 솜처럼 말아 코를 막았다. "젠장…" 그는 혼잣소리를 내며 중얼거렸다. 중얼거림이 흐르는 피에 섞여 몸 안으로 흘러들었다. 그의 몸을 들쑤시던 아픔의 마지막 기운이 콧속에서 시큰거렸다. 그는 목을 베개 뒤로 깊이 젖힌 채, 잠시 동안 가만히 있었다. 하지만 그는 움직이지 않는다는 것이 무서웠다. 그는 손을 옆으로 뻗쳐 신문을 잡아들었다. 그는 문득 신문에서 어머니를 느꼈다. 그 느낌이 그답지 않다는 생각이 그를 조금 놀라게 만들었다. 그를 깨우기 위해, 어머니는 언제나 신문을 들고 그의 방으로 들어오곤 했다. 그런 어머니에 대한 무표정과 무거운 입, 그것이 늘상 그가 어머니에 대해 보이는 반응이었다. 그는 신문을 거꾸로 든 채 잠깐 망설였다. 무덤으로 가기 위해, 서둘러야겠다는 생각이 다시 떠올랐다. 방안에 가득찬, 벌써 후텁지근한 햇살의 양이 그를 초조하게 만들고 있었다. 그는 신문을 내던졌다.

마침내 그는 몸을 일으켰다. 기억나지 않는 꿈과 가위눌린듯한 환상의 피로가 그의 뒷목에 몰려 있었다. 뒷목을 두드리며, 그는 바지를 찾았다. 그러다가 그는 슬며시 고개를 등뒤로 돌렸다. 누군가가 등뒤에 있었던 것 같았다. 아무도 없었다. 그는 바지를 집어들었다. 그리고 이번엔 보다 민첩하게 고개를 돌렸다. 아——하며, 그는 등뒤에 나타났던 누군가가 벽 속으로 사라지는 모습을 잡아냈다. 검은 옷을 입은 노인의 형상이 신기루처럼 벽 저쪽으로 스며 멀어지고 있었다. 낯선 것 같기도 하고 낯익은 것 같기도 하고, 누군가? 혹시, 할아버지? 할아버지께서 당신이 쓰시던 옛 방에 뭐 하러 나타나신 걸까? 그러나 그는 눈을 비비며, 자신의 엉뚱한 의문을 떨쳐냈다. 왜 이 지경이지… 그는 자신의 깬 의식조차 어떤 환각에 휘말리고 있다는 것을 인정할 수 없었다. 그는 허우적거리며 바지를 꿰입었다.

황급히 그는 방문을 열고 나와, 마루를 건너, 목욕탕으로 들어가, 수도를 틀고, 고개를 숙여 어푸어푸 물을 얼굴에 적셨다. 그는 목덜미를 축이고, 고개를 들었다. 그리고 자기 앞의 거울 속을 뚫어지게 쳐다보았다.

……거울 속에서, 나는, 거울 밖의, 그를, 마주본다. 후우우——하고 거푸 긴 숨을 내몰아쉰 그가 얼굴을 찡그리더니, 머리

를 앞으로 기울여 내 이마에 그의 이마를 맞댄다. 자기 자신에게 다시 확인시키듯, 그가 내게 말한다. 오늘, 마지막으로 무덤에 갈 참이야.

그는 마루로 나섰다. 마루에 서서, 그는 수건으로 얼굴과 목과 팔뚝을 닦아냈다. 부엌 쪽에서 어머니의 목소리가 들렸다. "지금 밥 먹으련?" "네" 하고 대답한 그는, 그러나 곧 말을 덧붙였다. "잠깐, 잠깐만 있다가요." 그의 눈길이 이층으로 오르는 계단에 가 닿았고, 거기에 눈길이 닿았다는 사실이 오늘따라 가슴을 쳤기 때문이었다. 오랫동안 올라가보지 못한 계단이었다. 그는 오랜만에 그 계단을 오르고 싶었다.

그는 한발 한발 천천히 조심스럽게 계단을 따라 올랐다. 마치 나이를 밟고 오르듯. 발 밑에, 계단이 삐걱이는 소리가 나지막이 깔리고 있었다. 할머닌 어디 있어? 할머닌 하늘나라에 계시다. 왜 그렇게 빨리 갔어? 할머닌 너무 착해서, 하느님이 빨리 부르셨단다⋯ 할아버지, 비가 이렇게 많이 쏟아지니 홍수가 지겠어요. 아주 아주 옛날엔 이 세상이 다 떠내려가게 비가 온 적이 있었다. 하느님께서 더러운 세상을 씻어버리신 거야. 노아의 방주를 탄 사람과 짐승들만 살아 남았지⋯ 할아버지, 엄말 왜 야단쳐! 네 어미가 잘못했다. 엄마는 어른이야, 왜 야단쳐!⋯ 아버지, 이거 좀 해줘. 엄마한테 해달래라. 아버지가 해줘. 아버진 지금 바빠. 매일 아버지 공부만 해, 아버진?⋯ 이제 학교에 갔으니 공부 열심히 해서 일등을 해야지. 엄마, 일등 해서 뭐 해? 일등 해서 훌륭한 사람이 되는 거야. 훌륭한 게 뭔데? 이 세상을 위해 좋은 일을 하는 거지. 일등 못 하면 훌륭한 일 못 해? 일등 하면 좋은 일을 남보다 많이 하게 되거든⋯ 할아버진 요즘 어디 가 계셔? 강원도 산골에 가 계셔. 거기서 뭐 하셔? 학교 못 가는 시골 사람들 공부 가르치시지. 왜? 그 사람들이 잘 살게 하기 위해서야. 할아버지가 보고 싶으냐? 응, 하지만 성경 공부 안 해서 좋기도 해… 애들이 그러는데, 오학년 때부터 과외 해야 일류 중학교엘 붙는대. 넌 과외 안 하고 혼자 힘으로 일등 할 수 있다. 그래야 더 훌륭한 거야… 이젠 내버려두세요, 어머니. 저도 중학생이에요. 중학생이면 다 큰 줄 아냐?… 좀 일찍 일찍 다니지 못하겠니? 고등학생이 어딜 그리 쏘다녀? 걱정 마세요, 연극 공연할 거 연습 좀 하고 왔어요. 아휴, 그놈의 연극 좀 집어치우지 못하니?… 네 교복에서 웬 담배 냄새냐? 글쎄요, 저도 모르겠는데요. 배고파서 친구들이랑 짜장면 한 그릇 먹었는데, 옆자리 사람이 담밸 계속 피워대더니, 그 냄새가 밴 건가… 도대체 왜 이러니, 너? 도대체 어머니랑 저랑 무슨 상관이에요?… 우리 땐 누가 시키지 않아도 하루에 다섯 시간씩만 자면서 공부했었지. 그게 꼭 좋다는 건 아니야. 그리고 대학엔 떨어질 수도 있는 거고. 그런데도 요즘엔 내 교육 방식이 잘못된 건가 하는 생각이 들곤 하는구나. 하지만 난 너에게 아무것도 가르치지 않겠다. 스스로 크거라. 아버지께서 그렇게 말씀 안 하셔도, 저는 저 스스로 클 겁니다…

그는 아버지의 서재 앞에서 공연한 망설임에 머뭇거렸다. 서재 안에서 확인할 수 없는 수군거림이 들려오는 듯싶었다. 할아버지와 아버지의 수군거림, 아버지와 어머니의 수군거림… 그는 서재의 문을 열었다. 텅 빈 서재는, 그러나 어떤 내음으로 가득차 있었다. 아니, 그 반대였다. 사방의 벽과 바닥이 책들로 꽉차 있었는데, 방은 텅 비어 있는 것만 같았다. 그리고 분위기와 내음만이 자욱했다. 그 내음은 오래된 책들의 종이가 풍기는, 그 싸아하면서도 부드러운 그것만이 아니었다. 그것은, 이 방을 둘러싼 책들의 의미로부터 스며나오는, 저 책이라는 것의 추상의 내음만도 아니었다. 숨은 구석에서 조금씩 조금씩 실줄기처럼 번져나오는 내음… 떠도는 넋을 부르는 듯한, 또는 어루만지는 듯한, 또 다른 내음이 있었다. 그는 그 내음 속을 서성거렸다. 방 가운데, 다다미 위에 놓인 커다란 책상 하나가 그 내음 속에 가라앉아 있었다. 상 위에는, 색이 몹시 바랜 '奉德寺 鐘 飛天像'이 엽서만한 크기로 액자에 담겨 있었다. 그 옆에, 푸르스름한 유리로 만든, 잉크통과 펜꽂이가 함께 달린 구식 잉크 세트가 놓여 있었다. 그는 잉크통의 뚜껑을 열었다. 바싹 말라붙은 검푸른 잉크가 유리벽에 달라붙어 있었다. 그리고 녹슨 펜촉이 그대로 꽂힌 펜대 두 개가 가지런히 누워 있었다. 그는 책상 앞에 꼿꼿이 발을 꼬고 앉았다. 그의 아버지처럼. 아버지는 여기에 우뚝 앉아 한없이 책을 읽고, 한없이 생각에 잠기고, 한없이 글을 썼었다. 그는 고개를 들었다. 책상 바로 맞은편에, 벽으로부터 불쑥 튀어나온 나무 기둥 위에 액자가 하나 걸려 있었다. 검은 두루마기를 입고 성경책을 가슴께에 들고 있는, 폭풍 같은 목소리를 가두어 꽉 다문 입과 불 같은 눈을 가진 할아버지의 사진은 누렇게 변색되어 있었다.

무덤으로 가기 위해, 그는, 집을 나섰다. 언제나처럼, "어딜 가니?" 하는 어머니의 물음에 "그냥 나가요" 하는 간단한 대꾸를 남기고 집을 나서며, 그는 그의 집 앞에서 마주 보이는 언덕빼기의 울창한 숲을 바라보았다. 인왕산의 돌봉우리를 뒤로한 그 맞은편 언덕의 숲은 벌써 높이 떠오른 여름의 태양 아래서 끓어오르고 있었다. 자욱한 나뭇잎새들은 거대한 불나무의 몸부림에 수없이 날름거리는 초록빛 불이파리들처럼 보였다. 그는 언제나 그 숲속에서 불을 보곤 했다. 한겨울의 헐벗은 가지들조차 그에게는 불의 뼈로 보였다. 예전에, 그 숲속에는 구한말에 지어졌다는 고딕풍의 건물이 있었다. 오랜 세월이 스며 오히려 견고함을 더해 보이던, 붉은 벽돌과 대리석으로 지어진 그 건물은 그의 동네를 굽어보듯 높고 뾰죽한 첨탑을 숲 위로 드러내고 있었다. 육이오 이후에 국제연합의 무슨 기구가 들어서 있다던 그 '뾰죽당'은, 그러나 어느 날 불길에 휩싸였다. 그가 국민학교에 다니던 시절, 어느 휴일이었다. 골목에서 병정놀이를 하고 있었을 때, 총에 맞아 죽은 시늉을 하고 길바닥에 드러누웠던 아이 하나가 갑자기 소리쳤다. "저 연기 봐… 어, 어, 뾰죽당이, 불탄다!" 어린 그는 친구들을 몰고 삐걱이는 그의 집 이층 계단을 뛰어올라, 아버지의 서재 앞 베란다로 나갔다. 시커먼 연기가 자욱이 숲을 뒤덮고, 그 사이로 시뻘건 불길이 몸부림치는 거인처럼 여러 개의 불혀를 드러냈다 감췄다 하며 꿈틀대고 있었다. 지붕을 덮은 얇고 편편한 돌 같은 것이 후드득 튀어오르고, 툭 툭 투다닥 뿌지직 소리를 내면서 뾰죽당은 불과 함께 용틀임쳤다. 아, 저토록 큰 불도 있었구나. 불을 바라보는 그의 가슴 가득히, 전율과 황홀이 불춤을 추어대고 있었다.

　그는 언덕진 골목을 따라 내려오다가, 발길을 멈추고 그의 집을 돌아보았다. 그는 제 집이 불길에 타오르는 상상을 곧 잘 하곤 했었다. 일본식 이층 목조 건물을 개조해 엉성하게 모습을 갖춘 제 집에 눈길을 준 채로, 몇 발자국 뒷걸음질치던 그는

"아야!" 하는 소리와 부딪쳤다. 아이였다. "꼬마야, 너 이 동네 사니?" "네." "언제부터?" "옛날부터." "옛날부터?" 그는 공허하게 웃었다. 그리고 꼬마의 어깨 위에 손을 얹고 나란히 걷기 시작했다. 아이는 걸음을 옮길 때마다 불쑥 불쑥 자라났다. 어느새 가죽 가방을 어깨에 메고 동요를 흥얼거리더니, 곧 중학생 교복을 입고는 계집애 이야기를 쟁알거리고, 다시 검은 교복의 호크를 푼 고등학생이 되어 담배를 피기 위해 숨을 만한 대문 기둥을 찾아 두리번거리다가, 재수생의 창백한 몰골로 머리를 덮수룩이 기른 후, 대학 배지를 달고 대낮부터 취해 무슨 소리를 격렬히 외쳐대고, 첫 휴가를 끝내고 귀대하며 입술을 깨물고, 남들보다 일찍 제대해서 돌아와 예비군복의 일등병 계급장을 쥐어뜯고… 그리고는 쓰러질 듯 그에게로 몸을 기댔다. 그는 그를 그의 몸 속으로 받아들였다. 그는 그 자신이 되었다. 전신주들이 세월의 파수병들처럼 불쑥불쑥 서 있었다. 골목이 끝나는 곳에서, 그는 한 세월의 끝에 도달했다. 그것은 그의 현재, 만 스물세 살의 나이였다.

 그는 골목을 벗어났다. 골목을 벗어나자마자, 그는 자신의 돌연한 현재를 목격했다. 그의 현재는 저만치에서 웅성거렸다. 모퉁이 집 대문이 활짝 열려 있었고, 그 앞에 사람들이 모여 있었다. 무심코 그는 그리로 다가갔다. 몇 겹으로 쌓인 사람들이 시야를 막아 그의 현재를 차단하고 있었다. 그는 뒤꿈치를 세우고 사람들의 뒤통수 사이의 빈 공간을 헤집었다. 뒤통수들 사이로 경찰이 하나 보였다. 그는 제자리에서 풀쩍 뛰어오르며 안쪽을 들여다보았다. 시멘트 바닥에 웬 거적이 두툼하게 덮여 있었다. 그는 옆사람에게 물었다. "무슨 일입니까?" 옆에 서 있던 허름

한 청년이 힐끗 그를 쳐다보았다. "도둑이 죽었대요." "도둑이? 누가, 죽였나요?" 청년이 다시 그를 쳐다보았다. "제 스스로요." 그는 이해할 수 없었다. 그러자, "아마 도둑질을 하려고" 하며, 청년이 시름시름 말을 이었다. "이층 창문을 어떻게 하려다가… 실수해서 떨어진 모양입니다." "아…" "한쪽 어깨가 완전히 으스러지고 그런 모양인데… 이상한 건, 이 집 현관 앞에 신발을 가지런히 벗어놓고 맨발로 올라갔대요." 저 혼자 중얼거리는 것 같은 청년의 목소리가 갑자기 떨렸다. "신분을 확인해 보려고 주머닐 뒤졌더니, 아무것도 안 나오고 오원짜리 동전 하나만 나오더래요. 손목이 연필자루처럼 가는 사내라는데…" "아…" 그는 그 소리밖에 나오지 않았다. 아, 그는 저 죽은 사내를 알 것 같았다. 그는 저 사내를 틀림없이 본 적이 있었다. 두 눈알만 초점 없이 굴리던 그 사내가 여기에 와서 제 목숨과 결별했단 말인가. 그것도 도둑의 이름으로… 앞쪽이 조금 소란해지더니, "아유, 이게 무슨 일이유, 글쎄. 꿈자리가 뒤숭숭하더니" 하는 소리가 들린다. 주인 여자일까. "그나마 다행이에요. 들어와서 사람이라도 다쳤으면…" 하는, 다른 여자의 목소리가 들리는데, 옆 청년이 "흉기는 아무것도 안 가지고 있었대요" 하고, 그가 묻지도 않은 질문에 대답하듯 중얼거렸다. 그가 청년을 돌아보았을 때, 청년의 얼굴은 심하게 일그러져 있었다. 청년은, "쌍년들!" 하는 한마디를 내뱉더니 갑자기 물러섰다. 그는 그 소리에 놀라 흠칫 청년과 함께 뒤로 물러섰다. 청년은 단호히 등을 돌리며 멀어져가기 시작했다.

청년의 뒷모습을 바라보며, 그는 불길처럼 걷잡을 수 없이 번져오는 착잡함에 마음을 가누기 힘들었다. 그는 웅성이는 무리로부터 돌아서며, 그 불길의 야릇한 무력감에 빠져들었다. 그는 발길이 내쳐지지 않았다. 그는 막연한 죄책감을 느꼈다. 그러나 그 죄책감은 자신이 틀림없이 알고 있을 것만 같은 저 죽은 사내의 신원을 확인하지 않는 데서 오는 것인지, 아니면 이 장면 속에 불청객처럼 어색하게 자리잡고 있는 데서 오는 것인지, 단정할 수 없었다. 공연히 언짢은 기분에, 그는 무의식적으로 주머니를 뒤져 담배를 꺼냈다. 불을 댕겨, 그는 불의 그림자인 담배 연기를 빨아들였다. 입 안만 텁텁해지면서 입술이 바싹 말라왔다. 그러고 보니, 하루의 첫 담배였다. 보통 때 같으면, 첫 눈을 뜨면서 끌어당겼을 담밴데… 그는 이날따라 자신이 시간에 뒤져 있다는 생각이 들었다. 예삿시간을 벗어남으로써, 그는 이 불길한 현재와 만났다는 느낌이었다. 그는 몇 모금 피우지 않은 담배를 내던졌다. 햇살의 무게에 눌린 듯, 담배는 멀리 가지 못했다. 아니, 햇살 속에 스며 무더운 습기, 그 보이지 않는 진득함의 무게 때문인 것 같았다. 진득함의 투명함이 그의 길을 가로막고 있었다. 이래선 안 되는데…

  그의 우뚝 선 자세가 갑자기 움츠러들더니, 순간 용수철처럼 앞으로 튀어나갔다. 그는 도망치듯 뛰기 시작했다. 갑자기 시간은 빠른 속력으로 그의 앞에 다가왔다. 마주 오던 발들이 놀란 토끼마냥 웅크리고 멈추어섰다간 옆으로 비켜났다. 담배가게, 약국, 빨간 지붕집, 슬래브 이층집, 또 쌍둥이 이층집, 연탄가게, 구멍가게, 또 약국, 양장점… 집, 집, 집… 다시 담배가게, 튀김집, 라면집, 철공소, 목공소, 그 옆에… 거울가게, 그 앞에서 그는 문득 멈추어섰다. 불현듯 무엇이 생각났다는 듯이. 그러나 그것은 연극이었다. 그것은 그의 예정된 순서, 습관에 지나지 않았다. 후우우우——하고 숨을 몰아쉬자, 참고 있던 땀방울들이 한꺼번에 솟구쳤다. 그는 어쩔 줄 몰라하며 한 손으로 이마를 훔쳐냈다. 이마를 훔쳐낸 손의 손금 사이에서 반짝이는 땀기. 그는 그 손을 바지에 문지르고나서 커다란 거울 쪽으로 몸을 돌렸다.

 ……나는, 멋쩍게 웃으며 헝클어진 머리를 쓸어올리는 그를, 찬찬히 내다본다. 미안해. 그가 말한다. 뭐가? 내가 되묻는다. 글쎄, 뭐랄까, 그냥, 오늘까지도 너에게 이런 헛몸짓을 부리는 게… 그. 그뿐이야? 나. 응. 정말? 그렇다니까. 그가 약간 짜증을 섞어 말을 잇는다. 여기서 너를 만나는 것도 마지막이잖아. 그래서 그런 거야. 그는 시계를 보려는 듯 손목을 들어올린다. 그러나 그의 손목에는 시계가 채워져 있지 않다. 늦었어, 가야 돼. 그가 몸을 돌린다. 그가 다시 발길을 내디디며 거울의 시야를 벗어나려는 순간, 나는 거울을 빠져나가 그를 따라 나선다. 그가 얼굴을 찌푸리며 나를 쳐다본다. 그는 걸음을 멈추지 않는다. 뭐 하러 쫓아와? 어차피 이따가 무덤에서 만나야 할 텐데… 왠지 네 표정이 기꺼운 것 같지가 않아서 그래. 그리고 무덤에 찾아가는 건 네 습관이었잖아? 나는 말을 비켜본다. 오늘은 습관과 달라, 오늘은… 결심이 선 건가? 아마. 아마? 아니, 확고히. 정말 그럴 수 있을까? 그래야만 해, 이젠. 이젠 내가 시작할 때가 된 건가? 그래, 그래서 난 너에게 모든 것을 주려는 거야, 오늘. 그러기 위해 마지막으로 확인해볼 게 있어. 그래서 어디로 가는 거야? 그들에게. 그들? 아직도 그들? 어쨌든 너는 내가 서 있는 위치에서부터 시작해야 돼. 너는 그들로부터 시작하지 않을 수 없어. 그렇겠군, 그런데 너는 그들과의 관계를 어

떻게 생각해? 말할 수가 없군. 어쩌면, 어떻게 감당해야 할지, 풀어나갈지를 모르는 건지도 모르고. 아직도 그들은 그들이 그토록 소중하게 간직해온 믿음을 지니고 있을까? 지금, 나로서는 그럴 것이라고밖에 말할 수 없지. 내가 끝나는 순간까지. 다시 말해, 너에게 모든 것을 넘겨주는 순간까지. 그는 말을 끊는다. 그리고 잠깐 멈추어서서 앞을 뚫어지게 바라보더니, 다시 걸음을 옮기며 말을 이어나간다. 하지만 이런 이야길 덧붙여둘까? 사실, 그들이나 내가 발을 디디고 있는 곳이 이젠 믿음의 신이 떠나간 성전 같은 느낌을 줘. 대부분의 사람들은 이미 다른 신을 믿기 시작했지. 그래서 우리의 신은 모두에게 버림받고 성전을 떠나 어딘가를 떠돌고 있는 거야. 아주 적은 사람들이 아직도 그 신앙을 가지고 있어. 그렇지만 많은 사람들은 새 신을 받들더니 우리의 신을 악마로 몰아붙였어. 그래서 우리 신앙을 가진 사람들은 악마를 떠받드는 비교도 취급을 받게 된 거고… 그런데 문제는 그 남은 몇 안 되는 신도들조차 이젠 믿음을 잃어버린 게 아닌가 하는 거야. 신자 중의 어떤 사람들은 제 몸을 제물로 삼아가며 신이 돌아오기를 그토록 바랐는데, 그 신이 돌아오지 않으니까, 떠돌다 지나가며 던지는 한마디 말씀조차 없으니까, 그들은 혹시 신이 정말 죽은 게 아닐까 하는 의혹에 사로잡히기 시작한 거지. 한편으로는 신의 확실한 뜻을 짐작하기 어려운 지경에 이르니까, 어떻게 신앙을 받아들여야 할지 마음이 서로 엇갈려 혼란스러워지고 있어. 더구나 어떤 이들은 새 신에 홀려 개종하고 싶어진 건지도 몰라. 그래서 우리의 신이 정말 죽어버렸기를 바라는 거고… 그의 말은 거기서 멈춘다. 나는 아무 대꾸도 하지 않는다. 그와 나는 말없이 걸어 버스 정류장에 도달한다. 여기서 일단 헤어지지. 그가 저쪽에서 달려오는 버스를 보며 말한다. 그러지. 내가 대답한다.

 ……이제 그를 무덤에 이르게 하소서, 그의 선신이여. 당신께서 그를 조용한 제물로 받아들여, 내가 있게 하소서.
 성전을 지키는 긴 세월에 패이고 깎인 파수의 돌조각처럼, 낡은 교문의 두 기둥은 버티고 서 있었다. 그는, 더 이상 확신할 수 없는 신앙을 그러나 믿는다고 믿어야만 하는 절망적인 신자처럼, 또는 그 반대로 신의 참 말씀을 거짓 사제들로부터 훔쳐내 풀어헤치려는 신앙의 투사처럼, 두근거리는 가슴을 크게 심호흡하며 퇴락한 신전으로 들어섰다. 교문 바로 오른쪽 옆에 세워진 대학 소극장을 바라볼 때, 그 두근거림은 가슴이 터질 듯이 커져, 그는 두 손으로 가슴을 움켜잡았다. 우리의 옛 건축 양식을 서구적인 감각으로 재현해놓은 그 콘크리트 건물에는, 누군가가 담벼락에 몰래 새겨넣은 '大學神堂'이라는 이름이 붙여져 있었다. "씨팔!" 하고, 그는 이유 없이 욕을 내뱉았다. 그는 그의 상상 속에서 이끼 낀 건물들과 돌 틈에 우거진 잡풀들 사이를 가로질렀다. 학생들의 발길이 뜸한 학교는 조용했다. 그는 빠른 걸음으로 중앙 강의관을 돌아섰다. 그의 눈앞에 나타난 학생회관 건물은 벌겋게 달아 있었다. 그 검붉은 벽돌색은 스러져가는 불, 숯으로 변해가는 불의 추억을 불러일으켰다.
 그는 그 어두운 불 속으로 걸어들어갔다. 후텁지근한 학생 회관의 계단 앞에 이르렀을 때, 그는 그의 머리 위에서 울리는 둔중한 북소리를 들었다. 두웅~ 두웅~, 북소리는 허공의 더운물 속을 느리게 헤어다니며 사방을 두드리다가 열린 창문과 문으로 밀려나갔다. 그는 소리의 무게를 어깨 위로 받으며 계단을 따라 올랐다. 한발 한발을 옮길 때마다, 그는 더 큰 무게를 받았다. 그가 계단을 거의 올라섰을 때, 이번엔 누군가 판소리 비슷한 소리를 구슬프게 흘려내기 시작했다. 목이 쉰 것 같으면서도 절절한 그 소리는 흡사 억제하려 해도 억제할 수 없는 깊은 울음과도 같았다. 소리의 끈이 그를 잠깐 묶어 세웠다가 풀어주었다. 그러자 그의 온몸에 숨어 있는 곡소리가 흘러나오는 듯싶었다. 그렇다면 정말 신이 죽은 것은 아닐까? 그들은 이제 떠도는 넋을 부르는 굿판이 아니라, 주검을 떠나보내는 장례를 치르려는 것은 아닐까?

그는 활짝 열린 연극회실의 문기둥에 기대어 섰다. 그들이 있었다. 그들이 '그들' 전체로 거기에 있었다. 그들은 모두 자기 일에 빠져, 아무도 그를 알아보지 못했다. 한참 만에, 그가 나지막이 입을 열었다. "누가 그리도 슬피 울어댔냐?" 그들 중의 몇몇 시선이 그에게로 쏠렸다. "어, 이거 누구야?" 그들 중의 하나가 말했다. "준빈 다됐어?" "그냥 하는 거지 뭐. 맥 다 빠졌는데…" "그래도 막은 올린다, 그거야?" "거의 다 종강하구, 모두들 시험 준비나 하고 있는 판에 와서 겨우 막 올리게 됐으니… 에이, 무식한 놈들…" 그는 누가 무식하다는 뜻인지 얼핏 혼란스러웠다. 그가 다시 말했다. "어쨌든 북 치구, 장구 치구, 소리 읊고, 요란할 것 같은데?" "글쎄, 그것도 문젠 문젠데…" "문제는 무슨 문제야, 그게! 오히려 제 길을 가는 거지" 하고, 그들 중의 다른 하나가 조금 언짢은 목소리로 끼여들었다. 그들의 해묵은 논쟁이 문득 되살아나고 있었다. 잠깐 어색한 침묵이 흐르는 사이, 베옷을 입고 있던 그들 중의 또 다른 하나가 기묘한 표정을 쓰며 비틀비틀 다가오더니 어릿광대 시늉을 해댔다. "형, 이거 어때?" "그럴듯해." 그가 힘없이 웃어보였다. 그 후배도 자신의 어릿광대짓이 쑥스러운지, "에이, 씨팔, 날도 덥다" 하며 제자리로 돌아갔다. 이상스럽게도 그들의 움직임이 무거워 보였다. 모두들 느릿느릿 제 장비를 차리고, 느릿느릿 소도구들을 묶어 들어올리고, 느릿느릿 대본을 뒤적여보고 있었다. 그것은 먼 과거의 공간이 현실 속에 느릿한 환각으로 클로즈업 되는 것 같아 보였다. 이 방은 이제 과거인가? 지나간 시간을 재현하는 그들의 움직임에는 보이지 않는 이 무더움의 습한 기운이 스며들었다. 그래, 너희들의 적은 그 진득한 습기야—하고, 그는 속으로 중얼거렸다. 햇살이나 어둠이 적은 아니야. 거기에 제 있을 만큼만 있지 않는 이 지독한 습기, 그 진득거림이 바로 적이지. 그는 바닥에 널려 있는 물건들을 피해 건너, 긴 나무의자의 모퉁이에 비집고 앉았다. 그것이 너희들의 불을 꺼가고 있어. 그는 다시 되뇌었다. 하지만 너희들 자신도 새로 시작할 때가 되었다고 생각하지는 않는지? 그 소리없는 질문에 응답하듯, "오늘은 더 여위어 보이네" 하는 소리가, 순간, 그를 곤혹스럽게 만들었다. 그 목소리는 그의 옛사랑의 그림자였다. 그는 소리 쪽으로 고개를 돌렸다. 그는 그의 옛사랑에게 대답했다. "잠을 설쳤어." "하룻밤 설쳐서 그렇게 된 것 같지는 않은데 그래?" 그는 그녀의 붉은 입술을 바라보다가, "그런가…" 하고 말을 흐렸다. 그는 그녀의 너무도 자연스러움에 더욱 무더움을 느꼈다. "신경 쓰이는 일이 많아서 그렇겠지" 하고, 이번엔 그의 옛사랑의 새 사랑인 그의 친구가 말했다. "글쎄" 하는 그의 목소리와 겹쳐, 그 친구의 목소리가 음정을 높였다. "자, 가서 대충 모양을 한번 맞춰보지!" 그들이 하나씩 방을 빠져나가기 시작했다.

방이 갑자기 텅 비고, 지저분하게 널린 물건들만 남았다. 그리고…, 네가 남아 있었다. "안 가?" 멈칫거리는 너에게, 그가 물었다. "가야지." 그러나 너는 그대로 있었다. 너는 그의 옛사랑의 새 사랑의 옛사랑이었다. 그의 옛사랑에게서 떨어져나온 그와, 그의 옛사랑의 새 사랑에게서 떨어져나온 네가 거기에 함께 굳어 있었다. "그 옷, 어울리는데." 그가 너의 굳어 있는 모습을 깨기 위해, 다시 말했다. 너는 얼룩덜룩 울긋불긋한 무당 옷을 입고 있었다. "진짜 무당 같아." 정말이었다. 그는 다가서서 너의 눈을 들여다보았다. 너의 눈에는 언제나 일렁거리는 게 있었다, 물결처럼… 그것을 확인하게 되자, 불현듯, 그는 기억나지 않던 아침의 꿈의 한 장면이 떠오르는 듯싶었다. 그래, 노을진 바다… 그는 붉은 해를 등지고 긴 그림자를 앞으로 밀면서 바닷속으로 들어가고 있었다… "하던 일 다 끝났어?" 네가 물었다. "무슨 일?" "왜, 연극 쓴다던 거." "아!" 그는 거듭되는 깨달음에 몸을 떨었다. "그거, 다 끝냈어. 어젯밤에." "어떻게 끝나?" "죽는 걸로." "결국?" 너는 쓸쓸히 웃음지었다. 그리고 너는 네 쓸쓸함을 설명했다. "답답해." "뭐가?" 이번엔 그가 물었다. "여기가, 이 방이, 우리가…" "그래서 살풀이라도 하려는 거 아냐? 무당이 돼서." "이거 가지고 될까?" 하더니, 너는 질문을 바꿨다. "안 가볼 거야?" "먼저 가. 조금 있다 들를게." 문앞에서, 너는 다시 돌아섰다. "참, 아까 네 그림자가 왔었어." "그림자?" "왜, 늘 찾아오는…" "아, 그 작자?" "무슨 일 있어?" "없어. 괜히 들러본 거겠지."

그는 홀로 남았다. 그는 우두커니 서서, 방안을 둘러보았다. 방은 허전했다. 눈을 감고, 그는 그 방의 구석구석을 샅샅이 그려보았다. 그가 너무나 잘 알고 있는 그 방. 눈을 뜨고, 그는, 제 앞의 긴 테이블 한쪽 끝에 누군가가 칼로 후벼판 '犬平性代'라는 낙서를 손가락 끝으로 더듬어보았다. 이날처럼 무덥던 어느 여름날, 조그마한 칼을 들고 이 글자들을 새기는 데 열중하던 그들 중의 하나를 회상하며, 그는 손가락 끝에 패인 홈과 살 사이에 빈 그 작디작은 공간에 안타까움을 느끼고 있었다. 그는 천천히 방안을 배회하기 시작했다. 하루하루 뜯어내는 달력의 맨 윗장이 찢겨져 있었다. 누군가가 코를 풀었겠지… 반쯤 찢어진 '2'자 밑에, 뒷장의 '3'자가 겹쳐져 있었다. 오늘이 2일일까, 3일일까… 달력 옆에 걸린 백묵이 뿌옇게 낀 낡은 칠판에는, 무대의 단면도와 엇갈리는 배우의 동작선들이 어지럽게 그려져 있었다. 그러나, 그 어지러움은 결국 무대 위에서 풀릴 것이었다. 그러나, 이 방의 허공 속에 널려 있는 어지러운 동작선들은 어떻게 풀릴 것인가? 그와 그들이 얽혀 있는 이 방. 믿음의 편차와 의혹과 그들 내부의 사사로운 관계와 저 혼자의 몸짓을 숨기고, '그들'은 여전히 그들의 '우리'로 남을 것인가? 꺼져가는 '우리'의 불을 되살리기 위해서라도 그들은 다시 시작해야 하지 않겠는가? 아직도 무엇을 더 유보시키려는 것일까?… 그러면 막연히 그들에게 돌아와 있는 그, '그'의 '나'는 이제 무엇을 바라고 있는 것일까?… 그는 자기 자신에게 삼인칭의 거리를 두며 질문했다. 하지만 무엇인가를 새로 꿈꾸는 것 자체가 지금의 그의 몫이 아니지——하고, 그는 다시 삼인칭으로 대답했다. 그의 자리에서 새로이 시작할 수 있게 하기 위해서, 자, 서둘러야지… 그는 자신을 재촉했다.

 계단을 내려다보며, 그는 약간의 현기증이 메슥거리는 것을 느꼈다. 더위 탓일까, 그는 허공에 떠 있는 기분이었다. 내려가 땅을 밟아야 할 텐데… 그는, 앞으로 무너지며 계단 밑에 곤두박질할 것 같은 위험을 난간에 기대며, 계단을 더듬어 내렸다. 흡사 한낮의 밝음이 어둠인 양. 계단은 그에게 한없이 길었다. 그는 진땀을 흘리며, 마지막 계단을 내려섰다. 그리고 그는 어두운 불 속을 벗어났다. 뜨거운 햇살이 곧게곧게 쏟아져내려, 장벽처럼 서 있었다. 눈부신 빛의 영역이 어둠처럼, 우거진 나무 그늘의 어둠이 빛의 수렁처럼 보였다. 그러자, 그의 안에서, 자신의 의지를 배반하는 한 간절한 욕망이 고개를 쳐들었다. 그는 그 수렁으로 가고 싶지 않았다. 그는 욕망을 물리칠 수 없었다. 그래서 그는 햇살 속으로 발을 내디뎠다. 그러나 동시에, 그는 제 욕망의 헛됨을 깨달으며, 제 그림자의 작은 수렁 속으로 발을 빠뜨렸다. 발을 옮길 때마다, 그는 땅 밑으로 빠져드는 것 같았다. 그는 발을 옮기기가 한없이 힘들었다.

 그는 어렵게 학생처에 다다랐다. 아직 점심 시간일까, 자리가 많이 빈 학생처의 창문 옆 책상에 등을 주고 돌아앉아 있는 직원에게로 그는 다가갔다. 창밖에, 빛과 열로 가득찬 넓디넓은 운동장이 내다보였다. 축구 골대 근처에서 두 아이가 공을 차고 있었다. 그것은 이제 그에게는 단절된 어떤 다른 세상처럼 느껴졌다. 단정하게 머리를 다듬고, 단정하게 수염을 밀고, 단정하게 사무원 복장을 차려입은, 그러나 남방 셔츠의 목 부분에 낀 때를 놓친 그 직원은 잠깐 낯선 표정을 짓고 있다가, 곧 그의 얼굴을 알아차렸다. "아, 어떻게?…" 대번에 직원은 귀찮은 표정을 지었다. "궁금해서 왔습니다." "이번엔 어떻게 되겠지, 요." 반말을 억지로 존댓말로 마무리진 직원이 그의 얼굴을 피했다. "그냥 어떻게 됩니까? 무슨 절차를 밟아야지." 그는 수렁을 헤어오느라고 지친 힘을 모아 조금 목소리를 높였다. 직원은 공연히 사방을 둘러보았다. "전에도 말했는지 모르지만, 그때 다른 사람들하고 일괄적으로 처리가 됐었는데," 하는 직원의 말을 끊으며, "그때 이야기론 군대에서 돌아오는 대로 해결이 된다고 그랬잖아요?" 하고 그가 되받았다. "그런데, 의가사 제대라 그랬었나요, 혼자서만 일찍 돌아왔으니, 참…" "그럼, 다들 돌아올 때까지 마냥 더 기다려야 된단 말입니까?" "그런 뜻은 아니고. 글쎄, 일단 위에다 말씀을 드려놨으니, 회의를 열게 되면…" 직원은 남의 일을 남의 일답게 이야기하는 투였다. "그새 회의가 안 열리면 안 되고요?" "원칙이 회의를 통해야 되는 거니까?" "그럼 팔월 이전에 회의가 열릴 전망은 있습니까?" "한 사람 때문에 소집하기도 뭐 하지 않겠어요? 다른 일이 있으면 함께…" "금년엔 한 번도 안 열렸었나요?" "전번에 한 번 열렸었는데, 그땐 이번 봄 문제가 워낙 커서 이야길 못 하고…" "그럼 내가 직접 윗사람을 찾아갈까요? 확답을 받게 말입니다." 직원이 흘낏 그를 올려다보더니, 노골적으로 불쾌한 표정을 만들었다. "조금만 더 기다려보지, 요? 팔월 전에 기미가 없으면 그때 가서…" 대꾸도 없이, 그는 무엇을 생각하려는 듯 다시 창밖으로 눈길을 밀어냈다. 운동장을 내다보는 그의 눈 밑 근육이 실룩거렸다. 그 언젠가처럼, 그는 그 드넓은 빛의 공간을 내다보며 한없는 막막함을 느꼈다. 가도가도 끝에 닿지 않는 사막처럼 아득한 햇살의 늪. 군대 시절의 그 연병장에서, 그는 저 자신을 토해낼 듯 엎드려 주먹으로 맨땅을 두드리곤 했었다. 그는 과거로 가 있던 눈길을 거두어들였다. 그리고 그는 자기 앞에는 아무도 없다는 듯, 이제껏 아무하고도 이야기하지 않았다는 듯, 말없이 돌아섰다. 도대체 거기에서 자신이 무엇을 확인하고 싶었던 것인지, 그는 알 수 없었다.

교정을 가로지르며, 그는 아까보다 더 깊게 빠져드는 제 그림자의 수렁을 견뎌내야만 했다. 그는 극장 안에 들어서서야 약간의 기력을 되찾는 것 같았다. 그는 곧바로 무대를 향했다. 무대위에서 그들은 공연을 예행 연습하고 있었다. 포졸 차림이 칼을 차고 우뚝 서 있는데, 농부 차림이 땅에 엎드려 두 손을 모두고 무엇인가를 하소연하는 장면이었다. 무대 장치는 무대 뒷면을 커다란 병풍 모양으로 채워놓은 것이 전부였다. 옛 설화에 따라, 긴 목숨을 지녔다는 열 마리 짐승들을 그려넣은 그 열 폭짜리 가설 병풍은 약간씩만 접어서 펼쳐놓여져 있었다. 무대 왼쪽에서 누더기 옷을 입은 아낙 차림이 등장하는 것을 보며, 그는 관객석 맨 앞자리에 앉아 있는 연출 곁으로 다가갔다. "무대가 재미있군요." 그가 말했다. "그래? 다행이군" 하고, 그의 몇 년 선배인 연출이 대답했다. "설화조로 이끌어가면서 서사극 효과도 좀 내고, 막판엔 왕창 굿판으로 처리하려고… 다목적용이야." 그는 뜻있을 수 없이 고개를 끄덕이다가, 갑자기 생각났다는 듯 다시 말을 꺼냈다. "무대 양쪽에 향불을 피워놓지 그러셨어요?" "향불을?" "그리고 병풍 앞엔 빈 액자를 세우고요." "왜?" "저 무대 뒤엔 관이 없습니까? 시체가 안 담긴 관." "하하하…" 하며, 연출은 그의 말을 재치로 받아들였다. 그러나, 그는 무대 뒤를 뚫어볼 듯이 병풍 속에서 도약하고 있는 한 마리의 사슴을 응시하고 있었다. 그는 슬며시 연출자의 곁을 벗어났다. 그는 무대 위로 뛰어올라, 배우들을 피해 무대 옆으로 들어갔다. 여전히 무거워 보이는 몸놀림으로, 그들은 '그들'의 일에 빠져 있었다. 그는 그들을 피해 슬며시 무대 장치 뒤쪽으로 스며들었다. 뒷벽과 가설 병풍 사이의, 한 사람이 겨우 빠져나갈 만한 좁고 어두운 공간 속에는 먼지와 어쩌다 발에 걸리는 나뭇조각뿐이었다. 그는 그 공간의 가운데쯤에 이르렀다. 아무것도 없다, 아무것도… 그는 병풍의 뒷면 베니어판을 톡톡 쳐보다가, 어디론가 가라앉는 듯한 나른함에 벽에 등을 기댔다. 그는 눈을 감고 그대로 있었다. 그는 편안함을 느꼈다. 병풍 너머에서 읊어대는 대사들이 웅웅거렸다. 그러나 그의 잠깐의 편안함을 깨는 기척이 바로 옆에서 들렸다. "누구?" 그는 눈을 감은 채로 나지막이 물었다. "나." 너? 그는 눈을 떴다. '너'였다. "여긴 왜 들어왔어?" "네가 들어오길래. 뭐 해?" "뭘 찾았는데 없어." "뭘?" "관을." "관?" 어둠 속에서도 너의 눈은 일렁거리고 있었다, 물결처럼… 그 물결에 넋을 잃은 듯, 그가 말을 꺼냈다. "아까 말을 못 했는데…, 내 연극, 그게 공연되면 네가 출연해 줘." "마치 거기 관계 안 할 사람처럼 이야길 하네?" "난, 뭐랄까, 난 내가 아니야. 지금의 나는 그 연극을 공연할 수 없어. 다른 내가 와서 그걸 하게 하고 싶어." "무슨 뜻이야?" "말 그대로야. 그리고 넌…" "난 뭐?" "넌, 너는 그 내가…" 그는 말을 맺지 못했다. 맺지 못한 말이 그의 손을 천천히 어두운 허공으로 떠올려 너의 얼굴로 가져갔다. 잠깐 동안 그의 손이 너의 얼굴에 머물렀다. "다른 내가 다시 너에게 말하겠지. 지금은 말이 안 돼. 자, 나가. 난 반대쪽으로 나갈게."

그는 무대를 등지고 관객석을 거슬러나오며, 되돌아가 무대 위로 뛰어오르고 싶은 충동을 억누르고 있었다. 그는 거기서 무엇인가를 쏟아내고 싶었다. 그는 막연히 모든 것을 보여줄 수 있을 것 같았다. 그러나 그는 단호히 밖으로 나섰다. 그때 그는 스승과 마주쳤다. 연극회를 지도하는 국문학과 교수, 성실하지만 지나치게 조심스러운 성격, 깡마른 체구와 우스꽝스럽게 흘러내린 안경으로 그의 머릿속에 간결하게 요약되어 있는 스승은 한 순간 반가운 얼굴을 폈다. "자네, 오랜만이군." "안녕하셨어요, 선생님?" "그새 별일 없고?" 하며, 반가운 얼굴을 지운 스승은 첫인상과는 달리, 상을 치르느라 사흘 밤을 샌 상주처럼 피로해 보였다. "네. 신경쓰시느라고 애쓰셨죠?" 검은 양복을 입으셔야지요, 선생님. "나야 뭐… 자기들이 힘들었지. 작품 선정 때문에 옥신각신하느라고 그게 좀 그랬어." 그리고 찾아오는 문상객들과 맞절하시지요. "어쨌든 공연은 되네요." 하지만 그들의 신이 죽은 건 아니라고 확신하시나요, 선생님께서는? "글쎄, 그렇구먼. 근데, 왜, 그냥 가나?" "네, 갈 데가 좀…" 장례 할 주검을 찾아가야지요. 그들의 장례가 거짓이 되게 할 수는 없잖아요? 신이 죽지 않았다면 그들이 장례 지낼 주검이 어딘가 있겠지요. 떠도는 신에게 조용히 바쳐질 제물이…

무덤으로 가기 위해, 그는, 학교를 나왔다. 찻길을 건너, 그는 이유 없이 두리번거리다가, 몸을 피하는 도망자처럼 교문 맞은편 골목 속으로 접어들었다. 골목 안 왼쪽 이층 건물에 붙어 있는, '술과 음악/地下室'이라는 조그만 아크릴 간판이 곧 눈에 띄었다. 그는 지하실로 내려갔다. 땅 밑의 문을 열자, 컴컴한 음악이 막 들어선 그의 눈을 가렸다. 꽃밭 속에 꽃들이~ 한 송이도 없네~ 오늘이 그날일까~ 그날이 언제일까~ 그 소리의 감촉이 서늘했다. 냉방을 잘했는데… 허공에 뜬 희미한 불빛들이 눈을 가린 음악의 뒤켠에서 뿌옇게 번지고 있었다. 해가 지는 날~ 별이 지는 날~ 그는 잠깐 문을 배경으로 서 있었다. 지고 다시~ 떠오지 않는 날이~ 그는 평소의 익숙함을 더듬어 음악을 밀고 나갔다. 주방 쪽이 훤해지더니, 열린 주방문의 밝음 속에서 어떤 형체가 움직였다. "누구세요?" 젊은 주인이었다. "나요, 형!" 음악이 그의 눈을 풀었다. "어, 너니?" "조용하군. 시험 때라 그런가?" 그러나, 젊은 주인은 다른 대답을 했다. "마침 잘 왔다. 누가 널 찾아왔어." "날 찾아와?" 하며, 그는 내키지 않는 예감과 만났다. "밀실에 가봐."

밀실에는 그림자가 있었다. 그는 들어맞는 제 예감을 확인하면서, 동시에 두번째 예감과 만났다. 그 두번째 예감은 그를 약간 섬뜩하게 만들었다. "오랜만이네." 그림자가 먼저 입을 열었다. "별로 반갑지 않군요." 노오란 조명 밑에서, 그림자는 쇠붙이처럼 웃음지었다. "별일 없지?" "그런 걱정, 안해 줬으면 좋겠네요." "요즘엔 학림에 잘 안 들른다며?" "그놈의 클래식이 지겨워서요. 아는 얼굴 자꾸 만나기도 싫어요. 괜히 기웃기웃거리는 기분이 싫습니다." "그렇겠군." 그림자는 끄덕거리더니 목소리의 경계를 슬쩍 풀었다. "뭘 좀 마시지 그래, 더운데. 내가 살게." "술이라면 마시죠." 그가 여전히 무뚝뚝하게 대꾸했다. "술? 대낮부터?" "마음에 없으면, 내가 사서 마시겠습니다." "아, 아냐, 내가 한 병 사지." 그 말이 채 끝나기도 전에, 그는 몸을 돌리며 밀실 밖으로 소리쳤다. "형! 여기, 사과술 한 병만!" 술이 오도록 그와 그림자는 말이 없었다. 술이 들어오자, 그림자가 젊은 주인에게 말했다. "잔은 하나면 돼요." "안 드시겠습니까? 하긴, 항상 정신을 바싹 차리고 있어야 할 테니…" 그가 빈정거렸다. 그는, 술병을 잡으려는 그림자의 손보다 먼저 그것을 낚아챘다. 그는 제 잔에 술을 따라 단숨에 비웠다. 그리고 다시 잔을 채우며 말했다. "어떻게 이제 나한테 좀 좋은 소식 없을까요?" "그거야 내가 어떻게 할 수 있는 일인가, 어디?" "그러시겠죠." "이번에야 쉬기 잘했지 뭘 그래? 자네 자신도 쉴 겸, 더구나 이번 봄 일에 얽혀들어가지도 않고…" 그는 헛웃음을 터뜨렸다. 그리고 그림자를 마주봤다. "그래, 오늘 용건은 뭐죠?" "연극 때문에." "요즘엔, 전 연극하고 관계가 없는데요." "자주 들른다며?" "반댄걸요." "혹시나 해서야. 나도 별일 없는 걸로 알고 있긴 하지만." 이야기가 끊겼다. 두 사람의 침묵 속으로 양희은의 목소리가 흘러들었다. 세노야~ 세에에노오야~ 한참 만에, 그는, "그게 전붑니까?" 하고, 그림자에게 마무리지어줄 것을 권했다. 그림자가 그의 뜻을 알아차렸는지, 뜻밖에 선뜻 몸을 일으켰다. "그게 전부야. 내가 구구하게 더 할 얘긴 없고. 모든 걸 자네가 알 테니까. 그리고, 앞으론 너무 냉대하지 말게. 한두 번 볼 것도 아닌데." 그는 그림자가 사라지는 모습을 돌아보지 않았다. 그는 망연히 앉아, 그의 두번째 예감을 되새기고 있었다. 그 예감은 저 그림자가 바로 그 자신의 한 부분이 아니었느냐고 속삭이고 있었다. 그의 깊은 곳에 숨겨두고 '저들'의 단위법으로 자기 자신을 재어보는 자막대기, 제 마음의 그림자, 그림자의 수렁. 그 스스로가 이끌고 다녔을지도 모르는 그 그림자를, 이제 그는 떨쳐내고 싶었다. 그 동안, 그의 그림자는 어디에 있었던가?

　그는 술병과 잔을 들고 밀실을 빠져나왔다. 송창식이「딩동댕 지난 여름」을 애달프게 불러대고 있었다. "누구야?" 젊은 주인이 물었다. "나도 잘 모르는 사람이야." 더 이상——하고, 그는 속으로 덧붙인 후, 더 대답하기 싫다는 듯 스탠드 바 위의 신문을 끌어당기며 중얼거렸다. "그러고 보니 아직 신문을 못 봤군." 그는 신문을 펼쳤다. 그는 먼저 신문의 날짜를 확인했다. '1974年 7月 2日(火曜日)' 오늘이 2일이었구나… 신문에서 날마다 날짜를 확인하는 것은 그가 군대에서 얻은 습관이었다. "사람 많이 죽었더라…" 젊은 주인은 화제를 찾고 싶은 모양이었다. 그는 일면 첫머리에 눈길을 보냈다. '北傀挑發 對備策 있나/國防委, 東海사건質疑답변…' "이거 말이우?" 그가 되물었다. "아니, 그건 지난 거고, 칠면을 펴봐." 그는 곧바로 칠면을 폈다. 한 면 가득찬 기사가 커다란 동판 제목 밑에 펼쳐지고 있었다. '遠洋漁船 해금강號, 日船에 받혀 침몰/船員 23명 死亡—실종, 北海道 公海上서…' "떼죽음이로군." 그는 좌측 상단의 커다란 사진에 시선을 고정시켰다. 한복을 입은 한 아낙네가 눈물로 진하게 얼룩진 얼굴——한스러운 삶에 찌글거리는 주름살이 패인 이마, 놀라움에 주저앉은 눈꺼풀과 거리감을 잃은 눈동자, 절망에 내려앉은 코, 설움이 그늘진 뺨, 그리고 기막힘에 일그러져 벌어진 입——로 허우적거리듯 절규하듯 얼빠진 손을 앞으로 뻗치며, 가로막은 팔을 뚫고 사진의 밖으로 헤어나려는 양 안간힘을 쓰고 있었다. 그는 자신의 격정을 억제하며 소리없이 말했다. 죽음으로 따라가시지요, 어머니. 그의 입술이 부르르 떨렸다. 그런 그의 잔인한 마음에 어머니는 사흘 낮 사흘 밤을 앓아누운 적이 있었다. 그 어머니의 사랑, 울부짖음… 그는 울부짖음을 완강히 밀쳐내며, 왼손을 뻗어 거기에 있는 메모지와 볼펜을 끌어왔다. 그는 볼펜을 들어 메모지에 적었다. 「Jesus Christ Superstar」라고 갈겨진 메모를, 그가 젊은 주인 앞으로 내밀었다. "여기 이 판 있지?" "어, 있어." "이거 좀 틀어주려우? 셋째 면 둘째 곡." "그러지" 하며, 젊은 주인은 벌떡 일어나 주방 안으로 들어가더니, 음악실의 유리창 건너편에 모습을 드러냈다. 이어폰을 뒤집어쓴 젊은 주인이 몸을 굽히는가 싶더니, 앰프의 스위치를 라디오에서 전축으로 옮겨 눌렀는지, 일시에 홀 안의 소리가 허깨비인 양 사라지며 그의 두 귀 사이를 진공처럼 비워버렸다. 그는 그 적막 속 어딘가에서 무엇인가가 허물어져내린다고 생각했다. 그는 되살아나는 아침의 두려움 때문에 몸을 움직이기 위해 담배를 찾았다. 그가 담배에 불을 붙일 때, 낯익은 선율이 들려오기 시작했다. 겟세마네 언덕에 허탈하고 거칠게 울려퍼지는 기타 소리. 그리고 인간인 예수의 연약한 목소리가 뒤를 따랐다. I only want to say~ If there is a way~ Take this cup away from me~ For I don't want to taste this poison~ 다가온 죽음의 두려움에 몸이 타는 예수… 그는 술잔을 채웠다. 그의 곁으로 돌아온 젊은 주인이 주먹 안에서 땅콩 한줌을 쏟아놓으며 말했다. "웬 술을 그리 마시냐?" "더 독한 술을 마시고 싶어. 빼갈 같은 거. 거기다 불을 붙여서, 불까지 송두리째…" "왜, 무슨 일 있어?" "그냥." "야, 난 사 년째 이 모양이야, 뭘 그래?" "그게 아니오. 어딜 좀 가야 되는데, 술을 마시지 않고는 거기까지 가는 동안을 감당하지 못할 것 같애." "여자 만나러 가는구나?" "응" 하고 그는 대답해버렸다. 음악이 조금씩 거세지고 있었다. Why should I die?~ Would I be more noticed than I was ever before?~ 격렬한 의혹에 사로잡혀 허덕이기 시작하는 예수… "나한테 아이디어가 하나 있는데…" "무슨?" "여기 실내 장식을 바꾸는 게 어떻겠수? 관처럼 말이야. 그럴듯하잖아? 관처럼 길쭉하게 생겼기도 했거니와, 땅 밑이기도 하구. 저기 가운데다가 사람 크기만한 인형을 하나 시체처럼 눕혀놓고, 조명을 그럴듯하게 해서 유리관을 씌워놓는 거야. 힘들 땐 그저 치우고 눕기도 하구, 좋잖아? 그리고 그 주위에 좌석을 배치하고. 술맛 나게 말이야. 이름도 아주 '관'이라 바꾸지, 뭐." 전자음과 관악기들이 어지럽게 뒤섞이고, Show me there's a reason~ for your wanting me to die~ 참을 수 없이 부르짖는 예수… 젊은 주인은 웃음을 실실 흘려대고 있었다. "야, 그건 퇴폐 업소로 영업 정지나 당하겠다." "퇴폐? 그것도 퇴폐가?" "그럼!" Allright I'll die!~ Just watch me die! See how I die!~ 그 절규의 흐느끼는 광란 속에서 죽음과 껴안는 예수, 인간인 예수… "젠장." 그는 다시 잔을 채웠다. 운명을 확정하는 관악기들의 둔중한 금속성 배경음이 울리고 있었다. Bleed me, beat me, kill me, take me now~ before I change my mind~

무덤으로 가기 위해, 그는, 다시 땅 위로 올라섰다. '地下室'을 나서자마자, 햇살의 채찍이 그를 내리치기 시작했다. 그는 눈부신 아픔에 휘청거렸다. 뜨거운 술기가 피처럼 그의 몸 안을 맹렬히 휘돌았다. 그는 제 발목에 묶인 관의 그림자를 내려다보았다. 그는 절뚝이며 골목을 나섰다. 찻길 건너편으로 교문이 건너다보였다. 소극장 주변에 관객들이 모여들고 있었다. 곧 영결식이 이루어질 모양이었다. 생각보다 문상객들이 많군… 그는 방향을 꺾었다. 햇살의 채찍이 다시 그의 내쳐지지 않는 걸음을 몰았다. 그에게는, 저 문상객들의 소리 없는 눈물이, 거듭거듭 햇살의 채찍에 묻어나는 그의 살점 하나하나에 살아 울어대는 듯싶었다. 그는 자신이 울음의 덩어리처럼 여겨졌다. 그러나 울음이 아니었으면… 고통의 채찍이 아니라 환희의 탯줄이었으면… 큰 하늘 밑 밝은 마당으로 나서는 한판 놀이였으면… 육신이 넘치는 하늘의 뜻을 감당하지 못해 마구 뛰쳐나오는, 맹목적으로 남의 이름을 부르며 얼싸안는, 전율과 황홀의 커다란 불이었으면… 그래, 그는 그것을 바랐었다. 그런 축제를 위해 그는, 저들 게임의 규칙을 무너뜨리는 자유로운 파격이기를 바랐었다. 그래서 그는 하늘의 넋을 받는 제단인 '우리'의 무대로 나아가려 했었다. 그리하여 어느 순간, 그는 주어진 연극을, 인간의 목소리를 떠나고, 그래서 신들린 그의 말이 신의 음성을 옮기고, 그것이 그들에게 퍼져나가고, 그들은 그 소리를 더 넓게 펼치기 위해 성전 밖으로 넘쳐흘러 나가기를 바랐었다. 춤추며, 기쁨과 기림의 노래를 부르며. 우리 모두 모여 하나가 되어~ 우리 모두 모여 하나가 되어~

　그는 여전히 관의 무게를 끌며, 피땀을 흘리며, 어렵게 앞으로 전진하고 있었다. 가로수들이 도열한 병사들처럼 줄지어 그의 걸음을 감시하고 있었다. 그는 가로수의 그늘을 피해, 뜨거운 한낮 속을 걸었다. 그는 더 큰 수렁의 함정에 빠질 수가 없었다. 그는 제 형벌을 받아들이고 싶었다. 멀리서부터, 한거리의 소음이 조금씩 커져왔다. 차량이 잦아지고, 발길이 점점 번잡해졌다. 그는 '大學路'의 끝에 도달했다. 그는 돌아서서, 그가 헤어온 길을 되돌아보았다. 다시, 햇살의 채찍이 그를 때렸다.
 그는 시내의 한복판으로 밀려들어갔다. 갑자기 그를 둘러치는 인파와 소음과 현란한 색깔들 때문에, 그는 다시 멈추어 섰다. 그는 발 밑에 떨어진 흰 종이를 발견하고, 그것을 주위들었다. '學友여, 眞理는 우리의 빛, 眞實만이 우리를 自由롭게 할지니…' 아니었다, 그것이 아니었다. '꿈의 바캉스! 여름을 당신 품에! 산과 바다의 낭만으로, 돈판 관광의 최신형 냉방차가 당신을 안내합니……' 그는 이미 '저들'의 땅에 발을 디딘 것이었다. 어디선가 '저들'의 노랫소리가 들렸다. 스타킹은 반달표~ 반달표 스타킹!~ 무뚝뚝한 그 사내도 깨물고 싶대요~ 찻길의 허공을 가로지른 육교 위에 표어 하나가 나붙어 있었다. '안정된 사회 질서 뻗어가는 경제 건설' 그는 손에 든 광고지를 내던졌다. 그의 옆을 스치던 '저들' 중의 하나가 불쾌한 듯 그를 쳐다보며 지나갔다. 햇살은 더 이상 채찍이 아니었다. 거리의 모든 것을 보이지 않는 습기처럼 담고 있는 햇살은, 마치 잉잉거리는 파리의 그 끈적끈적한 소리라도 낼 듯이 그의 살갖 위에 달라붙고 있었다. 아픔이 없는 햇살이 그에겐 더 고통스러웠다. 고통에 찬 그의 머리가 뜨겁게 열올랐다. 그의 머리카락은 검은 불길이 되어 허공에 번져오르고 있었다.
 그는 숨을 헉헉 내쉬며 걸어나갔다. 저들의 빠른 발걸음이 그를 위협하듯 밀려오고 밀려가고 있었다. 그의 허약한 어깨가 한없이 부딪혔다. 그는 목이 말랐다. 저 앞에 보이는 가게의 냉장고 진열장에 콜라와 사이다가 즐비하게 늘어서 있었다. 그러나 그는 저들의 피를 받아 마실 수 없었다. 점심을 술로 거른 그는 배가 고팠다. 저 앞에 빵집이 보였다. 그러나 그는 저들의 살을 씹을 수 없었다. 그는 다시 멈추어 설 수밖에 없었다. 그는 저 앞의 다방을 나서는 한 여자를 목격했다. 브래지어의 끈과 겹쳐서 어깨를 줄로 묶어 가슴 위에 아슬아슬하게 걸린 얇은 면 웃도리, 거기에 늘어져 나오려는 뱃살을 꼭 조이며 허벅지를 드러낸 짧은 스커트, 뒷굽 높은 슬리퍼를 끌고 있는 그 여자는 보온병과 보자기로 싼 쟁반 같은 것을 들고 있었다. 그는 이유 없이 그 여자에게 끌렸다. 여자는 다방 옆의 거대한 빌딩으로 들어가고 있었다. 그는 빌딩 안으로 따라 들어갔다. 제복을 입은 수위에게 손가락을 살짝 놀려댄 여자는 엘리베이터를 탈 모양이었다. 그는 그 여자가 탄 엘리베이터 안으로 빨려들어갔다. 서양 인형같이 차려입은 엘리베이터 걸이 버튼을 눌렀다. 그는 허공으로 떠오르는 그 공허하고 야릇한 기분을 감당하기 위해 벽면에 몸을 기댔다. 다방 여자의 어깨 위로 드러난, 병적으로 허여연 살을 멍청히 들여다보는 사이에 엘리베이터가 멈췄다. 오 층이었다. 다방 여자가 내렸다. 그는 내릴 수 없었다. 엘리베이터가 다시 올라갔다. "힘들죠?" 그는 쓸데없이 인형에게 물었다. 인형은 대꾸하지 않았다. 엘리베이터가 멈추며 문이 열렸다. "다 왔습니다." 인형이 기계적으로 말했다. 십칠 층, 엘리베이터 밖 복도에는 붉은 카펫이 깔려 있었다. "여기가 끝인가요?" "네, 회장님이 계신 곳입니다." 그는 그대로 있었다. "안 내리세요?" "안 내립니다. 오 층에 세워주세요." 인형의 눈이 그의 모습을 훑어내렸다. 엘리베이터가 내려가기 시작했다, 멈췄다. 오 층이었다. 그는 엘리베이터를 내렸다. 복도 양쪽으로 사무실 문들이 줄지어 있었다. 어느 문일까—하며, 그는 '판매촉진과' 앞에 섰다. 그는 소리가 나지 않게 조심을 다하여 문을 열었다.

자리들이 텅 비어 있었다. 그 대신, 문 앞을 막고 있는 칸막이 뒤에서 소리가 들려왔다. "미스 민, 오늘은 무슨 색 팬티 입었어?" "아이, 저이는 못 하는 소리가 없으셔?" 제대로 찾아왔구나… 일손들을 놓고, 둘러앉아 커피를 마시는 모양이었다. "근데 과장님은 오늘 왜 그리 침울하셔요?" "글쎄, 우리 과장님 오늘 우울하시니까, 미스 민이 위로 좀 해드리라고." "왜 그러세요?" "흐음… 어제 여편네가 곗돈을 떼었대. 오야가 날은 모양이야." "저런!" "요즘엔 계 조심해야 된대요. 친구고 뭐고 없는 모양이던데요." "헌데, 과장님, 이번 여름엔 진급 안 되세요?" "나도 모르지. 경쟁이 심해서." "오늘 통근 버스에서 들으니까, 우리 회사 아파트 몇 채를 상납한다면서요?" "야, 그거야 전부터 있던 일 아냐." "난 몰랐어." "그런데 신경쓰지 마시더라고… 미스터 김이나 전셋집 면할 생각 해." "그건 그렇고, 브리핑 준비는 다 끝났나?" "대충 숫자 맞춰놨어요. 예약된 것까지 전반기 실적으로 옮겨버렸죠, 뭐." "회장님 요새 첩 들여서 정신없을 텐데 적당히 넘어가겠지." "그건 사실인가?" "사실인가 봐요. 저희 다방에서도 숙덕거리던데요." "미스 민 같은 여잘 놔두고 어떤 년이 걸렸을까?" "여보세요, 첩 같은 소리 하지 마세요." "왜? 영동쯤 어디 삼층집에서 마님 노릇 할 텐데." "차 다 드셨으면, 전 가겠어요." "여, 미스 민, 화를 다 내네? 어, 이 젖가슴 좀 봐." "아유, 왜 이래요?" 때르르르르릉, 전화 소리에 그는 가슴이 덜컹 내려앉았다. 칸막이 저쪽에서 누군가 일어서는 소리가 들렸다. 그는 문을 닫고 돌아섰다. 그는 다시 엘리베이터로 갔다. 열리고, 타고, 내려가고, 열리고, 내리고, 일층이었다. 출입구 유리문 안쪽에서 수위는 들어오는 사람들을 열심히 훑어보고 있었다. 아저씨, 혹시 따님이 고등학교 졸업하고 타이프 학원에 다니지 않나요, 취직하려구요? 그리고 아주머니께선 식당에 일하러 다니시지요? 세 사람이 돈을 벌어, 아들을 대학에 보내려구요? 아들만은 그래도 출세시키고 싶으시겠지요? 아마 삼수생쯤 될 그 아들은 지금쯤 학원 변소에서 한숨이 섞인 담배 연기를 뿜어대고 있겠지만요…

거리에 다시 서서, 그는 뜨거운 하늘을 쏟아내는 듯한 빌딩의 꼭대기를 올려다보며, 동상처럼 굳어 있었다. 그의 온몸에 갑갑하게 입혀져 있던 의식의 구리는, 그러나 빌딩의 수많은 창문들에 반사된 열기로 녹아내렸다. 그는 뜨겁게 달아오른 구릿물이 되어, 거리를 흘러가고 싶었다. 그는 구리가 되어, 거리의 모든 것을 뒤집어씌워 굳혀버리고 싶었다. 그는, 그리하여 이 거리가 과거가 되기를, 지나간 시간의 유적이 되기를 바라고 있었다. 그때, 그의 살을 비벼댈 듯 다가온 낯 모를 청년이 썩은 여름의 냄새를 귀 밑으로 쏟아냈다. "파카 이십사, 만년필 있는데요." 그는 얼결에 한 발 물러서며 대답했다. "안 사요." "싸게 쓰시죠?" 다시 다가서는 청년의 게슴츠레한 눈빛이 너무도 은밀해서 그는 청년에게 홀려버릴 것만 같았다. "아니오." 그는 또 한 발 물러섰다. 청년이 눈빛에 요상한 웃음기를 띠더니, 돌아서서 빌딩 옆의 그늘진 골목 속으로 사라졌다. 그때서야 조금 정신이 든 그는, 저 청년을 놓쳐서는 안 되겠다고 생각했다. 그는 억지로 무거운 걸음을 뜀으로 옮기며 골목 속으로 들어갔다. 빌딩의 그늘이 짙게 깔린 골목 저쪽에서, 청년은 이번엔 웬 여자에게 또 바싹 달라붙어 있었다. 그는 여자에게서 떨어져나온 청년에게 다가갔다. "여보세요!" 청년이 입을 씰룩거리며 돌아봤다.

저 눈빛을 알아내야 할 텐데…"왜, 쓰실려구요?" "아니오, 그게 아니라…" "그럼 왜 그러쇼?" "그 만년필을 왜 훔쳤는지 알고 싶어서요." "뭐라구?" 청년의 얼굴에 푸르딩딩한 독기가 서렸다. "이 양반이 뭔 소릴 하는 거야?" "왜, 훔친 거죠?" 그 만년필의 주인이 지독히도 꼴보기 싫었나요? 설마 돈이 필요해서 훔친 건 아니겠죠? 당신의 눈빛은 미움의, 야유의 뜻이 아닌가요? "이 새끼가 돌았나? 웬 헛소리야!" 하며, 청년이 몸을 슬쩍 비켜났다 하는 순간, 그의 턱과 복부와 등에 연속적인 통증이 꽂혀왔다. "이 씨팔놈아, 정신차려!" 그는 땅에 뺨을 대고 엎드려 있었다. 숨이 콱 막혀오고 눈물이 핑 도는 게, 몸을 일으킬 수가 없었다. 그는 아픔에 이를 악물었다. 비참했고, 그 비참함을 어떻게 디뎌야 할지 알 수 없었다. 그가 고개를 들었을 때, 사람들이 그를 피해 지나가며 그의 모습을 둘러보고 있었다. 그는 그 중에서 자신에게 고정된 한 시선을 의식했다. 그것은 빌딩 벽에 지게를 기대놓고 우두커니 앉아 있는, 나이든 지게꾼의 시선이었다. 아저씨, 아저씨도 저들의 신을 믿으시나요? 그는 간신히 몸을 일으켜세웠다. 신이든 뭐든 나하곤 상관없는 일이야. 난, 그냥 살아갈 뿐이야. 죽지 못해서. 매일 죽으며 사는 거지. 지게꾼은 여전히 텅 빈 시선으로 대답하고 있었다. 자넨 굶어봤나? 굶어 배를 움켜잡은 사람은 배고프다 소릴 못 하는 법이네. 그는 벽에 기대어 옷을 털었다. 그런데 아저씨, 어젯밤은 무슨 생각에 저희 동네에 와 도둑질을 하다가 죽으셨나요? 그냥 죽을 수 없어서, 그렇게 죽은 거야. 그 이층 창문을 열 힘도 없다는 걸, 난 알고 있었어. 그는 지게꾼의 눈을 마주보았다. 아저씨의 눈이 왜 제 아버지의 눈처럼 여겨지는지 모르겠네요? 나도 자넬 본 적이 있네. 하지만 그건 착각이야. 자넨 내 핏줄이 아닐세. 아저씨를 대하고 나니, 핏줄에 대해서 변명할 여지가 없다는 걸 알겠어요. 아저씨와 내가 한핏줄이 아니라, 저 한길가의 사람들과 차라리 제 핏줄이 가깝다는 데 대해서요. 제가 저주받은 핏줄이네요, 아저씨!

그는 배를 움켜잡고 한길로 나서, 이제 제 핏줄의 홍수 속을 헤어가기 시작했다. 그의 핏줄들이 사방에서 그를 덮쳐오고 있었다. 할아버지들이, 할머니들이, 아버지들이, 어머니들이…, 외아들인 아버지의 없는 형제──그의 삼촌들이, 그의 숙모들이, 그의 사촌들이…, 그리고 외아들인 그의 없는 형들이, 아우들이, 누나들이, 누이동생들이… 어디로 가세요, 할머니? 만수무강을 빌러 절엘 가시나요? 공양을 지극히 드려야지요, 요즘 부처님은 돈을 좋아하세요. 아, 할아버진 어디로 가세요? 손주에게 사줄 물건이라도 고르시려고요? 아버지는? 아버지는 누굴 만나 협잡을 하시려나요? 왜놈들 밑이라도 씻어야 한몫 잡는 세상이니. 어머니도 나서셨군요. 계 하러 가시는 모양이죠? 그 나이에 어울리지 않는 양장이라니요? 젖가슴이 너무 처지셨어요. 삼촌은 뭐가 그리 바쁘세요? 공장에 가셔서 졸고 있는 여공들을 족치시려구? 오, 형님, 뭣 때문에 미친개처럼 헐떡이구 있수? 가게 주인과 싸웠수? 누난 이 더운 여름에 루주를 진하게 바르고, 결혼은 할 생각도 안 하는 놈팽이 애인에게 또 주물리러 가는구먼. 이놈 아우야, 넌 매일 무슨 영화 구경을 그리도 열심히 다니냐? 책가방이 무거울 텐데, 누이야, 네가 주워모은 서양 배우들 사진이라도 좀 빼놓고 다니려무나…

끊임없이 '저들'이 밀려오고 있었다. 그 속에, 그의 친할아버지가 오고 있었다. "이놈아 어딜 그리 방황하느냐?" 할아버지가 폭풍처럼 호령했다. "공부를 해야지, 공부를! 아는 것만이 힘이다." "압니다." "알다니, 뭘 알어? 교만하지 마라, 하느님이 굽어보신다." "저는 기독교인이 아닙니다, 할아버지." "네놈이 지옥에나 떨어질 소릴 하는구나." 집으로 데려다 회초리를 드시겠어요? 제 머리에 손을 얹고 기도하시겠어요? "세상이 변한 모양입니다, 할아버지. 요즘엔 하느님이나, 부처님이나, 저들이 믿는 더 큰 신 밑에 있는 새끼 신들인 모양이던데, 타협하시지요?" 할아버지는 어이없는 표정으로 말을 잃고 있었다. "타협하시지 못하신다면, 저랑 함께 무덤에나 가시지요?" 할아버지는 풀이 죽어 대꾸했다. "나는 성묘할 무덤도 없다. 삼팔선이나 뚫리면 모를까…" "꼭 성묘라기보다두… 어쨌든 저는 무덤으로 가야 합니다."

끊임없이 '저들'이 밀려오고 있었다. 그 속에, 그의 친아버지가 오고 있었다. "왜 이러니, 너? 남의 귀엔 들리지도 않는 아우성을 치면서… 그래, 넌 거지를 볼 때마다 옷을 벗어줘야 한다는 주장이라도 하고 있는 게냐?" "그게 아니구요, 아버지. 아버지의 저 역사라는 것이 흘러가는 곳으로 흘러가야 한다고…" "사람들이 얽혀 흘러가는 일이 그렇게 단순한 게 아니야, 적어도 내가 아는 바로는." "아버진 평생을 두고 그것을 연구해 깨달으신 바를, 아버지가 책 속에 쓰신 것을 스스로 믿기는 하세요?" "믿는다는 말은 너무 종교적이구나. 난 믿는다기보다두 어쨌든 그렇게 되어야 한다는 생각이야." "그렇다고 그게 저절로 흘러가는 건 아니지요." "그 말은 옳구나. 하지만, 정말 그것을 위해 뭘 해야 할는지 넌 깊이 생각해보았니?" 아버지의 목소리는 언제나처럼 낮게 억제되어 있었다. "전 그릇된 걸 보았습니다." "앞뒤가 바뀐 소리지, 그건. 그게 처음부터 깨끗한 물로 흐르던?" 제가 아버지 말씀을 물리치면, 아버진 또 그해 가을처럼 사흘 낮 사흘 밤을 굶으시며 스스로를 학대하실 건가요? 아니오, 이젠 그렇게는 못 하겠어요… "아버지, 저랑 함께 무덤에나 가시지요?" "무덤? 네가 웬일이냐? 성묘를 다 가자니?" "꼭 성묘라기보다두…" "그래, 여기서 이러는 것보단 낫겠다. 빨리 이 혼잡한 곳을 벗어나자. 네가 휩쓸려 있는 게 안 좋아 보여. 저 택시를 타자, 시외버스 정류장까지라도…"

그는 아버지에 밀려 파란 택시 안으로 들어갔다(기억이 악몽 같은 그해 가을, 그는 그림자에 밀려 검은 승용차 안으로 들어갔었다). 택시가 달리기 시작했다(그때도 그는 무덤으로 가고 있었다). 택시가 광화문을 지나가고 있었다. 아버지가 차분한 목소리로 말을 꺼냈다. "너도 어지간히 컸으니 하는 말이다만, 난 어떤 면에서 네가 자랑스러워. 그러나 오해하진 마라. 어떤 면에서 그렇다는 얘기니까…" 그는 뜻없이 고개를 끄덕거렸다(그때 무덤의 문은 되돌아나올 수 없는 절대적인 절망처럼 버티고 있었다). 택시는 서대문 로터리를 돌아 독립문 쪽으로 방향을 바꿨다. 멀리서 '문립독'이 보이기 시작했다. "저걸 좀 잘 보관하지 않구, 쯧쯧…" 아버지가 말을 이었다. "저게 세워진 게 건양 원년이니, 천팔백구십육년… 벌써 팔십 년이나 되는데, 난, 이 나라가 아직 완전한 독립을 못 이룬 것 같구나. 어느 세월에 그리 될는지…" 아버지께서 이렇게 말씀이 많으신 건 처음이네, 쓸쓸하신 모양이지—하며, 그는 아버지를 돌아보았다. 아버지의 등뒤로, 반타원형으로 뚫린 독립문의 열린 공간에 하늘빛이 어른거리고 있었다(그는 출구 없는 무덤 속에 내팽개쳐졌었다). 택시가 홍은동 네거리를 지나고 있었다. 아버지가 오른쪽 길을 내다보며 다시 말했다. "참 저 길이 새로 뚫렸지… 집에서 곧바로 왔으면 저리로 올걸. 세검정으로 해서 오는 길이 아주 좋지. 넌 세검정에 가봤니?" "중학교 땐가 친구집에 가러 한 번 가봤어요. 개울물이 참 맑던데요." "맑지. 그게 북한산에서 흘러오는 물이거든. 정자엔 가봤니?" "못 가봤는데요." "그게 씻을 '세'자에 칼 '검'자, 정자 '정'자란다. 광해군 폐위를 논의하고, 그 칼을 물에 씻었던 자리지. 헌데 그 느낌이 묘하지 않니? 칼이란 게 불이란 말이야. 잘 벼린 불이라고나 할까. 근데 불을 물로 씻었어…" 그는 아버지의 표현에 흠칫 놀랐다(사흘 낮 사흘 밤을, 무덤의 벽에 얼룩진 온갖 죽음의 색깔들과 싸우며, 그는 제 살과 손톱과 피로 그 벽을 긁어댔었다…).

무덤으로 가기 위해, 그는, 시외버스를 탔다. 그는 버스의 중간쯤 창가에 자리잡았다. 그는 정류장 밖에 늘어선 리어카 행상들을 멀거니 바라보고 있었다. 아무도 그의 옆자리로 오지 않았다. 조금씩 술기가 깨오고 있었다. 그는 긴 버스 시간을 혼자 버틸 자신이 없었다. 아니, 그보다도 확인해야 할 것들이 있었다. 아버지에게서. 아버지!—하고, 그는 속으로 아버지를 불렀다. 그러자, 아버지가 차 안으로 올라왔다. "평일이라 그런가? 별로 붐비지 않아 다행이구나." 아버지의 목소리가 헛울림처럼 들렸다. "그렇군요." 그가 대답했다. 회색의 반팔 제복에 모자를 쓴 운전사가 운전석에 앉자마자, 금방 차 안이 요란해졌다. 볼륨도 드높은 전자 오르간이 「눈물 젖은 두만강」을 징징대기 시작했던 것이다. 이런!—하고, 그가 속으로 외치는 순간, 아니나다를까 아버지의 목소리가 단호하게 울렸다. "이봐요, 기사 양반! 소리 좀 낮춰요!" 운전사가 별 손님 다 보겠다는 듯이 슬쩍 돌아보더니, 간혹 봐서 알겠다는 듯이 뭐라 중얼대며 볼륨을 낮췄다. 아무 말 없이 앉아 있던 승객들이 음악 소리와 더불어 조금씩 술렁이고, 덜컹, 차가 움직였다.

 종합 정류장을 빠져나온 버스는 왼쪽으로 방향을 틀어, 곧 '통일로' 쪽으로 달려나갔다. 길은 비교적 한적했고, 버스는 빠른 속력을 내고 있었다. 그와 아버지는 평소의 습관처럼 말없이 앉아 있었다. 그는 생각 없이, 간혹 생각 없다는 생각을 스스로 환기하며, 창밖을 내다보고 있었다. 어느 순간, 그는 자신이 생각 없이 내다본 창밖을 통해, 유별나게 눈에 자주 띈 무엇이 있었음을 깨달았다. 그는 그대로 창밖을 보며 말했다. "이 길엔 영구차가 유난히 많네요." "그렇겠지." 아버지는 짤막하게 대꾸했다. 또 한 대의 영구차가 엇갈려 지나갔다. 그는 눈길을 돌려, 사라져가는 영구차의 뒤꽁무니를 잠깐 뒤쫓았다. 영구차의 흰색이 왠지 칙칙하게 느껴졌다. 흰색인데, 검은색 위에 덧칠해 놓은 듯한 흰색이었다. 그 자신도 이 길을 영구차에 앉아 왕복한 적이 있었다. 울음에 지친 가족과 친척들이 영구차와 함께 흔들거렸더랬지… 그러고 보니, 이 버스에 탄 사람들이 모두 그 모습이었다. 그는 술기가 빠져나가는 머릿속이 좀 혼미해지면서, 과거의 어떤 장면과 자꾸 겹쳐지는 듯한 착각을 물리치려고 애썼다. 그는 다시 버스 안을 두리번거렸다. 어느 틈에, 그는 영구차 안에 있었다. 그렇다면 주검은 어디에 있을까? 주검은 없었다. 아니, 있었다. 이 버스에 담긴 주검은 모두가 살아 있는 주검들이었다. 「목포의 눈물」이 그 수많은 주검들을 어우르고 있었다.

　창밖의 풍경이 조금씩 느슨해지더니, 영구차가 멈췄다. 문이 열리고, 헌병 한 명과 경찰 한 명이 올라섰다. "잠시 검문이 있겠습니다." 살아 있는 주검들이 죽은 주검들처럼 뻣뻣해졌다. 군모 끝과 경찰모 끝에 눈썹을 가린 뱀 같은 두 눈길이 차 안을 훑어가기 시작했다. 그는 공연히 그 눈길에 마음을 허둥댔다. 내가 왜 아직껏 이 모양이지—하는 데 생각이 미치자마자, 경찰이 다가섰다. "주민등록증 좀 봅시다." 그는 허겁지겁 주민등록증을 찾았다. "얜 내 아들이오" 하고, 아버지가 쓸데없이 말을 거들었다. 그 쓸데없음에 대답 없는 경찰이 주민등록증과 그를 번갈아 쳐다보았다. 그때 그의 등뒤에 와 있던 헌병이 갑자기 주민등록증을 낚아챘다. "군번이 이런데, 벌써… 언제 제대했습니까?" 헌병이 물었다. "지난 겨울에…" "아, 일병 제대군. 일찍 제대하신 모양이죠?" "네." 주민등록증이 돌려졌다. 기계적으로 돌아선 헌병과 경찰이 앞으로 나갔다. "실례했습니다. 안녕히 가십시오." 거수 경례, 하차… 그는 떠오르려는 군대 생활의 기억들을 짓눌렀다.

　다시 차가 출발했다. 그는 제 주민등록증을 들여다보았다. '성명' 또는 죽음의 단위, '주민등록번호' 또는 죽음의 일련번호, '생년월일' 또는 죽음이 시작된 날, '본적' 또는 죽음의 발생지, '주소' 또는 죽음의 현위치, '호주 성명' 또는 죽음의 뿌리… "하필이면 너만 검문을 당하냐?" 아버지는 누구에게랄 것 없이 푸념을 흘렸다. 훤한 아스팔트 길 위에, 문득 커다란 콘크리트 굴이 나타났다. 언젠가는 무너뜨리기 위해, 길의 허공에

탑처럼 세워놓은 장애물 터널이었다. 굴 입구에는, '북괴 도발 못 막으면 자유 없는 노예 된다'는 표어가 녹색 바탕에 흰 글씨로 씌어 있었다. 굴 옆으로 탱크 저지선인 두 줄의 콘크리트 기둥들이 들판을 끝없이 가로질러 뻗쳐 있었다. 굴을 통과하며, 그는, 이제야 서울을 벗어나는구나—하는 사실을 실감했다. 헤아릴 수 없는 마음이 차창 밖의 논밭으로 넓게 퍼져나가며 흩어졌다. 약간 기운 태양이 여전히 끓어대며, 무더운 습기를 자욱하게 흩트리고 있었다. 하늘이 넓었다. 넓은 하늘 아래를 영구차는, 멈추며 다시 가며, 길을 따르고 있었다.

영구차가 숲에 가린 벽제 화장터를 끼고 오른쪽으로 꺾어 들었다. 숲속에서, 시커먼 연기가 뭉텅뭉텅 뭉텅이며 죽음의 근육인 양 여름의 열기를 밀어올리고 있었다. 으악새 슬피 우는 사연에 죽은 넋을 달래고 있던 아버지가 마침내 말길을 찾아내셨다는 듯 입을 열었다. "요즘엔 왠지, 내가 죽으면, 날 화장해 줬으면 좋겠다는 생각이 들곤 하는구나… 그게 깨끗하지 않겠니?" 그는 오랜만에 아버지를 돌아보았다. "허지만 전 아버질 화장할 자신이 없는 것 같네요." 아버지가 고개를 끄덕거렸다. "나도 마찬가지였을 게다. 네 할아버진 그걸 원하지도 않으셨지만. 철저한 크리스천이셨으니…" 그는 다시 창밖으로 고개를 돌렸다. 그리고 가만히 아버지의 이야기를 기다렸다. "어떤 땐, 난 너에게서 할아버지의 어떤 모습을 보는 것 같더라." "네? 그건 무슨 말씀이세요?" 뜻밖의 말에, 그는 물처럼 흐르려던 아버지의 목소리를 잠깐 거슬렀다. "글쎄… 네가 크리스천이 아니니 형태가 좀 다르긴 하다만… 뭐랄까, 검은 두루마기에 성경책을 들고 날 응시하시던 그 눈빛의 막막함과, 내 자식이면서 손 닿지 않는 곳에 있는 것만 같은 네 앞에서 느끼는 막막함이 닮았기 때문일까… 젊었을 때 나에겐 아버님의 삶이 커다란 바위, 암담한 절벽 같았지. 오로지 믿음만으로 뭉쳐 있었으니까. 아마도 그래서 난 크리스천이 될 수 없었을 게야"하더니, 아버지는 다시 흐름의 방향을 찾았다. "평안도 쪽이 워낙 기독교가 강하긴 했다만, 네 할아버진 정말 성경대로만 사시려던 분이었어. 곧이곧대로만 말이다. 교회가 타락했다고, 무교회주의자가 되실 정도였지. 하느님의 말씀에 어긋났다고 생각되는 일에는 닥치는 대로 불같이 싸우셨어. 신앙 때문에, 감옥에도 들어가셨더랬지." 아버지가 할아버지에 대해 이야기하는 건 처음 있는 일이었다. 아버지는 자신과 가족의 과거를 들춘 적이 없었다. 나는 그것을 메꾸기 위해 어린 상상의 공간을 끝없이 헤매야 했지만, 그래도 아버지는 서재의 책상 앞에 우뚝 앉아 한없이 책을 읽고, 한없이 생각에 잠기고, 한없이 글을 쓸 뿐이었다. "그런 신앙 하나만으로 긴 일제 치하를 사셨다면, 그걸 짐작할 수 있겠니? 하지만, 아버님은 그걸 구원을 위한 시련으로 받아들이셨지." 아버지의 목소리가 흐르며 조금씩 물 밑으로 가라앉고 있었다. "그런데 해방이 되면서, 그 시련은 더 깊어지는 것만 같았단다. 나중엔 당신께서 고향의 흙을 움켜쥐시고, 거의 미칠 듯이 기도하시곤 했던 게 기억나는구나. 그러나 결국 월남을 결심하셨지. 네 할머닌 그때 여의신 게다. 그래도 아버님의 신앙은 반석처럼 흔들리지 않았어. 다만 정치에 대해서만은 점점 더 예민해지셨지. 사실 네 할아버님의 평생을 두고, 이 땅은 그 얼마나 정치적이었니?" 그는 갑자기 물 속으로 빠지듯 아득해지면서, 한 순간 머릿속이 새하얗게 비워져오는 것을 느꼈다. 그는 잠깐 아버지의 말을 놓쳤다. "…그러다가 강원도 산골로 들어가시면서, 그때도 참 정정하셨다만, 당신의 신앙을 마지막으로 시험해보시려는 뜻이라고 말씀하셨더랬다. 하지만 그때쯤부터 눈에 띄게 두 가지 집착을 드러내셨어. 하나는 자손에 대한 집착이었단다. 나도 외아들인 데다가, 난 또 널 조금 늦게 본 편이지 않니? 그것도 전쟁중에. 그리고 다른 하난, 고향이었어. 북쪽 고향…" 그는 호적초본의 첫머리에 써 있는 제 핏줄의 먼 주소를 외우고 있었다. '원적: 평안북도 정주군 갈산면 익성동…' 한 번도 발 디뎌보지 못한 그곳이 때때로 그에게 자신의 고향처럼 여겨지곤 했었던 것이다. "네 할아버지 묘소를 북쪽으로 정한 건, 그 때문이다." 거기서, 아버지의 목소리는 더 이상 가라앉을 수 없는 소리의 물바닥에 닿아 있었다. 그는 흐름을 멈춘 그 소리의 물바닥으로 잠수해 들어갔다. 거기에 진짜 주검이 된 할아버지의 얼굴이 있었다. 새벽의 어둠과 빛 속에서, 고등학생이었던 그가 그 얼굴을 내려다보았다. 단단한 골격이 피죽은 살갗 밑에 덮인 그 얼굴은 육체의 마지막 고통에 일그러져 있었다. 끝내 다물어지지 않았던 주검의 입은 무엇을 말하고 싶었던가? 할아버지의 몸에서 나던 냄새가, 그 순간 사라진 것 같았다. 연탄 가스 때문에, 그리고 얼마 안 있어 다시 엎어진 석유 난로에 당한 불의 상처 때문에 할아버지는 마지막 5년 간을 누워 계셨다. 마지막 일 년 동안 할아버지의 몸에서는 냄새가 났었다. 어머니가 할아버지의 음식을 먹이고, 몸을 닦아내고, 오물을 받아냈다. 어머니는 비수처럼 눈빛을 빛냈다. 어머니는 자신의 신세를 울부짖었다. 어머니는 그리고 기독교인이 되었다. 기독교장으로 거행된 영결식에서 함선생님이란 분은 조용히 말했다. "나는 어느 편인가 하면 말하는 것보다 가만히 있고 싶은 심정입니다. 사람에 따라 생각이 다르겠지만 이미 오 년 전에 그는 세상을 떠났다고 해도 좋습니다. 산 것도 아니고 죽은 것도 아니고, 기도하고 죽은 것 같으면서 오 년 동안 우리 가운데 있을 때, 뭘 말하고 뭘 알릴 게 있을 것인데 그걸 듣고 싶은 심정입니다. 다만 한 가지 그를 통해 내게 알려진 게 있다면, 육신만으로는 사람은 살 수 없다는 것, 그리고 영혼은 전체를 내놓고는 알 수가 없는 거라고 생각합니다."

그는 숨막히는 죽음의 물 밑에서 떠올라, 창밖으로 시선을 옮겼다. 나지막한 야산을 두르고 과수원과 군 부대가 스쳐갔다. 그는 숨을 가다듬었다. 그리고 제 안에 멈춰 고인 아버지의 말을 다시 들여다보았다. 말의 물에 가린 할아버지의 얼굴이 희미하게 어려 보였다. 그는 수면 가까이로 눈을 가져갔다. 그의 숨소리가 물 위에 번졌다. 주검의 얼굴이 번졌다. 주검의 얼굴이 잔 물결에 얼룩지며 제 형체를 무너뜨리고 있었다. 주검이 지닌 고통의 표정이 더욱 일그러지고 있었다. 얼굴이 갈기갈기 흩어지기 시작했다. 물에 거센 파문이 일었다. 그의 마음이 물을 함부로 휘젓고 있었다. "무덤에 닿기 전에 더 말씀해주세요, 아버지. 아버지 자신에 대해서도…" 그는 돌아보지 않고 말했다. 물이 되어 그에게 다다른 아버지는 대답하지 않았다. "압니다, 아버지 자신을 털어놓으시기 어려워하신다는 걸. 허지만 왜 그토록 그걸 피하시는지, 그것부터 정말 알고 싶어요." 아버지는 여전히 대답하지 않았다. "그런 삶이 혹 할아버지에 대한 아버지의 반항이었나요? 할아버지의 행동에서, 아버진 허무한 신념을 읽으셨던 건가요?" "……" "그래서 수천 권의 책 속으로, 그 긴 역사 속으로 들어가셨어요? 전, 정말이지 아버지가 전쟁중에도 군복을 입고 책을 읽으셨는지 알고 싶어요." "……" "알고 싶어요, 아버지가 거기서 무얼 바라셨었는지. 아버지도 이 세상에 대한 어떤 꿈을 꾸셨던가요?" "……" "그렇다면 그 꿈이 아버지 자신의 책을 만들어가고 남겨주는 것으로 언젠가는 이루어질 수 있다고 생각하신 거예요? 그게 아니라면, 아버지가 바라보신 것은 무엇인가요? 그것이 무엇이길래, 아버지는 생활을 지워버리셨어요?" "……" "아니, 지워버리신 게 아니라 숨기신 거라는 걸 이젠 어렴풋이 깨닫겠어요. 그런데 그게 더 혼란스러워요. 저 때문에 사흘 낮 사흘 밤을 고통스러워하시고, 그리곤 건강이 급속도로 나빠지셨더랬지요. 결국 저 때문에 죽으신 거예요, 아버진. 제 대신에. 할아버지와 똑같이 그렇게 고통에 차 있던 아버지의 마지막 얼굴을 되살리고 싶지 않아요. 그런데 아무 대답도 없이 그 고통스런 표정만 남기시고, 모든 걸 저 혼자 감당하게 하셨으니… 아아, 이제 더 묻지 않겠어요. 그만두지요…" 그는 옆자리로 고개를 돌렸다. 텅 빈 좌석, 아버지는 거기에 없었다. 그는 담배를 꺼냈다. 차는 언덕을 오르고 있었다. 그의 아버지의 무덤이, 그리고 그의 아버지의 아버지의 무덤이 가까워오고 있었다.

무덤으로 가기 위해, 그는, 영구차를 내렸다. 그를 홀로 내려놓은 버스는 아마도 교외선일 철길을 넘어 다시 속력을 내며 멀어져갔다. 그는 두 손으로 머리카락을 쓸어올렸다. 발 밑에 놓인 그의 어두운 관이 조금 길어져 있었다. 그는 철길을 따라 뻗어나간 황톳길로 접어들었다. 늦은 오후의 햇살은 더욱더 진득거렸다. 그는 뜨거운 공기 속을 헤어가는 것인지 뜨거운 물 속에 헤어가는 것인지 분간하기 힘들었다. 문득 바람 한 줄기가 길을 스치자, 길을 따라 늘어선 미루나무의 잎새들이 저 나름대로 몸짓해대는 작은 불꽃처럼 흔들리며 심지를 돋우었다. 무수한 불점들이 그의 눈을 어지럽혔다. 그는 붉은 흙길의 냄새를 맡았다. 오랫동안 맡아보지 못한 그 내음이 그의 가슴속으로 몰려들어가 응어리졌다. 그것은 아버지의 방에 스며 있던 그 내음 같기도 했고, 향불에서 피어나는 내음 같기도 했다. 그는 무엇인가가 생각났다는 듯 발길을 멈추고, 신발과 양말을 벗어들었다. 그는 붉고 뜨거운 땅에 닿는 맨발의 촉감을 놓치고 싶지 않다는 듯, 한걸음씩 한걸음씩 발을 옮겨나갔다.

그는 터벅 터벅 터벅 터벅 걷고 있었다. 언제쯤부턴가, 어디서 길로 끼여들었는지 모를 노인이 저 앞에서 걸어가는 것이 보였다. 노인은 모시옷을 헐렁하게 입고, 꺼부정한 등 위에 샛노란 햇살을 짊어지고 있었다. 그는 노인과 걸음을 맞춰, 거의 비슷한 거리를 유지해나갔다. 노인이 슬레이트 지붕을 올린 어느 납작한 흙집 옆에 섰을 때, 그의 발은 저절로 따라 멈췄다. 시야가 가려진 흙집 뒤에서, 리어카를 밀며 한 중년의 사내가 나타났다. 그 둘은 뭐라고 손짓으로 말했다. 그러더니 노인은 리어카 위로 올라앉았다. 중년의 사내가 리어카를 끌기 시작했다. 그는 다시 먼발치로 그것을 뒤따랐다. 흙길에 덜컹거리는 그 한 묶음의 노오란 형체는 그의 마음에 기묘한 문양을 그리고 있었다. 어린아이같이 단순한 마음으로 그린 태양의 문양이랄까. 길 저편에서 숲이 점점 커져 보이더니, 리어카는 길을 벗어나 숲속으로 스며들어갔다. 그들 때문에, 그는 숲 그늘 속에서 빛을 보고 있었다.
 숲의 입구에는 '北邙果樹園'이라는 조그마한 간판이 밤나무에 못질되어 박혀 있었다. 과수원 입구에서, 그는 숲 그늘 멀리 사라지는 리어카의 마지막 움직임을 잠시 바라보았다. 그는 방향을 바꿨다. 묘지가 있는 덴, 꼭 과수원이 있단 말이야… 그는 혼자 중얼거리며, 숲을 오른쪽으로 끼고 돌았다. 철망이 숲을 가두며 한없이 이어지고 있었다. 철망을 세운 시멘트 기둥들 밑으로, 노란 풀꽃들이 땅의 속살처럼 터져나와 반짝거렸다. 길이 조금씩 거칠어졌다. 키 큰 밤나무숲이 문득 끊기고 그의 키만한 크기로 펼쳐진 배나무밭에 이르자, 그는 배나무들의 뒤편으로 작은 언덕에 가린 시야 오른쪽에 완만하게 뻗쳐올라간 산기슭을 바라보았다. 그는 마침내 몇 개의 무덤을 발견했다. 다 왔군… 갑자기 트여온 그 아릿한 시야처럼, 그의 마음이 저릿한 비감에 트여왔다. 그의 귓속에는 북소리가 두웅~ 두웅~ 울려왔다. 그는 쿵쿵거리는 심장 위에 손을 올렸다. 그럼에도 북소리는 그의 귓속에서 더 크게 확대되며, 그를 그 자리에 나무처럼 심어두고 있었다. 아마도 그는 아직 시야의 왼쪽을 가리는 언덕을 돌아서서 그 헤아릴 수 없는 무덤들을 대할 마음가짐을 갖추지 못한 모양이었다. 한참만에야 그는 자신의 돌이킬 수 없는 약속에 생각이 미쳤다. 동시에, 그는 자기를 바라보는 숨은 눈을 의식했다. 그 눈은 언덕을 돌아서는 모퉁이에 자리잡고 있는 판잣집 주막의 어둠 속에 있었다.
 ……나는, 어둡고 퀴퀴한 주막 안에서, 유리문 건너로 다가오는 그를 바라본다. 그는 이제 상당히 지쳐 보인다. 유리문 안을 기웃거리던 그의 눈이 내 눈과 마주친다. 그는 열린 유리문 쪽

으로 돌아 주막 안으로 들어선다. 와 있었군. 그가 말한다. 응, 나도 막 도착했어. 내가 말한다. 갑자기 피로가 몰려오는 것 같애. 그가 말한다. 우선 술이나 마시지. 나는 소주 한 병을 시킨다. 그와 나는 첫 잔을 말없이 마신다. 잔에 새로 채워진 투명하고 맑은 술빛이 어두운 주막을 밝히는 빛움큼처럼 보인다. 아직 자신이 없으면, 돌아가도 돼. 그 말에 그는 나를 암담하게 쳐다보더니, 잔으로 눈을 돌린다. 아니—하고, 그는 말을 잠깐 끊더니, 끝이 가까웠어—하고, 목소리를 바꾸며 어느 연극의 한 구절을 읊는다. 그는 다시 제 목소리로 돌아와 말을 잇는다. 이제 나는 과거야. 나는 아버지처럼 생각하고, 할아버지처럼 행동했어. 나는 당신들에 대한 반항을 통해서 다른 삶을 살고 있다고 생각했었지. 하지만 사실은, 어머니의 자궁 속에서 아버지의 책을 베고 잠자며 할아버지와 같은 믿음을 꿈꾸고, 그 핏줄의 밥을 먹은 거야. 나에겐 변명의 여지가 없어. 그는 단숨에 잔을 비운다. 내가 그 잔을 채운다. 하지만, 그것만이 내가 무덤으로 가려는 이유는 아니지. 문제는 내 삶의 방식으로는 더 이상 밀고 나갈 수 없다는 데 있다고나 할까. 두려움이 시작된 거야, 무엇보다도 나 자신에 대한. 사흘 낮 사흘 밤을 그 죽음의 색깔들과 싸우고 나서도 난 두렵지 않았어. 그건 두려움이 아니라 고통이었지. 그런데 그 연병장, 그 연병장의 미칠 것 같은 햇살… 그 막막함을 감당할 수가 없었어. 거기에 서 있으면, 모든 것이 나로부터 한없이 멀어져가는 거야. 하늘과 땅이 그토록 높고 깊을 수가 있을까, 거기서 나는 아득한 우주에 내던져지곤 했었지. 나는 아무것도 아니었어. 내 삶은 거기서 철저하게 용납되지 않았던 거지. 이미 난 변하기 시작한 거야. 하지만

나는 내 믿음을 살아가지 못했다는 데 대해, 그리고도 내가 살아 있다는 데 대해, 나 자신을 용납할 수가 없어… 이제는 지금의 나만으로는 안 돼. 그 이상의 무엇이 필요해. 이번엔 그가 내 잔을 따른다. 잔을 받으며, 나는 네 믿음이 잘못은 아닐지도 모르지—하고 말한다. 하지만 넌 네가 한 인간이라는 걸 생각하지 않은 거 아닐까? 그는 대답하지 않는다. 내가 다시 묻는다. 그들과 헤어질 수 있어? 그는 고개를 끄덕이며 말했다. 지금의 나로서는. 나머지는 너의 몫이야. 그러면 네 연극은? 내가 거듭 묻는다. 그는 잠깐 머뭇거리더니 깊은 숨을 내쉰다. 내게 마지막 꿈이 있다면, 내 자신이 그 연극으로서, 그 공연 전체로서, 무대 위에서 한 번만 더 되살아보고 싶다는 거야. 하지만, 그것도 네 몫이지. 그와 나는 마지막 잔을 말없이 들이켠다. 그가 먼저 자리에서 일어난다. 자, 가자…

……어느덧, 기운 햇살이 붉은 색조를 띠고 있다. 내 그림자가 그의 그림자에 겹쳐져 긴 관의 모습을 갖추고 있다. 그와 나는 그렇게 나란히 언덕을 돌아선다. 둥글게 반원을 이룬 남향의 산기슭 촘촘히 펼쳐진 무덤들을 바라보자, 그는 멈칫 멈추고 싶은 모양이다. 나는 모른 척한다. 늦지도 빠르지도 않은 걸음걸이란 어떤 것일까, 그를 이끄는 내 걸음의 속도를 조절하기 힘들다. 그와 나는 커다란 '慰靈塔'을 지나, 침묵의 왕국으로 들어선다. 그와 나는, 한낮의 열기를 이제야 이겨내며 출출거리며 침묵의 영역을 휘도는 개울을 건넌다. 조금씩 더해오는 붉은빛과 낮밤이 바뀌는 시간의 바람결이, 침묵의 무수한 응결들을 둥글게 뒤덮은 잔디 끝에서 소리없이 만나 흔들린다. 그 침묵의 자연을 따라, 그와 나는 산길을 오른다. 그가 침묵처럼 입을 연

다. 어릴 때, 어느 무덤가에 간 적이 있었어. 아마 어느 시골의 마을 뒷산쯤에 있던 무덤이었을 거야. 누구의 무덤인지도 모르는 곳에서, 나는 뛰놀았었지. 아주 즐겁게 말이야. 죽음의 땅 위에서 그렇게 뛰놀았다니… 난 네가 그렇게 새로 시작할 수 있기를 바래. 나는 그를 돌아보며 침묵처럼 답한다. 글쎄, 어쩌면 새로 시작한다기보다 새로 견딘다는 말이 어울릴지 모르지. 무엇을? 그. 네가 잊으려고 했던 것을. 나. 내가 잊으려 했던 게 무엇일까? 다시 그. 상처들. 다시 나. 상처? 그래, 나는 우선 그걸 다시 내 발로 찾아가보겠어.

……노을 속에서, 이름을 확인할 수 없는 나무들이 드문드문 무덤들을 굽어보고 있다. 중턱을 얼마큼 넘어올라, 그와 나는, 저 앞에 보이기 시작한 그와 나의 목적지를 알아본다. 그리고 그 앞에 놓인 기이한 풍경을 목격한다. 아버지의 무덤 아래, 흙더미가 쌓여 있고, 거기에 부삽 하나가 꽂혀 있다. 또 하나의 주검을 위해 무덤을 판 모양이다. 사람 없이 홀로 부삽이 꽂혀 있는 모습은 흡사 여기가 삶의 땅이 아님을 보여주는 듯싶다. 그와 나는 아버지와 아버지의 아버지의 무덤에 다가간다. 두 무덤은 위아래로 나란히 숨죽인 어머니의 젖가슴처럼 자리잡고 있다. 잔디가 제법 무성한 무덤을 돌며, 그와 나는 잡풀을 뜯어낸다. 그와 내가 무덤 앞에 나란히 앉을 때, 서쪽에 걸린 해는 문득 그 목숨의 극점에 도달한 듯 진홍빛 노을을 한껏 뿜어낸다. 그러자 그가 그 빛 속에서 격정에 사로잡힌 듯, 환희인지 비탄인지 알 수 없는 표정에 떨며 침묵을 울린다. 이 둥근 하늘을 봐! 양쪽으로 뻗은 산등성이 위로 정말 하늘은 둥글어 보인다. 마치 무덤 속의 천장 같아. 그리고 이 핏빛 불노을, 이건 하늘

의 불이 스러지며 흘리는 피… 나에겐 이제 이 세상이 온통 그 불의 피를 머금은 무덤인 거야. 나는 그의 눈길이 가는 방향을 가늠하지 못한다. 지금, 그도 이 그윽한 그의 불의 피의 향기를 몸 속으로 받아들이고 있을까? 부드러우면서도 진한 피꽃 향기라고나 할지, 나는 그 강렬함에 취해버릴 것 같다. 그가 일어서고, 내가 따라 일어선다. 저기야, 내가 오고자 했던 곳. 그는 아버지의 무덤 아래 파여진 흙구덩이로 간다. 직육면체로 파인 흙구덩이 속에는 벌써 어둠이 잔뜩 깃들여 있다. 아, 갑자기 생각이 나는군, 기억나지 않던 꿈의 한 장면이. 그가 말한다. 그래, 해가 떠오르던 새벽 바다… 왠질 모르겠어, 꽃처럼 피어오르는 해를 등지고 긴 그림자를 앞으로 밀면서 바다로부터 걸어나오고 있었어, 내가… 그는 평온한 표정을 띤다.

　……그가 땅 밑으로 내려간다 어둠 속에서 그의 두 눈빛이 노을처럼 타오르다 천천히 스러진다 그는 더 이상 움직이지 않는다 내 온몸의 울음이 용솟음치며 내 근육에 알 수 없는 울림과 힘을 준다 나는 꽂혀 있는 부삽을 뽑아든다 나는 부삽에 쌓인 흙을 담아 그의 몸 위에 조심스레 뿌리기 시작한다 흙을 담을 때마다 내 힘이 격렬해진다 얼굴 가득히 넘치는 눈물에 나는 마구 흙을 파넣기 시작한다 더욱 격렬히 흙이 차오른다

　……나는 부삽을 내던지고, 주검에 뿌리를 내린 나무처럼 서 있다. 해는 완전히 산을 넘어가, 암청색 하늘이 쏟아져내리고 있다. 바람이 거세진다. 무덤을 뒤덮은 암청색 풀잎들이 일제히 물결친다. 아니다, 산기슭 가득 펼쳐진 암청색 무덤들이 크게 파도치는 바다의 물굽이처럼 일렁거린다. 어쩌지 못하고, 나는 빈주먹을 움켜쥔다.

지금 그가 내 앞에서
―― 1974년 가을

……무대다. 무대가 있다. 무대가 열려 있다. 열린 무대가 텅 비어 있다. 텅 빈 무대가 무대로서 있다. 지금, 그렇게 무대는 무대일 뿐이다. 아니, 아무것도 보여주고 있지 않는 무대는 무대라 불려질 수 없을지 모른다. 아니, 오히려 다른 아무것도 보여주지 않는다는 것을 보여주는 무대로서, 무대 그 자체만을 보여주는 무대로서, 저 무대야말로 진정한 무대 자신일지 모른다. 막이 미리 거두어져 있는 것은(이것이 의도된 것임을 나는 알고 있지만), 그것을 그렇게 보도록 하기 위함이랄지(그 첫 의도가 이와는 미묘하게 달랐음을 나는 또 알고 있다).

……무대다. 무대인 무대다. 무대인 무대 앞에, 내가 있다. 무대 앞에, 여기, 내가 앉아 있다. 여기, 내가 객석에 자리잡고 있다. 객석에 자리잡은 내가, 지금, 관객으로 있다. 지금, 관객인 나는 공연을 위해 존재한다. 이미 무대를 무대로 봄으로써, 나는 연극을 앞질러 그 이전의 텅 빈 시간-공간까지도 공연으로

관람하고 있는 자의적인 관객이기조차 하다. 애당초 관객이고자 함으로써 관객인 나는, 내 몸과 마음을 온통 무대 앞으로 이끌고 들어온 이 나는(나에게는 그럴 수밖에 없는 이유가 있는데), 그런데 그저 나 자신이라고밖에 말할 수 없는 막연한 나다(어쩌면 그러고 싶은 것에 불과할 뿐인지도 모른다).

 나, 자신? 내가 나이기 이전에, 나는 그였다. 그때, 그 역시 막연한 그때, 그가 거기에 있었다. 언젠가 무수한 시간의 그때 그때에, 거기 어딘가 도처에. 그는 나였다. 그러나 나는 그가 아니다(이것도 내가 그렇게 믿고 싶은 것 뿐일까?). 지나가버린 나인 그가 나를 나이게 한 때가 언제였을까? 언젠가 나는 그와 한 몸으로 있었다. 내가 나를 나라고 의식하면서, 그는 내가 아니기 시작했다. 그리고 완전히 내가 나로 있게 되자, 그는 없었다(왠지, 이 진술이 자꾸 의심스럽다).

 지금 여기에 없는 그는 텅 빈 시간, 텅 빈 공간이다. 텅 빈 시공? 갑자기, 어떤 예감이 나를 부른다. 텅 빈 시공! 그렇다면, 아, 그는 지금 저 비어 있는 무대 그 자체인가(아, 이 순간, 나는 이렇게 비약할 수밖에 없다). 그렇다면 역설인가, 그는 여기에 '없음'으로 있었단 말인가. 나는 지금껏 그의 '없음'의 '있음'을 마주본 것인가(나는 이 점을 전혀 예측하지 못했다). 곤혹스럽게 나는 응시한다, 나를 응시하는 저 텅 빈 시공을. 저렇듯 '없음'으로 있다는 것이란 도대체 무엇일까? 정말, 그는 아무에게도 보이지 않는 어둡고 편안한 곳으로 형체를 버리고 사라진 것이 아니라, 보이지 않는 그 무엇으로 지금도 보이고 있는 것일까?

 문제다. '없음'으로 있는 그는, 그러나 끝까지 보이지 않는 무엇으로만 보일 수 없다. 이제 그의 연극이 있어 보여질 테니까. 문제다. 돌발적인 문제다. 서둘러 문제를 의혹의 괄호에서 풀어내본다. 그 자신인 이 연극이 대본으로 씌어져 있게 한 것은 바로 그다. 나의 이름으로 그는 이 연극을 나에게 주었다. 그의 이름으로 나는 이 연극을 받아들였다. 그리하여 내가 이 연극을 공연으로 있게 하였다(새로운 의혹의 괄호를 묶자면, 이 연극을 의도한 나는 순수한 관객일 수 있는가 없는가?). 이제 그것이 내 앞에 어떤 '있음'으로 있게 될 것이다(나는 그 '있음'의 모든 것을 안다고 믿었었다). 그가 먼저 이러한 결과로 있게 되기를 원했었다(그가 원한 이 결과의 결과는 무엇일까?). 방금 내가 '없음'으로 있는 그를 보기 전까지, 그것을 봄으로써 내 앎이 흔들리기 전까지, 나 역시 그가 내 앞에 다시 '있음'으로 있게 되기를 원했었다. 한 번만 더, 여기 내 앞에, 내 눈앞에. 왜냐하면 이것이 하나의 확인이기를 바랐으므로. 그가 그임을 확인하여(그런데 '없음'으로 있는 그는 과연 누구란 말일까?), 내가 나임을 확인하고 싶었으므로(그러면 '있음'으로 있는 나는 또 누구란 말일까?). 그러나 허구로서, 연극이 끝나면 사라질 허구로서. 왜냐하면 나는 또한 여전히 나만의 나이고 싶었으므로.

 그는 단연코 허구로만 있을 것이다, 물론. 연극이기를 택한 것은 다름아닌 그였다. 그는, 그 자신이 이 공연 전체로 존재하기를 바랐다(그러나 내 앞에서 또 다른 그가 공연된다면?). 나에 의해 있어졌다가 없어지는 것을 전제로(그 전제의 전제는 무엇인가?). 그 자신 다시 텅 빈 무대이고자?⋯ 그러고보니, 그가 내 앞에 없다는 것은 차라리 그가 텅 빈 채로 있다는 것, 즉 그의 '없음으로-있음'이 실은 '비어-있음'으로 있는 것이라는 느낌이 든다. 그리고 지금의 내 불안은, 연극이 끝난 후의 그 '비어-있음'이 연극이 시작되기 전의 이 '비어-있음'과 또 다른 것이 될지도 모른다는 데 기인하리라는 생각이 이어진다. 그가 또 그가 아니게 된다면? 그러면 무엇이 달라지는 것일까? 그러면 그때의 그는 누구일 것인가? 그러나 사실, 나는 연극이 시작되기 전의 이 '비어-있음'의 '있음'이 무엇인지를 애당초 모른다. 그것을 모르는 나는, 그러니까 결국, 연극이 끝난 후의 다른 '비어-있음'으로 '있음' 역시 무엇인지 모를 것이다. 나는 다만, 그가 그가 아님을 확인함으로써 내가 또 내가 아님을 확인케 될지 모른다. 그러면 그때, 나는 다시 누가 되어야 한단 말인가? 이 공연을 의도하지 않았다면, 이 '비어-있음으로-있음'이 있다는 것조차 몰랐을 테지만… 오, 이 무슨!…

……무대다. 나에 의해 있게 된 무대다. 어둠 속에 슬며시 스며든 빛이 희슴푸레하게, 아주 희미하게 무대 위에 널려 있다. 조금 전, 어둠이 서서히 무대를 향해 밀려갈 때―연극의 시작을 위해, 조명은 관객석 뒤로부터 무대 쪽으로 서서히 꺼져가도록 지시되어 있었다―, 나는 그 어둠에 끝내 빛 밝혀지지 말기를 바란다는 것이 얼마나 무모한가를 깨닫고 있었다. 그 어둠은 순수한 어둠이 아니었다. 촉감에 의해 헤아려질 어떤 모습을 감추고 있는, 빛을 불러 그 모습을 드러내고야 말 그런 어둠이었다. 아마도 그래서, 나는 그 어둠이 오기 전에 그 어둠을 피하려 했었던 듯싶다. 무대를 향한 확신이 흔들리면서, 차라리 나는 '지금-여기'를 벗어나고 싶었던 것이다. 나는 몸을 움직일

수 있었다. 그런데 나는 몸을 움직일 수 없었다. 나는 묶여 있었다. 무엇엔가 묶여 있음을 깨닫자, 나는 차라리 그 시공을 정지시키고 싶었다. 그리고 저 '비어-있음'의 정체를 드러낼 때까지 심문하고 싶었다. 저 그를, 그리고 나 자신을. 그러나 그것조차 늦어 있었다. 그때 나를 묶고 있던 것은 술렁거림, 벌써 내 무대 앞으로 다가와 있는 타인들이었다. 이미 아무것도 돌이킬 수 없었다. 공연은 가차없이 시작될 것이었다. 이제, 나에게는 아무 도리도 없다. 나는 온몸이 저릿해져오는 가득한 체념을 느낀다. 내 입술만이, 그 역시 헛된 마지막 기대에 실룩거린다. 불을 켜다오. 그리고 보여다오, 여전히 비어 있음을.

……무대다. 그가 있게 될, 그의 '있음'이 시작될 무대다. 극도로 희미한, 희슴푸레한 조명이 그대로 무대 위에 널려 있다. 무대는 여전히 비어 있다. 얼핏 그렇게 보인다. 그러나, 흐르는 시간이 희미한 빛의 더 희미한 가장자리에 세워진 어떤 형태들을 찾아내게 한다. 어렴풋함에 위장된 무대는 비어 있지 않다. 그 사실이 이제 절대적인 사실로 드러난다. 바짝, 입술이 타며 체념이 완성된다… 순간(!), 간신히 묶여 있던 사고력의 괄호가 머릿속에 풀어진다. 풀어져, 돌연히, 흩어진다. 중심을 이탈하는, 생각, 조각들. 돌연히, 마구 뒤섞인다. 마구 떠돈다, 휘몰린다. 돌연히, 폭풍처럼 거칠게. 돌연히, 유동체처럼 끈끈하게. 질척인다, 어지럽게. 어질어질, 머릿속의, 빛과 어둠이, 무질서하다. 돌연히, 보이는 게 보임, 사라짐. 떠오르는 게 떠오름, 사라짐… 순간(!), 나는, 기적처럼, 의식의 최소한도를 수습한다. 뜻밖의 빛 한 점, 내 마지막 의식이 저 스스로를 포착한다. 머릿속이 혼돈으로 회오리칠 때, 그러나 그것을 그것으로 느끼

게 한 의식의 한 줄 더듬이가 남아 있다. 보이는 걸 보면서, 떠오르는 걸 떠올리면서, 있는 것을 있는 대로 받아들인, 무너지는 의식에 대한 끝의식. 끝의식? 나는 길게 숨을 몰아쉰다. 지금, 여기서, 당장 내가 기댈 수 있는 것은 그것뿐인가? 한 번 더, 나는 길게 숨을 몰아쉰다. 다시 내 앞의 무대를 더듬기 위해, 나는 더듬이를 세우며 고개를 쳐든다.

　무대는 이제 다른 무엇인가를 보여주려 한다. 오랜 시간 그대로 낮은 조명이 널려 있는 무대는 이제 더 이상 비어 있지 않다. 무엇일까? 사람 같기도 하고 사물 같기도 한 무엇들인가가 무대의 뒷면과 오른쪽 면을 ㄱ자로 둘러치고 있다. 그래, 떠오른다. 이 첫 장면을 구성하며, 우리—연극은 '우리'를 통해 이루어질 수밖에 없다—는, 관객들이 그것들을 그토록 불확실하게 볼 수밖에 없도록 하기 위해 고심했었다. 그것들이 무엇일까? 무엇일까, 라고? 나는 그것들이 사람이라는 걸 안다. 무대 안쪽을 향해 선 사람들이 무슨 전위 예술의 조각품처럼, 또는 이름없는 사물들처럼, 굳어 있는 것이다. 그는 그들을 '사람들 또는 사물들의 무리'라 불렀고, '때로는 역할을 지닌 인물이나 군중의 구실을 하며, 때로는 무대 장치나 도구의 구실을 한다'고 적어놓았다. 그리고 그들을 통해 '무대 형상을 이끌어가야 한다'는 것이다. 연출을 맡은 선배는 배우들에게 몸에 달라붙는 타이츠 같은 의상을 입히고, 거기에 보디 페인팅을 한 것처럼 갖가지 구상과 추상이 뒤얽힌 무늬들을 장면의 필요에 따라 그려나갔다. 몇몇은 얼굴에까지. 그 마술적인 문신들은 모두 모양과 색감을 달리했지만, 그렇다고 서로가 금방 구별되지도 않았다. 잡다히 모두가 개성적이어서 개성이 구별되지 않듯. 개성은 개성이되 기계적인 개성, 타이츠라는 동질의 의상 위에 변형된 개성인 듯. 하지만 너무 사물다운 모습만 강조할 필요는 없잖을까? 선배가 말했다. 어떤 순간엔, 뭐랄까, 그 꼭 끼는 의상이 아주 육감적으로 보였으면 좋겠는데… 나는 동의했다. 잊을 수 없는 것은, 첫 무대 연습을 위해 그들이 모두 완성된 의상으로 무대 위에 올라섰을 때, 그들을 휘저어대던 야릇한 광란이었다. 몸의 윤곽을 바싹 드러낸 의상의 선과 그 드러냄을 감추듯 치장된 어지러운 색깔들이 모여선 그들의 몸과 몸 사이에 이상한 전류를 형성하는 듯싶더니, 징그런 뱀들이 얽히는 꼴로, 그들이 몸을 꼬아대며 낄낄거리기 시작했던 것이다. 그들의 몸에 밴 연극적 과장이 소리와 몸짓을 파문처럼 확대시키자, 그들은 발을 구르며, 몸을 마구 뒤집고 흔들며, 웃음도 울음도 아닌 쇳소리의 괴성으로 날뛰어댔다. 끝도 없이, 스러지려 하면 어느 구석에선가 새 물살을 일으키며. 무대 밑의 연출이 악을 썼지만 그 광란을 바로잡을 수는 없었다. 그 배우들은 연극이 시작에서 끝까지 무대 밖으로 벗어날 수 없도록 '갇혀 있게'—이것도 그의 지시였다— 되어 있었다.

　여전히 희슴푸레한 조명. 오랜 시간 그대로. 그 오랜 시간이 얼마나 될까? 무대 밖에서는 초침이 헤아려지고 있겠지만, 내 머릿속의 바늘은 늘어져 더 더디게 느껴진다. 희미한 빛이 스며들어오는 무대 왼쪽 밖에, 한 손에 채찍을 든 연출이 시계를 유심히 들여다보고 있겠지. 소리가 잘 울리는 판대기를 앞에 놓고. 나는, 곧 기습해올, 내가 그 사용을 제안했으면서도 후회한, 미리 알고 있으면서도 새로 놀라며 등허리에 환각의 아픔을 받을 채찍 소리를 경계하기 시작한다. 연출은, 그 소리의 쾌감이 좋다며 그 일을 직접 맡고 나섰다. 철썩! 드디어, 무대 위의 배우들과 동시에, 나는 움찔하며 무릎을 놀랜다. 아픔과 함께, 한 줄기 빛기둥이 무대 왼편 뒷모서리를 때리며 떨어져내린다. 빛이 한 인물을 사로잡는다. 유일하게 아무 무늬도 그려지지 않은, 그래서 흰 살덩어리로만 보이는 한 인물이 빛기둥 속에서 몸을 굽혀 제 앞에 놓인 무엇인가를 주섬거린다. 옷이다. 그가 근엄한 제식처럼 그것을 입는다. 다 입으면, 그것은 일종의 제복과 같은 복장이다. 무표정한 사내, 옆에 놓인 가방을 집어든다. 사내와 빛기둥이 무대 가운데로 걸어나와 멈춘다. 망설이는 듯, 잠깐 난감한 표정. 무대 왼쪽을 향해 몸을 약간 돌리고, 무엇인가 말하려다 만다. 포기하려다가 다시 한번 그런 제스처. 결국 포기하고, 무대 앞을 정면으로 오래 바라본다. 모든 것이 예정된 대로, 가다듬고 익힌 그대로 시작되고 있다.

사내는 이제 한 손을 들어올려 두 손가락을 튀기려는 자세다. 딱! 또 하나의 빛 기둥이 무대 위에서 무대 앞쪽으로 쏟아진다. 무대 앞, 무대와 객석 사이, 그 중간 높이로 마련된 좁은 단상에, 한 남자가 의자에 축 늘어져 있다. 잠시. 그가 빛에 겨운 듯 고개를 뒤척인다. 무대 위의 사내가 가방을 놓는다. 사내와 그의 빛기둥이 단으로 내려선다. 두 빛기둥이 거의 겹쳐져 더욱 밝다. 눈부심이 고통스러운지, 의자의 남자가 꿈틀댄다. 마치 묶여서 꿈틀대는 듯. 그러나 묶여 있지 않다. 혼자 헛소리로, "왜, 왜 또?… 제발, 불 좀 꺼줘… 물, 물 좀…" 그다! 마침내, 그가 지금 저기에 있는 것이다. 나는 마른 입술을 훑는다. 내려다보던 사내: "자, 나가자." 여전히 힘겹게 고개를 뒤척이던 그: "뭐…, 뭐요?" 목소리가 메마르다. "자네를 내보내기로 결정했네.""내, 보내다니?…" 전혀 이해할 수 없다는 투로, 또는 기가 막히다는 투로, "그게, 무슨 소리요?" "법이 그것을 허락했네. 법의 관용이다." "법?" "자, 일어나라." 그가 사내를 멍하니 올려다본다. 그러다가, 일어나질까, 그가 조심스레 몸을 세워본다. 휘청, 몸을 가눈다. 그는 푸른 작업복 차림. 죄수복 같기도 하다, 죄수복은 아니지만. "가자." "어디로?…" "저리로." 사내가 무대 위를 가리킨다.

그와 사내가 무대 위로 오른다. 비슷한 몸매. 그러나 대조적인 두 모습. 함께 움직이는 두 빛기둥. 그 찰나에, 무엇에 끌리듯, 내 몸의 형체가 나로부터 떨어져나가는 야릇한 뼈근함이 나를 기습한다. 나와 하나인 무엇인가가 문득 고체성의 껍질을 벗어나는 양, 삽시간에 분리되어나가는 내 몸의 다른 형상이 투명하게 내게서 일어선다. 끝의식의 더듬이가 내 몸 전체의 모습으로 일어서는 것인가, 무력한 망설임을 손쉽게 뿌리치고 떠난 내 다른 투명한 몸이 황급히 그들을 뒤따라 무대로 오른다. 그리고 그의 몸과 겹쳐진다, 겹쳐지지 않는다. 이런! 튕겨나온 내 투명한 몸이 당혹스레 무대 위 그의 빛기둥 밖에 버려진다. 어쩔 줄 모르는 내 다른 몸. "자네 거다. 확인하게" 하고, 사내가 입을 연다. 그가 몸을 굽혀 가방을 연다. 엉거주춤하던 내 투명한 몸이 동작을 찾은 듯 그것을 들여다본다. 옷이다. 환상적으로 보이는, 하늘빛이 물결치는 여자 옷이다. "이게… 내 것입니까?" 메마른 목소리가 갈라진다. "그럼 아닌가? 틀림없이 자네 건데." "내가 왜 여자 옷을?…" "그걸 왜 나에게 묻지?" "이럴 리가… 뭔가 바뀐 거 아닙니까?" "바뀌었다면 여기 들어오기 전이겠지. 아니면 짐이 바뀐 게 아니라, 자네가 바뀌었거나. 어쨌든 이게 자네의 짐에는 틀림없네." 그가 저 혼자 의아하고 두렵기조차 한 듯이 찌푸린 얼굴로 공연히 몸을 주섬거린다. "이제 가게." "어디로?…" "자네가 있어야 할 곳으로." 그리고 사내가 돌아서서 무대 뒤쪽으로 걸음을 옮긴다. 무대 앞을 텅 빈 눈으로 바라보는 그. 사내의 빛기둥이 조금씩 엷어지다가 어느 순간 완전히 꺼지고, 무대 왼편 뒷모서리로 간 사내는 조각들의 대열 뒤로 어렴풋이 사라진다.

무대 한 가운데 홀로 서 있는 그. 그 옆으로 다가간 내 투명한 몸이 조심스레 그를 훑어본다. 다시 여기에 와서, 그는 무엇을 저리 생각하며 응시하는 것일까? 내 투명한 몸의 손길이 이번엔 그의 몸을 샅샅이 만져본다. 투명한 손길은 그런데 왜 저리 떨리고 있을까? 그는 그 손길을 느끼지 못한다. 혹시 느끼지 못하는 척하는 것은 아닐까? 손길을 멈춘 투명한 내 몸이 그의 옆에서 그가 바라보는 것을 함께 바라본다. 그가 시선을 돌려 내 쪽을 바라본다. 투명한 나도 내 쪽을 바라본다. 혼돈스런 눈빛으로 무대를 바라보고 있는 내가 나에게 보인다. 그에게도 내가 보일까? 그와 나 사이에 있는 객석의 방어벽을 뛰어넘어, 그는 내 눈을 보고 있을까? 보거라, 보아버리거라, 나를 보거라… 그가 나를 외면하며 제 빛기둥을 갑갑한 듯 둘러본다. 그때, 바람 소리. 흩날리는 잎새. 암록색, 갈색, 붉은색, 빛의 낙엽. 조명 효과. 가을. 가을 바람 소리. 그가, "꼭 바람 소리 같군" 하고, 주섬주섬 말한다. 내 투명함이 대사를 따라 외운다. "꼭 낙엽이 떨어지는 것 같군. 가을 같아. 진실로 가을이라면, 거두어들여질 것은 거두어들여지고, 사라질 것은 사라져야겠지만… 이 가을 같기만 한 시간은…" 말을 흐리고, 그가 제 가방을 든다. 그리고 무대 왼쪽으로 가는데, 채찍 소리, 아. 움찔하는 그, 움찔하는 나, 움찔하는 무대 위의 굳어 있던 사람들. 그가 무대 왼쪽 밖을 날카롭게 쏘아본다. 그러나 할 수 없다는 듯 고개를 끄덕이고, 그리고 돌아선다.

 그의 느릿한 움직임이 불러일으키는 듯한 수런거림. 처음엔 거의 모르게, 조금씩 커져 들릴 만하게. 소리를 따라, 조금씩 밝아지는 무대. 수런거림은 무대를 둘러친 사람들의 소리다. 두리번거리던 그가 한 손으로 이마를 짚는다. 소리 덩어리가 어느덧 말이 된다. "왜 왔나?" 억양 없는 목소리의 합창이다. 다시 두리번거리는 그: "누구요?" "왜 돌아왔나?" "왜 돌아오다니?" "왜 우리가 보여지게 하나?" "뭐? 아니, 도대체 누구요?" "우릴세." "우리? 우리라니? 어디 숨어 있는 거요?" "여길세." 말과 동시에, 조각들이 일제히 열을 흐트러뜨리며 무대 가운데로 쏟아져나와 엉킨다. 보통 밝기로 환해진 무대, 사람들이 엉켜붙은 어느 장면이 정지된다. 그 장면의 구도를 미처 확인할 수 없는 짧은 순간. 채찍 소리. 와르르 무너지는 인물들, 다시 흩어져 무대 여기저기에 널린다. 놀라 허둥대던 내 투명한 몸이 그들에게 채여 넘어진다. "나는 나무다!" 하고, 고동색과 초록색의 인물이 나무처럼 선다. "나는 돌이다!" 하고, 회색 무늬의 인물이 바닥에 웅크린다. "나는 보행자다!" 하고 줄무늬의 인물이 느릿느릿 배회한다. "나는 벌레다!" 하고, 구더기 문양의 인물이 온몸으로 꼼지락거린다. 저마다 외쳐대는 '나는 ××다!' 소리와, 저마다 만들어내는 어떤 몸짓들. 부대낌을 피해 내 투명한 몸이 뒤로 물러선다. 점점 조용해진다. 조용해지면서, 다시 낮은 목소리들의 억양 없는 합창: "우리를 찾지 마라. 우리는 없고 싶다." 그리고 침묵. 비현실적으로 얼룩덜룩한 조각들의 형상 속에서, 그가 다시 이마를 짚는다. 독백: "방금 뭐라 그랬지? 아, 왜 이러지? 정신이 몽롱한 게, 내가 지금, 악몽이라도 꾸고 있는 걸까? 참, 이제 어디로 가야 한다?… 아, 그래, '우리'라구? 그래, 그들을 만나야 할 텐데…"

그가 걷기 시작한다. 아무래도 너무 성급히 떠난 내 투명한 몸이 다시 허둥지둥 그의 곁을 따라 걷는다. 암청색 공간 뒷면을 가득 채운 배경막도 온통 암청색이다. 그의 빛기둥이 어느 틈에 꺼져 있다. '암청색 공간 속에 있을 때, 그는 빛기둥에서 자유롭다.' 깊은 물 속 물살에 쓸리듯, 조각들이 부드럽게 흔들린다. 그는 계속 걷는다. 숨죽이고 있던 객석의 조심스런 탄성이 무대로 밀려간다. 하기야 얼마나 연습을 했던가, 저 걸음걸이를 익히기 위해. 전혀 정상적인 동작인데, 전혀 공간을 이동하지 않는 보행법. 하지만 나는 관객의 탄성이 불안스럽다. 탄성은 오직 저 동작의 능숙함에만 주어진 것이다. 그 소리가 그의 귀에 들려 '그'로서의 그를 흩어놓는다면… 뭐? '그'로서의 그? 아직도? 아니, 벌써?… 틀렸다. 또 틀렸다. 그를 오로지 나의 '그'로 만들려던 어둡고도 끈끈한 욕구가 이토록 집요하여, 방향 없이 더듬는 내 마지막 작은 끝의식에마저 진흙처럼 되붙기 시작한 것인가? 털어내자. 다시 털어내자. 배우란, 객석의 반응을 감지하지 않을 수 없다. 그러나 '배우'라는 능력은, 그 감지된 반응을 의식적으로 의식하면서도, 동시에 그것을 무의식적으로 제 역할을 이끄는 연기력으로 변용시키는 법이다. 관객의 반응에 지나친 재반응을 보인 자는 바로 객석의 나다. 더구나 나는 아까 그에게 관객인 나—관객인 나?—를 쳐다보라고

까지 요구하지 않았던가. 불구하고, 모든 것이 예정된 대로, 가다듬고 익힌 그대로 진행되었다. 불구하고, 그렇게 진행되고 있다. 혼자 속의 탄식이 저절로 내뱉어지는데, 의식의 진흙에 얼룩진 내 투명한 몸은 그의 옆에서 계속 저 걸음을 흉내내고 있다. 마치 바보 어릿광대처럼. 씨팔, 번번이 틀려 앞으로 공간을 이동해놓고는, 자꾸 뒷걸음쳐 제자리로 돌아와 다시 시작하면서. 그러나 내 얼룩진 투명함은 벌써 지쳐 있다. 그리고 내 끝 의식을 재의식하며 불안전하게 매달린 나도 이미 시작부터 지쳐 있다. 하기야 나는 남들보다 한 시간이나 먼저 공연을 관람하기 시작했었으니까. 나는 의자 뒤로 몸을 젖힌다.

　그가 저 물 밑을 얼마나 걸었을까? 그를 따라 물살에 시달린 내 투명한 몸이 물먹어 무거운 몸을 간신히 지탱하고 있다. 물살에 밀리던 조각들이 무대 앞쪽으로 쓸려와 일렬 횡대로 늘어선다. 그가 무대 앞쪽으로 몸을 돌린다. 돌아오거라. 내가 무대 위의 투명한 나에게 뜻을 전한다. 안 돼, 우리가 다시 하나가 될 수 있을 줄 아나? 안 돼, 한번 나뉨을 의식하면 돌이킬 수 없는 법이야. 그가 이번엔 실제로 걸어나온다. 무대 위의 내가 뒤처진다. 암청색 조명이 조금씩 흰빛으로 바뀌기 시작한다. 조각들의 가운데가 갈라지며 줄은 둘로 나뉘고, 나뉘어진 빈 공간이 문처럼 자리잡으면서, 그가 그 문 앞에 선다. 일제히 돌아서 객석에 등을 주는 인물들이 말하자면 담일까? 그가 객석을 향해 문을 두드린다. 똑, 똑. 무반응. 똑, 똑똑. 무반응. 똑똑똑, 똑똑. 무반응. 탕탕. 무반응. 이상한 느낌의 그: "아무도 없어요? 여보세요! 여보세요?" 사이. "아무도 없니? 나야 나! 내가 왔다니까!" 사이. 혼잣말: "여기가 아닌가? 아니, 틀림없이 여긴데.

아닌가?… 이상한데, 모두들 여기 있을 시간인데…" 그가 획 뒤돌아선다. 그러나 그의 뒤에는 아무도 없다. 보이지 않는 나만이 있다.

　담벼락이 해체되며, 담벼락을 이루던 배우들이 몽유병 환자들 같은 움직임으로 무대 위에 퍼진다. 그들이 발산하는 빛인 양, 불그티티한 조명이 무대 위에 번진다. 사그라져가는 혼탁한 불길과도 같은 빛. 아연 꿈에서 깨어난 그들이 어떤 분위기 속에 빠져들며 장면을 바꾼다. 술집인 모양, 왁자지껄. 몇몇씩 짝지어, 또는 혼자서 둘이서 술 마시는 시늉. "어이, 여기 봐!" "네, 갑니다!" "여보쇼, 여기도 있어, 응! 여기도 술 마시는 사람 있다는 걸 잊지 말라구!" "예 예." 등등의 소리. 한쪽에선 여자를 희롱하며 히히닥대고. 그러고 보면, 무대 위의 배우들이 꽤 많다. 오른편 앞쪽, 한 여자가 우뚝 붙어선 두 인물——사물——의 다리에 등을 기대고 하염없이 앉아 있는 게 눈에 띈다. 유난히 눈에 띄는 자리. 그 왼편 뒤쪽으로는, 몇몇이 둘러앉아 술을 마신다. 권커니 작커니. 없는 술잔에 없는 술병을 기울여 건네면, 허공을 술잔으로 받아 훌쩍 공기를 마신다. 거기서, "이 자식 뭐 해? 왜 빨리 출연을 안 해?" "나타나졌지." "마음의 준비가 덜되었나?" 등의 소리. 무대 가운데 우두커니 서 있던 그, 문득 딴 자리에 놓여 있음을 깨달은 듯 두리번거리다가, 막 소리가 들린 그쪽을 향해 움직인다. "여기 있었구나!" 하고, 다가서는 그. 일제히 그를 쳐다보는 그들. 멈칫하는 그. 그들 중의 하나: "누굴 찾으시죠?" "아니, 아닌가?" 하며, 다시 뒷걸음질. 이때, 유심히 그를 바라보던 오른편 앞쪽의 아까 그 여자가 몸을 일으킨다. 붉은빛을 받은 검은 타이츠가 검붉은 몸의 굴곡을 선명히 드러낸다. 어깨 위에서부터 가슴을 가로질러, 보랏빛—그것은 원래 푸른색일 것이다— 채찍 자국 또는 바람결같이 날렵한 줄 몇 개가 선명하다.

드디어 너인가? 나는 앞으로 굽히려던 몸을 억제한다. '너'라고밖에 달리 부를 수 없는 너. 뒤늦게 그곳으로 들어선 무대 위의 투명한 내가 망연히 너를 바라본다. 네가 그에게 다가가다가, 가냘프게, "저, 누굴 찾고 계신 중인가요?" 한다. 고개를 돌리는 그. 배경 위로 무엇인가가 바람처럼 스쳐간다. "네?" 하고, 그는, "그런데요." 너: "혹시 절 찾아 오시지 않았나요?" "누구시죠? 절 아시나요?" "아니오. 전 지금 누군가를 기다리고 있는데요. 실은 그 기다릴 사람이 누군지 몰라서… 혹시나…" 그와 너를 바라보던 무대 위의 내가 문득 주저앉는다. 너를 보는 순간부터, 무대 위의 다른 나는 한없이 허탈하게 가라앉는 듯한 표정이 깊어지고 있다. 그 다른 내가, 무대 위의 다른 배우들처럼, 그러나 참으로 절실하게 술 마시는 연기를 하기 시작한다. 진실로 취해버리고 싶다는 듯. 그: "어떤 사람인데요? 혹시 누군가를 어디로 데려가려고…" "아니에요. 그게 아니에요. 아마 이해하시지 못할 거예요. 제 말은, 그냥 절 찾아올 사람을 기다리고 있는 거죠. 그냥, 절…" 나는 마른 입술을 깨문다. 내 몸을 완강히 억제해야 할 만큼 아프게 아프게, 메마른 입술이 터진다. 그가 의아하게 너를 바라본다. "아니, 아무래도 당신 뭘 알고 있는 모양인데, 그렇다면 제발 좀 알려줘요. 난 그들을 찾고 있소." 엉뚱하게 당하듯 당황한 너: "그들이라뇨? 아니, 전 그런 게 아니구…" 다가서는 그: "여기 늘 오던 그들 말이오. 알지요? 알고 있지요?" 물러서는 너: "글쎄 전… 댁이 말하는 그들이 누군데 그러세요?" "난 지금 숨바꼭질할 정신이 아니오. 그러니…" "저도 진담이에요. 그들이 도대체 뭐 하는 사람들인데요?" 이번엔 그가 말문이 막힌 듯, 사이. "뭘 하다니요? 글쎄… 그냥, 그래요, 그냥, 연극을 하는…" 꼭 엉뚱하게 당하는 것만은 아니게 당황한 너: "연극?" 사이. 이어서, 너는, 냉소적인 표정과 말투로, "여기선 모두가 연극을 하는 사람들인데요. 지금 댁두요." 쏘아붙인다. 그것은 비유가 아니다. 그것은 무대 위의 현실이다. 그곳은 연극 속에 설정되어 있는 '연극의 나라'니까. 역습당한 그가 멍청히 너를 쳐다본다. 그러다가, 무엇을 생각했는지, 몸을 굽혀 가방을 열어 펼친다. 그리고 옷을 꺼낸다. 공기의 술에 취하는지, 무대 위의 내가 자꾸 마셔댄다. "이걸 입어봐요." 미친 사람이라도 바라보는 기분일까, 그러나 주저하면서도 끌리는 너: "그건?" "옷이에요. 여자 옷…" "그걸 왜 제가…" "그냥 입어보세요. 맞나…" 네 손이 슬그머니 나선다. 옷을 받아들고, 펼쳐보는 너: "아이 예뻐. 정말 예쁜 옷인데…" "입어보세요." "그래도 돼요?" "네." "하지만, 왜, 내가…" "괜찮아요. 그냥." 네가 그 옷을 입는다. 잘 맞고 어울린다. 네가 춤추듯 휘돌아본다. 강렬한 아름다움의 현실 하나가 환상처럼 무대 위에 피어난다. 또는, 나에게 그렇게 보인다. 또는, 그것을 의도한 내가 그렇게 보이기를 바라고 있다. 넋을 잃고 너를 바라보는 그. 언제부터였는지, 무대 위의 사람들이 너를 향해 시선을 고정시키고 있다. 넋을 되찾으려고 애쓰듯, 그가 말한다. "그 옷을… 드릴게요…" 더듬더듬. "그 대신… 대답해주세요. 그들이… 어디 있죠?" 바보같이! 아직도 너에게서 고작 그런 것을 기대하고 있었던가. "뭐라구요? 아니, 댁은 아직두…" 하며, 너는 그의 눈을 경멸스럽게 바라본다. 그 경멸은 너의 상심—무슨 상심?—의 표현이다. 네가 옷을 찢을 듯 벗어, 그의 가슴에 내뿌린다. "도대체 내가 뭘 안다고 자꾸…" 격한 말을 못 맺고, 사이. 이어서 더 격하게, "혹시 취하셨어요? 취하셨으면 어서 집에나 가보세요!" "집?" 그 말 한마디에 그가 휘청인다.

슬며시 뒷걸음치는 너. 뒤늦게, 다시 "아, 집…" 하고 되씹으며, 그는 뭔지 아득히 잊었던 걸 기억해내는 모양이다. 현실을 잠깐 잊어버리며, '어머니!—하고, 외치는 듯한 표정'이다. 그런 표현을 적어놓은 것은 물론 그였다. 아마도 그가 저버리고 있던 '집'에 대한 어떤 새로운 느낌이 이 부분에서 강조되기를 바라는, 아마도 그저 그 정도의 지시 표현이었을 것이다. 그런데 그것이 무슨 은밀한 비밀의 표현이라도 된다는 듯, 연출은 그 구절을 붙들고 늘어졌다. 연출은, 네가 조금 후에 등장할 그의 어머니 역할까지도 이중 배역으로 맡아야 한다는 것이었다. 두 사람이 본질적으로 동일한 이미지를 지녀야 한다고. 그리고 문맥을 발전시켜, 첫 장면의 사내가 또한 아버지의 역할을 함께 담당해야 한다는 것이었다. 뭣 하러 그렇게 만들려고 해요? 나는 반대했다. 나로선, 네 작품 구조 자체도 그걸 암시하고 있다고 여겨지는데… 더구나 이건 무의식적인 문제니까… 잠깐! 내가 연출의 말을 끊었다. 나는 작품 속에서 아버지가 곧 죽을 것이라는 데 대한 위기 의식을 느꼈다. 그러면, 형은 아버지의 죽음에 대한 그의 의식도 마찬가지 차원에서, 그런 심리학으로 해석해버리려는 거예요? 이 작품의 초점을 거기다 맞춘다 그건가요? 초점을 맞춘다기보다, 작품 배면에다 그런 의식 구조를 깔

아둘까 해서지. 지나친 생각 아니에요? 뭣 하러 그런 도식으로 몰고 가요? 왜 구태여 작품을 그렇게 미리 한정시켜서… 아니, 한정시키려는 게 아니라니까. 그냥 상징적으로… 그게 어서 눈치채주십시오 하는 거지 어디 상징이오? 그 말에 선배는 조금 화가 났다. 그럼 넌 이 작품을 전적으로 상황 문제로만 봐달라 그거냐? 나는 그야말로 초점이 흐려지고 있음을 느꼈다. 나는 억양을 낮췄다. 난 그런 말 한 적이 없어요. 내 말은, 그걸 상징이다 상황이다 식으로, 그러니까 그렇게 확정된 의미들로 조립해나갈 것이 아니라, 뭔지 모르지만 그가 지닌 어떤 전체를, 그래요, 전체를 밀고 나가야 하지 않겠느냐 하는 생각이에요. 하지만, 내 의도가 진정 그랬던 것인가. 어떻게? 연출이 퉁명스레 물었다. 그거야 지금 나도 모르지요. 전체라는 거야 내가 그 부분을 그렇게 해석해도 결국 저절로 드러나는 거 아냐? 거기서 말의 초점은 완전히 빗나가버렸고, 나는 논쟁을 거뒀다. 그러나, 어쨌든 나는 나 자신을 버텨야만 했다. 좋아요, 하지만 작품에 씌어져 있는 것만은 절대 고치지 마세요. 그런데 지금 내 앞에 드러나고 있는 것은 무엇인가? 무대 위, 공기의 술에 취한 내 투명한 몸이 나뭇등걸처럼 옆으로 쓰러진다. 술의 잠속으로 빠져든 것일까, 내 의식의 척후병이?

지금, 무대 위의 배우들이 두 줄의 행렬을 이루고 있다. 피곤한 하루를 끝내고 집으로 돌아가는, 조금 과장되게 처량한 행렬. 행렬은 오른편 뒤쪽 모서리에 이르러, 방향을 나눠 갈라지며 그들이 최초로 서 있던 자리로 되돌아간다. 그 갈라지는 오른쪽 모서리에서, 행렬에 가려 보이지는 않지만, 너는 바닥에 펼쳐 있던 어머니의 검은 한복을 입고 있을 것이다. 거기서 스포트라이트가 뻗쳐나온다. 행렬을 이룬 무리들의 긴 그림자. 행렬이 완전히 제자리로 돌아가 멈추자, 그 모서리 바닥에, 무대 중심을 등지고 꼿꼿이 앉아 있는 아버지——어느 틈에 흰 한복으로 갈아입고 자리잡은 사내——가 있다. 그 앞에서 뻗쳐오는 빛 때문에, 아버지의 그림자가 길게 무대를 가로지른다. 그 그림자가, 누워 잠들어 있는 내 투명한 몸을 둘로 자른다. 가방을 든 그가 그림자를 밟으며 아버지를 향해 다가간다. 그것은 어머니인 너를 향해 다가가는 것이기도 하다. 어머니는 모서리 옆 대열 속에 조각처럼 서 있다. 다가가던 그가 무대 가운데 누워 있는 투명한 내 몸을 밟고 선다. 투명한 신음 소리… 신음 소리를 지우는 그의 혼잣말: "여전하시군. 저렇게 꼿꼿이 생각 속에 앉아만 계시니…" 그리고 부른다. 조심스럽게, "아버지!" 조금 더 크게, "아버지! 접니다. 제가 돌아왔습니다." 아버지는 미동도 없다. "혼자 계신가요, 아버지? 어머닌 어디 가시구요?" 침묵. 이상하다. "아버지! 아들이 돌아왔다니까요!" 다시 다가서려는데, 아버지가 나뭇등걸처럼 옆으로 쓰러진다. "아악!" 하는, 어머니의 소스라친 비명. 퍼뜩이는 붉은빛. 어머니가 대열에서 뛰쳐나와 아버지 위에 쓰러진다. "아니!" 황급히 다가서려는 그를, "안 돼!" 하고, 어머니가 저지한다. "가거라! 아직 네 죄가 씻기지 않았다!" 주춤한 그: "네? 죄라니요?" "어서!" 하며, 어머니가 손을 허우적거린다. 불길한 예감에 뒷걸음치는 그가, 안타깝게, "하지만, 하지만…" 되풀이할 때, 점점 어두워지는 무대. 완전히 어두워지면, 어둠 속을 여기저기 헤집는 스산한 발소리들.

갑자기, 영화관처럼, 커다란 화면이 비춰진다. 흰 무대 뒷면을 영사막으로 비쳐지는 슬라이드, 커다랗게 확대된 신문 기사. '20代 청년 父親 살해 도주'가 동판으로 뜨여져 사회면 머릿기사를 장식한다. 그 밑에 고딕 활자: '패륜의 極… 演劇民들 경악' 범죄자처럼 초췌한 그의 사진. 군중들이 그 앞에 모여 서 있다. 허공에서 "즈즈즈…" 소리가 들린다. 뒷 영사막이 텔레비전 화면이 된다. 어지러운 화면이 모습을 잡으며 아나운서가 등장한다. 뉴스: "이십대 청년이 부친을 살해하고 도주한 사건 연극이 발생하여 연극인들을 경악케 하고 있습니다. 지난달 공연 질서 파괴 모의 혐의로 입건되었다가 기소 유예로 풀려나온 젊은… 즈즈즈…" 채널이 바뀐다. 뉴스 해설: "네, 이번 사건 연극은 요즘 젊은 연극민들의 정신적인 황폐감과 극도로 타락한 윤리 의식을 단적으로 드러내고 있다는 점에서 심각한 사회 문제를 내포하고 있다 하겠습니다. 더구나 이 문제의 청년이 범행 연극을 저지른 게 인간 공연법, 약칭 인공법 위반 혐의로 입건되었다가 법이 베푼 관용으로 풀려나온 직후더군요. 인공법이라면 현재 우리 질서의 가장 골격을 이루는 법이고, 또 가장 엄격하게 다스려지는 규정 아니겠습니까? 연극 체계 속에서 연극민 개인의 자유스런 연기나 집단 연기 질서, 나아가 우리 연극 국가 질서가 형성되는 만큼, 그 연기 행위의 현실화인 공연의 기본 규율을 파괴하려 했다는 것은 곧 우리의 이성적 연극 현실과 그 이념을 폭력적으로 부정하려 했다고 해석될 수 있겠는데요. 이 정도로 불모의 정신 상태에 놓여 있는 연극민이라면 사실 어떤 의미에선 제 부친을 살해하는 연극을 저지를 만한 소지를 가지고 있었다고 여겨집니다만, 어쨌든 중요한 문제는 고등 교육까지 받은 젊은이가 어떻게 이토록…" 툭, 텔레비전이 꺼진다. 다시 스산한 발소리.

그의 빛기둥이 그를 짓누른다. "내가 아니야! 이럴 수가… 이제야 아버지 역할을 이해해드리고 싶었는데… 이럴 수가… 내가 아니야. 이건 뭔가 다른 각본이야, 누군가의 올가미야!" 이때, 사이렌 소리가 요란하게 울린다. 또 하나의 빛기둥이 제복 차림의 아까 그 사내를 밝힌다. 두 빛기둥이 서치라이트처럼 무대를 마구 헤집기 시작하고, 철창처럼 무대에 촘촘히 박혀 꼿꼿이 서 있는 군중들 사이를, 사내와 그가 쫓고 쫓긴다. 이리저리 군중의 미로 속을 피하고 뒤따르고. 빛은 난사된 총알처럼 어지럽고. 그렇게 한동안. 사이렌이 수그러든다. 헉헉거리는 두 사람의 움직임이 흐트러지기 시작한다. 사이렌의 여운이 완전히 사라지면, 추적을 포기한 사내는 제자리로 돌아가 있고, 정상적인 밝기의 공간 속, 그가 가쁜 숨을 몰아쉰다.

잠시 사이를 띄고 뒤이어, 무리진 배우들이 일상적인 동작으로 엇갈리며 움직이는데, 그 움직임이 이미 본 어떤 공간을 똑같이 만든다. 다시 스며드는 불그티티한 조명, 술집이다. 거기서 쓰러져 다른 곳──그런데 그 다른 곳이 곧 거기인가──에서 짓밟힌 내 의식의 척후병이 나자빠진 그대로 병든 짐승처럼 아무에게도 전해지지 않는 고통을 앓고 있다. 그랬었지, 우리──'우리'라는 말이 점점 고통스럽다──는 늘 거기서 술을 마셨었지. 취하지 않으면 못 견디겠다는 듯이, 술의 힘을 빌리지 않으면 연극을 계속해나갈 수 없겠다는 듯이. 하기야 공연을 준비해나갈 때마다 늘 하는 짓거리이기는 했지만. "종막이야, 종막…" "독한 놈이야. 제 애비의 목을 졸랐대…" "정말일까? 어떻게 그런…" "연륜법이 강화되는 모양이던데. 그놈 때문에…" "연극

윤리법? 법의 입장에서 보면 그럴 만하지." "글쎄…" 무대 위의 쑥덕거림. 형이 정말 법이오? 우리들 중의 하나가 어느 날 술에 취해 연출을 맡은 선배에게 빈정거렸다. 그래, 임마, 이 술을 마시는 것도 다 너희들의 법인 내 은혜로 알아라. 법이 곧 술이니 우리는 취하기만 하면 되도다. 누군가가 혼잣대꾸를 했다. 연출형이 요즘 '법'이라는 역할에 귀신씌워진 거 아니야? 근본이 정열적인 사람이긴 하지만 좀… 연출이 없는 자리에서, 다른 누군가가 푸념했었다. 연출은, 가혹할 정도로 엄격하게, 배우들의 발성법 하나, 손놀림 하나까지 자신의 의도 속에 가두어나갔다. 집단적인 움직임이 이 연극을 실질적으로 이끌어나가는데, 그 그림의 어느 구석 하나를 소홀히 할 수 있겠냐? 각자보다는 전체로 묶어 보도록 이 작품이 요구하고 있잖아? 그런 말을 할 때면, 으레 연출의 얼굴에 히죽히죽 떠오르는 웃음이 부들거리는 눈매를 동반하고 있었다. 막, 무대 위의 술집으로, 가방을 든 그가 뛰어든다. 그 술집 거기에서, 나는 혼자 속으로 자책했었다. 작품 해석에서 의견이 엇갈린 후, 내가 연출과 무관하게 나만의 무엇을 추구하는 듯한 태도—그게 실제로 암암리에 연출의 의도에 브레이크를 걸곤 했다—가 연출의 마음에 역기능을 가한 것이 아닌가 하고. 자책은 자책으로 끝나고 말았지만… 정말, 무엇이, 공연 준비를 계속하는 동안, 연출을 변모시켜나갔을까? 그것은 장난처럼 시작되었고, 장난처럼 계속되었다. 연출의 변모가 하도 단순해서, 우리—우리?—는 한동안 정말 장난으로 받아들였다. 믿어지지 않았던 것은, 연출이 의도하는 연극 속의 '법'이 부정적인 심리적 억압체라는 점이었다. 막, 무대 위의 그가 여기저기 누군가를 다급하게 찾고 있다. 다급함을 감추려고, 그 무렵, 연출은 그렇게 늘 히죽히죽 웃어댄 것일까? 그런 연출의 칼날진 웃음을 피하기 위해, 나는, 습관처럼 눈길을 깔고 다니는 너를 곁눈질하곤 했었다.

다시 너다! 무대 위의 네가 아까처럼 다시 그에게 끌리듯 다가간다. 내가 터져 눌어붙은 입술을 벌린다. 희미한 가슴의 두근거림. 아직도 그는 네가 너인지 모른다. 그것을 모르는 그가 너를 발견한다. 가방을 무의식중에 떨어뜨리며, 그가 미친 듯이 네 앞에 가로서서 어깨를 잡아 흔든다. 터질 듯 억제된 목소리: "너지! 네가 우리 아버질 죽였지!" "네? 뭐요? 아, 아파! 놔요! 왜 이래요!" 언성이 높아지자 웅성거리는 주변. "당신 왜 이래?" 하는 한 남자를, 그가 물리친다. "상관하지 마시오." 그리고, 너에게, "네가 나보고 집으로 가보라 했잖아? 그렇지?" "무슨 소리예요? 난 그냥…" "아냐, 그럴 리가 없어. 네가 아니라면, 누군가가 시킨 거지? 그게 누구야? 누가 시켰지, 도대체?" 멈칫, "아니, 그러고 보니까, 그럼 당신이?" "아니야! 내가 아니라니까!" 악에 찬 그의 두 눈을 오래 올려다보던 네가 주위를 의식하고 그를 달래듯이 속삭인다. "자, 자, 이리 와요. 흥분하지 마시구, 저랑 조용히 이야기하세요." 아무래도 주위의 기미가 심상치 않다. 눈치 빠르게, 네가, 모여든 사람들에게 말한다. "아무 일도 아니에요. 가세요, 됐어요." 그리고 그의 가방을 집어들어주며, 그를 잡아끈다. 쉽사리 허탈로 빠져들어 끌리는 그. 이때, 내 의식의 척후병이 투명한 몸을 일으키려 애쓰며 뒤척인다. 이제 앓던 아픔을 다스린 것인가, 아니면 아픔을 싸안고 일어서는 것인가? 그러나, 얼룩지고 멍든 나의 척후병이 쓰러져 키운 것은 뜻밖에도 광기였다. 눈에 초록색 불을 보이지 않게 켠 다른 내가, 그와 너의 목이라도 조를 듯한 광기의 힘으로 몸을 버티며, 두 사람을 뒤따른다. "숨어요." 너는, 네가 하염없이 누군가를 기다리며 기대어 있던 두 사물—사람—의 벽 뒤로, 그를 밀어넣는다. 그: "왜 이러는 거요?" "쉿! 조용히…" 그의 입을 막은 네가 돌아선다.

너는 술집 가운데로 나선다. 그리고, 너에게로 다가오는 내 척후병의 투명함을 그대로 뚫고 건넌다. 거의 동시에, 술집 안으로 들어서는 사내-추적자와 한 남자. 술집에 있던 그 남자가 신고한 모양이다. 그 남자가 너를 가리킨다. 뚜벅뚜벅, 사내가 너에게 다가선다. 투명한 척후병은 너의 벽을 돌아, 벽 안쪽에서 귀기울이고 있는 그의 앞에 선다. 주머니 속에서 공기를 꺼내 내미는 사내: "방금 당신과 이야기하던 사내가 이 남자 아니었소?" 투명한 척후병이 투명하게 그에게 말한다. 자넨 정말 저 여자가 누군지 모르나? 약간 취한 척하는 너: "글쎄요. 비슷한 것 같기도 하구, 아닌 것 같기두 하구… 처음 보는 사람이었는데다가, 하두 경황이 없어서…" "자세히 봐요." 척후병이 애타게 말을 잇는다. 내 소리가 안 들리나? 이봐, 왜 안 들리는 척하는 거지? 네가 없는 사진과 사내를 번갈아본다. "더구나 좀 취하기까지 해서… 어째, 이 사진은 댁 얼굴하고 비슷한데요. 후훗…" 왜 저 여자를 모르는 척하는 거지? 말해보라니까! 아니면, 진실로 모르는 거냐? 내 척후병이 두 손을 뻗어 그의 더부룩한 머리카락을 움켜잡는다. 그리고 쥐어뜯는다. 그의 머릿속을 열고 무엇인가를 끄집어내고야 말 것 같은 기세다. 그러나 꼼짝 않는 그. 소용없다. 내 척후병이 비틀거리며 제 머리를 쥐어뜯는다. 모든 것은 그저 예정된 대로, 가다듬고 익힌 대로 진행될 것이다. 그렇다면?… 진행중인 연극 속에서는 너와 사내가 무슨 이야긴가를 더 나누고 있는데, 그를 숨긴 벽의 "으으으… 으으으…" 하는 소리부림에 가려, 내용이 전해오지 않는다. 사내가 술집을 떠난다.

　네가 그에게 돌아온다. 비틀거리며 너와 그 사이에 가로선 척후병이, 좌절에 가까운 힘을 모아 하소연으로 너를 정탐한다. 이봐요, 당신이 여기서 기다렸던 건 애당초 이 사람이었죠, 그렇죠? "갔어요. 나오세요." 네가 공기의 몸을 지닌 척후병에게 대답한다. 그가 벽을 돌아 나선다. 긴장된 몸짓이 가방만은 굳게 움켜잡고 있다. 네가 우스운지, "그게 그렇게 소중하세요?" 저 자신을 보며, 굳은 동작을 푸는 그: "아니오, 그냥…" 사이, "그런데 왜 나를?…" "글쎄요. 실은, 예전에 당신을 본 적이 있었어요. 조금 전에야 깨달은 거지만…" 내 공기의 몸이 너의 벽에 힘없이 기대어 눈을 감는다. "절 어디서?" "어느 무대에서였는지 기억이 잘 안 나요. 하지만 그때 전 당신이 정말 배우다운 배우라는 인상을 받았었지요. 뭐랄까, 당신은 배우면서도 배우가 아니었어요. 지금도 그래요. 당신은 쫓기면서도 그냥 쫓기는 게 아닌 것 같아요. 뭔지는 모르지만, 당신만의 뭔가가…" 잠깐 쉬어서, "자꾸 횡설수설하는 게, 저도 그런 배우가 되고 싶은 모양이죠?" "그게 저를 숨겨준 이윱니까?" "네." 네가 또렷하게 대답한다. "그러나 제가 쫓기는 몸이라는 사실만은 틀림이 없지요." 하고, 무대 뒤의 막막한 흰 배경막을 바라보는 그의 표정이 착잡하다. 그가, 이어서, "그러니 또 가야겠습니다…" 하면서, 들고 있던 제 가방을 내민다. "이걸 드리고 싶은데요." "그 옷이오?" "네, 감사의 표시로. 가진 거라곤…" "감사의 표시라면 사양하겠어요. 괜찮아요. 그리고 그 옷도 벗으시는 게 안전할 텐데요." 그의 옷? 그게 뭘까? 그게 그냥, 그가 다르다, 그가 다른 배우들하고는 다르다는 자존심의 표현이다, 정도일까? '그'가 직접 되어봐도 그걸 확실히 모르겠어. '배우면서도 배우가 아닌' 뭔가가 있긴 있는데… 어쨌거나, 우린 옷이나 채찍 소리 같은 장치에만 너무 비중을 두는 게 아닌지? 더구나 채찍 소린 너무 튀는 거 같기도 하고… '그'의 역할을 맡은 친구가 지나가는 말로 훌쩍 던졌던 말이었다. 그런데, 그렇구나—하는 생각이, 지금, 든다. 나는 그 말을 흘려버렸었다. 또는 나 또한 흘려버린 척하고 있었다. 그렇다면, 내가 연출과 달랐던 바가 무엇인가? 다른 대꾸 없이, 무대 위의 그가, 내밀었던 손을 어렵게 거둔다. 그가 돌아서려는데, 네가 말을 덧붙인다. "참, 아까 그 남자가…" 멈추어선 그, 멈추어선 그대로 듣는다. "왜 저에게 이런 이야길 했는지요? 당신을 잘 안다면서 퍽 괴로워하는 것 같았어요." "그래서 무슨 소릴?…" "자기는 당신이 찾는 그들이 있는 곳을 안대요. 당신은 결국 그들을 만나러 갈 텐데 거기선 붙잡힌다는 거예요. 그리구, 그러려면 표를 사야 한다고 했어요. 그러면서 '비참하게도'라는 단서를 달더군요." "표? 그게 뭐죠?" "몰라요." 그 혼자, "뭘까? 무슨 암호일까?" "그들을 꼭 만나야만 하나요?" "그래요, 만나야만 하지요. 그들 없이, 전 살아갈 수가 없으니까요…" 저 혼자만의 헤어날 수 없는 늪으로 빠지며 입을 다무는 너에게, 그가 언뜻 묻는다. "그 사내 어디로 갔죠?" "왜요?" "거꾸로, 내가 그 사람을 뒤쫓으면, 혹시 그들이 있는 곳을 찾아낼 수도 있을지 모른다는 생각이 들어서요." 나는, 벌어졌던 입을 묵묵히 다문다. 내 입 안의 건조한 부피가 느껴진다.

　그가 너에게서 돌아선다. 모든 것이 예정된 대로, 가다듬고 익힌 그대로 진행되고 있다. 그래서? 나는 보이고 들린 것 이외의 아무것도 찾아내지 못했다. 나는 정녕 그에 대해 아무것도 모르는 듯싶다. 나도 그저 단순한 관객인가? 보이고 들리는 것의 미래까지 알고 있다는 점에서, 그런 단순한 관객은 아닐지 모른다. 알지 못하는 것만을 찾아내려는 관객, 관객 뒤의 관객… 하지만, 이제 생각건대, 정말 무엇인가가 나에게 달라져 보일 수는 있는 것일까? 나는 결국 내가 의도한 것들밖에 볼 수 없지 않을까? 나 역시 내 의도에 길들여지고 연습되었을 테니까. 어쩌면 순수한 관객이란 애당초 존재하지 않을는지도 모르겠다. 그들 또한 자기들이 볼 수 있는 것만 볼 테니까. 그러고 보면, 나는 관객 뒤의 관객도 아니다. 나는 그저 여러 번 관람하여 익숙한 관객일 뿐. 그릇된 나침반을 길잡이로 떠난 내 의식의 척후병은 저 혼자 쓰러졌다. 사라지거라, 다른 무엇이 필요하다. 그것이 무엇인지 알 수 없지만. 나는 쓰러진 공기의 투명한 몸에게 그런 감을 보낸다. 소멸하거라. 얼룩진 투명함이 문득 사라진다. 아니, 뜻밖에도, 그 반대다. 문득 허공으로 확산되는 그 공기의 몸이 무대의 부피만큼 커져, 무대의 공간이 된다. 확대된 얼룩이 시야를 뿌옇게 한다.

　어딜까? 사내를 뒤쫓아나간 그는 어디 가 있는 것일까? 이제, 나는 그저 무대를 바라보기만 하고 있다. 무대 위 장막의 흰빛이 강렬한데, 무대 왼쪽 뒷모서리와 오른쪽 앞모서리를 이은 사선의 줄로 배우들이 무릎을 꿇고 앉아 있다. 그 뒤 멀리서 이들을 바라보고 있는 그. 나는 그저 그를 볼 뿐이다. 줄진 배우들

앞에, 추적자인 사내가 무대 왼쪽 밖을 향해 서 있다. 그곳을 향해 무엇인가 말하려다 포기하는 듯. 아니, 기어이 입을 연다. "도대체 왜? 무엇 때문에?" 절제되어 있던 사내의 목소리가 곧 흔들리기 시작한다. 사내 말을 듣는 자, 누구인가? "그가 이 모든 것을 스스로 자초한 것인가?" 애타는 목소리가, 그러나 침묵의 벽에 의해 되돌려진다. 되돌려진 침묵에 맞서는, 군중들의 억양 없는 합창: "우리는 무엇인가?" 다시 침묵. 사내: "왜 애당초 그가 이곳으로 돌아오는 것을 막지 못했는가?" 이어서, 거의 저 자신에게 묻는 듯한 말투로, "왜 그를 나로부터 떼어놓았는가?" 긴 침묵. 다시 군중들의 합창: "도대체 우리는 무엇인가?" 한참 만에, 사내가 "제발…" 하고 입을 여는데, 기습적인 채찍 소리가 사내의 말을 짧은 비명으로 바꾼다. 연이은 채찍, 허공에 섬뜩인다. 몸부림치는 사내와 대열의 사람들. 채찍질이 더해질 때마다, 엎드린 대열의 몸짓이 뒤틀리며 대열을 지우기 시작한다. 작열하는 아픔을 버티던 사내가 그 자리에 고꾸라진다. 벌레들처럼, 제가끔 제 아픔에, 꿈틀, 움찔, 꿈틀, 움찔… 희디흰 배경의 한구석에 핏빛이 맺힌다. 한 방울, 두 방울… 신음과 울음이 낮은 곡 소리를 이룬다. 반복되는 채찍 소리, 더해오는 핏빛. 이 장면만은, 나는 그저 바라보기만 하지 못한다. 무대에 시선을 고정시키고 채찍을 온 힘으로 휘두를 연출의 모습이 눈앞에 선하다. 연출은 공연중의 이 채찍질조차 그에게는 하나의 놀이라는 듯 예의 웃음을 몸짓 결에 뒤섞고 있을 것이다. 자신의 행위가 장난임을 스스로 인식하고 있음을 보여줌으로써, 연출은 자신을 자신에게 변명해온 것일까? 벌레들이 몸으로 땅을 지쳐 이리로 저리로 기어나간다. 사내만이 한자리에서 들썩

들썩 채찍 소리를 받는다. 징그럽게 용틀임치던 동작들마저 서서히 꺾인다. 이윽고, 완전한 정지.
 그가 정지된 공간 속으로 뛰어든다. 다시, 나는 무대를 그저 바라보기만 하게 된다. 실신한 벌레들을 헤치며, 그가 사내에게 다가가 몸을 굽힌다. 가방을 놓고, 그는 사내의 숨소리를 확인한다. 그리고 사내를 엎어멘 후, 사내의 자리로 가서, 사내를 내려놓는다. 그가 사내의 몸을 흔든다. 한참 만에, 고개를 약간 치켜드는 사내가 눈을 떴는지, 그가 사내에게 속삭이듯 묻는다. "당신은 도대체 누구요?" 안간힘을 모아, 사내가, 간신히, "나, 날세…" "나라니? 누구, 나란 말이오?" "나야, 나…" 하던 사내가, "자네…" 하다가 말을 못 맺고 고개를 뒤로 떨어뜨린다. 사내를 몇 번 더 흔들어보고, 가슴에 귀도 대보고, "정신을 잃었군" 하는 그.
 그가 맥없이 벌레들의 벌판으로 돌아온다. 혼잣소리: "대답 없는 곳에 법이 있다면…" 떠어서, "아버지! 당신께서도 죽어서 법이 되셨습니까?" 그가 무대 왼쪽 밖을 망연히 내다본다. 핏빛이 서서히 스러진다. "어떤 죽음의 법이 되셔서, 이렇게, 나를…" 내 투명한 몸의 무대 공간에서 읊어지고 있는 그의 대사를, 내가 그저 따라 외운다. 핏빛이 완전히 스러지면, 그걸 대신해 점차 들어차오는 희디흰 빛의 강렬함. 금방, 그 빛에 겹다는 듯, 그가 제 목을 움켜잡는다. "이놈의 빛… 이놈의 갈증…" 발작처럼, 제 목을 움켜잡고 헉헉대는 그. 어디선가 낮은 웅얼거림이 들린다. 처음엔 거의 모르게, 조금씩 커져 들릴 만하게. 웅얼거림은 바닥에 깔려 있다. 바닥에 깔린 벌레들의 소리 덩어리가 어느덧 말이 된다. "살인자…" 억양 없는 목소리의 합창이다. 뒷걸음치다 넘어지는 그, 황급히 일어난다. "아니야, 난 아니야! 난 아버지의 죽음을 보았을 뿐이야." 조금 더 커진 합창: "네가 죽였다. 법이 판결했다." "아니라니까." 그가 바닥을 둘러보며, 설득하듯 침묵의 손길을 보낸다. "파괴자…" 하고, 합창 소리가 달리 대답한다. "아니야, 그것도 아니야! 난 꿈꾸었을 뿐이야. 그리고 그 꿈을 연기해보려고…" "네가 우리의 법을 파괴하려 했다." "나는 내 꿈을 보여주려 했을 뿐이야. 꿈꾼다는 것이 죄인가? 너희들은 꿈도 꾸지 않나? 밤마다 꿈도 안 꾸면서 잔단 말이냐?" 그의 반발에 멈칫한 말의 합창이 신음의 합창으로 바뀐다. 그리고 여기저기 몸을 일으키려는 벌레들이 생긴다. "음, 음…" 없는 힘을 모으며 일어서려다 넘어지고, 다시 일어서는 군중들. 하나, 둘… 일어서서, 비틀거리는 몸을 바로 잡으려고 애쓴다. 휘청거리는 몸짓의 물결이 무질서하게 흔들린다. 그가 제 가방을 움켜든다. 어느 순간, 물결지던 군중들이 일제히 무대 가운데로 몰리며 엉킨다. 엉켜붙은 어느 장면이 정지된다. 연극 앞부분에서 엉켜붙던 바로 그 장면. 아까보다는 조금 긴, 그러나 아직도 그 장면의 구도를 확인할 수 없는 짧은 시간. 나는 그 장면을 알고 있지만, 무심한 척 지나친다. 채찍 소리. 군중들이 아까처럼 와르르 무너져, 아까처럼 무대 여기저기에 널린다. "나는 나무다!" 하고, 한 인물이 나무처럼 선다. 이어서 '나는 ××다' 기타 등등, 모두 아까와 같다. 나는 반복되는 그 장면을 그저 바라보기만 하고 있다.

점점 조용해진다. 그가 다시 제 목으로 가져가려던 손길을 멈춘다. 기억나야 할 것이 기억나지 않는 어떤 표정이 그의 얼굴을 덮는다. "내가 찾는 사람이 누구였지? 도대체 누구를, 내가?…" 여기서, 나는 이 장면과 별 연관성도 없이 그저 머릿속에 떠오르는 것을 떠올린다. 떠오른 것은 연습실 벽에 붓글씨로 커다랗게 써붙였던 이 연극의 제목이다. '연극의 나라, 그는 배우였다'라는 글자들의 나열을 올려다보며, 우리들 중의 하나가, 다른 공연에서 익힌 사투리로 우스꽝스럽게 물었다. 기리니끼니, 지가 사는 데서 지 빼면 아무도 배우답지 못하다, 기건가? 이 질문이 왜 또 다른 떠오름을 떠올리는지? 그 붓글씨 앞에서, 대본 분석이 끝나고 본격적인 연습으로 들어가던 날, 돼지머리와 막걸리를 올려놓고 고사를 지내며, '그'의 역할을 맡은 친구가 스스로 쓴 제문을 읽어내렸다. 그리하여 연출이 법일진대, 이제부터 연극은 그냥 삶이요 배우는 그냥 사람이니, 하늘이여 땅이여 굽어살피소서… 그날, 술에 취해, 우리는 우리의 용어를 뒤바꿨다. '연극'은 '삶'으로, '배우'는 '사람'으로, '무대'는 '세상'으로, '공연'은 '생활'로, '연기'는 '처세술'로. 거꾸로, '사람'은 '배우'가 되었고, '생활'은 '공연'이 되었다. 그렇게 말들은 수도 없이 바뀌어나갔다. 우리 사람들 처세술이야, 마, 법 따지며 살재. 워매, 근데 어제 무대 구경 갔다가 놀래뿌렸네요, 잉… 그로부터 줄곧, 공연 준비를 계속해 나가는 동안, 그것은 유쾌한 놀이였다. 자신만의 장난을 가지고 있는 연출이 그 뒤바꿈을 함께 놀려 하지 않았으므로, 그들의 장난은 더 유쾌했는지도 모른다.

  그가 다시 걷고 있다. 예의 암청색 공간. 그러나 이번엔 제자리걸음이 아니다. 그는 진짜로 걷고 있다. 비현실적으로—그들처럼 말을 뒤바꾸면, 현실적으로— 얼룩덜룩한 조각들의 형상 속을 배회하던 그가 무심코 무대 왼쪽 밖으로 나설 듯하는

데, 그 옆의 사물들이 삽시에 막아선다. 벽에 부딪힐 뻔하다가 멈추어서서, 그는 곰곰이 생각한다. "그래, 그때, 거기 어머니가 있었지. 그래, 맞다…" 주위를 둘러보던 그, 무엇인가를 찾아낸다. 세 사물이 반원을 이루고 있는 작은 공간이 보인다. 사물들이 눈을 껌벅이는 그 공간 속으로 들어가, 그는 허공의 전화 다이얼을 돌린다. 때르르르릉, 때르르르릉… 효과음. 무대 오른쪽 뒷모서리 근처가 술렁인다. 때르르르릉… 그쪽 편의 술렁임 속에, 어머니의 한복을 입은 네가 그를 향해 등을 준 채, 망설이던 손을 뻗어 기어이 전화기를 받는 시늉. 그: "어머니?" "……" "어머니! 접니다, 어머니!" "이놈아!" 그리고 목이 멘다. "어머니, 이게 어떻게 된 거죠? 도대체 뭐가 뭔지…" "……" "말씀 좀 해보세요, 네?" 어머니, 멘 목소리로, "지금… 있는… 그대로다." "아버지가, 어떻게 돌아가신 건가요?" 울음기가 섞이며, "네가… 처음 죄를 지은 후… 사흘을 앉아… 굶으시더니… 흐윽… 그리구 줄곧 앓아… 누우시더니… 흐흐… 네가 나온다던 날… 온다면서… 네가 오니까… 일어나 앉아야 한다더니… 그만… 흑흑… 그렇게…" 그가 말을 잃고 사물에 기댄다. "아버진 줄곧 그렇게 앉아 계셨던 게 아니었나요?" "네가 오던 날… 너에게, 그 모습을… 보여줘야 한다면서…" "그러니까, 마지막 앉아 계시던 건, 연극, 이었… 나요?…" 그가 전화기를 떨어뜨리며 힘없이 고개를 젖힐 때, 점점 어두워오는 무대. 완전한 어둠 속을 헤집는 스산한 발소리. 여전히 나는 그저 무대를 바라본다.

갑자기, 다시 화면으로 바뀌는 배경막. 커다랗게 확대된 신문기사: '父親 살해범 수사망 압축' 군중들이 그 앞에 모여 서 있다. 라디오 뉴스: "법경호부는 압축된 수사 지역의 외곽을 포위하고 검문 검색을 강화하면서 수사 지역내의 투망식 검거 작전에 들어갔다고 발표했습니다. 한편, 수사반은 범인이 평소 이성적 공연 행위에 대한 심한 열등감과 그로 인한 퇴폐적 망상에 빠져 있었다는 정보를 입수하고, 이번 사건이 망상 과다로 인한 정신 착란에 의해 저질러졌을 가능성이 있다고 추측하면서, 만일 그렇다면 재범의 우려가 있음을 경계해야…" 툭, 라디오와 신문이 꺼진다. 다시 암흑, 다시 스산한 발소리.

그의 빛기둥이 그를 짓누른다. "그렇게 꼿꼿이 생각 속에만 앉아 계셨던 아버지… 모든 연극을 거두시고 그렇게만… 그런데, 그게, 그 마지막이… 오, 맙소사… 나는 결국 아버지에 대해 아무것도 몰랐단 말인가? 그 알지 못함이 지금 이렇게 빛이 되어 나를 가두고 있는 것인가?… 아니면, 이것은 누군가의, 또 다른 각본, 올가미인가?" 요요한 초록빛이 그의 빛기둥을 감싸 온다. 무대 여기저기에 박혀 서 있는 군중들. 무엇인가를 공격하려는 듯한 짐승들의 낮은 숨결이 들린다. 그의 경계 자세. 이빨을 드러내는 짐승들의 으르렁거리는 소리. 소리가 커지며, 야수의 살기가 무대를 휩싼다. 굶주린 짐승의 소리를 내고 있는 군중들, 짐승이 되어 돌연히 허공을 할퀴기 시작한다. 날뛰는 짐승들의 울부짖음 속을, 그가, 어쩔 줄 모르며, 정신없이 헤매며, 피한다. 여전히, 나는 그저 그를 바라볼 뿐이다.

……무대다. 분명, 무대다. 느닷없이, 나는 이 당연한 사실을 새롭게 깨닫는다. 무대는 무대다. 그 무대는, 지금, 어쨌든, 그의 '있음'의 밭이다. 그는, 분리된 내 투명한 몸의 확대된 공간

인 무대를 가꾸며, 저 자신의 연극을 연기하고 있다. 무엇이 불현듯 이 깨달음을 주고 있을까? 놀랍게도 나는 이때껏 거꾸로 알고 있었다. 나는, 나에 의해 그가 '있음'으로 있게 되리라 믿었다. 연극이 시작되기 전에 막을 미리 거두어놓은 것은, 일체의 장치가 배제된 그 무대가 그야말로 아무것도 없는 텅 빈 공간임을 분명히하는 데 목적이 있었다. 내가 그를 텅 빈 '없음'으로부터 다시 있게 하고, 또 다시 없게 하리라는 것을 확인하기 위하여. 나에 의해 확인된 그에 의해, 내가 다시 확인되기 위하여. 그런데, 그가 먼저 그곳에 '없음' 혹은 '비어-있음' 그 자체로 있었다. 내가 그를 의도하는 순간, 또는 내 의도의 이전부터, 어쩌면 내 의도와는 전혀 무관하게, '그'로서의 그가 거기에 저 홀로 있었던 것이다. 저 홀로, 그러므로 그는 나를 확인시켜주지 않는다. 그에 의해 확인되지 않는 나에 의해, 그 역시 끝끝내 확인되지 않는다. 그는 그 자신으로서의 그이되, 나에 의해 그 자신이 되는 것은 아니다. 무엇이 불현듯 이 깨달음을 주고 있을까? 그가 틀림없이 그긴 그다. 그러나, 이제 나에게, 그는 그가 스스로 연극하는 '그'일 따름이다. 내가 의도한 그, 내가 보려고 한 그가 보이는 것이 아니다. 그가 의도한 그, 그가 보여주려는 그가 보이는 것이다. 무엇이 불현듯 이 깨달음을 주고 있을까? 피하고 싶던 이 연극 앞에 나를 버티게 했던 내 끝의식이 지금 막 완성된 것일까? 끝의식에 대한 의식을 버리자, 끝의식의 더듬이에 진흙처럼 되묻었던 그 어둡고 끈끈한 욕망이 완전히 털어진 것일까? 그래서 끝의식의 단단함이, 단단한 진공이 완성된 것일까? 그래서 내 진공의 의식 안에 그가 들어와 움직이고 있음이 스스로 드러난 것일까?

……무대다. 무대는 무대다. 무대는 연극이 연기되는 공연장이다. 당연하다. 당연함이 경이롭다. 단순한 경이로움이 내 의식을 충전시킨다. 그러자, 충전된 내 의식의 몸 속에서, 헤아릴 수 없는 세포들이 비등점을 향해 뜨겁게 달아오르는 듯하다. 부글부글, 마침내 걷잡을 수 없이 들끓어오르는 의식의 세포들… 순간(!), 머릿속에 저릿저릿 튀어오르는 불점들. 액화되며 해체된 세포와 세포들이 흡사 뒤바뀐 제자리를 찾아 이동하듯, 이리저리 건너뛰고 엇갈리고 스치고 부딪치고 엎치고 덮치고 흩어지고 모이고. 눈이 맞은 암세포와 수세포는 순식간에 교접하여 새끼 세포를 낳아 증식하고. 운동하며 팽창되는 의식의 몸덩어리는 그래도 제 모습을 가누려 애쓰건만… 순간(!), 터질 듯, 의식의 몸 어딘가가 뚫려나가는 아뜩한 현기증이 나를 몰아친다. 더 이상 몸의 부피 안에 들어 있을 수 없는 무엇인가가 문득 집을 떠나는 양, 삽시간에 빠져나가는 어떤 형상이 투명하게 내 앞에 선다. 그것은 이때껏 나와 하나가 아니었던, 새로 태어난 아기와도 같은 무엇이다. 전혀 새로운, 갓 태어난 어떤 의식—아니, 단순한 마음—의 투명한 아이가 첫 울음을 멈추고 환하게 웃음짓는다. 가라앉는 식은땀을 닦고 있는 나에게 손을 흔들어보인 투명한 아이가 불 밝혀진 무대로 쪼르르 뛰어간다. 구경거리를 찾아낸 순진한 꼬마처럼.

무대는 이제 또 다른 무엇인가를 보여주고 있다. 어느새 장면을 바꾼 무대가 혼잡하고 시끌벅적하다. 시장 장면인가? 시장 입구로, 그를 쫓는 사내가 들어서는 모습이 보인다. 처음보다 훨씬 기가 꺾인 게, 움직임이 뭔가 허전하다. 벌써 여기군. 그 사이, 내가 연극의 진행에 뒤처진 것이다. 그러나 곧 빠른 속도로 따라잡을 수 있다. 진행상으로는 계속, 모든 것이 예정된 대로, 가다듬고 익힌 그대로 이어져왔을 테니까. 개들에게 몰리던 그는 소리의 발톱에 할퀴고 쓰러져 정신을 잃고 "안 돼, 안 돼…" 소리를 되뇌었을 것이고, 채찍 소리에 갑자기 온순해진 개들이 서로 핥고 쓰다듬고 소근거리고 손잡고 깔깔거렸을 것이고, 그들이 이리저리 흩어지고 몰리면서 그때그때 "그러니까 조심하랬잖아!" "이제 뭐가 필요하지?" "그게 말이야…" "이러고만 있으면 돼?" 등등의 들리는 소리가 조금씩 커지며 분주한 발길이 옮겨지면, 조금씩 내용이 바뀌는 소리들은 "할 일이 뭐지?" "여기가 시장이니까…" "자, 떨이요, 떨이!" "이거 얼마예요?" "막 팔아요! 막 사세요!" "아줌마 일루 와봐요! 여기 존 물건 있어요!" 등등, 그래서 쓰러져 있던 그가 정신을 떠받치며 일어서서 거기가 시장임을 알게 되었을 것이고, 그가 무슨 암시를 받은 듯 어떤 상인에게 다가가 "표를 사러 왔소" 하고는 은밀하게 목소리를 낮춰 "나는 암호를 쓰고 있는 거요" 덧붙이면, "뭐라구요?" 어리벙벙한 표정의 상인이 "표라니요? 암호라니요?" 하고 대꾸했을 것이고, 그는 다시 다른 가게로 옮겨가 조금씩 변형된 마찬가지 방식으로 접촉했을 것이고, "이 사람, 미쳤소?" "여긴 쌀가게요!" 따위나 묵묵부답의 의혹스런 눈길의 대꾸에 계속 실패를 맛보았을 것이고, 그때 추적자인 사내가 나타났을 것이다… 그리하여 지금, 이리저리 휘저어보는 사내에게, 한 여자가 조심스럽게 다가가고 있다. 벌써 무대 위로 올라가 있던 내 투명한 아이가 사방을 기웃거리며 이 말 저 말을 흉내내고 있다. 그러다가 시장의 좁은 공지에서 팔딱팔딱 재주를 넘기도 한다. 나와 하나였던 내 다른 몸인 척후병의 몸이 확대된 무대 안에서, 나로부터 새로 태어난 저 아이가 뛰논다는 것이 왜 내 가슴에 잔잔한 물결 무늬를 떠올리고 있을까? 그거 뭐야? 한 상인이 내미는 텅 빈 손을 가리키며, 아이가 묻는다. 아이가 말을 시작한 것이다. 아이를 보지 못하는 상인은 아무 대꾸도 않는다. 그러나 상상의 답을 들은 아이는 눈을 동그랗게 뜨고 그 공기의 물건을 관찰한다.

사내에게 다가간 여자가 낮게 말할 것이다. 과연 여자가 낮게 말한다. "저기 저 사람이…" 여자가 손가락질할 것이다. 여자가 손가락질한다. 그를, 어느 상점 앞에 힘없이 버티어 서 있는 그를. 여자가 말을 이을 것이다. 여자가 말을 잇는다. "아무래도 수상해요. 암호표가 어쩌구 그러면서… 옷두 죄수복 같은 걸 입구요." 그를 바라보는 사내는 침착하려고 애쓸 것이다. 사내가 침착하려고 애쓴다. 사내는 한참 만에 대답할 것이다. 사내가 대답한다. "미친놈이겠지요. 저런 범죄자는 없는 법이니까요. 범죄자치고, 내가 범죄자요 하고, 저렇게 눈에 띄게 다니는 놈 봤어요?" 여자가 끄덕거릴 것이다. 여자가 끄덕거린다. …할 것이다, …할 것이다. …한다, …한다. 예정된 것은, 이제 중요하지 않다. 그것은 '있음'의 겉일 뿐이다. 그런데도 내 마음의 투명한 아이에겐 그 하나하나가 신기한 것일까? 아이는, 그 곁에서 다른 새로움을 보는 것일까? 아이가, 땅바닥에 꾸부리고 앉아 물건을 사고 있는 초췌한 한 사람에게 다가간다. 그 사람의 휜 등에는, 붉은 줄이 벌어진 살 틈처럼 척추를 타고 뻗쳐 있다. 그리고 그 양쪽으로 노란 가로금이 앙상하게 그어져 있다. 이거 뭐야? 응? 이게 피야? 아저씨 피났어? 피가 이렇게 났는데 어떻게 살구 있어? 아이가 말을 얽기 시작한다. 이건 뼈야? 뼈가 노오래? 그리곤 혼자 고개를 끄덕인다. 으응, 그래… 근데, 저건 뭐야? 아저씨, 왜 저 사람은 저런 옷을 입었어? 아이가 그 가게로 다가온 사내를 가리킨다. 아이는 주인과 속닥이는 사내를 유심히 바라본다. 주인이 조금 전의 여자처럼 저쪽 켠의 그를 손으로 가리킨다. 사내가 고개를 기울이며 어려운 표정을 쓴다. 할 수 없다는 듯, 사내가 그에게로 가보려 한다. 아이가 그 앞에 나서며, 깨꿍!—소리치더니 졸졸 옆가게로 달아난다. 아이가 이제 남과 놀이를 시작한 것일까? 할 수 없이 뭔가를 하려다가 다시 망설이듯, 사내가 멈춘다. 그리고 돌아서서 옆가게로 간다. 마치 내 투명한 아이를 찾아가듯. 그 틈에, 그는 자리를 옮긴다. 그는 모여선 여러 사람들 속에 섞인다. 사내가 옆가게 주인과 이야기를 하다 돌아보았을 때, 그는 잘 보이지 않게 된다. '차라리 안심한 듯한' 사내, 열심히 두리번거리는 시늉을 건성으로 해본다. 사내가 시장 출구로 나서려는데, 공간이 급격히 어두워지기 시작한다. 사내의 동작이, 그리고 사람들의 동작이 멈춘다. 어둠의 빠른 속도에 놀라, 사람들이 일제히 하늘을 올려다본다.

완전히 어두워짐과 동시에 울리기 시작하는 사이렌 소리. 황급히 뛰는 발소리. 떨어져내려, 무대를 마구 헤집기 시작하는 두 빛기둥. 각각 제 빛기둥에 쫓기듯, 사내와 그가 쫓고 쫓긴다. 우와!—하며, 투명한 아이가 고개를 뒤로 젖히고 빛이 휘둘러지는 천장을 올려다보고 있다. 그러고는 두 사람의 움직임에 발을 구르며 깔깔거린다. 아까는 철창처럼 서 있던 군중들이 모두 어디로 갔을까, 무대 위에는 몰고 몰리는 사내와 그뿐이다. 그때, 낙엽을 하나 줍던 날 그때, 몰고 있는 자는 연출이었고 몰리는 자는 나였다. 해죽해죽 웃으며, 또 장난질처럼 채찍을 휘두르며, 선배는 나를 연습실 구석으로 몰고 있었다. 약속 시간보다 이른 시간이었기 때문인지, 썰렁한 연습실에는 우연히도 둘뿐이었다. 나는, 휙휙 소리로 내 몸을 가파르게 비켜가는 채찍을 피하며 선뜻선뜻 뒷걸음치고 있었다. 봐라, 이 장면은 이렇게 몰리는 거야, 그렇지? 선배가 말을 이었다. '그'는 결국 막다른 곳에 도달할 거구. 내가 모서리에 부딪쳤다. 더 이상 물러설 곳이 없었다. 휙, 내가 피한 그 자리에, 채찍이 부딪쳤다. 선배는, 내가 피할 것까지를 예상하여, 아슬아슬하게 스쳐 비끼듯 내 몸 옆에 채찍을 날리고 있었다. 그에게는 한 가지 길밖에 없어. 절망적으로 대드는 것. 안 돼요. 내가 짧게 내뱉었다. 휙! 도대체 무슨 고집이냐, 넌? 휙! 이때까지 누누이 이야기했잖우? 그는 스스로 쓰러져야 한다구. 다시 말하자면, 작품에 써 있는 바는 고칠 수 없어요. 선배의 요구는 이 장면을 일종의 격투 장면으로 만들자는 것이었다. 그래서 둘 다 쓰러지고 다음 장면으로 넘어가도록… 지금 네가 당하는 걸 봐. 휙! 이래두? 이래두, 넌 나에게 안 달려들겠니? 그때, 나는 선배에게서 어떤 광기의 전형을 보는 듯싶었다. 영화나 소설에서 본 전형적인 인간이 현실 속에 있다는 게 믿어지지 않았다. 그리고 그 생각 때문에, 나는 피할 감각을 놓치고 그의 채찍에 어깨를 휘말렸다. 그 순식간에 입을 가득 벌린 나는 비명조차 지르지 못했다. 칼이 몸을 가르고 지나며 온 감각을 잘라놓은 듯한, 삶이 정지된 듯한 어떤 지독한 느낌만이 한동안 나를 꼼짝못하게 얽어매고 있었다. 뒤늦게 채찍을 내던진 연출은 파랗게 질려 나에게로 다가왔다.

허물어져내린다, 무대 위에서 숨 끝에 도달한 그가. 무대 위에서 두번째로. 쓰러진 자리에, 그의 빛기둥이 멈춘다. 맥빠진 사이렌이 서서히 숙어든다. 뒤쫓던 사내가 뛰어오다가 그의 몸에 발부리가 걸려 넘어진다. 사내의 빛기둥이 멈춘다. 잠시 사이. 사내가 끙끙거리더니, 고개를 쳐들고 좌우로 뒤흔들다가 몸을 일으킨다. 마치 누군가 들으라는 듯 "넘어지는 바람에 놓쳐버리다니…" 하고 웅얼거리는데, 피로와 아쉬움에 약간은 '오히려 안심스러움'──그는 왜 눈에 띄게 이런 유의 표현을 반복해서 썼던 것일까──이 뒤섞인 묘한 표정이다. 사내가 제 빛을 끌고 무대 뒤로 간다. 걸음을 옮길 때마다, 사내의 빛기둥이 서서히 꺼져간다.

혼자 남아 엎어져 있는 그가 꿈틀댄다. 그가 기어가기 시작한다. 한 손엔 가방을 움켜잡고, 무대 오른쪽 뒷모서리를 향하여. 암청색 배경. 그 사이에 조금 자라난 듯싶은 내 마음의 아이가 조심스럽게 그의 곁으로 간다. 아이가 남의 기미를 눈치챌 만해진 것일까? 아저씨! 아저씨! 아저씨, 왜 그래? 응? 무대의 오른쪽 뒤, 군중들의 ㄱ자 대열 모서리에 굳어 있던 네가 앞으로 몸을 숙인다. 아이가 너에게로 달려간다. 아줌마, 저 아저씨 좀 봐, 왜 저래, 응? 네가 그의 빛기둥 속에 뛰어든다. 네가 그를 일으켜세운다. 군중들이, 천천히 ㄱ자 모서리를 돌아, 두 줄로 빛기둥 속의 그와 너를 감싸 나온다. 무엇인가를 열망하듯 두 손을 앞으로 벌려 내민 맨 앞의 두 연기자를 바라보며, 나는 쿠룩 터져나오려는 웃음을 참는다. 그 둘이서 언젠가 자기들끼리 속닥거리던 작은 음모가 지금 실현되고 있기 때문에. 그 둘이 저 동작을 제의했을 때, 연출──연출은 내 어깨 위로 퍼런 멍줄을 씌운 이후부터 더 과장되게 해죽거리고 다녔다—은 단 한 마디로 그것을 잘라버렸다. 자꾸 연기를 통속화시키지 마. 그 둘 중의 하나가 어느 날 연출 몰래 핏대를 올렸다. 봐라, '생활' 할 땐 내 '처세술'로 해버리고 말걸. 내가 그렇게 하겠다는데, 지가 '세상' 안으로 뛰어들 거야 어쩔 거야? 하기사, 누가 그걸 제대로 알아봐줄지 모르겠다만… 야, 너도 같이 하자. 그것은 예정의 거부였다. 거 재미있겠는데. '세상 사람'들 모두가 함께 그렇게 할 만한 거 없을까?

암청색 배경이 점점 하늘빛으로 밝아진다. 그와 너를 감싼 군중들이 두 사람만의 어떤 공간을 만든다. 두 사람을 위해 등을 돌리고, 군중들은 각자 저 나름의 다른 곡선의 몸짓을 차례차례 그린다. 그 하나하나의 작은 곡선의 몸매는, 나무들이 모여 숲을 이루듯, 더 큰 곡선의 조형으로 이어 얽혀진다. 우와!—하며, 그 사이에 또 자라난 아이는 휘둥그레 그 율동을 바라본다. 둥글게 둥글게 원으로 가는 몸들, 원의 깃털처럼 하늘로 떠오르는 손들… 배경의 하늘빛과 두 사람의 빛기둥 사이에서, 빛과 빛의 사이 그늘에서, 그들의 현란하던 몸 표면은 희미하다. 그래도 어렴풋이 보이는 비현실적인 무늬와 색감의 조합이 왠지 부드럽게 받아들여진다. 그 안에 쓰러져 있는 그를, 곁에 앉은 네가 근심스레 내려다보고 있다. 마침내 그가 몸을 뒤척이고, 네가 그의 몸을 부축하고. 그: "물, 물 좀…" 네가 그 자리에서 두 손을 정성스럽게 모아 그릇을 만들어, 그의 입에 댄다. 그가 네 손을 마신다. 정신을 되찾기 시작한 그가 너를 알아본다. "아니… 여기가 어디죠?" 두리번거리다가, "물, 물 좀 더…" 다시 너의 손을 마신다. 그리고, 일어서더니 눈을 찌푸리며, "이놈의 빛… 이 빛이 자꾸 날 따라다니는 것 같아 못 견디겠어… 덧문을 닫고… 커튼도 좀 쳐줘요. 그리구 불을 꺼요…" 따라 일어선 네가 시키는 대로 한다. 빛기둥이 꺼진다.

무대 공간의 빛이 완전히 사라지자, 배경막에 비쳐진 하늘빛만 남는다. 하늘빛을 배경으로, 그와 너와 조형의 인물들이 검은 실루엣으로만 보인다. 내 아이만은 아직 그 어둠을 투시하고 있을까? 아이가 조형을 기웃거리며 재잘거리고 있다. 이거 뭐야? 꽃이야? 아줌마 발은 꽃이야? 진정이 됐는지, 그의 실루엣이 말을 꺼낸다. "어떻게 내가 여길?" "당신이 찾아왔어요." "내가?" "당신이 올 줄 알았어요." "……" "내가 당신을 기다렸으니까요." "왜 나를?…" 거리를 둔 두 사람의 단면의 실루엣이 겹쳐졌다가 떨어진다. "다시 당신의 옷을 입고 싶어서요. 감사의 표시로 받는 게 아니라, 당신의 상대역이 되기 위해서요. 당신과 연극을 하고 싶어요. 정말 연극을…" 사이. 아저씬 가슴에 뿌리가 났어? 아이가 조형을 타고 올라간다. 앗, 벌레! 얼굴에 벌레가 있어. 풍뎅이야? 딱정벌레야? 단면의 제 어둠을 돌려 세우는 그: "소용없어요. 다 헛된 짓이오… 아버지가 옳았어. 애당초 연극이란 걸 하지 말았어야 했어…" 아저씨, 아줌마, 물에 젖었구나. 물에 젖은 달님이 등에 떴네. "이 연극의 나라에선, 연극을 거부하는 것조차 하나의 연극이 아니었던가요? 더구나, 당신의 아버진 마지막 순간을 철저한 연극으로 마무리지었어요…" 우뚝 어두운 평면으로 경직된 그: "그걸, 어떻게?…" "신문에 났더군요. 당신의 아버질, 부모의 사랑을 죽음으로 표현한 뛰어난 연기자로 칭찬했더군요. 물론 당신은 더 악덕배가 된 거고…" "그것 봐요. 아버지도 마지막 순간에 결국 당한 거요. 이번 사건의 모든 게 분명 어떤 각본에 의해 이루어지고 있어. 내가 지금 이렇게 허우적대는 것조차 저들의 각본 속에 들어 있을지 몰라요…" 어수선하게, 그의 어둠이 배회한다. 그의 좁은 배회를 따라다니는 너의 검은 눈길. "그래요, 그럴지도 모르죠. 하지만, 당신 아버진, 어쩌면 그때, 정말 당신에게 아버지로서의 사랑을 표현했을 수도 있어요. 당신 말대로 각본에 있는 바대로라 할지라두, 그 각본의 의도와는 전혀 무관하게 말이에요. 전 이런 생각이 들어요. 마지막 순간에… 어쩌면 당신 아버지에겐 그게 중요한 거였겠죠, 다음이 없는 마지막 순간이라는 것… 그런데 그 순간에, 오로지 아들만을 향하여, 평생 지켜온 것을 한 순간에 뒤바꿔, 바로 아들의 방식으로 자신을 아들에게 전달하려 했다면…" "그렇다면, 나 때문에?… 나 때문에 왜?" "정말로 당신의 아버지이고 싶으셨을 테니까요." 내 귀가 닫힌다. 아이의 투명한 재잘거림도 차단된다. 그러자, 차단된 귀 안에 이미 들어와 괴어 있던 네 오랜 목소리가 졸졸대기 시작한다. 언젠가 어디선가, '우리'들 속에서, 그의 '너'였으며 나의 '너'이며 '너'의 역할을 맡은 네가 바로 내 앞에 있었다. 너 스스로에게 이 장면의 연기술을 설명하듯, 너는 나직이 목소리를 흘려내고 있었다. 말하자면 이런 거지. 내가 무대 위에 있을 때, 난, 내가 외운 대사를 연출이 허락한 방식으로 읊고 움직일 수밖에 없어. 하지만, 그 외울 수밖에 없는 대사에, 주어진 역할이 아닌 다른 걸, 다른 거라고밖에 말 못 하겠어서 답답하지만, 분명 주어지지 않은 무엇인가를 담을 수 있을 거 같애. 그 연극인 동시에 완전히 다른 연극을. 그 다르다는 게 바로 나, 이 세상을 연극으로 살고 있는 어떤 내가 아닐까? 어쨌든 그건 배우의 특별한 몫이야… 동어 반복이었으나, 그때, 나는 네 가라앉은 목소리에서 네가 그의 연극을 완전히 너의 것으로 소유했음을 직감했다. 그런데 왜 나는 그걸 너 개인의 몫으로만 묶어두었던가? 되흐르던 너의 말이 내 귀를 열고 나간다.

　무대 위의 몇 마디를 닫혔던 귀 밖으로 날려버린 나는 막 들리는 소리를 붙든다. "난 결국 붙잡힐 거요." 검은 군중 조형의 꼭대기에 올라선 투명한 아이는 말없이 턱을 괴고 두 사람을 내려다보고 있다. 아이가 생각이라는 것을 시작한 것일까? 그 각도에서, 아이에게 보이는 두 사람은 어떤 모습일까? 커다랗고 어려운 머리만 왔다갔다하는 것처럼 보일까? "그렇다면, 당신은 그 붙잡힘을 당신의 연극으로 만들어야 해요." "내 연극으로? 어떻게, 어떻게, 어떻게?" 어둠의 답답함이 어둠을 죄며 매듭매듭 뱉아진다. "글쎄요… 어쨌든 돕고 싶어요." "돕는다구?" 하고, 어둠의 그가 배회를 멈추며 말투를 바꾼다. "당신은 누구죠? 왜 자꾸 나를?…" 어둠의 네가 두 손을 들어올리다가 떨어뜨린다. "저도 제 연극을 완성하고 싶기 때문이에요." 사이. "당신이 거기 다시 나타나 제 어깨를 움켜잡던 그때, 저는 당신이 제가 기다리던 배우임을 알았어요…" "그래, 그렇다고 합시다. 그럼, 당신이 원하는 연극이 뭔지 말해보세요." "사랑이에요." "사랑?" 어이없다는 듯 어둠을 돌려버리는 그. 재차, "사랑? 그건 또 왜죠?" "자꾸 왜, 왜, 그러지 마세요. 그건…" 하다가, 말하기 힘든 듯, 긴 사이. 결국, "정말 사랑하기 때문이에요." 여전히 어둠의 몸인 그가 충격을 받을 사이도 없이, 어둠의 넋이 되려는 듯한 너는 내처 말한다. "당신 말처럼, 어떤 각본이 있어, 모든 게 그대로 될지 몰라요. 이 시간, 이 자리도 결국 당신을 붙들리게 하는 하나의 과정인지도 몰라요. 그래서 결국은 내가 당신을 붙잡히게 하는 역할을 맡고 있는 건지도… 그러나 나는 사랑해요. 지금 이 말, 사랑한다는 이 말도 각본 속의 대사인지 모르지만, 진심이에요. 진심이라는 이 말도, 나중엔, 당신을 붙잡히도록 하기 위해 쓴 저들의 속임수로 받아들여질지 모르지만, 그렇지만…" 어둠의 터질 듯한 넋이 된 너는 할말을 찾지 못한다. "제 말, 알겠어요?" '너'의 역을 맡은 너의 가라앉은 목소리가 귀 안으로 다시 흐르며, 내 속에서 어둠의 넋을 달랜다. 그럴 수 있다는 생각이 들면서, 난 일종의 해방감을 느끼기 시작했어. 주어진 것으로 주어진 것을 벗어나는 해방감… 그런데도, 왜 나는 그때 그것을 너만의 개인적인 몫으로 묶어두었던가? 내가, 그를 내가 의도한 그로만 만들고자 했기에? 그렇다면 내가 연출과 달랐던 게 과연 무엇이란 말인가? 어이없이 단순하게 명백했던 연출의 의도와 변모에 무관심으로 맞서면서, 나는, 내 밖으로 드러나지 않는 복합적인 고뇌의 두터운 껍질 속에서, 또한 연출이나 마찬가지로 어떤 명백한 의도를 밀고나가고 있었던 것은 아니었을까?

  너의 말이 전해온 뒤늦은 충격이 그의 어둠 덩어리에 섬세한 떨림을 준다. 단면에 갇혀 있던 두 어둠이 이제 어둠의 실체로 보인다. 불현듯, 나는 객석의 어둠 속에 어둠으로 앉아 있는 나 자신을 더듬는다. 나는 진정 지금 여기에 있는 것인가? 침묵 속에, 두 어둠의 입체가 엇갈린다. 뒷군중의 조형이, 모양을 흩트리지 않은 채, 조용히 흔들린다. 잔 물결처럼. 놀란 아이가 폴짝 뛰어내려, 물결치는 조형의 검은 깃털들을 올려다본다. 여성의 어둠이 침묵을 깬다. "저에게 옷을 주세요." 주춤거리다가,

남성의 어둠이 어둠의 바닥에 돌출된 어둠의 가방이 놓인 곳으로 간다. 어둠이 어둠을 열고. 어둠이 어둠을 꺼내고. 어둠이 어둠에게 어둠을 건네고. 어둠이 어둠을 입고. 야, 이쁘다! 아이가 입을 벌리고 네 둘레를 맴돈다. 아이가 생각하는 아름다움이란 어떤 것일까? 피어난 어둠이 어둠의 비현실적인 현실 속에 너풀거린다. 은은히 들려오기 시작하는 낮은 소리들의 합창. 어둠의 합창이 부드러운 음정을 탄다. 흠 흠흠흠 흠흠~ "이제 시작이에요. 이제 무슨 일이 일어나더라도, 제가 무슨 일을 하더라도, 그것은 제 사랑의 표현이 될 거예요." 어둠의 남성과 여성이 하나가 된다. "너를 죽이고 싶어. 너를 죽이면, 그땐 정말 범죄자가 되겠지. 차라리 그러고 싶어…" "나를 죽이세요. 지금, 그리고 또 반복해서, 저를 영원히 죽이세요. 연극적으로, 진실로 연극적으로…" 흠 흠흠 흠흠흠~ 고조되는 합창. 뒷군중의 조형이 크게 춤춘다. 물결이 물결과 만나 더 큰 물결을 이루는 양. 물결이 거세져서 무대에 가득하다. 가득한 물결이 한꺼번에 바닥에 깔린다. 배경의 하늘빛이 단숨에 쓰러진다. 나는 눈을 감는다. 아무것도 주지 않고, 아이가 저 스스로 자라나게 할 수 있을까? 주어지는 말, 주어지는 표정…, 주어지는 생활, 가족…, 아무 그런 것도 없이 말이야. 그렇다고 사람으로서 자라지 않는 건 아니면서… 너는 그런 말을 한 적이 없다. 그러나 나는 너의 목소리로 듣는다. 아이는 모든 걸 우리와는 다른 저만의 새로움으로 보겠지. 그런데 그걸 말로 표현하기 시작하면?… 그러면, 이미 아이가 아니기 시작하는 거지. 주어진 것으로 주어진 것을 벗어나야 하는 끊임없는 어려움을 겪지 않을 수는 없을까? 아마도 그럴 수 없겠지. 그럴 수 없다면, 주어지는 것을 받아낼 수밖에 없다면?… 나는 눈을 뜬다. 그 사이에 또 훌쩍 자라난 내 마음의 아이가, 아이답지 않게 신중한 모습으로 서 있다. 보거라. 내가 내 목소리로 말한다. 보아버리거라. 두 눈을 부릅뜨고, 무엇이 어떻게 이루어지고 있는지. 아이가 무대를 내려온다. 아이가, 무대와 객석 사이에 마련되어 있던 그의 최초의 자리로 간다. 가서 다소곳이 앉는다.

정적의 무대를 다시 밝히기 시작하는 아침빛. 그와 너는 무대의 한가운데 잠들어 있다. 조형을 이루었던 무리들도 뿔뿔이 무대 위에 잠들어 있다. 무대 공간의 가장 낮은 곳에 깔려 있는 그들. 아침빛 조명이 점점 더 밝아온다. 채찍 소리. 부스스 이곳저곳에서 몸을 일으키는 사람들, 그들이 각자 저 나름대로의 평범한 일과를 시작하는 동작들을 보여준다. 옷을 입는 시늉, 세수를 하는 시늉, 뒤늦게 기지개를 펴는 시늉, 아침 운동을 하는 시늉, 밥짓는 시늉… 여러 공간이 하나의 공간 속에 겹쳐진 듯. 무대 중앙에서, 네가 천천히 몸을 일으킨다. 그는 여전히 잠들어 있다. 그를 내려다보는 너. 이때, 여러 사람들의 머리 위로 전파가 흐른다. 일제히 솔깃 귀를 기울인다. 영사막 없이 들려오는 라디오 뉴스: "즈즈즈… 법홍보부는 새로운 연륜법 강화를 위한 일단계 조치로 이번 사건을 소재로 한 특별 공연을 마련하고, 윤리 의식 강화를 위한 대대적 계몽 활동을 즉시 펴나갈 예정이라고 밝혔습니다. 이에 따라 지역 연극구별로 시행될 이번 특별 공연을, 전 연극민이 의무적으로 관람해야 할 것이라는 담화문을 발표한 법홍보부는, 불행한 이번 사건을 계기로… 즈즈즈…" 툭, 소리가 꺼진다.

완전히 밝아진 낮빛. "아니, 이럴 수가…" 어쩌구 하는 탄식과 한숨의 소리들이 사람들의 일상적인 움직임을 죽인다. 누군가: "아니 이런 수치스런 일까지 당해야 한단 말인가…" 다른 곳의 다른 누군가: "우리는 배운데, 배우가 연극을 관람하다니…" 또 다른 곳의 또 다른 누군가: "결국 우리가 거기서 맡은 거라곤 관객이라는 역할인데, 그런 걸 연기해야 된다는 건데, 그럴 수가…" "미친놈 하나 때문에 우리 모두가 이런 일을 당하다니, 그 죽일 놈을 어떻게…" "그때, 그의 꿈을 나누어 엿본 것이 이렇게…" 음울한 원망과 자탄의 소리들이 함께 얽혀 퍼진다. 뒤얽혀 짐승의 낮은 신음처럼 들리는 소리 덩어리 속에서, 네가 잠든 그에게인 듯 또렷이 말한다. "시작이에요." 그리고 옷가슴 속에서 무엇인가를 꺼낸다. 칼이다. 공기의 칼이 아니라, 실물의 칼이다. 그의 가방과 옷을 제외하고는, 연극이 시작하고 처음으로 등장하는 실물의 선연함이 낮빛 속에서 빛난다. "제 가슴속에 남몰래 간직해두었던 것, 당신이 내게 이 옷을 주었듯이 내가 당신에게 주겠어요. 우리의 연극을 위해서…" 네가 그 칼을 그의 가슴에 놓았다가, 다시 들어 두리번거리다가, 그의 가방에 넣는다. 그리고 그를 떠난다.

네가 사람들 사이를 빠져 오른쪽 뒷모서리로 갈 때까지, 그는 잠들어 있다. 그는 정말 잠들어 있을까? 그의 붙잡힘의 연극을 완성하기 위해, 그는 지금 잠들어 있음을 연기하는 것일까? 아니면, 진짜 잠들어 있으면서 동시에 잠들지 않고 잠들어 있음을 연기할 수도 있을까?… 도대체 배우란 무엇일까? 어떤 역할을 연기하며, 그는 무엇을 생각할까? 역할에 대해서? 역할의 연기방식에 대해서? 역할을 연기하는 자신에 대해서? 또는 한꺼번에 그 모든 걸? 아니면, 전혀 다른?… 그렇다면, 배우라는 역할을 연기하는 배우란 무엇인가? 지금 내가 바라보는 이 연극의 배우는, '그'의 역할을 맡은 저 배우는, 잠을 연기하는 자를 연기하는 그는?… 아, 그는 결국 저 연극 밖에 있는 이 현실 속의 자기로 돌아와 있는 게 아닐까? 연극 속의 연극을 의식하는 '그'인 그는, '그'와 똑같은 자기를, '연극 속의 연극'을 연극하는 연극의 배우로서의 자기를, '연극 속의 연극을 연극하는 연극'을 의식하는 자기를, 현실 속에 지금 살고 있어 스스로 불확실한 자기를 의식하고 있지 않을까?

지금, 그가 잠에서 깨어나는 동작을 연기하고 있다. 그가, 이번엔, 일어나 무엇인가를 찾는 동작을 연기한다. 그가, "어디 갔지?" 하고, 독백의 대사를 읊는다. "네가 어디로 간 거지?" 그가 머리를 흔든다. "여기가 어디지? 어젯밤, 나는 너하구…, 아, 눈부셔…" 그가 달려드는 빛을 막듯 팔로 허공을 때린다. 주어진 상황이 믿어지지 않는 모양. "꿈이었을까? 어젯밤 그게…" 그가 가방을 발견하고 다가간다. 그때, 무대 오른편 뒷모서리에 있던 네가 무대 왼쪽 뒷모서리에 있는 사내에게 멀리 말한다. "당신이 그를 체포하실 거죠?" 무대 저편의 너를 바라보는 사내: "누구요, 당신? 왜 그런 걸 묻소?" 무대 앞 공간—저 나름의 허탈에 축 늘어져 주저앉아 있는 군중들을 사이에 두고, 무대는 앞·뒤 두 다른 공간으로 나뉜 꼴이다—의 그가, "옷이 없잖아… 그래, 틀림없어. 어제 그건 꿈이 아니었어. 그런데 이건 뭐지?" 하고 중얼거리며, 가방 속으로 손을 뻗는다. 무대 뒷공간의 너: "제가 그를 붙잡히게 해드리겠어요. 그 대신…" "그 대신?" "제가 이번 공연에 출연해야 돼요." 짧은 호흡의 틈. "이건 칼이잖아? 진짜 칼인데" 하고, 그가 실물의 칼을 움켜낸다.

"왜 칼이 여기에?" 우아한 너의 모습에 넋을 잃은 듯이 바라보던 사내: "무슨 소리요, 그건? 당신, 연극인답지 않은 그런 야한 옷차림을 한 게… 그렇고 그런 여자 같은데, 무슨 수작을 하는 거요?" 짧은 호흡의 틈. "무슨 곡절일까? 혹시 네가?" 하고, 그가 생각에 잠겨 무대 앞을 응시한다. 너: "그를 철저한 패륜아로 만들고 싶지 않으세요? 그게 더 효과적이죠. 헌데, 그는 저를 찾아오기로 되어 있어요. 제가 있는 곳에 그가 올 거예요." 사내가 너를 바라보다가, 천천히 고개를 끄덕이기 시작한다. "좋소." 너: "누가 이번 공연에서 그의 역을 맡을 거죠?" 사내: "나요, 내가 누구보다도 그를 잘 아니까…" "당신이 그럼 제 상대 역이군요?" "그렇소." 이쪽에서, 칼을 품안에 넣고 일어서는 그: "넌 정말 어디로 갔지?" 사이. "우리의 그 연극을 준비하러 갔을까? 그렇다면, 나는 무엇부터 시작해야지?" 그가 가방을 내려다본다. 그가 칼을 품음으로써 이제 버려질 가방은, 이후 이 연극이 끝날 때까지, 무대 위에 잘못 자리잡고 있는 소도구처럼 그 자리에 그대로 놓여 있을 것이다. 가방을 내려다보던 그가 다시 뇌까린다. "그래, 그때, 거기, 어머니가 있었지. 그래, 우선 어머니를…"

물결이 일어난다. 물결이 일어나 밀물이 된다. 맥없이 늘어져 주저앉아 있던 군중들이 밀물에 밀리는 바다풀처럼 무대 오른편 뒤쪽으로 몰리기 시작한다. 밀리지 않으려는 다른 마음힘과의 갈등에 꿈틀대며, 그러나 끝내 불가항력의 욕망에 몸을 맡기듯, 출렁출렁 쏠리던 군중들이, 여러 개의 촉수를 흔들어대는 한 마리 해파리의 모습으로 너를 감싸 달라붙는다. 그 사이에 무대 왼편 앞쪽으로 발을 옮기던 그가 몸을 돌려, 무대 오른편 뒷모서리를 향해 한두 걸음 힘겨운 발걸음을 내디딘다. 고개를 들고, 그가, "어머니!" 부른다. "우우… 우우…" 알아듣지 못할 소리 덩어리로 부름을 가로막는 군중들. 그가, 더 크게, "어머니!" 부른다. "우우… 우우…" 그러나 들린 것인지, 군중 속에 파묻혀 모습이 보이지 않는 어머니 — '너'가, "이놈아!" 끊었다가, 안쓰럽게, "뭐 하러 다시 내 앞에…" 말을 못 맺는다. 괜찮아, 연출형이 해석하는 거하고 전혀 상관없이, 난 두 역을 다 해낼 수 있을 거 같애—하던 너의 말이 내 머릿속을 빠르게 스쳐간다. "어머니, 드릴 말씀이 있어서…" "가거라." 사이. "우우… 우우…" 하는 이 소리는 아픔의 소리인가? "저들이 나무가 돼라면 나무가 되셨던 어머니, 저들이 벌레가 돼라면 벌레가 되셨던 어머니" 하고, 그, 침을 삼키고, 조금 빠른 속도로, "하지만 아버지의 아내이셨고 저의 어머니이셨던 어머니, 전, 이때껏 어머니가 보여주신 어머닐 피해왔습니다. 제 어머니로서의 어머니의 연기가 제가 꿈꾼 것과 맞지 않았기 때문이었지요. 그런데…" "그만두라니까! 네 죄는…" "예, 저의 죄는…" "네 애비나 나완 상관이 없다." "그 말씀을 이제 이해하겠습니다, 어머니." "네 죄는 더 멀고 깊다. 네가 우리 모두에게, 결국, 치욕을 주지 않았느냐?" "우우… 우우…" "치욕을 고통으로 받고 있는 그들에게 제가 무엇을 변명하겠습니까? 그러나…" "그만! 그만! 어쨌든 너 때문에…" 고개를 떨어뜨리는 그, 사이를 두고, 갑자기 마음을 뭉쳐 고개를 쳐든다. 그리고 단단한 목소리로, "저 때문에 그들이… 또, 저 때문에 아버지가 돌아가셨습니다." 누그러진 어머니의 목소리: "아버진…" 그 말을 가로채며, 그가, "아버진 제가 죽였습니다." 스스로 단정한다. "이놈아! 이 자식아!" 그가 단호히 돌아선다. 뛸 듯이 몇 걸음을 내딛던 그가 무대 왼쪽 앞에 우뚝 멈춰선다.

물결이 일어난다. 물결이 일어나 썰물이 된다. 몰려 있던 군중들이 어머니에게서 떨어져, 이번엔 썰물에 밀리듯 그가 있는 쪽으로 몰려나오다가, 무대 가운데서 엉겨붙는다. 엉겨붙은 어느 장면이 정지된다. 이미 본 듯한, 아니, 이미 두 번이나 본, 똑같은 장면이다. 그 장면이 이번엔 구도를 확인할 수 있을 만큼 긴 시간 동안 정지된다. 나는 그 정지된 시간을 내 의식 속에서 연장시킨다. 맨 앞에, 고개를 높이 쳐들고, 무엇인가 외치듯 입을 벌리고, 서로서로 어깨를 걸머멘 몇 사람. 그 바로 뒤에, 몇 사람을 무등 태우고, 주먹 쥔 손을 하늘로 뻗친 사람들. 어깨 위에 올라서, 환한 얼굴로 두 손 가득 하늘을 받듯이 온몸을 펼친 사람들. 무리를 곁따르며 환희를 노래부르는 동작과 표정의 사람들… 나는 안다. 그것이 무대 위의 그의 꿈이었으며, 그들이 그와 나누어 가졌던 실패한 꿈이었음을. 나는 안다. 그것이 무대 위의 그를 있게 한, 이 연극을 쓴, 지나간 나였던 그의 꿈이었음을. 그가 바라던 꿈은 연극이었다, 모두 하나가 되어 무대 밖으로 넘쳐흐르는 연극… 무대는 침묵에 닫혀 있으나, 내 귓속에는 쟁쟁한 노래가 울린다. 우리 모두 모여 하나가 되어~ 우리 모두 모여 하나가 되어~

아! 아니다! 그 노랫소리가 지금 무대 위에서 실제로 터지고 있다. 그것은 내 귓속에서만 울리는 것이 아니다. 이럴 리가… 나는 내 귀를 의심한다. 그러나 사실이다. 나는, 온몸에 돋아나는 열의 비늘에 덮인다. 이런…, 아, 너희들이 마침내, 이 예정에 없는 연기를… 무대 밖에서 다급한 채찍 소리가 울린다. 연출의 얼굴과, 연출 몰래 쑥덕거림—그것이 결국 이렇게 실현된 것인가—을 나누던 몇몇의 은밀한 표정이 떠올랐다가 꺼진다. 정지되어 있기로 한 장면이 마구 움직이고 있다. 그 장면이 무대의 앞끝까지 바싹 다가선다. 이제 어쩌려고?… 그러나, 거기서 멈춘다. 거듭되는 채찍 소리에 그들이, 와르르 무너져내린다. 나는, 바싹 차오른 숨을 한번에 밀어낸다. 가득차올랐던 만큼 더 크게, 숨이 가라앉는다. 그뿐이란 말인가? 그것으로, 연출에 대한 그들의 한 순간의 시위만으로, 연극은 예정을 되찾는단 말인가? 우렁찬 노랫소리에 잠깐 술렁였던 관객들은, 그러나 그것을 약간 대담한 수법으로 삽입된 연극 속의 한 장면으로 이해해 넘긴 모양이다. 객석의 여전한 정적이 내 가라앉은 숨을 탁하게 한다.

군중들이, 연극의 예정대로, 이제 긴 줄을 이루기 시작한다. 그가 줄을 따라 우왕좌왕하다가, 그것이 줄임을 확인한다. 그가 조금씩 앞으로 이동해가는 줄 속의 사람에게 말한다. "이게 무슨 줄이죠?" 힐끗 돌아다보는 그들 중의 하나: "표를 사기 위해 선 거요." "표?" 아연 놀라는 그. "무슨 표죠?" 퉁명스런 대답: "그것두 모르슈? 왜 아침 방송에서 발표했잖우. 지 애빌 죽였다는 시러베놈 이야기를 계몽용으로 만들었다는 거." 할말을 잃고 입을 벌리고 있던 그가, 조금 이동한 줄의 다음 사람에게 묻는다. "이건 누구나 다 봐야 하는 겁니까?" 그를 아래위로 훑어보던 그들 중의 하나: "그렇지 않으면 왜 이렇게 줄까지 서겠소?" 대답에 대해, "감사합니다." 하고, 그가 혼잣말을 한다. "그렇다면 너도 여기에?…" 그가 황망히 줄 끝에 가서 선다. 이 순간, 대열 뒤쪽에서 누군가가 뛰쳐나오며 외친다. "호외요! 호외!"

호외를 뿌리는 시늉. 호외를 주우러 흩어지는 줄. 채찍 소리. 호외를 허겁지겁 주워든 군중들이 다시 줄을 이룬다. 웅성대는 군중들. 무대 조명은 꺼지지 않고 배경막이 그대로 화면이 된다. 희미한 호외 기사: '父親 살해범 淪落街에서 체포/법경호원 1명, 체포 연극중 범인의 칼에 殉職' 라디오 뉴스: "부친 살해 사건에 관한 속보를 전해드리겠습니다. 부친 살해범의 수사망을 압축해 들어가던 법경호부는 오늘 아침 범인이 숨어 있던 윤락가의 한 방에서 범인을 체포했다고 발표했습니다. 그러나 선량한 주변 연극민의 피해를 우려, 단신 잠복 연극을 시행하던 법경호원 한 명이 범인의 칼에 순직함으로써, 범인은 이중의 범죄로 기소될 것이라고 아울러 발표한 법경호부는, 범인이 공연법에서 풀려난 후 최근의 비이성적 공연 행실에 대한 아버지의 꾸지람을 듣던 중, 무질서한 여자 관계 연극을 책망받는 부분에서 흥분하여 순간적인 범행 연기를 저질렀다는 자백을 받아내었으나, 최근의 방탕한 생활 연극에서 진 빚을 갚기 위해 빠른 재산 상속을 받으려던 계획적 범죄 연극의 가능성이 있다고 보고…" 툭, 호외와 라디오가 꺼진다. 잠깐 더 웅성대던 군중들, 곧 아무 일도 없었던 듯 조용히 줄을 이동하기 시작한다. 뒤따르던 그, "내가 붙잡혔어? 내가?" 하며, 허황된 표정.

줄은 무대를 한 바퀴 돌아 왼편 뒷모서리의 사내에게로 향한다. 거기서, 사내가 처음에 입었던 옷을 경건하게 벗고 있다. 대열의 사람들처럼, 사내가 타이츠 차림이 된다. 희디흰전신. 사내와 그들이 표를 사고 파는 시늉을 한다. 이때, 무대 뒷배경막이 스르르 올려 걷히기 시작한다. 흰 배경막 저 뒤에 검은 배경막이 펼쳐져 있다. 흰 배경막과 검은 배경막 사이의 어슴푸레한 공간이 무대를 넓힌다. 넓혀진 공간 속으로 대열이 들어간다. 들어선 대열이, 흰 배경막이 있던 자리 바로 뒤로부터 늘어선다. 맨 앞줄의 몇 명은 바닥에 주저앉고, 둘째 줄은 무릎을 꿇고 앉고, 그런 식으로 군중들이 얼굴의 계단을 몇 층 이루어 간다. 마지막, 그의 차례다. 주춤거리던 그: "돈이 없는데요…" 그를 쳐다보는 사내: "돈이 없다니? 돈이 없으면서 어떻게 들어가겠다는 거요?" 옷을 벗은 사내는 그를 알아보지 못하는 것일까? "어떻게 좀…" "안 되오. 이 엄숙한 의무를 그렇게 아무렇게나 행할 생각이었소?" "부탁입니다. 꼭 이걸 지금 봐야 되는데요…" "어서 돈을 마련해오시오." "돈을 마련할 수가 없어요. 워낙 가난해서…" 그를 훑어보는 사내, 정말로 그를 전혀 모르는 듯하다. "그렇다면, 의무에 대한 성의의 표시로, 그 거적때기 같은 옷이나 벗어놓으시오." "이 옷을?… 이건 제 건데요." "그러니까 내놓을 수 있을 거 아니오?" "허지만… 이건 저밖에 못 입는 건데…" 다급하게 이어서, "제발 어떻게 좀…" "법에 대한 성의 없이는 안 되오." 사내에게서 돌아서는 그의 혼잣말: "이 옷을, 이 옷을 벗는다면…, 네가 나를 알아볼 수나 있을까?" 포기한 듯 멀어지다가, 멈칫, "아, 칼! 칼이 있었지." 그가 가슴에 품은 칼을 숨기며 옷을 벗는다. 황급히 다시 되돌아가서, 그가 한 손으로 옷더미를 내민다. "자, 여기 있습니다." 등 뒤로 숨긴 다른 한 손에서, 실물의 칼이 반짝인다. 그 옷을 받아든 사내가 그를 통과시킨다.

부동의 자세로 두 손에 들린 '그'의 옷을 지그시 들여다보던 사내가, 한참만에, 연극의 첫머리에서처럼 어떤 근엄한 제식을 치르듯, 그 옷을 입는다. 그리고 보니, 사내는 그를 모른 게 아니었을까? 그 사이, 어슴푸레한 공간 속으로 들어선 그: "너를 찾아야 할 텐데… 너는 지금 어디에 있는 거지?" 그가 정렬해 있는 무대 위의 관객석을 두리번거린다. 그러다가 문득, 한숨처럼 뱉아내는 말: "너를 찾기 위해, 내가… 우리의 연극을 완성하려고 너를 찾는 내가, 지금 이들과 똑같이 관객이 되어 있단 말인가?" 그들이 움직이던 앞무대 위에는, 그가 버린 가방만이 덩그러니 놓여 있다. 갑자기 허탈해져서, 그, "저 무대에서, 내가 아닌 누가 나를 연기할 거란 말인가?" 새삼, 그가 무대 위 관객들의 무리를 살펴본다. 그렇다, 지금 저기 있는 그들은 모두 관객들이다. 아니, 그들은 연극 속에서 연극을 관람하는 연기를 행하는, 관객으로서의 배우들이다. 그렇다, 면?… 그렇다면, 저 무대 위의 관객을 배우로 보는 이 무대 밑 관객들 또한, 그런 최소한의 배우들인 것은 아닐까? 저 연극 속의 연극을 보여주는 연극에 대한 관객으로서의 배우들. 나는, 처음부터, 내가 관객이고자 함으로써 관객이 되었다고 인정했었다. 역할을 떠맡는 것이 배우라면, 나 또한 관객으로서의 배우가 아닐까? 그리고 그 점 자체는 내가 아닌 이 자리의 다른 관객들도 마찬가지가 아닐까? 어떻든 이들은 관객이 되기 위해 극장으로 들어온 것이니까. 스스로 의식하든 못 하든, 무엇인가를 관람한다는 대전제의 목적 속에 무대와 마주하는 동안, 이들은 현실의 삶과 다른 역할—그것이 비록 가만히 앉아 보고 듣는 것에 불과하다 할지라도—을 떠맡는 것이 아닐까? 더 밀고 나가자면, 이런 연극의 관객이란 것이 애당초 극장의 불 꺼진 어둠 속에서 저 혼자 배우가 되어보기 위한 것은 아닐까? 은밀하게 또는 음흉하게… 그렇다면, 관객이란 역할은 어떻게 연기해야 될까? 나는 이때껏 저 무대 앞에서 무엇을 어떻게 연기했는가?

 ……무대다. 연극의 시작과 함께 나로부터 분리되었던 내 다른 몸의 투명한 공간에 터잡은, 그의 무대다. 그의 무대 밖에서, 그의 무대로 내 다른 몸을 투명하게 분리시켰던 나는 관객을 연기하고 있다. 지금, 나의 무대는 객석의 내 좁은 좌석이다. 내 좁고 어두운 무대에서의 연기는, 그러나 가변적이다. 내 연극은 예정된 것이 아니다(나도 모르는 예정의 힘이 나를 지배하는 것은 아닌가?). 내 사고와 동작은 예측할 수 없이 변모하고 생성한다(내가 모르는 법에 내가 지배받는다면, 나도 그처럼 내 몫의 다른 연극을 이루어나가야 하는가?).

 ……무대다. 그의 무대를 마주하고 있는, 나의 무대다. 그의 무대 위의 관객석에서, 지금 그가 이곳을 바라보고 있다. 그에게도 여기가 무대의 객석처럼 보일까? 저기가 내 분신의 투명한 몸공간이라면, 여기는 그의 분신의 투명한 몸공간이 아닐까? 내가 그의 몸을 싸안고 있듯, 그의 몸이 나를 커다랗게 싸안고 있다는 느낌이 휘몰려온다. 그의 어둡고 포근한 살냄새를 맡으며, 나는 직감한다. 그의 무대가 된, 어쩌면 저 무대보다 더 크게 '저기'를 담고 있는 내 몸의 눈이 저곳의 그와 이곳의 나 자신을 동시에 들여다보고 있었던 게 아닐까? 그렇다면 내 무대가 된, 어쩌면 이 무대보다 더 크게 '여기'를 담고 있는 그의 몸이 이곳의 나와 저곳의 그 자신을 들여다보고 있는 게 아닐까? 혹시 그 두 몸은 하나가 아닐까? 그 투명하고 거대한 몸의 눈은 어디에 있는가?

 나는 극장을 크게 휘둘러본다. 그때, 무대의 조명이 극도로 희미해진다. 무대 위에서는, 지금, 그의 옷을 입은 사내가, 무대 위의 무대에서 '그'가 된 사내가, 왼쪽 가장자리 가운데쯤으로 빛기둥을 이끌고 걸어나와 오른쪽으로 방향을 돌린다. 사내가 바라보는 무대 오른쪽 가장자리 가운데쯤에는, 그가 준 옷을 입은 네가 무대 밖을 바라보며 서 있는 게 어렴풋하다. 그러나 희미한 무대 조명은 네가 아직 그곳에 있지 않은 것으로 간주하고 있는 상태이다.

그 너를 바라보며, 나는 불쑥 자리에서 일어난다. 네가 바라보는 저 무대 밖, 거기에 혹시 그의 투명한 눈이 있는 게 아닐까? 나는, 객석 사이의 통로로 나서며, 내 좁은 무대가 넓혀지고 있다는 착각에 빠진다. 어쩌면 착각이 아닐지도 모른다, 그의 몸 안이 전부 내 무대라면. 나는 객석으로 들어오는 문을 열고 나온다. 여기도 그의 몸 안, 나의 무대일까? 복도의 전등빛이 내 무대를 비추는 조명처럼 여겨진다. 극장으로 들어오는 유리문 밖에, 저녁 어둠이 가을에 쓸리고 있다. 가을이구나… 그래, 가을이어야 할 텐데… 나는 담배를 꺼내 불을 붙인 후, 극장 옆 복도를 따라 준비실로 걸어간다. 지금쯤, 무대 위의 무대에서는 '그'로 분장한 사내가 무대 왼쪽에서 오른쪽으로 한 발씩 걸음을 내디디며, 한 발자국마다, 그의 행적을 '저들' 식으로 윤색한, 과장된 동작을 혼자서 팬터마임으로 보여주고 있을 것이다. 그리고 무대 위 객석의 한 인물은 신파조의 변사가 되어, '것이었다'만을 반복해서 읊어대고 있을 것이다. "것이었다, 것이었던 것이었다, 것이었던 것이었던 것이었다, 것이었던 것이었던 것이었던 것이었다…" 그것은, 연극 속의 연극의 마지막 장면에 이르는 과정을 빠른 속도로 처리해내기 위해 짜낸 방식이었다.
 나는, 지극히 조심스럽게, 준비실 문의 손잡이를 돌린다. 소리없이, 나는 문 안으로 들어선다. 순간(!), 아무도 나의 틈입을 눈치채지 못했다고 느끼는 순간, 동시에 무대로 집중된 시선들과 그 시선들이 가 닿은 무대를 객석에서와는 다른 각도에서 한꺼번에 바라보는 순간, 여기가 무대의 소리와 빛과 효과를 연기해내는 저 무대의 연장 공간으로 이어져 받아들여지는 순간, 나는, 저 시선들 뒤에 있던 어떤 눈과 나의 눈이 겹쳐지며, 내 작은 살덩이의 몸 속으로 어떤 보이지 않던 커다란 몸이 응축되어 들어오는 강한 충격에 몸서리친다. 나는, 팽창되어 탱탱해지는 피부의 탄력을 가다듬기 위해 축축한 두 손을 주먹 쥔다. 그러나, 내 몸 속에 밀집되는 그 힘이 그의 밖에 있던 그의 것인지, 나의 밖에 있던 나의 것인지, 아니면 둘 다인지, 또는 그의 것도 나의 것도 아닌 또 다른 힘인지 알 수가 없다…
 무대 위에서는, 이제, 제대로 된 변사의 말이 울려퍼지고 있다. "마침내, 그는 타락의 마지막 구렁텅이로 도망쳐가는 것이었다." 연극의 끝이 다가오고 있다. 숨은 무대에서 드러난 무대를 주시하는 연출의 입에서 가는 숨소리가 약간 거칠게 새어나오고 있다. 연출은, 자신에 대해 행해졌던 무대 위의 아까 그 반란을 어떻게 제 속에서 처분했을까? 몸을 앞으로 기울인 채 채찍을 만지작거리며 끝끝내 제 연기에 열중하고 있는 연출의 등판을 바라보며, 나는 이유 없는 연민을 느낀다. 연출은, 저 무대 위에서 다시 자기의 뜻대로 움직이고 있는 '그'의 밖에, '그'의 밖에 있는 연출의 밖에, 무대 위의 '그'이면서 무대 위의 자신과 연출을 함께 굽어보는 또 다른 '그'를 알고나 있는

지… 변사: "허나, 그가 찾아간 창녀에게도 마지막 연극적 양심만은 남아 있었으니…"

　무대 저쪽 밖의 빈 공간을 마주보던 너에게 붉은 빛기둥이 떨어진다. 무대 위의 객석에 있던 그가 놀라 소리친다. "아니, 네가!" 그의 최초의 자리에 앉아 있던 나의 아이가 저도 모르게 몸을 일으켜세웠다가 다시 주저앉는다. 돌아서서 이쪽을 바라보는 네가, '그'를 연기하는 사내에 가려 잘 보이지 않는다. '그'인 사내에게 다가오던 너, 신파조에 어울리는 과장된 목소리로, "나는 비록 더러운 여자였지만, 어쩌다 당신마저…" 흐느낀다. 사내인 그: "너를 사랑했기 때문이야, 어쩔 수 없었어…" 그때, 무대 위 객석에 있던 그가 무대 위 무대로 나선다. "안 돼, 안 돼!" 하고 독백처럼 되뇌며, 그가, 사내와 너의 빛기둥 밖——옷을 벗은 그의 빛기둥은 이제 없다——에서 희미한 거리를 좁혀 사내의 등뒤로 다가간다. 그의 손에서, 어둠을 반사하는 칼날. "아니 저건 누구야?" "뭐야, 저거!" 따위, 무대 위 객석의 술렁거림. 변사가, 당황한 듯, "에… 또… 에… 저건… 또…" 하다가, "놀라지 마시라. 정신 분열 때문에, 이때 그는 두 몸으로 나뉘어졌으니, 그의 분신이 저렇게 유령처럼 그를 따라다니는 것이었다." 무대 위 객석의 술렁거림이 조금씩 수습된다. 무대 위에 나타난 그를 의식지 못하는 사내, 연기에 열중해서, "자, 나를 좀 도와줘야 되겠어." 너, 단호히, "안 돼요! 당신은 내가 사랑했던 당신이 아니에요." 다가서는 그: "뭐라구?" 물러서는 너: "그는 지금 여기 있는 당신이 아니에요. 내 사랑만은 더럽히지 마세요." 그렇다, 네가 사랑하는 '그'는, 그의 옷을 빼앗아 입은 사내가 아니라, 사내의 등뒤로 다가오고 있는 그다. 사

내:"나를 배신하려는 거야?" 네 목이라도 조를 양 커다란 몸짓을 만드는 사내 뒤로 그가 바싹 다가선다. 사내의 어깨 너머 그를 쳐다보는 너의 대사: "행복했던 그때, 당신과의 사랑을 잊지 않겠어요…" 사내가 너의 목을 졸라 흔든다. 기어이 참지 못하는 그의 낮게 맺힌 목소리: "누구야? 누가, 내가 아닌 나를 연기하고 있는 거지?…" 뜻밖의 개입에 놀라 몸을 돌리는 사내의 가슴에, 부들거리던 그의 두 손이 내리꽂힌다. 실물의 칼에 찔린 '그'인 사내가 "읖!" 외마디로 제 가슴을 움켜잡는데, 손가락 사이로 실물의 붉은 피—그것은 토마토 케첩이다—가 엉켜 나온다. 목이 졸려 쓰러져 있는—그것은 연기일까?— 네 옆에 고꾸라지는 사내. 그가, 사내가 분장한 그 자신을 죽인 것이다. 그가 '저들'의 '그'를 죽인 것이다. 자신의 연극을 끝내고 모든 것을 포기한 그가 우두커니 허공을 보며 서 있다. 뒤늦게 다시 술렁대는 무대 위의 객석. "아니, 뭐가 어떻게 돌아가는 거야?" "지금 죽은 게 그러니까 법경호원이야? 변장을 했었나?" "좀 이상한데…" "정말 죽은 거 아냐?" "정말 죽었다!" "뭐?" "정말 죽었어!" "죽었다! 죽었어! 배우가 죽었어!" 무대에 불이 환히 들어온다. 무대 속에서 연극 도중에 걷혀졌던 흰 막과 진짜 객석과의 사이에 놓여 있는 검은 막이, 동시에 빠른 속도로 내려닫힌다.

 무대 밑 객석에 불이 들어왔을 것이다. 잠시 후, 다시 올라가는 두 막. 연출이 채찍질을 한다. 무대 위의 배우들이 모두 꿈에서 막 깨어난 표정으로 일렬로 늘어서기 시작한다. 칼에 찔려 죽은 사내가 시체처럼 뻣뻣이 일어나 줄 속에 낀다. 연출의 마지막 채찍질. 무대 위의 배우들이 일제히 박수를 치기 시작한다. 객석의 관객들을 향하여. '그'의 역할을 맡은 친구의 제의로, 본 연극이 끝난 후의 인사의 연극을 그렇게 꾸민 것이다. 연출이 마지막에 왜 그것만은 받아들였는지? 객석에서 맞부딪쳐 나오는 박수 소리와 가벼운 웃음 소리. 배우들이 무대 뒤쪽으로 물러서고. 이번엔 무대 속에 있는 흰 막만이 내려진다. 텅 빈 무대가 연극이 시작되기 전의 그것이다. 훨씬 더 자라난 내 마음의 아이가 그의 최초의 자리에 그대로 앉아 그 텅 빈 무대를 바라보고 있다. 다시 온 그의 '없음' 혹은 '비어-있음'을. 그래, 아이야, 이제 네겐 그의 '없음으로-있음' 혹은 '비어-있음으로-있음'이 어떻게 보이느냐? 내 말을 알아들은 것일까, 아이가 일어나 무대 위로 오른다. 그리고 제 몸을 혼자 움직여본다. 그의 '없음으로-있음'의 모양이 마치 그런 것이라는 듯. 거기서 더 자라겠느냐, 그의 '비어-있음으로-있음'이 너의 밭이 될 때까지?…

배우들이 흰 장막 뒤를 돌아 서로서로 지껄이며 낄낄대며 무대를 빠져나오기 시작한다. 얼룩덜룩한 비현실적 움직임—그것은 동시에 현실이다—이 내 앞으로 넘쳐나온다. 이 현실의 무대로. 나는, 잡다한 말과 문신의 물살을 헤쳐, 뒤늦게 빠져나오는 네 앞으로 다가선다. 네가 이 나의 무대에 발을 디디는 순간, 나는 너의 젖가슴을 졸라 수없이 죽이고 싶은 강한 연극적 충동을 느낀다.

낯선 시간 속으로
──1974년 겨울

 돌아서며, 나는, 아득히, 내던져진다. 아득히 내던져져서, 나는, 천천히, 너에게로, 다가선다. 벽에 등을 대고, 너는, 다가서는 나를, 텅 빈 눈으로, 올려다본다…
 너의 두 눈에서, 나는, 흡사 볼록거울처럼 일그러져 되비쳐지고 있는 어떤 표정을 보았다. 그 표정이 더욱 과장되며 번져나가 흩어져버렸을 때, 여전히 뜨여진 너의 두 눈은 암흑의 동굴과도 같았다. 너의 두 눈은, 그리하여 그것을 확인하며 끝끝내 닫히지 않는 내 절망적인 시선과 이어져, 두 사람 사이에 가로놓인 멀고도 암담한 통로가 되고 있었다. 까마득한 의식 속으로 불꽃 한 점이 떨어져내렸다. 차라리 볼 수 없다면, 차라리 완전한 어둠 속에서였다면. 그러자──
 눈빛을 찾을 수 없는 짙은 어둠 속에서, 나는, 너에게로, 다가선다…
 알 수 없는 충동으로부터 자신을 억제하듯 검게 꿈틀거리는 바다가 우리의 곁에 있었다. 나는 그것을 소리로 느꼈다. 기어이 그 충동을 견디어내지 못하는 바다의 가장자리에서, 보이지 않는 흰빛의 소리로 거품이 물리고 있었던 것이다. 차가운 겨울바람이 뺨을 쓸어갔다. 나는 천천히 너의 어깨를 끌어당기며 너의 눈을 찾았다. 그때, 내 귀가 "손들엇!" 하고 소리쳤다. 소스라치는 경련이 순식간에 온몸을 휩쓸었다. 빛이 하얗게 쏟아져 들어왔다. 그러면서 그 빛은 나의 극심한 낭패감을 밝히고 있었다. 나는 낭패감을 견디기 위하여 입술을 깨물며 너의 어깨와 허리로 건너가 있던 두 손을 거두어들였다. 그리고 어정하게 두 손을 들어올리려는데, "신분증 좀 봅시다" 하는 탁한 목소리가 내 동작을 저지시켰다. 나는 황급히 내 낭패감을 정리하듯, 속주머니 속에서 수첩을 꺼냈다. 목소리가 빛 건너편에서 불쑥 손을 내밀어 그것을 거두어가더니, 한참 만에 다시 손을 내밀어 돌려주었다. 플래시 라이트가 치워지자, 빛이 발 밑으로 떨어졌다. "야간에는 작전 지역이라 해변으로 나오실 수 없습니다." 조금씩, 검게 덩어리진 소리의 형체가 드러났다. 아마도 그는 총 든 병정이었다. 병정? 순간적으로, 나는 병정이라는 말이 왜 군인이라는 익숙한 말보다 먼저 떠올랐는지 의아해하며, "아, 그런가요? 우린 오늘 처음 와서…, 잘 몰랐습니다" 하고 말했다. "이 근처에 묵고 계신가요?" 병정이 물었다. "네, 송파여관입니다." 마치 그가 여관 이름을 다그쳐 묻기라도 한 것 같은 당황 속에서, 나는 대답했다. 우리가 발길을 돌리자, 병정은 우리 곁을 따라 걷기 시작했다. 너는 약간 떨리는 손길로 내 팔을 잡았다. "무슨 작전인가요?" 내가 물었다. "여긴 간첩 출몰 지역입니다." "아, 그렇군요." 우리는 말을 끊었다. 모래 위를 건는 발자국 소리가 어둠 속에서 차갑게 패이고 있었다. 세 사람의 침묵 사이에서, 그 소리는 바다 소리보다도 더 크고 선명하게 무엇인가를 허물어내듯 들려오는 것 같았다. 그러자 그 소리는 갑자기 근원을 알 수 없는 불안이 되어 내 가슴을 두드리기 시작했다. 나는 점점 거칠어져가는 가슴의 뜀박질을 느꼈다. 나는 무슨 말이든 하고 싶었다. 그래서, "그런데, 아까처럼 손을 안 들거나 도망가면 정말 쏘나요?" 하고 좀 조급한 투로 병정에게 물었다. 말해놓고 나니까 피식 웃음이 나왔다. 하지만 병정은 웃지 않았다. 내 웃음기가 완전히 가셔진 후에야, 그는 "네, 쏩니다… 명령입니다"라고 대답했는데, 그때 나는 묘한 불쾌감을 느꼈다. 그러나 그것은 또 한 번 근거를 확인할 수 없는 어떤 느낌에 불과했다. 나는 이마를 찌푸리며 그의 말투를 속으로 되뇌어보았다. 네, 쏩니다. 잠시 사이. 명령입니다. 잠시 사이, 거기에 무슨 비밀이라도 있는 것일까—하고, 나는 나 자신에게조차 뚜렷지 못한 생각을 흘렸다. 하지만, 그리고 어쨌든, 그 불쾌감은 가셔지지 않았다. 그것은 오히려 점점 응어리져 극심한 짜증 혹은 대상 없는 증오 같은 것이 되어 들끓고 있었다. 나는 병정을 후려치고 싶은 욕망에 사로잡혀 두 손을 불끈 움켜잡았다. 그러나 나는 한숨을 뱉아내며 두 손을 풀었다. 나는 몹시 추웠다.

　모래사장이 끝나는 곳에서, 병정은 다시 말을 끄집어냈다. "밤에는 이 소나무숲을 건너오지 마십시오." 소나무숲은 해안을 담처럼 둘러치고 있을 것이다. 나는 어둠의 너머로 숨어 있는 풍경을 둘러보았다. "낮에는 괜찮겠지요?" "네, 낮에는 어선들도 나가니까요." 낮, 에, 는, 어, 선, 들, 도… 너는 잡고 있던 내 팔을 가만히 풀었다. 우리는 병정과 헤어져 소나무숲으로 스며들어갔다.

 바다를 등지고 소나무숲을 빠져나와 철둑길을 넘어서면, 갑자기 열리는 너른 호수가 두 눈 가득히 펼쳐지고 있었다. 그 앞에, 나는 홀로 서 있었다. 바람이 잠든 겨울, 한낮의 태양이 내 이마 위에 수직으로 걸려 있었다. 나는 손으로 이마를 짚었다. 가벼운 뜨거움이 느껴졌다.
 지금, 나는, 내 비어 있는 시간 속으로, 밀려들어올, 어떤 절정의 순간을, 기다린다. 나는, 홀로 풍경 속에 서 있는 자에게 가능한, 무엇인가를, 예감한다…
 풍경은 완벽하게 정지된다. 멀리 산등성이들은 몇 겹의 부드러운 붓길처럼 잔잔히 겨울 햇살 위에 떠 있다. 그 밑으로 이십 리가 넘는 호수 둘레를, 잎새 없이 가지만으로 얽힌 맨몸의 나무들이 환상의 테두리처럼 둘러치고 있다. 호수의 먼 윤곽이 아련히 선명하고, 얼어붙은 물껍질의 너른 벌판 위에 햇살이 눈부시다. 그 환한 햇살 속으로, 연록색 빛안개가 번져 있다. 예감을 넘어, 나는,

          모든 것을 수락한다, **그**는. 순간(!), 마침내 기다림은 채워진다. 한 순간의 극심한 현기증을 넘어, 불현듯 트여오는 한없이 맑은 의식으로, **그**는, 예기치 못한, 새로운, 완전히 새로운, 두렵기조차 한, 어떤 감각 속에 휘말려든다. 무심히 손을 뻗친 나무에서 뜻밖의 촉감이 밀려오고, 이상한 밝음과 내음이 가득차오고, 돌과 나무와 또 모든 사물들이 믿을 수 없는… 아! 지금, **그**는, 저 스스로 충만한 감탄의 느낌표다!… 그

런데, 거의 동시에, 아!, 하는 한탄의 느낌표가 되며, **그는**,

감각
의 한 모퉁이가 무너짐을 느낀다, 나는. 일어선 바람이 풍경을 흐린다. 급격한 침몰, 내 저항은 쉽사리 무너진다. 무슨 까닭일까, 나는 마지막으로 빠져나가며 여울지는 그 느낌의 뒤끝에 안타까움을 느낀다. 그 찰나적인 풍경, 그것은 어딘가 다른 곳임에 틀림없다. 나는 무언가 다른 것을 감각한 것이다. 그러나 이제, 그 믿을 수 없는 저 너머를 드러냈던 풍경은 단순한 하나의 물리적인 대상으로 환원되어 있다.

나는 고개를 떨구었다. 내 한쪽 손에 쥐어진 흰 물체가 보였다. 흰 편지 봉투였다. 잠시, 나는 그 편지를 낯설어했다. 나는 그것을 만지작거렸다.

어제는, 여덟 시간의 기차 여행까지 겹쳐 완전히 지쳤음. 여덟 시간, 그 헤어온 시간만큼 멀리, 그래서 나는 이 땅의 동쪽 끝까지 왔음. 기차 안에서는, 다행히 옆자리의 사람이 나를 방해하지 않았으므로, 차창을 신속히 스쳐지나가는 풍경의 이편에서 편안히, 될 수 있는 대로 편안히 몸을 내맡겼음. 서울을 막 벗어났을 때 서리 엉킨 들판 위에 극도로 투명한 주홍빛 아침햇살이 나리던 걸 기억하는데, 그때 아마 나는 좀 긴장했었던 모양임. 그 밖에는, 수없이 지나쳤을 어떤 풍경들이 이상스럽게도 나의 언어로 대치되지 않음. 마치 이번 여행 내내 내가 몸담고 있을 것만 같은 절대적 막연함처럼.

迷口市에 도착했을 때는 이미 해가 상당히 서쪽으로 기울어져 있었음. 기찻길은 바다에까지 뻗쳐 있었지만, 관광철이 아닌 겨울에는 그곳이 종착역. 모든 것이 긴 그림자를 끌고 있는 미구시의 한적한 거리를 나는 오랫동안 서성거렸음. 어둠이 오고. 차가운 수은등이 밝혀지기 시작했을 때, 나는 바다로 오는 버스를 탔음. 드문드문 자리잡은 사투리의 어감들이 춥게 울려오고. 어둠이 차창 밖을 차단하고. 차창은 거울이 되어 차내를 어둡게 반사하고. 어둡고 무표정한 내 얼굴이 다가서고. 그 희미하고 춥고 지저분한 버스 안이 내가 찾아온 모든 세계가 아닐까 하는 한 순간의 두려움. 해변의 울창한 소나무숲에도 깊은 어둠이 널려 있었음. 소나무숲을 쓸어가는 바람 소리와 바다 소리가 구별되지 않았음. 언젠가도 한 번 온 적이 있었던 숲속의 여관촌, 우연히 '松波旅館'이란 이름을 발견했음. 여관은 썰렁했지만 그냥 짐을 풀고. 저녁 준비가 안 된다기에 할 수 없이 '미구관광호텔'까지 가서 식사를 할 수밖에 없었[…]

[…]다. 호텔에도 허황스럽고 스산한 기운이 감돌고 있었다. 카운터에 앉아 있던 한 사내가 굳은 몸짓으로 시선만을 돌려 잠깐 쳐다보더니 다시 눈길을 돌려버렸다. 그는 내가 객실 손님이 아님을 알아차렸거나, 또는 손님을 받을 의도가 전혀 없어 보였다. 여름 한철 나이트클럽으로 사용되는 홀에서는 '미구대학 경영학과/송년 가면 무도회'라는 것이 열리려는 모양이었다. 초라한 종이 가면들이 몇몇 산만하게 움직이고 있었다. "시간이 넘었는데…" 종이 가면 하나가 쉰 목소리를 냈다. "아직도 다 안 왔는데요." 붉은 스커트의 종이 가면은 저 혼자의 흥분으로 터무니없이 높은 목소리를 냈다. "음악이나 좀 미리 넣지." 다시 쉰 목소리. 터무니없이 높은 목소리의 소유임이 분명한 잔걸음의 구둣소리가 귀에 거슬렸다. 이층에 있는 식당으로 가기 위해 계단을 오르는데, 홀 쪽에서「가면 무도회」란 노래가 들려오

기 시작했다. 저런… 나는 계단 중간쯤에 멈추어서서 홀 쪽을 내려다보았다. 저들은 저 노래를 전혀 모르고 있음이 분명했다. 아니라면 지독하게 자조적이었다. 아니, 또는 저 노래를 알고 있으면서도 그냥 아무 뜻 없이 틀어놓을 수도 있었다. Are we really happy in this lonely game we play~

식사가 거의 끝날 무렵부터, 내 발 밑은 흔들리기 시작했다. 그 흔들림을, 나는 내 눈의 안쪽에서 목격하는 듯싶었다. 아마도 홀 안에는 소리의 높이를 잔뜩 올린 록 음악이 가득차 있었을 것이다. 마침내 소란이 시작되었을 것이다. 그것은 완전히 소란을 목적으로 하는 소란, 소란 그 자체이다. 허공에서 문득 터져나와 스스로의 발정을 감당하지 못하게 될 그 소란은, 그리하여 그 마음과 잘 어울릴 불그침침한 조명 속에서, 그러나 끝내 움직이는 모든 윤곽 속에 스민 어둠과 더불어, 몸부림칠 것이다. 어지러운 온갖 혼란을 무정형의 틀 속에 담아 터뜨리려는 듯. 절망으로 이 시간과 공간에 반항하려는 듯, 또는 마지막 열정과 함께 추락하려는 듯. 방향없이 튀어오르며 섞이는 전기 기타의 날카로운 화음과 난타되는 드럼의 무겁디 무거운 고동 소리. 가라앉는 몸의 무게와 떠오르려는 마음의 날갯짓 사이에서, 점점더 틈이 벌어지는 그 갈등의 고통을 끝내 맹목적으로 방기해버린 듯한 인간의 목소리. 그 속에서 수십 개의 종이 가면들은, 순간에서 순간으로 갈가리 찢겨지며, 오직 소란의 미래만을 뒤따르며, 문득문득 소리의 몸이 되어, 스스로 해방된다… 나는 발바닥이 약간 축축해져옴을 느꼈다. 뿌리로부터 줄기를 타고 치솟는 수액 같은 것이 목젖에 걸려왔다. 그러나, 나는 빨리 그곳을 벗어나고 싶었다. 이곳에 오자마자 그 단말마의 해방과 만나게 되었다는 사실을, 나는 견딜 수 없었다.

내가 다시 계단의 중간쯤에 멈추어섰을 때, 홀의 문은 굳게 닫혀 있었다. 그 너머로 이안 길란의 터질 듯한 노래가 닫힌 문을 향해 온몸으로 부딪쳐오고 있었다. I love her!~ I need her!~ 하지만 문은 열리지 않을 것이다. 그들의 소란은 언제나 닫힌 곳에서만 가능할 테니까.

나는, 그 소란을 떨쳐내며, 어두운 소나무숲을 더듬어 바닷가로 나아간다. 별 한 점 반짝이지 않는 짙은 어둠 속에서, 나는, 바다를 향해, 다가간다…

걷잡을 수 없는 충동에 검게 용솟음치는 바다가 내 앞에 있었다. 나는 그것을 소리로 느꼈다. 기어이 그 충동에 자신을 내팽개치는 바다의 가장자리에서, 보이지 않는 흰빛의 소리로 거품이 물리고 있었던 것이다. 차가운 겨울바람이 뺨을 쓸어갔다. 나는 몸을 굽혀 바람을 가리며 천천히 담배에 불을 붙였다. 그때, 내 귀가 "손들엇!" 하고 소리쳤다. 나는 갑자기 뒷골을 한 대 얻어맞은 듯이 휘청거렸다. 나는 담배를 떨어뜨렸다. 빛이 하얗게 쏟아져 들어왔다. 그러면서 그 빛은 나를 어떤 착각 속으로 몰고 들어갔다. 이게 뭐더라? 나는 어정하게 두 손을 들어올린다. 그러면, 나는… 그러나, "신분증 좀 봅시다" 하는 탁한 목소리가 내 예정된 동작을 저지시켰다. 나는 황급히 어디서부턴가 끌려내려와, 더듬거리며 속주머니 속에서 수첩을 꺼냈다. 목소리가 빛 건너편에서 불쑥 손을 내밀어 그것을 거두어가더니, 한참 만에 다시 손을 내밀어 돌려주었다. 플래시 라이트가 치워지자, 조명은 발 밑으로 떨어졌다. "야간에는 작전 지역이라 해변으로 나오실 수 없습니다." 아, 나는 그의 말이 끝나기도 전에 깨달았다. 그렇겠군, 해안이니 특히 간첩을 조심해야겠지. 군 복무를 마친 나의 짐작은 틀림없었을 것이다. 소리의 주인은 총 든 병정임이 확실했다. 병정, 네놈은 병정이구나—하고, 나는 의식적으로 군인이라는 말 대신 병정이라는 어휘를 선택하며, "아, 그렇군요. 전 오늘 처음 와서…"라고 말했다. "이 근처에 묵고 계신가요?" 병정이 물었다. "네, 송파여관이라구… 아세요?" 내 스스로가 놀라울 정도로 차분함을 느끼며 나는 대꾸했다. 내가 발길을 돌리자, 병정은 내 곁을 따라 걷기 시작했다. "여기서 간첩이 나왔던 적도 있었나요?" 내가 물었다. "아직은 없었습니다. 한 십 킬로쯤 북방에선 출몰한 적이 있었다는데…" 우리는 말을 끊었다. 문득 나는 내가 껴입은 겨울옷들이 너무 무거움을 느꼈다. 저녁을 너무 급히 먹었는지, 위가 좀 답답해왔다. 나는 억지로 몇 번의 트림을 뱉아냈다. 뱃속은 시원해지지 않았다. 그러자, 이유를 알 수도 없이, 나는 아무에게나 야유를 터뜨리고 싶은 생각에 사로잡혔다. 그래서, "그런데, 아까처럼 손을 안 들고 도망가면 정말 쏘나요?" 하고, 나는 좀 빈정거리는 투로 병정에게 물었다. 말해놓고 나니까 피식 웃음이 나왔다. 하지만 병정은 웃지 않았다. 내 웃음기가 완전히 가셔진 후에야, 그는 "네, 쏩니다… 명령입니다"라고 대답했는데, 그때 나는 묘한 경멸감을 느꼈다. 그러나 그것은 또 한 번 이유를 찾을 수 없는 어떤 느낌에 불과했다. 왠지 그는 총을 쏠 수 있을 것 같지 않았다. 쏜다고 하더라도, 그의 총은 발포될 것 같지 않았다. 발포된다 하더라도, 그의 총탄이 누군가를 죽일 수는 없을 것 같았다. 나는 그런 내 느낌을 설명하고 싶었다. 그러면 병정은 나로 하여금 경멸감을 느끼도록 만든 자신의 비밀을 떨리는 목소리로 고백하지 않을까—하는 생각에, 나는 침을 꿀꺽 삼켰다. 그러나 나는 한숨을 내뱉으며 포기했다. 나는 몹시 추웠다.

여관은 그대로 썰렁했다. 나는 벽에 걸려 있는 허름한 액자 쪽으로 다가갔다. '생활이 그대를 속일지라도…'라고 거기에 적혀 있었다. 나는 힘없이 웃었다. 내 몸 구석구석에 숨어 있던 온갖 피로가 한꺼번에 가슴으로 몰려들고 있었다. 나는 얼굴을 파묻기 위해 두 손을 들어올리다가, 여태껏 장갑이 끼져 있다는 사실을 발견했다. 나는 무거운 장갑을 벗었다. 그것들은 흡사 검은 의수처럼, 툭, 방바닥 위로 떨어졌다. 나는 잠시 조잡한 벽지의 무늬에 기대어 서 있다가, 자야지—하고, 잠자리에 쓰러졌(…)

(…)음. 아침엔 불현듯 두 눈이 떠졌음. 숙면인지 불면인지 확실치 않았음. 벌떡 몸을 일으키고. 적당히 세수를 하고. 몇 술 밥을 뜨고. 아침이면 겪어야 하는 그런 여러 절차들이 몹시 힘겨웠음.

바다로 나갔음. 그러나 바다에 대해서라면 아직 아무 할말이 없음. 김민기의 노래들을 가만히 불러보고. 내가 기억하던 어떤 구절들을 되뇌어보고. 하지만 그것들은 한없이 무력했음. 모든 것이, 나에게 가능한 모든 것이 무력하다고 느껴졌음. 그런데…, 그것이 아님. 그런데…, 그때, 그럼에도 불구하고, 돌연히, 나는, 완전한 절망처럼, 혹은 구원처럼, 내 몸 속에 숨어 있던 어떤 무엇을 의식하며, 아직도 정체가 확실치 않은 그 욕망 같은 것이 이제 나의 현실이 되어야만 한다고 생각했던 것임. 단지 내가 그것을 바라기 때문에, 그리고 단지 내가 그것을 말하기 시작했기 때문에.

　여름에만 개설되는 해수욕장의 간이 우체국은 폐쇄되어 있었다. 호수를 끼고 한 20분쯤 걸어나가면 미구시의 시내로 들어가는 버스 정류장이 있었고, 거기에 우체통이 있었다. 우체통은 외로워 보였다. 우체통은 견고해 보였다. 견고한 외로움, 그것이 형태를 지닌다면 아마도 우체통일 것이다. 나는, 편지가 우체통의 밑바닥에 떨어지며 울릴 무심한 소리에 미리 긴장하며, 조심스럽게, 아주 천천히, 그것을 통 속으로 밀어넣었다. 그리고 재빨리 돌아섰다. 길 건너의 '성심약국' 옆에, 조그마한 '술집'이 있었다.
　술집 안에서, 나는, 소주 반 병과 아나고회 반 접시를 시키고는, 유리창 너머로 길 건너편에 내다보이는 우체통을 바라보고 있다. 그것은 반원통 모양의 윗부분과 직육면체 모양의 밑부분을 이어서 만든, 그리고 짧은 네 개의 다리에 의해 밑받쳐진 이름붙이기가 애매한 한 형태의 철제품이다. 반원통 부분에 붉은색 페인트가, 직육면체 부분에는 녹색 페인트가 각각 칠해져 있다. 그리고 흰색의 무슨 글자들과 우편 마크가 어렴풋이 구별되어 보인다. 아니… 뭐? 우편 마크? 문득, 야릇한 의혹이 든다. 그래, 나는 그것이 우편 마크라는 것을 짐작으로 확신하고 있을 뿐이다. 그러고 보니까 그것이 우편 마크라는 것을 분명히 확인해본 적이 한 번도 없었던 것 같다. 조금 전에 내가 저 앞에 서 있었을 때에도, 그 흰색은 아마 내 시야의 한 모퉁이에 막연히 자리잡고 있었을 것이다. 어쩌면 내가 그것을 정면으로 바라보았었는지도 모른다. 그런데도 내 시선은 그것이 내보이는 형태를 그냥 지나친 채 어떤 추상만을 바라보았을 것이다. 내가 만난 그 추상은 무엇이었던가? 나는 눈을 껌벅이며, 흰색을 향해 시선을 집중한다. 나는, 시선을 집중하려는 나를 의식하며 다시 한번 눈을 껌벅인다. 하지만 그 흰색의 정체가 무엇인지를 확인하기에는 너무 거리가 멀다. 이 정도의 거리에서 내가 확인할 수 있는 것은 저 철제품의 한 모퉁이에 페인트가 크게 벗겨져 있고, 그 부분이 흑갈색으로 녹슬어 있다는 것뿐이다. 그렇다, 나는 저 커다랗게 녹슨 자국조차 정작 우체통 앞에서는 보지 못했었다. 그렇다면 저 우체통 앞에서 내가 본 것은 도대체 무엇이었단 말인가—하다가, 나는, 차라리 그것을 눈 밖으로 몰아내버리려는 듯, 눈을 감는다. 눈꺼풀 안으로 따라 들어온 우체통의 영상이 잠깐 어른거리다가 흑갈색으로 뭉개지더니, 이윽고 검은 눈꺼풀의 공간 뒤로 사라진다.

나는 고개를 돌리고 눈을 뜬다. 술잔과 술병과 접시와 접시에 기댄 젓가락과 테이블의 모퉁이와 그 모퉁이에 가려진 저쪽 나무의자와 그 배경의 흙바닥이 보인다. 나는 손을 뻗어 술병을 기울인다. 잔 가득히 투명함이 찰랑거린다. 투명함, 저것보다 더 지독한 투명함을 본 적이 있는데—하며, 나는 잔을 향해 손을 뻗는다. 손 안에 잔은 작고 단단한 부피의 차가움으로 잡혀온다. 그 감각은 왠지 내 무의식적인 기대를 배반하는 것같이 느껴진다. 무언가 달라야 할 텐데… 나는 잔을 움켜잡고 머릿속에 소용돌이치기 시작한 그 느낌을 응시한다. 그러나 소용돌이는 높이 솟구쳐 사라진다. 나는 술잔을 끌어당긴다. 그리고 뚝뚝 끊어지는 듯한 동작으로 내 목의 근육을 쭉 제꼈다가 내린다. 목구멍 속으로 독한 취기가 흘러내린다. 그러자 이번엔, 무방비 상태의 내 의식 속으로 어떤 소리들이 끼여들어오기 시작한다. "응, 그래 그거?" "그래요, 그때 거기서 말이에요, 훗후…" "그랬지, 알겠어." "그때, 그 사람이…" 나는 그쪽으로 고개를 돌린다. "그 친구 정말 웃기더군. 주위하구 잘 어울렸어." "어쩌면 그럴 수가 있어요." "글쎄 말이야." 저들은 남자와 여자다. 목소리가 벌써 취해 있다. 남자의 손은 흩어진 채 여자의 등뒤로 건너가 있다. 저들은 언제 들어왔을까? 나보다 먼저였나? "그 사람 누구하고 똑같았는지 알아요?" "몰라." "그러니까 우리가 두번짼가 세번째 만났을 때, 그…" "아, 그래, 저기, 왜, 거기가 어디지?" "있잖아요, 왜… 아이, 나두 이름이 생각나지 않네." "그래, 알긴 알겠어, 거기, 거기서 본 그 사내 말이지?" 그리고 저들의 요란한 웃음 소리. 나는 그것을 견디기 위해서 입술을 잘근잘근 깨문다. 그때, 그곳, 그 사람, 그 일… 나의 알 수 없음에서 알 수 없음으로 건너뛰는 저 암호 풀이. 말의 암중모색. 저들은 지금 무슨 비밀을 은밀히 찾고 있는가, 또는 감추고 있는가. "잊을 수 없을 거예요. 그 장면은, 정말." 말들이, 암호들이, 머릿속에서 웅웅거리며 맴돌기 시작한다. 나는 두 잔의 술을 연거푸 마신다. 웅웅 소리가 점점 더 커진다. 나는 거세게 머리를 흔든다. 소용없다. 남자와 여자는 여전히 입을 놀리며 웅웅 소리를 뱉아낸다. 나는 더 이상 저 소리를 감당할 수 없다. 안 되겠다. 나는 두터운 공기를 밀어올리듯 무겁게 일어선다. 힘겹게 돈을 지불하고 문 쪽으로 다가가며, 나는 저들이 나를 쳐다보고 있다는 것을 곁눈으로 깨닫는다. 저들은 저들만의 암호 대화를 그치고 있다. 나는 조금 편안함을 느낀다. 나는 밖으로 나선다.

  바다로 갈까… 나는 술집을 등뒤로 한 채 중얼거렸다. 버스 정류장에는 시내로 들어가는 버스가 한 대 멈추어서 있었다. 관광 도로의 잘 닦인 아스팔트 위로 겨울 햇살이 윤기처럼 내리고 있었다. 바다로 갈까… 나는 버스를 탔다. 버스는 한참 동안을 그대로 멈추어 있었다. 바다로 갈걸. 나 혼자만이 손님인 텅 빈 버스 안에서 나는 다시 중얼거렸다. '동해의 절경, 당신의 바캉스는 미구 해수욕장에서'라는 커다란 선전탑이 덜컹 흔들렸다. 버스가 움직이기 시작했다.

  시내 중심지쯤 되리라 여겨지는 곳에서, 나는 버스를 내렸다. 아무래도 바다로나 갈걸. 나는 그냥 버스 정류장에 서 있었다. 앞에 서 있던 버스가 출발하고 가려져 있던 시야가 트여왔다. 그러자 나는 소스라치게 놀라며 나도 모르게 뒷걸음질치기 시작했다. 길 건너편 저쪽 인도에서 가죽 점퍼를 입은 한 남자가 나를 향해 손짓을 하고 있었던 것이다. 저자가 어떻게 알았을까, 내가 여기에 있다는 걸… 나는 두려움에 사로잡힌 굳은 몸짓을 억지로 이끌며 그를 피하기 위해 사방을 두리번거렸다. 적당히 피할 곳이 나타나지 않았다. 그는 이미 차를 피하여 길을 건너오고 있었다. 나는 무조건 뛰기 시작했다. 나는 다가오는 사람들의 발길을 이리저리 어렵게 빠져나가며 이내 진땀을 흘렸다. 꿈속의 뜀박질처럼, 나는 달려지지 않았다. 나는 더 이상 뛸 수 없었다. 그 자리에 멈추어 헉헉거리던 나는 골목 하나를 발견하고 안간힘으로 길목을 돌아섰다. 그리고 절망 속으로 내동댕이쳐졌다. 막다른 골목이었다. 그 골목의 막다른 곳에는 '심지'라는 찻집이 휴업 표지를 달고 닫혀 있었다. 나는 끝장을 기다리며 전봇대에 몸을 맡겼다. 그때, 나는 내가 몸을 기울인 전봇대의 포스터 속에서 얼핏 '演劇'이라는 글자를 보았다. 나는 고개를 들었다. '劇團 同世代 전국 순회 공연, 李雪福 作·權五溶 演出·鄭明奎 企劃, 어제의 행복과 오늘의 불행, 出演/趙康喜·徐貞技·金英權·李建旭·李俊哲, 새로운 演劇美學! 젊음의 충격! 1974. 12. 23~26. 오후 3시·7시, 청년문화회관' 아, 연극! 포스터를 다 읽도록 억제되어 있던 긴장이 무너지면서, 나는 하마터면 주저앉을 뻔했다. 연극, 그렇지, 연극이었지… 방금 나는 연극을 했던 것이다. 나와는 관계도 없는 사람을 임의로 끌어들인 연극을. 나는 골목의 양쪽 건물 사이로 좁게 열린 겨울 하늘을 올려다보았다. 전봇대 위로 구름이 흘러가고 있었다. 나는 두 손으로 머리를 감싸며 천천히 골목을 빠져나왔다.

미구는 가라앉은 도시였다. 또는 나의 머릿속에 그렇게 글로 씌어졌다. 시내의 도처에도 해변에서 볼 수 있는 날아갈 듯한 소나무들이 높이 뻗어올라, 오히려 이 도시를 가라앉히고 있었다. 시내의 어디에 서 있어도 낮은 건물의 배경으로 먼 산의 윤곽이 사방에 떠오르고, 그러면 나는 번번이 몽상의 붓길 한가운데 담겨져버리는 것이었다.

그러나, 시선을 들지만 않는다면, 이곳은 서울의 어느 모퉁이와 다를 바 없었다. '勝利洋服店' 'Miss GANG's Fashion' '유명식품' '품위가구점' '자유다실' '마드모아젤──드레스 메이커' '미구 요가 연구원' '대중식사·福來館' '도장·복사·열쇠' 'Snack & Coffee SOUL' '소동약국' '知性書林' '반보치킨' '홀·월계' '신흥소리사'… 거기서 들리는 유행곡 소리. 아하~ 나는 살겠소~ 태양만 비친다면~ 나는 노래를 따라 불렀다. 비와 천둥의 소리~ 이겨 춤을 추겠소~ 나는 언제나처럼 노래를 흥얼거리며 아무에게나 어깨를 부딪치며 그곳으로 가고 싶었다. 그곳에 '너'가 있을 것이었다. 그곳에 '그들'이 있을 것이었다. 그리고 나는 그들-너희들과 함께 '우리'가 될 것이었다. 우리, 오오 우리, 애증의 두 머리를 가진 뱀이여. 며칠 전, 너는 그곳에서 아주 고전적인 연극 대사처럼 그 말을 읊었었다. 그럼에도 나는 그곳으로 가고 싶었다. 나는 사방을 둘러보며 방향을 찾았다. 하지만 사방을 둘러보는 그 헛모양은 나 자신의, 나 자신에 대한 또 한 번의 연극이었다. 나는 이미 방향을 잡을 수 없다는 것을 알고 있었다. 이곳은 서울이 아니었던 것이다.

나는 그곳에 갈 수 없다. 나는, 지금, 여기에, 있다. 그런데, 어쩌면, 너희들과 내가 맺고 있는 심상치 않은 관계가 지금 나를 내가 없는 그곳에 있게 할지도 모른다는 생각이 문득 든다. 너희들을 통해서만 그 자리에 존재하는 나, 나이면서 동시에 내가 아닌 나. 아니다, 그는 전혀 내가 아니다. 그런데 너희들은 그 수상한 제3자를 나로 믿어버릴 것이다. 나는 내가 만나보지 못한 그 내가 아닌 나에 대해 조바심을 느낀다. 나는 그곳으로 달려가 그 나를 사살하고 싶다. 그러나, 나는 그곳에 갈 수 없다. 나는 지금 여기에 있다. 아니, 나는 지금 여기에 진정 나로서 있는 것일까?

나는 천천히 이 도시의 한가운데로 잠입해 들어갔다. 이곳은 아직도 나의 현실이 아니었다. 나는 흡사 영사막 앞을 걸어가고 있는 것 같았다. 영사막 앞에서 빛을 받으면 화면 속에 비쳐진 입체감 위에 평면의 그림자가 그냥 가려지듯, 나의 그림자조차 이 거리의 입체 위에 자연스럽게 적응하지 못하는 것만 같았다. 화면은 한없이 길게 이어지고 있었다. 나는 조금 추위를 느꼈다. 그때, 화면 속의 거리 저쪽 끝에서 뿌연 겨울 먼지가 일어나더니 빠른 속도로 회오리치며 밀려오기 시작했다. 나는 멈추어 섰다. 저 바람은 화면을 넘어 나에게로 밀려올 수 있을까—하는 생각이 드는 순간, 그 싸늘한 먼지의 회오리는 거세게 나를 휘감아버렸다. 나는 돌풍 속에서 눈을 감고 옷깃을 여미며 몸을 웅크린 채 그대로 있었다. 바람이 지나갔다. 나는 몸을 펴며 얼굴 근육을 씰룩거리다가, 어느 사이 내가 화면 속에 들어와 있다는 것을 깨달았다. 무성 영화를 보듯 닫혀 있던 귀 속으로 거리의 소음들이 한꺼번에 몰려들고 있었다.

그 속에서, 나는 어떤 특별한 소리를 듣는다. 이게 무슨 소리지? 이것은 분명 이 거리의 모든 곳에서 쏟아져나오는 소음의 덩어리와 구별되는, 정확히 감지해낼 수는 없지만 틀림없이 다른 어떤 소리다. 나는 그 소리를 확인하기 위해 온몸으로 한 바퀴를 돌아본다. 그러나 알 수 없다.

나는 길 건너편 양장점 쇼 윈도 앞에 팔짱을 끼고 서 있는 한 쌍의 남녀를 발견했다. 여자가 남자의 어깨 위에 살짝 고개를 대었다가 떼어내며 남자의 얼굴을 올려다보고 있었다. 남자가 다정스레 여자를 마주보았다. 나는 입김을 내뿜으며 추위에 눈을 찡그렸다.

너는, 내 팔을 잡고, 피로한 듯 잠시 내 어깨에 고개를 기대며 쇼 윈도에 비친 우리의 모습을 쳐다보다가 가만히 나를 올려다보았다. 나는 너의 눈을 내려다보았다. 그러면서 나는, 그렇다—하고 마음 속으로 확인했다. 틀림없이 너는 내 곁에 동행하고 있었던 것이다. 쇼 윈도는 너의 동행을 단순하고 차갑게 비쳐주고 있었다. "널 죽이고 싶은데…" 하고, 나는 무심결에 기억 속에 장전되어 있던 한 연극 대사를 격발했다. 우리는 잠시 동안 그대로 서 있었다. 우리가 쇼 윈도로부터 돌아섰을 때, 길 건너편에 한 남자가 우두커니 서서 이쪽을 쳐다보고 있었다. 우리는 그 남자를 시야에서 떨쳐냈다. "아무래도 바다로 나갈 걸 그랬군." "글쎄." "춥지?" "응." "어디 좀 들어갈까?" 우리는 눈앞에 다가선 다방 '탈'로 들어갔다.

문밖의 겨울과 빛을 두텁게 차단하고 있는 다방은 터널처럼 길고 깊었다. 어두운 입김처럼 번져나오는 조명을 받으며, 갖가지 탈들이 길게 뻗친 양쪽 벽 위에 줄지어 이어지고 있었다. 우리는 탈들이 늘어서 있는 어두운 공간 속을 천천히 따라 들어갔다. 저마다 다른 표정들, 수많은 탈들은 오로지 저 혼자만의 숙명이 빚어낸 어떤 비극적인 유희의 한 순간 표정 속에 문득문득 굳어 있는 듯 싶었다. 우리는 터널 끝에 있는 구석 자리로 갔다. 터널의 끝을 가로막는 벽면 가득히 야광 페인트로 그려진 거대한 환각화가 장식되어 있었다.

홀린 듯…, 그 거대한 현란함에 홀린 듯…, 우리는 그림 속으로 끌려든다. 그림 속에는, 주홍색과 녹색으로 어지럽게 뒤엉켜진 미로가 먼 신비의 성채로 이어져 있다. 미로의 사방에 핀 꿈의 꽃들, 나팔을 들고 보랏빛 하늘을 나는 천사, 날개 달린 말, 그 위에 망토를 휘날리며 기타를 치는 수염과 장발과 청바지의 남자, 한 손으로 남자의 허리를 잡고 한 손으로 먼 성을 가리키며 금색 눈빛으로 그림 밖을 바라보는 알몸의 여자, 무지개의 현란함으로 말을 둘러싸고 물결치는 그녀의 길고긴 머리카락… 저곳으로 가기 위해, 우리는 긴 터널 같은 탈들의 공간을 지나 여기까지 온 것일까? 그렇다면 우리는 이제 그림 속으로 들어가 저 남자와 여자가 되어야 할 텐데. 그러나 어떻게 해야 되는 것일까? 탈춤을 추면 될까? 박제가 되어버린 저 먼지 앉은 탈을 끄집어내려 이 쓸모 없는 얼굴을 가리고 춤을 추면? 그러면 저 정지된 표정이 살아나 애매해지고 모호해지고, 그러면서 마침내 더 이상 참을 수 없는 절박함이 될까? 선율이었으면, 모든 것이 선율이었으면. 하찮은 손짓, 우연히 던지는 한마디 말까지도 우리의 모든 것을 담고 미래로 나아가는 선율이었으면… 순간, 그림 속의 남자가 갑자기 격렬하게 기타를 튕기기 시작한다. 디제이의 장난인지, 스피커의 볼륨이 급작스레 높아져 있다. 네 상체가 앞으로 일어선다. "아…" 하는, 너의 짧은 탄식. "이거…" 네 목소리가 음악을 타고 튀어오른다… 레지가 다가온다… 붉게 노랗게 푸르게 흔들리며 다가오는 그녀의 어깨 위로 춤추는 가수의 목소리이이가아 우우울리일 때(,) 그녀의 웃음진 표정 앞에 휙 던지는 말 "커피 둘. 그리고 메모지 좀 주세요"와 동시에 돌아서는 그녀(,)의 잔등을 부드럽게 타고 내리다가 한 순간 폭포처럼 곧이어 튀어오르는 물방울처럼 선율을 탄 내 시선 앞에 뿌옇게 일어나는 소리의 먼지가 푸른 조명 속에 스미고 그 너머로 멀어지는 탈 탈 탈의 입(,)과 입 속의 어어둠(!) 쿵 쿵쿠궁 쿵 드럼 소리(!) 테이블을 두드리는 내 손(,)가락 끝에 묻어나는 작은 단단함 ♪♪♪♪ 노래를 따르는 네 작은 목소리 ♪♪♪♪ 끝없어라~ 끝없어~ 를 ♪♪ 헤치며 레(,)지(,)가 다시 ♪♪ 다가오고 가볍게 건네진 흰 메모지 달그락거리며 내려진 커피잔 찰랑이는 커어피 소오리의 향기 번져라~ 번져~ 가벼운 걸음과 허리의 교태로 거듭 떠난 저 아가씨(,)를 배웅하듯 웃음과 웃음 몸을 굽히면(?)…

우리는, 그러나, 무엇인가에 의해, 음악으로부터 떨어져나왔다. 그 무엇인가는 그때 나를 돌아보던 네 얼굴 속에 있었다. 또는 너를 쳐다보던 내 얼굴 속에 있었다. 또는 그 동시의 동작 속에 있었다. 우리의 감각과 함께 흐르던 음악이 저만치에서 저 혼자 곤두박질하고 있었다. 우리는 다시 마주보았다. 그리고 우리는 동시에 무슨 말을 하려다가 동시에 멈췄다. 내가 양보의 표정을 지었다. 네가 비로소 메아리지는 목소리로 가만히 중얼거렸다. "벌써, 늦었을… 까?" 막 새로 시작된 피아노의 낮고 깊은 울림이 소리의 심연을 만들어 너의 목소리를 아득히 추락시켰다. 너의 질문은 한없이 막막했다. 노래가 시작되었다. I read the news today, oh boy~ 나는 여전히 대답을 찾지 못한 채 멈칫거렸다. "늦었을 거야." 네가 메아리를 떨친 목소리로 스스로 대답했다. "안 늦었을지도 몰라." 내 대꾸는 너무 뒤늦은 것 같았다. 너 혼자의 질문과 대답은 이미 완결되어 있었다. He blew his mind out in his car~ "알았을까?" 네가 다시 너 자신에게 물었다. "우리?" 내가 너 스스로의 대답을 차단했다. "응." 너. "아마." 나. "누가?" 누가? 그가!… 삼인칭의 그, 그 이상을 우리는 알 수 없다. 우리는 지금 여기에 있다. 우리는, 지금, 여기에, 있다. 아니, 우리는 지금 여기에 진정 '우리'로서 있는 것일까? I'd love to tuuurrnn youuuu ooonn~ 음악의 긴 진동이 너의 시선을 허공으로 떠올리고 있었다. 너는 허공에 걸린 여러 가지 모양과 빛깔의 조명등을, 또는 그 너머를 쳐다보고 있었다. 무심코, 나는 테이블 위의 메모지를 집어들어 접기 시작했다. 나는 촉감을 통해 종이의 저항 같은 것을 느꼈다. 언제 시선을 내렸는지, "또 그거야?" 하는 너의 가라앉은 목소리와 함께, 내 손 안에는 종이 비행기가 하나 들려 있었다. 언제부터인지 확실치 않은 습관이었다. 나는 얼마나 많은 종이 비행기를 날려보냈을까? 그 막연히 무수한 수를 헤아리며, 나는 내가 시간의 어떤 점 위에서 날려보냈던 종이 비행기들이 한꺼번에 나에게로 쏟아져내리는 듯한 착각을 느꼈다. 나는 내 손에 들려 있던 비행기를 허공으로 슬쩍 날려보냈다. 너의 시선을 이끌며 낯선 공간으로 떠오르는 비행기. 그렇게 날려보낸 비행기를 낚아채며 너는 내 앞에 있었다, 그날.

 그날, 나는 눈뜨는 순간부터, 어쩌면 잠속에서부터, 무엇인가에 사로잡혀 있었다. 그리고 그 무엇인가가 나를 절박하게 만들고 있었다. 그리하여 나는 학교로 달려가고 있었다(아마 그때쯤, 여느 때보다 일찍, 너도 눈을 떴을 것이다). 나는 버스의 속도가 안타까웠다(너는 여전히 너의 몸을 휘어감고 있는 잠의 여운 속에서 몽롱히 몸을 뒤척였을 것이다). 나는 학교에 이르는 지름길의 골목을 몸 시럽게 뛰었지만, 학교는 쉽게 가까워지지 않았다(너는 세수를 하며 막연히 어디론가 가야겠다고 생각했을 것이다). 교문 앞에는 '學內事情으로 期末考査를 無期限 延期하며…'의 커다란 공고문이 어제, 그제, 그그제, 그 전날, 그 그 전날[…]처럼 나붙어 있었다. 나는 앙상한 거목들이 잔가지를 뻗쳐 하늘을 무수히 분할하는 교정의 눈길을 달렸다(너는 아침 식사도 하지 않은 채 집을 나섰을 것이다). 중앙 강의관을 돌아서려다 말고, 나는 멈추어서서 잠깐 교정을 돌아보았다. 희디흰 눈에 뒤덮인 텅 빈 교정 가득히, 제 몸을 잃은 함성의 유령들이 침묵으로 어른거리고 있었다(버스 정류장에 이르렀을 때, 비로소 너는 네가 학교로 가려는 것임을 깨달았을 것이다).

학생회관 건물은 차갑게 얼어 있었고, 그 검붉은 벽돌 건물의 차가운 계단에서 내 발소리는 공허하게 흩어졌다. 마침내 나는 목까지 차오르는 숨을 쓸어넣으며, 연극회실의 문 앞에 이르렀다(흔들리는 버스 안에서, 너는 무엇을 생각했을까?). 언제나 열려 있는 그 문 앞에서, 나는 잠시 망설였다.

 방안은 텅 비어 있었다. 그 시간의 거기에는 아무도 없기로 예정되어 있었음을 나는 상기했다. 그러자 그 텅 빈 방으로부터 동시에 느껴지는 익숙함과 급작스런 낯섦 사이에서, 나는 심한 감각의 혼란에 흔들거렸다. 어둡고 추운 방의 작은 창틀 안에 건조한 겨울 하늘이 갇혀 있었다. 창문 너머가 아득히 멀었다. 나는 천천히 방안을 배회하기 시작했다. '太平性代' '웃길 것! 웃기면 웃을 것!' 따위의 낙서가 가득 갈겨진 긴 테이블. 그 주위를 둘러싼 긴 나무의자들. 몇 년을 썼는지 헤아릴 수 없는 검은 석유 난로. 그 옆의 청색 석유통. 찢겨지고 스프링이 튀어나온 얼룩무늬 안락의자. 열쇠가 망가지고 반쯤 열린 채 속이 텅 비어 있음에 틀림없는 철제 캐비닛. 너무 찌그러져 부피가 반쯤으로 줄어든 주전자. 초라한 액자 속에 조잡한 색감으로 나란히 걸려 있는 위트릴로와 키리코의 복사화. 달력에서 오려붙인 조선 시대 민화. 나는 그 방의 구석진 곳에 숨어 있는 손톱 자국까지도 알고 있었다. 그리고 나는 그 방의 허공에 스며 있는 보이지 않는 모든 것들을 분별할 수가 있었다. 야, 역사적으로 볼 때 연극이란 건 애당초 민중을 기반으로 자란 거야. 그런데 서구 부르주아 연극이 그대로 이식된 오늘날 우리 연극이란 게 이런 식으로 반민중적이니… 잠깐…, 그건 너무 단순한 생각 같은걸. 니 말마따나 역사적으로 보자면, 서구 근대 연극은 부르주아 계층의 등장과 함께 생겨났는데, 그 초기의 부르주아가 지금의 민중 개념과 어떻게 다른가, 도대체 민중이 뭔가를 우선 따져봐야 할 거고, 또 모든 게 달라진 지금 이 시대의 연극이 겨냥할 게 단지 그런 계층 문제로만… 뜨거운 목소리들. 땀 맺히게 외워댄 대사들. 가라앉은 한숨들. 요란한 웃음 소리들. 또, 손짓들. 표정들. 움직임들. 그런데, 아무도 없이 나 홀로 만난 뜻밖의 낯선 느낌은 무엇인가? 나는 백묵이 뿌옇게 낀 낡은 칠판 쪽으로 다가갔다. '25일까지 그대들에게 자유를 부여함. 26일 2시 전원 집합. 회장 白' '짱구는 책임지고 대본 프린트를 26일까지 완료할 것' '31일 날은 망년굿 하자, 쌍!' '擧林派는 모여라' 나는 그 마지막 메모를 손가락으로 덧썼다. 그리고 침묵으로 외쳤다. 이제 난 싫어! 싫어?―하고, 곧 침묵의 회답이 돌아왔다. 왜? 요즘 왜 그러지, 너? 왜 그렇게 달라졌지? 나는 응답하지 않았다. 나는 한숨을 뱉아냈다. 칠판 옆에 걸린, 하루하루 뜯어내는 달력이 17일을 가리키고 있었다. 이틀 동안 그 방의 시간은 전혀 흐르지 않았던 것이다. 나는 권투 선수처럼 두 주먹을 쥐고 흰 벽을 두들겨보았다. 나는 장갑을 벗고 손끝으로 벽을 더듬었다. 나는 벽의 촉감에 저항을 느꼈다. 발 밑에, 깨진 유리컵 하나가 나뒹굴고 있었다. 나는 그것을 짓이기기 시작했다. 나는 그것이 작고작은 가루가 될 때까지 오래오래 짓이겼다. 나는 나무의자에 털썩 주저앉았다. 차가운 접촉. 나는 방안을 둘러보았다. 나는 모든 사물들이 무채색으로 수렴되어가는 듯한 그 방에 기가 막힐 지경이 되어, 아아―하며, 담배 한 대를 꺼내 물었다.

나는 담배에 불을 댕겨 천천히 어두운 열기를 들이마셨다. 학교를 나와, 나는 늘 가는 '학림'에 앉아 있었다. 나는 담뱃불로 나 자신을 사살하고 싶었다. 나는 울어지지 않는 울음을 느꼈다. 내 시선이 머무는 곳에서 음악은 비껴 흐르고 있었다(뒤늦게, 너는 텅 빈 우리의 방을 오랫동안 서성거렸을 것이고, 으깨어진 유리 조각을 오랫동안 내려보았을 것이다). "오늘은 웬일이세요? 이렇게 일찍, 혼자서… 어젠 참 안 나오셨었죠?" 커피를 내려놓는 어린 레지가 아는 척하며 지나는 말을 던졌다. 오늘, 일찍, 혼자서—하는 그녀의 말들이 허공에서 응결되어 뚝뚝 떨어져내렸다. 나는 테이블 위에 떨어진 그 말들을 찬찬히 들여다보았다. 그것들이 아주 생경한 물건처럼 여겨졌다. 나는 손을 뻗어 그것들을 테이블 밑으로 쓸어버렸다. 아직은—하고, 나는 혼자 중얼거렸다. 아직은, 일찍, 혼자, 인지도 모른다. 아직은. 그러나 언제나 그랬듯이… 그러다가 나는 절대적인 예감으로 내 안에 흐르는 그 독백을 괄호쳐버렸다. 그것은 쓸모없는 확신이었다. 나는 입술을 깨물며 뜻없이 종이를 접기 시작했다. 종이 비행기, 나는 또 한 번 그것을 날릴 수밖에 없었다. 그런데, 그때, 허공으로 떠오른 그 비행기를 낚아채며, 홀연히, 너는 내 앞에 나타났던 것이다.

지금, 종이 비행기는 저만치 빈자리에 떨어져 있다. 비어 있음의 자리, 암록색 의자 위에 흰 종이가 상처처럼 열려 있다. "오늘은 아무도 잡지 않는군." 나. "지금은 내가 옆자리에 앉아 있는걸." 너. 그리고 사이. "그날은…" 다시 나. "그래, 그날은…" 다시 너. "단순한 우연이었을까?" "우연은 우연이었겠지만…" "어떤 필연적인 우연?" 우리는 말을 멈춘다. 한 순간, 머릿속에서 하얀 환상의 점들이 반짝거리다가 사라진다. 너의 머릿속에선 무엇이 보였을까? 너는, 몸을 뒤척인다. 내가, 따라서 몸을 뒤척인다. 뒤척임 속에서 다시 목소리가 풀려나온다. "그때, 건너편 자리에 앉아 있던 사람 생각나?" 너는 분위기를 바꾸고 싶은 모양이다. "응, 그 사람?" 나는 너의 말투에 적응한다. "그 표정." "생각나, 그래." "근데 그 표정이 왜 예전에 우리가 거리에서…" "언제? 아, 그날, 그 남자?" "똑같지 않았어?" "그러고 보니, 정말 그렇네…" 그러나, 우리는 웃지 못하고, 또다시 말을 멈춘다. 그때, 그곳, 그 사람, 그 일… 대명사가 고유명사로 쓰이는, 우리가 함께 나누어가지고 있는 세계. 하지만 우리의 '그 사람'은 틀림없는 동일인일까? 아니, 설혹 그렇다고 하더라도, 그 기억이 지금의 우리와 무슨 관계가 있는 것일까? 한 순간, 머릿속에서 하얀 환상의 선이 칼날처럼 날카롭게 가로질러간다. 너의 머릿속에선 무엇이 보였을까? 너는, 내쉬던 한숨을 짧게 끊어버린다. 나는, 내 가슴의 낮은 곳을 두드리는 야릇한 감정에 휩싸인다. 그 감정이 네 얼굴에 서린 표정과 어울린다. 그것은 흡사 슬픔인 것 같다. 그러나 왜 슬픈가? 좀더 자세히 너의 표정에 접근해보면, 그것은 슬픔이 아닌 것 같다. 절망 같은 거, 고통 같은 거, 차라리 막연함 같은 거…, 아니면 다른 무엇 같기도 하다. 너의 표정은 정체를 확인할 수 없이 나를 계속 두드리고 있다. 두드린다구? 맞다. 그것은 내 심장을 진짜로 두드리고 있다. 그것은 어떤 물리적인 작용이다. 나는 너의 표정을 피한다. 이번엔 너의 손이 보인다. 너는 양손으로 찻잔을 움켜쥐고 있다. 너의 손등에는 연한 뼈의 윤곽이 드러나 있다. 핏줄이 피부 밑에 드러나 보인다. 가운뎃손가락 뼈가 여리게 움직인다. 너는 그 손가락으로 찻잔을 두드리고 있다. 저

것이 내 가슴을 두들기는 것일지도 모른다. 불현듯, 나는 너의 손을 잡고 싶은 욕망을 느낀다. 무의식적으로 너의 손을 향해 뻗어가던 내 손이 흠칫 허공 속에 머물더니 의자의 팔걸이 위로 풀썩 떨어진다. 내 손이 내려다보인다. 그 손은 죽은 손과 같이 창백하다. 그 옆에서, 네 손의 여린 움직임이 정지된다. 네 손은 내 손의 위협을 전혀 느끼지 못했던 모양이다. 아니, 내 손은 틀림없이 네 손을 잡으려 했던가? 조금 전에 무엇을 느꼈는지, 또 생각했는지 모호하다. 테이블 위로 뻗은 너의 팔과 팔걸이 위에 늘어진 내 팔이 스며들 틈 없는, 그리고 더 이상 움직일 수 없는 정물의 구도를 유지하고 있다. 저 탈의 표정처럼 어느 순간 멈추어서 영원히 정지되어버린 듯한 행동의 한 컷. 그런 절대적인 부동의 장면 속에 문득 우리가 갇혀버린 것은 아닐까, 왠지 몸 전체가 뻣뻣하게 굳어져오는 것 같다. 머릿속에서 하얀 환상의 덩어리가 아메바처럼 꿈틀거린다. 너의 머릿속에선 무엇이 보일까?… 그것은 사라지지 않는다 오히려 그것은 불길처럼 머릿속에 번진다 뇌는 금방 하얀 불덩어리가 된다 그것이 용암처럼 목을 타고 흘러내린다 뜨겁게 온몸의 기관이 녹아 뒤섞인다 열이 오관을 통해서 스며나온다 딱딱하게 굳어 있는 내 갑충의 살갗 위로 진땀이 번들거린다…

　마침내, 너의 손이 흔들렸다. 시야가 흔들렸고, 몸이 흔들렸다. "왜 그렇게 땀을 흘려?" 하는 네 목소리에, 나는 벌떡 몸을 일으켰다. 나는 휘청거리며 화장실로 갔다. 변기 앞에 섰을 때, 이마에 맺혀 있던 땀방울 하나가 뚝 코 위로 떨어졌다(그때, 너는 내가 들어간 화장실 입구를 뚫어지게 쳐다보고 있었을까?). 변기 위의 작은 창문으로 골목길이 내다보였다. 건너편 벽이 오줌 자국으로 얼룩져 있었다(너의 시야에서 나를 차단하는 그 문을 바라보며, 너는 무엇을 생각했을까?). 허리께에서 김이 모락모락 피어올랐다. 나는 쏟아져나오는 오줌 줄기와 거무튀튀한 성기를 내려다보았다. 나는 탈진을 느꼈다.

 우리가 들어가야 할 닫힌 문을 등지고 긴 터널 같은 탈들의 공간을 거슬러나와, 우리는 다시 환한 겨울 속에 서 있었다. "바다로 돌아갈까?" "그럴까…" 그러나 우리는 또 결단을 미루며, 두리번거렸다. 그러다가 나는 섬뜩한 느낌을 받으며, 너의 팔을 잡아 이끌었다. "왜 그래?" 네가 좀 놀란 모양이었다. "모르겠어." 어떤 무의식적인 힘이 내 시야의 모퉁이에 들어선 우체통 앞으로 나를 이끌어갔다. 나는 그것을 찬찬히 내려다보았다. 우체통의 붉은 이마 위에 'POST'라는 흰 글씨가 씌어져 있었다. 녹색 몸통 부분에는 우편 마크가 선명했다. 그리고 '우편'이라는 글씨와, 그 밑에 그려진 네모칸 속에 '수집 시간표'라는 것이 씌어 있었다. "뭘 봐?" 네가 물었다. "그냥…, 이 우체통을." "왜?" "모르겠어."

 우리는 우리의 알 수 없는 것들을 침묵으로 덮어씌운 채 걷기 시작했다. 우리는 걷고 있다는 사실 속에 모든 것을 의지하고 있는 듯 오로지 걷고 걷고 걸었다. 그리고 어딘지 알지도 못하는 거리의 한 모퉁이에 멈추어섰다. 네가 침묵의 수렁을 막 뛰어넘은 듯, 조금 벅찬 목소리로 입을 열었다. "점이나 칠까?" "뭐?" 네가 넘어선 수렁을 뒤따라 뛰어넘으며 나는 어리둥절해졌다. 네가 피식 웃으며 손가락으로 허공을 가리켰다. 금방 무너질 것 같은 일본식 이층 건물에 '夢鶴先生 운명 감정소'라는 간판이 붙어 있었다.

좁고 가파른 계단은 심하게 삐걱거렸다. "난 안 볼래." 내가 말했다. "나만 볼게." 열두엇쯤 되어 보이는 계집아이가 우리를 어둡고 냄새 나는 방으로 안내했다. 아, 저 사람이 점쟁이구나. 한복을 입은 백발의 노인이 커다란 태극 무늬 앞에 앉아 있었다. 한 번도 점쟁이를 본 적이 없는데, 나는 그에게서 점쟁이다움을 느꼈다. 저 긴 수염과 백발 때문일까? 저 날카로운 눈빛 때문일까? 그 앞으로 네가 다소곳이 다가가 앉았다. 나는 뒤쪽 벽에 기대어 죽 늘어선 의자에 앉아 그쪽을 그윽이 바라보았다. 그곳은 나의 현실이 아니었다. 그곳은 다른 세계였다. 너는 다른 세계에 있었다. 너는 무엇인가를 쓰는 모양이었고, 노인은 그것을 보고 뭔가를 뒤적이더니 처언처언히 입을 열었다. "아아… 그으렇구먼… 아아가씨이는 태어나면서부으터어 사아팔수 우리에… 통했네. 머어리도 비이상해애… 하는 이일은 뭐어든 지이 지변위이수의 격이라아, 길혀어네… 해애도…, 여어자가 대애인의 풍모르을 풍기니, 겨얼혼은 일찍 못 혀거었어. 마안일…" 나는 귀를 닫았다. 노인의 표정은 너무나 진지하고 심각했다. 또는 그런 척하고 있었다. 나는 일어서서 창가로 다가갔다. 그리고 유리창에 이마를 기댔다.

거리에는, 보이지 않는 회색 안개가 서려 있는 듯싶었다. 하늘에서 떨어져내려온 햇살은 땅 가까이 어디쯤에선가 어느 틈에 무채색의 차가움이 되어 지상의 색채를 뒤덮고 있었다. 그것을 힘겹게 헤쳐나가는 사람들의 검은 머리통만이 커다랗게 부각되어 보였다. 그 크고 무거운 사물로서, 그들은 내 눈 밑에 존재하고 있었다. 둥근 머리통과 각진 어깨 밑에서 다리라는 길쭉한 막대기 같은 것이 번갈아 앞으로 뻗어나가며 사람이라는 물체를 이동시키고 있었다. 시야를 넓히자, 차도를 달리는 장난감들과 그 안에 담긴 인형들이 보였다. 길 건너편에 영화관이 있었다. 커다란 광고판 안에서 사람의 살덩어리 같은 것이 허옇게 뒤엉켜 있었다. 사랑해. 남자 배우가 말할 것이다. 아무 말도 마세요. 여자 배우가 그렇게 말하며 등뒤로 넘어가 있는 손에 힘을 줄 것이다. 남자의 축축한 등이 그 손길에 패이면, 그는 경황스럽게 입술을 더듬을 것이다. 남자의 겨드랑이 밑으로 물컹 여자의 젖가슴이 눌릴 것이다. 여자가 이상한 표정을 지으며 신음할 것이다. 그러나, 우리는 이해할 수 없을 것이다. 화면 속에는 육체도, 말도, 표정—그것이 단순히 성적인 기쁨의 표정일 수만 있어도!—도 없을 것이다. 우리는 서로를 쳐다보고 그곳에 숨죽이고 있는 관객들과 헤어질 것이다… 우리는 영화를 보았다. 시내로 들어오는 버스를 내렸을 때 영화관이 있었던 것이다. 우리는 삼십 분도 못 되어 그 곳을 빠져나왔었다.

우리는 무채색의 차가움을 몸으로 밀고 나갔다. "뭐래?" 한참 만에 내가 물었다. "흥!" 하며, 너는 쓸쓸하게 웃었다. "왜?" 내가 다시 물었다. "불행해질 거래." 네가 대답했다. "불행? 아, 그런 단어도 있었지, 참." 나는 놀란 듯이 대꾸했다. 그러나 진심이었다. 나는 오래 전에 떨어진 단추 하나를 주머니 속에서 우연히 되찾은 기분이 들었다. "그 말, 믿어?" 네 쪽에서 먼저 그런 질문을 하는 것이 이상스러웠다. "전혀. 너는?" "나두." "그런데 뭐 하러 봤어?" "뭐 하러? 글쎄, 뭐랄까, 그냥 말이 듣고 싶었어. 니가 아닌 딴사람의 말 말이야." 나는 너를 쳐다보았다. 시선을 피하며, 너는 말을 이었다. "아까부터 내가 무슨 생각했는지 알아?" 너는 다시 쓸쓸하게 웃었다. "어떻게 해서 우리는 지금의 우리가 되었을까? 난 그게 알구 싶었어. 근데, 모르겠어. 아무리 생각해봐두, 아무것도 모르겠어. 도대체 뭘 생각해야 좋을지조차 모르겠어. 처음엔, 막연히, 네가 복학을 해서 연극과 학림으로 돌아온 것을 내가 그 동안 은밀히 기다려 왔다는 생각이 들었고, 서로가 무엇인가를 바라고 계획해왔다는 생각도 들었고, 결국 너와 내 관계가 이렇게 필연적으로 될 수 밖에 없었다고 생각했지. 그래서 우리들의 과거를 차근차근 생각해볼 참이었거든. 그런데, 도대체 구체적으로 무슨 과거를? 가령 그날을?" 그날, 너는 눈뜨는 순간부터, 어쩌면 잠속에서부터, 무엇인가에 사로잡혀 있었다. 무엇인가가 너를 불안하게 하였고, 움직이게 하였고, 학교로 가게 하였다. 그 무엇인가가 너를 그 방으로 가게 하였고, 뜻밖의 낯섦과 만나게 하였고, 하염없이 서성이게 하였다. 그리고 그 무엇인가가 다시 너를 학림으로 가게 하였고, 나를 만나게 하였다. "그래, 그날, 우리는 만났지. 마치 서로 암시에 사로잡힌 사람들마냥 둘이서만 만나 황급히 도망치듯 빠져나오구… 하지만 그런 게 뭔가 자꾸 엇갈리는 것 같은 지금 우리와 무슨 상관이 있지? 왠지 그런 것들은 모두 하나의 우연한 사실일 뿐인 것 같애. 지금 우리가 어쩌다 다른 곳이 아닌 바로 이 지점에, 여기에 있는 것처럼 말이야… 그렇다면, 우리는 단지, 그냥 이렇게 되어 있을 뿐일까?" 나는 무슨 대답을 해야 좋을지 알 수 없었다. 그러나 너는 대답을 바라지 않는다는 듯, "그러자 마치 내가 이 세상에 존재하지 않는 것만 같은 느낌이 든 거야, 허깨비 같은" 하는 말을 이으며 피했던 시선을 돌려 나를 빤히 쳐다보더니, "그래서 누군가하고 이야기라도 나누면 혹시 내가 존재한다는 실감을 가질 수 있을까 생각했었어" 하고 말을 끝맺었다. 나는 여전히 무슨 대꾸를 해야 할지 알 수 없었다. 그러나 너는 또 한 번 내 대답을 바라지 않는다는 듯, "담배나 한 대 피웠으면 좋겠어" 하고 내 긴장을 끊어버렸다.

우리는 모퉁이에 담배 가게가 있는 허름하고 좁은 골목으로 꺾어들었다. 골목 속에 더 좁은 골목이 있었다. '鄭光根'이라는 문패가 붙어 있는 개인집 쓰레기통 옆 벽에, 우리는 등을 대고 나란히 섰다. 마주보이는 이층집 창문의 고동색 커튼 사이로 어린아이가 빼꼼히 우리를 내려다보고 있었다. 우리는 담배를 나눠 물었다. "어떻게 하면 널 죽일 수 있을까?" 내 입가로 번지는 담배 연기가 그렇게 흐트러진 음성을 내고 있었다. 네 얼굴이 실룩거렸다. "어디 갈 데 없을까?" 네가 말했다. 나는 다방 '탈'의 환각화를 머릿속에 떠올리며 잠시 멈칫거렸다. "있어. 어딘가 남대천이라는 조그만 강이 있을 거야. 예전에 한 번 갔던 기억이 있는데, 꽤 괜찮았어. 강둑이 끝도 없지. 아마 바다로 뻗어가는 강둑이겠지? 강둑 따라 가보면 과수원들도 있고, 동화에 나오는 것같이 생긴 고아원도 하나 있고…"

우리는 함께 풍경 속으로 들어갔다. "당연한 이야기지만, 밖에서 보던 것처럼 그 고아원이 동화 속 같은 곳은 아니더군. 그때도 연말이었는데, 사실 거기 가보려고 했던 것은 아주 막연한 감상에 젖어서였어. 조금이라도 따뜻함을 주고 싶다, 내가 모르는 거길 내 발로 가보아야겠다, 뭐 그런 거였겠지. 그런데 고아들을 보살펴주는 수녀들이 뭐랬는지 알아? 절대 아무도 안아줘서는 안 된다는 거야. 한 아이를 안아주면 모든 아이들을 안아줘야 되고, 한번 안기면 한없이 안 떨어지려 한다는 거야. 난 결국 아무도 안아주지 못했어…" 침묵의 눈처럼 우리를 응시하는 고아원을 먼발치로 지나치며, 내 목소리는 저 혼자 사그라들었다. 얼어붙은 강줄기 위에, 햇살이 젖빛으로 불붙고 있었다. 그 불길은 강둑 기슭을 다듬은 평평한 흑회색 돌 위로 낮게 번져오르고 있었다. 그것은 두 손을 뻗친 대지가 하늘을 받아들이며 느끼는 정념의 표현처럼 보였다. 건조한 겨울 하늘은 가득히 대지를 향해 몸을 굽히고 있었다. 하늘이 참 넓구나… 나는 막연히 생각했다. 강을 따라, 긴 강둑이 멀고먼 한 점을 향해 이어지고 있었다. 그 점 속에서 풍경은 한 발자국 다가설 때마다 조금씩 아른거리는 모습을 풀어내고 있었다. 풍경은 그 점 속에 무한히 숨어 있는 듯싶었다.

 그 무한함의 어디쯤, 우리는 멈추어선다. 주위에는 아무도 없다. 아무것도 살아 움직이지 않는다. "끝도 없네." 네가 조용히 입을 연다. "더 갈래?" 내가 묻는다. "어디든 끝이 있는 곳에 가고 싶었는데." 너는 힘이 든 듯 찬 입김을 훅훅 불어내며 나무에 기대어 선다. 나도 숨을 몇 번 몰아쉰다. 갑자기 머리가 핑글 돈다. 나는 휘청 하는 사이에 너에게로 다가선다. 그리고 나무에 기대어 선 너에게 가만히 몸을 겹친다. 네가 빤히 나를 쳐다보고 있다. 네 입술이 바르르 떨린다. 나는 다시 몸을 떼어낸다. 나무와 돌이 눈을 떠 우리를 쳐다보고 있다. 나무와 돌이 막 살아 움직이기 시작한 동물이 되어 몸을 뒤척이고 있다. 나는 고개를 들어 기울어져가는 태양을 마주본다. 그리고 눈을 뜨려고 애쓴다. 눈을 부릅뜨고 태양을 마주보고 싶다. 눈이 자꾸 찡그려진다. 왠지 태양이 비어 있는 구멍처럼 생각된다. 비어 있기 때문에 눈부신 것일까? 나는 빛의 환각을 눈에 담고 고개를 내린다. 빛의 입자들이 눈앞에 무수히 반짝거린다. 주위의 모든 풍경이 그 빛의 뒤로 물러서며 아득히 멀어져가기 시작한다. 나는 머리를 거세게 흔든다. 그러나 풍경은 돌아오지 않는다. 나는 두렵다. 마침내, 나는 멀어져가는 풍경을 향해 달리기 시작한다. 등뒤에서 내 이름이 침묵처럼 울려퍼진다. 내가 헤어온 먼 강둑을 되돌아 뛰며, 나는 점점 더 무한한 정적 속으로 빠져든다.

 강둑 어귀의 포장 술집은, 광목으로 만든 포장 위로 가득히 괴어 스며드는 저녁 햇살 때문에, 온통 진노랑빛으로 물들어 있었다. 웃음 소리가 흩어져나오는 포장을 들치고 들어섰을 때, 나는, 그 특이한 빛의 효과와 연한 온기 때문에, 흡사 조명이 꽉차 있는 좁은 무대 위에 놓여진 듯한 느낌을 받았다. 웃음 소리를 흩뿌리던 남자 둘과 여자 하나가 나를 돌아다보았다. 조잡하게 두드려 맞춘 긴 의자에 나란히 앉아 있던 두 남자가 자리를 좁혀주었다. 나는 의자의 한쪽 끝에 걸터앉았다. 모락모락 피어오르는 오뎅 국물의 김과 구수하고 비릿한 냄새가 춥고 길었던 산책의 허기와 피로를 심하게 자극하고 있었다. 때탄 앞치마를 두른 중년의 사내가 바싹 타들어오른 담배의 필터를 두 손가락 끝으로 잡아내며 입을 열었다. "뭐로 드릴깝쇼?" 나는 깡마른 사내의 온몸을 덮어씌운 반투명의 진노랑빛을 벗겨내고 싶었다. "오뎅, 주세요." 사내가 사기 그릇 하나를 집어들었다. "소주를, 잔으로도 파나요?" 내가 힘에 겨운 목소리로 물었다. "네에." "그럼, 소주도 한 잔." "네에." 나는 내 앞에 놓인 오뎅을 국물까지 단숨에 해치우고 소주를 꿀꺽 삼켜버렸다. "아저씨, 이거 하나씩 더." 나는 또 한 번 오뎅 그릇과 소주잔을 비웠다. 알알한 술기운이 추위에 알맞게 몸 전체로 퍼져나갔다. "아저씨, 이거 하나씩 더." 그러나 이번엔 오뎅과 술을 그대로 놔둔 채, 담배를 꺼내 물었다. 성냥이 없었다. 손을 뻗으면 닿을 거리에 성냥갑이 보였다. "실례지만, 성냥 좀…" 나는 바로 옆자리에서 진노란 조명을 뒤집어쓰고 있는 내 또래의 남자에게 말했다. 그가 말없이 성냥갑을 밀어주었다. 나는 힐끗 일행인 듯한 세 사람을 둘러보았다. 대각선의 방향에서 한 손에 담배를 들고 있던 노오란 여자의 눈빛이 반짝하며 내 눈을 찔렀다. 나는 고개를 돌려 성냥에 불을 붙였다. 나는 담배를 빨아들이며, 다시 힐끗 그쪽을 쳐다보았다. 여자가 여전히 내 옆얼굴에 눈길을 고정시키고 있었다. 나는 담배 연기를 내뿜으며 왼쪽 팔꿈치로 팔걸이를 만들어 턱을 괸 후, 손바닥으로 옆얼굴을 가렸다. 손바닥 너머로 작게 쑥덕거리는 소리가 귓가에서 부스럭거렸다. 쑥덕거림이 조금씩 커져갔다. "…정말이야?" 옆자리에 앉은 남자의 목소리가 선명해졌다. "진짜라니까." 여자의 목소리가 교태를 부렸다. "후훗…, 급했군." 다른 남자가 박자를 맞췄다. "좋아, 조금 있다가 내가 해보지." 첫번째 남자가 다시 말을 받았다. 그리고 침묵. 아마도 저들은 함께 꼴깍꼴깍 술을 마셨을 것이다. 저들이 잔을 내릴 때쯤을 예상하며, 나는 왼손을 풀고 다시 담배를 빨았다. 그리고 술잔을 향해 내 노오란 손을 뻗으려는데, 옆자리의 남자가 새 담배를 물면서, "저…" 하고 내 쪽으로 몸을 돌렸다. 나는 반사적으로 성냥갑을 그쪽에 밀어주며, "여기 있습니다" 하고 말했다. 성냥갑을 끌어당기는 그의 손이 약간 긴장돼 보였다. 그리고 그가 성냥을 꺼내면서도 여전히 내

쪽을 향해 있는 것이 수상스러웠다. 나는 유리로 만든 진열장 안의 술안주감들을 비스듬히 바라보면서 결국 그의 긴장 속에 갇혀버렸다. 그러자, 그가 "실례지만…" 하고 말했다. 말과 동시에 얼굴을 좀 돌렸기 때문에, 그의 말이 던져지는 각도가 애매했다. 그러나 그 말을 받을 사람은 술 파는 사내와 나밖에 없었고, 내가 아니기를 바라는 희망은 헛된 것이었다. 나는 그의 얼굴을 쳐다보며, "저 말씀인가요?" 하고 물었다. "네, 저, 실례가 되지 않는다면 잠깐 이야기 좀 할 수 있을까요?" 그는 서툴게 대사를 외우듯이 말했다. 그의 배경에서, 나머지 남자와 여자가 웃음을 참고 있는지 얼굴을 찡그리고 있었다. "무슨, 말씀인데요?" "좀 황당해하실지 모르겠지만, 저기 저 아가씨 파트너가 좀 돼주실 수 있을까요?" 그의 손 안에서 성냥불이 확 댕겨져 올랐다. "네?" 나는 어리둥절한 표정을 떠올렸다. "실은 작은 모임이 하나 있는데요. 파티를 할 생각이죠, 크리스마스 파티요." "크리스마스?" "네, 파티는 이브에 있으니까 내일 모레 밤이죠." 문득, 나는 내가 어느 틈에 무슨 연극에 출연당하고 있다는 생각이 들었다. 크리스마스가 뭐죠?—하고, 나는 그의 대본에는 없을 대사를 내 느낌대로 외우고 싶었다. 그렇지 않으면, 나는 몸을 돌리고 침묵해버렸으면 싶었다. 그러면 그 잠깐 동안의 시간을 원점으로 되돌려보낼 수 있을지도 몰랐다. 그러나 나는 완곡히 말했다. "그때까지 제가 여기 있을지 모르겠는데요." "여기 분이 아니신가요?" 여자의 눈빛이 또 한번 반짝했다. 나는 재빨리 눈빛을 피하며, "네" 하고 대답했다. "그럼, 서울…" "네." "혼자 오셨어요?" "네." "어쩐지…" 어쩐지, 뭐가 어떻다는 말일까? "곧 가셔야만 하나요?" "아직, 확정된 건 아니지만." 나는 내가 왜 딱 잘라 대답하지 못하는지 의아스러웠다. "그럼, 그때까지 좀 계시지요." "글쎄, 그렇다구 해두…" "너무 부담감 갖지 마시구요. 저희가 한 가지만은 보장해드리죠. 파티는 아주 재미있을 겁니다. 노는 데는 끝내주는 애들이거든요. 어쨌거나, 저 아가씨는 아직 파트너를 못 구해 몸이 달았어요." 여자의 얼굴이 약간, 아주 약간 붉게 상기되어 있었다. 포장 안의 노란빛 조명이 조금씩 주홍빛으로 바뀌어가고 있었다. 해가 많이 기운 모양이었다. "글쎄요" 하는 나의 흐릿한 반응에, 남자가 잠깐 난감한 표정을 지었다. 그의 얼굴에도 주홍빛 기운이 조금 서리기 시작하고 있었다. 그가 여자를 슬쩍 돌아보더니 말을 이었다. "그럼, 이렇게 하시지요. 오늘 두 분이 우선 데이트를 한번 해보시고, 또 이따가 일곱시 반에 예비로 모두 미리 만날 거거든요, 그때 오셔서 같이 지내보시고, 내일쯤 결정을 하시지요, 뭐…" 무엇인가 후끈한 기운이 몸을 감싼 채 나를 풀어주지 않고 있었다. 내 손등과 술잔에도 주홍빛이 번져 있었다. 나는 어떻게 해야 좋을지 막막해졌다. 나는 나만의 대본을 갖고 있지 못했던 것이다.

곧 어둠을 이끌어올 짙은 주홍빛이 포장 안에 가득찼다. 그 열기 없는 혼탁한 불길 속에서, 나는 두 남자를 떠나보낸 여자와 함께 두 개비의 담배와 두 잔의 술을 소비했다. 그녀는, 두터운 오버코트를 풀어헤치고 꼭 끼는 검은 스웨터와 지퍼 대신 은색 단추들이 달린 청바지를 드러낸 채, 줄곧 다리를 꼬고 앉아 있었다. 나는 취하고 싶었다. 아마 그녀도 마찬가지였을 것이다. 미구대학 영문과 졸업반인 그녀는 대담했다. 또는 그런 척하고 있었다. 그녀와 나는 막연한 소리들을 주고받았다. 그녀는, 약간 뒤끝을 끌어당기는 끈끈한 어투와 큰 제스처, 그리고 웃을 때는 꼭 고개를 뒤로 젖히며 입을 크게 벌려 깔깔거리는 버릇을 갖고 있었다. 그녀가 저 혼자 웃을 때마다, 나는 그녀의 어두운 입천장과 고르지 못한 치열을 보았다. 내가 막 세번째 술잔에 손을 대었을 때, 그녀가 갑자기 생각났다는 듯 말을 꺼냈다. "전 확실한 걸 좋아해요. 정말 혼자 오셨어요?" "네." "왜 그랬을까? 무슨 비밀을 가진 남자 같애…" 그 혼잣말 비슷한 목소리가, 그때 아주 적당한 울림을 얻어 가득찬 주홍빛과 기묘하게 어울렸다. 비밀이 있다면, 그것은 그 주홍빛 속에 있음이 틀림없었다. 나는, 비로소, 그 빛의 인력에 몸을 내맡기고 싶은 충동을 의식했다. 그래서, "비밀이라뇨? 그냥 좀 외로울 뿐이지…" 하며 씩 웃어보였다. "어머, 웃을 줄도 아시네?" 그녀가 고개를 뒤로 젖혔다. 목젖이 드러날 듯 깔깔거리는 그녀의 웃음소리를 보지 않기 위해, 나는 세번째 술잔을 훌쩍 마셨다. 이왕 이렇게 되어버린 것, 될 대로 내버려두자. 그러자, 나는 이미 '나'가 아니었다. 나는 이 현실 저 너머의 '**그**'가 아니었다. 나는 또 다른 '그', 그녀와 함께 '그들'의 일부가 될 '그'가 되었다. 그 '그'는 내 내부의 캄캄한 무덤 속에 파묻혀 있던 내 과거의 '나'인 수많은 '그'들 중의 하나인지도 몰랐고, 또한 미정된 내 미래의 '나'일 수도 있을 수많은 '그'들 중의 하나일지도 몰랐다. 포장이 들쳐지며, 한기가 어둠을 몰고 밀려들었다. "그 씨브랄 년 으떡하지?" "묵어버려." 노동자로 보이는 두 사내가 벌개진 눈으로 지껄이며 들어섰다. 그녀가 기회를 잡았다. "자, 이제 나가요."

 어둠은, 손가락을 튕기면 깨어질 얇은 얼음이었다. 어둠의 투명하고 차가운 벽 속을 그들은 걸어갔다. 그 좁고 끝없는 벽이 그들을 예정된 길로 이끌고 있었다. 네온 사인이 점점 그들의 유리 벽면에 얼룩덜룩 번져왔다. 그녀가 그의 팔을 껴안았다. 그는 그녀의 작은 떨림을 접촉했다. "괜찮죠?" 그녀의 목소리가 따라 떨렸다. 그는 어둠을 향해 고개를 끄덕였다. 그리고는, "이게 더 좋겠군" 하며, 그녀가 껴안은 팔을 풀어 그녀의 어깨를 감쌌다. 그러다가 그는 휙 고개를 돌려 그들의 벽 밖을 돌아보았다. 누군가가 사람들 속으로 몸을 숨기는 것 같았다. 누굴까? 누가 아까부터 그들을 뒤따르고 있을까? 착각일까? 때 이른 취기 때문일까? 그러나, 그는 의혹을 지웠다. 그만! 그만. 헛된 저 혼자의 질문들은 이제 그만! 더 이상 등뒤를 상관치 말자. 그는 그녀의 어깨에 힘을 주었다. 그녀가 힐끗 올려다보았다. 그가 웃었다. 그래, 어디 가서 저녁이나 먹고, 약속 시간을 기다리며 시간을 죽여야지. 즐겁게 소란의 해방을 기다리는 들뜬 마음을 찾아서. 그러면 약속 시간을 채울 낯 모를 '그들'이 오히려 자유를 줄지도 모른다. 낯 모를, 그들이.

　'그들'이 있다. 그들이 하나의 상황으로 있다. 그는 본다, 나는. 그는 듣는다, 나는. 그는 냄새 맡는다, 나는. 그는 맛본다, 나는. 그는 만진다, 나는. 동시에(!), 그-나의 모든 감각들은 고정된다. 이 상황을 향하여, 그의 배면에서 나의 감각들이 상처의 통증처럼 살아오른다. 이 하나의 상황을 향하여, 하나의 각도를 가지고, 한 순간에, 그-나의 모든 감각들은 하나의 동일체가 되어 존재한다. 아니, 그-나의 전감각은 더 이상 무엇을 향하고 있지 않다. 감각은 상황 그 자체이며, 동시에 멈추어선 순간 그 자체이다. 그렇다. 시간은 흐르지 않는다. 흐를 수 없으므로, 사라질 수 없으므로, 시간은 공간적 부피가 된다. 이 절대적이고 유일한 공간은 일종의 자장이다. 그것은 보이지 않으면서도 선명한 결정체, 즉 '그들'이다. 지금 그-나는 그들을 감각한다. 그-나는 그들의 관계를 감각한다. 관계가 그곳에 있다. 그러나, 혀끝에 와 닿는 붉은 액체가 담긴 술잔 너머로 번지는 담배 연기의 뿌연 장막에 부딪쳐 흩어지는 여러 가지 음색의 목소리를 만지듯 조심스럽게 테이블을 더듬는 손의 움직임에 맞춰 흔들리는 표정들을 바라보며, 그-나는, 그러나, 그 이상의 무엇이 그-나의 감각을 강렬하게 끌어당기고 있음을 느낀다. 그것이 감각을 뜨겁게 한다. 그래서 감각은 불길이 된다. 불길이 '그들'의 표면에서 서서히 번져오른다. "뭘 생각해요?" 그녀가 묻는다. "그냥, 모든 걸." "모든 거?" "여기 있는 모든 거." "여기 있는 사람들?" "그것도 포함해서." "아유, 왜 이렇게 사람이 불확실해요? 대체, 뭘 알고 싶은 거죠?" "손짓, 눈빛, 담배 연기, 술맛, 술잔의 촉감, 말소리, 또 그런 것들을 감각하게 만드는 거. 그리고 뭐랄까, 그 뒤에 숨어 있는 거, 그 이상의 무엇인가…" 그런데 말 탓인가, 감각의 불길이 갑자기 사그라들어버린다.

무엇을 알 필요가 있겠는가, 즐기기 위해 초대받았는데… 그는 의자 깊숙이 몸을 쑤셔박고, 천천히 저들을 둘러보았다. 마침 눈길을 마주친 건너편 자리의 한 친구가 싱긋이 눈웃음을 보냈다. 저치 이름이 뭐더라, 아까 듣긴 들었는데—하며, 그는 할 수 없을 때 웃는 짧은 웃음을 떠올렸다가 지웠다. 그런데 그 할 수 없는 웃음이 왠지 그의 마음을 가볍게 만드는 것 같았다. 그는 허공을 향해 다시 한번 웃었다. 그때 그녀가 탄력 있게 그에게로 몸을 기울였다. "아직도 그 철학적인 생각중이세요." "아니." "그럼 확실하게 재미있는 얘기 하나 들어볼래요?" "해준다면." 그러자 무슨 비밀이라도 털어놓으려는 듯, 그녀가 손으로 입을 가리며 목소리를 낮췄다. "뭔가 공기가 좀 이상하지 않아요? 어색한 긴장 같은 게 감돈다고나 그럴까. 내용을 아니까 저 혼자 그렇게 느끼는 건지도 모르지만…" 나는 그녀를 힐끗 쳐다보는 것으로 대꾸를 대신했다. "저기 저쪽 맨끝에 앉은 남자애 있죠?" 나는 그녀의 턱이 가리키는 쪽으로 고개를 돌렸다. 또 이름이 생각나지 않았다. 나는 그를 M_1이라고 머릿속에 적었다. "그리구 그 바로 맞은편에 앉은 여자애 있죠?" 나는 몸을 앞으로 뽑아돌려 그 여자의 모습을 확인하여 F_1이라 표기했다. "아이, 그렇게 빤히 쳐다보면 이상하게 생각하잖아요?" 하긴, 그렇군. 나는 몸을 되돌렸다. "그 둘이 예전엔 아주 특별한 사이였어요. 둘이 서로 좋아했었죠. 물론 우리들끼린 서로 모두 좋아하지만, 특히 더, 그러니까 사랑했었다 그거예요." "그런데?" "그리구 우리 앉은 쪽 왼쪽에서 두번째요, 빨간 바탕에 흰 점무늬…" 그 여자는 F_2가 되었다. "재하구, 우리 맞은쪽에서 오른쪽으로 안경 쓴 애 보이죠, 걔하구두 그런 사이였구요." 안경, M_2. "그런데…" "그런데?" 그녀가 잠시 생각을 정리하고 나서 말을 잇기 시작했다: 그런데 M_1이 혼자 군대로 떠나가게 되었다(그녀는 그 이유를 설명해주지 않았다), M_1이 군대로 떠나간 얼마 후 무슨 이유에서인지 M_2와 F_2의 사이가 멀어져버렸다, 그러더니 뜻밖에도 M_2와 F_1의 사이가 가까워지기 시작했다, 그러나 그 일들이 애초부터 겉으로 드러나게 진행된 것이 아니므로 그들은 '그들'

전체 속에서의 관계만은 그대로 유지해나갔다, 시간이 흘렀다, 일 년 만에 M_1이 군대에서 돌아왔다(그녀는 M_1이 일찍 제대한 이유를 설명해주지 않았다), M_1은 F_1과 자신이 아주 단순한 관계로 되돌려져 있음을 미리 알고 있었다, 그때부터 M_1과 F_2가 서로 가까워지기 시작했다, 하지만 드라마는 끝나지 않았다, 또다시 M_2와 F_1의 관계가 깨어진 것이다, 그리고 M_2는 F_2와의 지나간 관계를 되찾으려 하기 시작한 것이다…

리듬을 밟고 흔들리는 그녀의 몸과 어울려 함께 흐느적거리며, 그는 그녀의 이야기를 다시 머릿속에 떠올렸다. 그거 무슨 연속 방송극 같군. 언제나 끝날 것 같지? 몰라요. 아마 영원히 안 끝날 거예요, 우리가 뿔뿔이 흩어지기 전에는. 나머지 사람들은? 나머진 방관자들이죠. 일종의 불문율이라고나 할까요. 불문율? 예를 들자면, 파티가 있을 때, 우리 안에 있는 사람들끼리는 파트너가 될 수 없는 거 같은 거. 말하자면, 특별한 두 사람의 관계에 대해서 나머지들은 절대 표면으로 드러내지 않기로 하는 거죠. 왜냐하면, 우리 전체의 관계가 흔들리면 안 되니까요. 그럼, 그 네 명의 당사자들이 함께 있을 땐 서로 어떤가? 전혀 아무렇지도 않죠. 적어도 표면상으로는 함께 웃고, 떠들고, 술 마시고… 이상한 관계죠? 하지만 그게 나에겐 오히려 안도감을 줘요. 좀 역설적인데요, 난 그런 그들하고 같이 있으면 완전하면서도 자유로운 것 같거든요. 함께 있으면, 뭐든지 할 수 있죠. 뭐든지. 사실 그 네 명 때문에 우리 전체가 깨어져버릴까 걱정이에요, 난… 그는 그 이상 묻지 않았다. 춤의 열기로 들끓던 그의 몸짓이 잠깐 어지러움에 휘청거렸다. 그래서 더욱 격렬해진 춤짓에 맞춰, 그는 머리를 휙 뒤로 제끼며, "아까 그들은" 하고 소리쳤다. 그녀가 허벅지를 쳐올린 후 허공을 휘젓던 손으로 머리를 쓸어올렸다. "뭐라구요?" 그녀의 목소리가, 금속성의 물처럼 홀을 가득 채운 무거운 음악의 결을 힘겹게 헤쳐왔다. 연체동물인 양 허리를 꿈틀대는 그녀는 상반신과 하반신이 분리된 생물처럼 보였다. "아, 냐, 관, 둬!" 그는 발음 하나하나를 위해 발악했다. 그녀의 스웨터 밑에서 아래위로 출렁대는 젖가슴을 바라보면서, 그는 한 발을 튕겨 허공 속에 낮게 뛰어올랐다. "뭐요?" 그녀는 스프링을 단 인형처럼 고개를 대롱대며 상체를 왼쪽으로 이동시켰다. 그는 그녀의 몸놀림에 맞춰 상체를 오른쪽으로 이동시켰다. "아니라니까!" 두 발을 고정시키고 허리 아래를 계속 튕겨대며, 그들은 멀어졌던 얼굴을 마주했다. 그녀가 한 순간 중심을 잡더니 몸을 한 바퀴 돌리자 육감적인 등의 곡선이 물결쳤다. 그 어깨 너머로 흩날리는 머리카락과 무수한 머리들의 검은 율동 사이로 F_2의 얼굴이 잠깐 조명 속에 빛났다. 그 왼쪽으로 몇 사람 떨어져, M_1이 두 손을 머리 위로 치켜들고 손바닥을 펴 휘저으며 무엇인가를 밀어내는 모습으로 춤추고 있었다. 그 바로 옆에 M_1과 등진 F_1이 꿈틀대는 지렁이처럼 요동하고 있었다. M_2는 보이지 않았다. M_2는 그의 등 뒤쪽에 있었다. 그는 M_2를 찾기 위해 발바닥을 몇 번 미끄러뜨리며 몸의 방향을 돌렸다. M_2가 기도하는 자세로 두 손을 모으고 어깨를 가볍게 파도 태우고 있었다. 그는 다시 그녀에게로 몸을 돌렸다. 그는 저들에게서 그 순간의 춤의 열광밖에는 찾아볼 수 없었다.

음악이 끝났다. 일제히 멈추어선 홀 안의 사람들이 그림자처럼 휘청거렸다. 그때 갑자기 불이 꺼졌고, 그림자들은 거짓말이 되어 어둠 속으로 소멸해버렸다. 어둠 속에서 시큼한 목소리가 마이크를 통해 흘러나왔다. "언제나 저희 고우고우홀 빈터를 찾아주시는 여러분께 편안하고 비밀스런 휴식을 제공하기 위해 일 분 간 이 칠흑 같은 어둠을 제공하겠습니다." 낮은 탄성이 흘렀다. 그는, 저들의 시간 속에 예정되어 있었을 그 어둠을 저들이 어떻게 받아들이고 있는지 보고 싶었다. 그러나 그는 자기 몫의 어둠밖에 볼 수 없었다. 그는 그녀에게 다가갈 것인지를 망설이며 서 있었다. 여기저기서 숨소리들이 거칠게 입맞추기 시작했다. 그는 가슴 낮은 곳으로 습기처럼 가라앉는 자신의 숨소리를 의식했다. 어둠의 뱀 같은 손길과 소름끼치는 입김이 그의 목과 얼굴을 휘어감은 것은 바로 그 순간이었다.

불이 켜질 것이다. 빛을 흩트리는 심한 취기의 안개 속으로, 그는 걸어들어갈 것이다. 그곳은 밀폐된 공간, 안개의 방일 것이다. 안개 속에서 사물들은 고요하고 축축하게, 그러나 여전히 딱딱하고 각진 모습으로 놓여 있을 것이다. 안개의 바닥 위로 솟아난 독초 한 포기가 선연한 주홍빛 꽃을 피우고 있을 것이다. 그녀의 입술. 침대를 등지고 그녀는 서 있을 것이다. 그는 그의 손에 쥐어져 있는, '609호실'이라는 꼬리표가 달린 열쇠를 침대 위로 내던질 것이다. 그의 몸이 침대 위로 쓰러질 것이다. 그는 속이 뒤틀리는 고통을 느낄 것이다. 그는 토하고 싶을 것이다. 그녀가 그의 점퍼를 벗겨줄 것이다. 그가 그녀를 쳐다볼 것이다. 그녀는 한없이 애매한 표정으로 그의 체념을 요구할 것이다. 몽롱함 속에서 그는 서서히 기묘한 의무감——의무감?——에 사로잡힐 것이다. 그래서 그는 억지로 몸을 바로잡을 것이다. "옷을 벗어." "……" "옷을 벗으라니까." 그녀가 구석 자리로 가서 옷을 벗기 시작할 것이다. 그녀가 스웨터를 벗을 때, 몸에 밀착된 붉은 면내의의 자잘한 무늬들이 벌떼가 되어 잉잉거리며 그녀를 떠나 그에게로 날아올 것이다. 그 환각의 벌떼에 쏘여 그의 근육은 경련할 것이다. 곧 술기가 스민 그녀의 뿌우연 맨살이 드러날 것이다. 젊고 풍만한 살덩어리 위에 위태로운 탄력으로 걸려 있는 팬티만을 입은 채, 그녀는 잠시 그대로 서 있을 것이다. 그리고 휙 돌아서서 거침없이 다가올 것이다. 검붉은 테를 두르고 욕망에 타오르는 그녀의 젖꼭지를 바라보며, 그는 그녀의 벌떼에 쏘인 온몸이 열로 가득차오는 것을 느낄 것이다. 열의 아픔에 들뜬 그의 귀 안으로 그녀의 목소리가 여운을 이끌며 말려들 것이다. "아마 그쪽은, 아까 그 네 아이들 이야기에 계속 관심이 있나보죠?" "글쎄…" 하고, 그는 쓰러지고 싶은 몸을 간신히 지탱하듯 대답할 것이다. 그녀가 단호히 말할 것이다. "어리석은 짓이에요. 그들이 원하는 건 결코 아무것도 이루어지지 않을 거예요. 그보단 차라리 이게 확실해요…" 그는 둘로 갈라지는 그녀의 영상을 잡아끌 것이다. 그리고 함부로 머리칼을 뒤집으며 그녀를 내팽개칠 것이다. 그녀의 깔깔거리는 웃음이 덮쳐올 것이다. 그는 그녀의 팬티 속으로 손을 집어넣어 검고 뜨거운 감촉을 움켜쥐며, 그녀를 온몸으로 내리누를 것이다. 그때 아래위가 뒤바뀌는 어지러움과 함께 그의 가슴이 먹먹해지는 거센 힘이 솟구쳐오르고, 순간적으로 그는 그녀의 몸을 비켜나야겠다고 생각할 것이다. 그러나 이미 늦을 것이다. "악!" 하는 그녀의 외마디, 그 이전에 그는 벌써 토하기 시작할 것이다. 역한 냄새와 더러운 구토물이 그녀의 배 위에서 허리를 타고 침대 위로 흘러내릴 것이다. 그는 솟구쳐오르는 내장을 억제하기 위해 몇 번 더 신음할 것이다. 그녀가 그를 빠져나와 그의 얼굴을 받쳐주며 쓰레기통을 얼굴 앞에 갖다 댈 것이다. 침대의 시트를 벗겨내고, 그녀는 목욕탕으로 들어갈 것이다. 고통스럽게 번지는 눈물, 그는 휘청이며 일어설 것이다. 주전자의 물을 가득 입 안에 담아 바닥 위에 내뱉고, 그는 어깃어깃 문을 찾을 것이다.

  나는 그녀의 입술을 심하게 깨물었다. "악!" 하며, 그녀가 어둠 뒤켠으로 떨어져나갔다. 나는 그 칠흑 같은 일 분간의 어둠이 끝나기 전에 그녀와 헤어지고 싶었다. 나는 뒷걸음쳤다. 그리고 확실치도 않은 문의 방향을 향해, 나를 가로막는 어둠 속의 두터운 신음 소리들을 밀쳐내기 시작했다. 나를 찾기 위해 뻗은 손으로 어둠을 움켜쥘 그녀의 모습을, 나는 상상했다. 곧 불이 켜질 것이다.

  불을 켠다. 방의 온기가 물살처럼 온몸을 가둔다. 얼어 매듭졌던 내 몸의 모든 세포들이 하나하나 풀어지고 팽창하면서, 몸이 갑자기 부풀어오르는 듯한 느낌과 함께, 머리에서 발끝까지 아릿아릿한 전율이 흐른다. 천장에서 떨어져내려온 전깃줄 끝에서 백열등이 흔들리고, 날카로운 빛살이 사방을 찌른다. 방에 가득찬 벽지의 사방연속무늬들이, 그 빛살을 받아 제가끔 반짝이며 어지럽다. 나는 사방의 벽과 천장을 둘러본다. 방은 현란한 무늬의 궁륭이다. 무늬들은 자신들이 소속한 평면을 버리고 곧 쏟아져내릴 듯, 나를 위협한다. 나는 흐려져가는 시선의 마지막 힘으로 간신히 그 위협과 맞선다. 벽무늬는 원과, 그것에 내접하고 외접하는 두 개의 정사각형과, 그 가운데 자리잡은 꽃 모양으로 이루어져 있다. 원은 초록색, 정사각형은 연두색, 꽃은 노랑색이다. 그 똑같은 무늬들이 사방으로 무수히 촘촘히 확산되어나간다. 그래서 결국은 그것이 어떤 모습인지 불확실한 혼란을 유도하고 있다. 나는 그 무수한 무늬 중의 어느 하나를 향해 시선을 집중시키고, 그 모습을 흔들리지 않게 정확히 응시하고 싶다. 그러나, 이번엔, 시선을 부분에 집중할수록, 그것이 원과 사각형과 꽃이라는 최초의 지각에 혼란이 일어난다. 거기에는 그 이외의 다른 형태들이 있다. 원과 두 개의 사각형이 만나고 헤어지는 접점을 중심으로, 거기에는 삼각형과 마름모와 활꼴과, 그 밖에도 원과 사각형의 변이 조합을 이루며 만들어낸 무수한 무늬가 있다. 그것은 헤아릴 수 없는 여러 형태들의 총화이다. 더군다나, 꽃!, 그것은 이미 기하학이 아니다. 그것은 아주 그로테스크한 율동의 선들의 집합이다. 그것은 꽃이 아니다. 그 무수한 선과 선들이 빚어내는 세계는 이미 내 인식의 한계를 넘어서 있다. 기하학과 비기하학, 그리고 형태들 사이에 팽팽한 여백의 늪, 거기에는 내 존재가 감당할 수 없는 다른 차원이 있는 것만 같다. 그것은 더 이상 단순한 평면이 아니다. 그것은, 그것은…, 모르겠다. 그러나 거기에는 이름붙일 수 없는 초입체적인 공간이 숨어 있다… 헛된 형체로서의 무늬들이 쏟아져내린다… 벽이 없다 천장이 없다 사방은 끝 모르게 무한한 우주다…

희디흰 공포가 나를 북처럼 두들기고 있다. 나는 얼굴을 파묻기 위해 두 손을 들어올리다가, 여태껏 장갑이 끼어져 있다는 사실을 발견한다. 나는 무거운 장갑을 벗는다. 그것들은 흡사 잘려나간 손처럼, 아득히, 깊은 방바닥의 심연 속으로 떨어진다. 나는 무늬를 쏟아버린 흰 벽에 몸을 기대려다가, 그 벽 속

으로 빨려들어갈 것 같은 두려움에 다시 몸을 세우며, 자야지
—하고 잠자리에 쓰러진다. 내 몸이 바닥 없이 가라앉고 있다.
잠이 오지 않는다.

……그 저녁빛은 그녀에게 어떤 영향을 미쳤나? 그 한 빛을
받고 있던 내 얼굴을 유심히 바라보며, 그녀는 무엇을 생각했
나? 그녀는 나에게서 무엇을 바랐나? 그녀는 왜 내가 혼자 왔는
가를 거듭 되물었나? 그 지독한 웃음 소리를 터뜨릴 때, 왜 그
녀의 시선은 허공 속에 숨어버렸나? 대담하게 팔짱을 끼던 그녀
의 손은 왜 떨렸나? 어둠의 몸처럼 나를 휘감던 그녀의 혀는,
그러나 왜 부드럽지 않았나? 그녀의 그 경직된 혀는 왜 나에게
기묘한 의무감을 불러일으켰나? 그녀의 검은 스웨터 밑의 속옷
은 왜 붉은색으로 상상되나? 그녀가 여러 번 되뇐 불확실함과
확실함은 무엇인가? 그들과의 관계가 완전하고 자유롭다는 것은
그녀에게 정녕 무슨 뜻인가?

……그들, 그들의 얼굴과 모습은 왜 선명히 기억되지 않나?
그들 중의 한 남자가 처음으로 나에게 건네던 말은 왜 그토록
서툰 연극 대사 같았나? 그리고 그들을 다시 만났을 때, 왜 내
귀에는 그들의 이야기가 들려오지 않았나? 그들은 왜 그들의 관
계 전체로만 떠오르나? 내가 감각했던 그들 관계의 표면에 타오
르던 불길 또는 비밀은 무엇인가? 진실로 그들은 불변의 집합소
들인가? 그들의 관계는 수학인가? $M_1+F_1-F_1=M_1$인가? $F_1+M_1-M_1+M_2=F_1+M_2$인가? 그들의 플러스 기호는 열망과 도취와
무모와 고통과 변모에 타오르지 않는가? 그들의 마이너스 기호
는 파괴와 단절과 오해와 슬픔과 미련에 얼어붙지 않는가? 내가
본 '그들'은 틀림없는 현실인가? 저 홀로 불사르는 듯하던 그들

각자의 춤은 무엇인가? 나는 왜 그들 속으로 뛰어들어 소리치고 싶나? 그러면 왜 그들이 허깨비처럼 허공 속으로 사라질 것같이 상상되나? 또는, 증오와 분노에 차올라 나를 살해할 듯 위협적으로 뒤쫓을 것같이 상상되나?

……나는 쫓긴다, 나는 미로를 헤맨다, 나는 너에게로 가려는 것이다, 나는 너를 죽여야 한다, 그러나 너를 만나기 직전에 나는 저들 속에 갇힌다, 더 이상 도망칠 수 없는 그곳에서 그때 어둠의 한 모퉁이로 빛이 떨어진다, 그 순간 거기에 네가 있다, 다음 순간 너는 거기 있지만 없다. !. 나는 너로부터 가로막힌다, 나는 저들 속에 갇힌다, 나는 너를 죽여야 한다, 나는 너에게로 가려 한다, 나는 미로를 헤맨다, 나는 쫓긴다, 그러면? 그러면 최초의 나는 무대 위에 있다. 무대의 조명 속에, 나는 내던져진 거다. 나는 내가 누군지 모른다. 젊은이, 이십대 남자. 나는 정체를 알 수 없는 누군가에게 이유 없이 쫓긴다, 나는 환상과 현실을 구별할 수 없는 미로를 헤맨다, 나는 누군지 알지도 못하면서 사랑하고 있는 너를 찾아간다, 나는 너를 내 손으로 죽여야 한다, 그러나 나는 너를 만나기 직전에 미로의 끝에 있는 저들의 무리 속에 갇힌다, 그때 어둠의 한 모퉁이에 빛이 떨어진다, 동시에 거기에 네가 있다, 한 순간!

나는 벌떡 몸을 일으켰다. 눈꺼풀을 닫은 것과 똑같은 어둠이 눈앞에 멈추어 있었다. 순간은 순간답게 사라진다. 그 순간은 너무나 짧은 순간에 너무나 모든 것을 담고 있어서 경이로운 기적이었지만, 곧 캄캄한 절망이었다. 다음 순간 내가 너로부터 완벽히 차단당하였음이 확인되면서, 더 이상 너는 나를 위해 있는 것이 아니었으니까. 그럼에도 불구하고, 너는, 그 지나간 순간, 그 순간으로서 거기에 있었다. 한 순간 속에서 완전한, 사라져가도 그 자체로 절대적인 표정과 몸짓. 나는 휙 어둠의 한 구석으로 고개를 돌렸다. 빛은 오지 않았다. 나는 어둠의 바닥을 내려다보며 손을 더듬었다. 네가 없었다. 너는 나와 동행하지 않았다. 머리가 불같이 뜨거웠다. 나는 어둠을 더듬어 마당으로 향한 방문을 열었다. 소나무숲을 쓰는 바람 소리와 바다 소리가 구별되지 않았다. 나는 담배와 성냥을 찾았다. 그리고 성냥을 당겨 불길을 온몸으로 가리며 담배에 불을 붙였다. 여관방의 윤곽이 불그스레하게 드러났다가 검게 스러져갔다. 첫 모금의 담배 연기에 가슴이 꽉 막혀왔다. 나는 다시 담배 연기를 깊숙이 쓸어넣었다. 입 끝에서 한 점 불꽃이 빛날 뿐, 차고 무거운 어둠이 주위를 내리누르고 있었다.

　서서히 아침이 다가오고 있었다. 빛은 어둠의 바닥에서 조금씩조금씩 싹처럼 자라나, 어둠을 가지고 사물들의 형태와 색을 인내심 깊게 천천히 빚어내고 있었다. 그 변화는 너무도 미세한 것이어서, 눈으로 잡아내려고 아무리 애써보았자 소용이 없었다. 어둠은 이제 빛의 표면 밑에서 사물들의 질료로서 단단한 부피를 이루어가고 있었다. 그리하여 내 손이, 발이, 몸이 빚어져 있었다. 나는 내 몸 속에 가득한 어둠이 무거웠다. 나는 내가 형체 없는 유령처럼 어둠 속에 앉아 있었다는 것을 믿을 수 없었다. 차라리 나는 줄곧 이 빛 속에 앉아 있던 어둠의 덩어리와 같이 여겨졌다. 나는 비로소 방문을 닫았다. 그리고 몸을 돌렸다. 내 잠자리에서 한 팔 거리쯤 떨어진 곳에, 네가 옷을 입은 채 쪼그린 모습으로 이불을 뒤집어쓰고 잠들어 있었다. 네 머리맡에 벗어놓은 스타킹이 곱게 접혀 있었다. 나는 그 가볍고 보드라운 촉감이 내 몸의 어딘가 예민한 감각을 스쳐지나가는 듯한 자극을 느꼈다. 나는 조심스럽게 몸을 움직였다. 내 머리 그림자가 네 얼굴을 가렸다. 네가 가만히 눈꺼풀을 들었다. 우리는 말없이 마주보았다. 한참 만에 네가 어깨를 움츠렸다. "나 감기 걸렸나봐." 네가 쉰 목소리로 말했다. 그러자 네 얼굴이 무엇에 시달린 듯 여위어보였다. "밤새껏 문을 열어뒀으니 안 그렇겠어?" 네가 다시 말을 덧붙였다. "무슨 생각했어? 담배와 한숨으로 뭉친 사나이 같던데." "몰라. 아무 생각도 안 한 것 같은데…" 하고, 내가 대답했다. 네 얼굴에 떠오르는 희미한 병색이 곧 쿠룩쿠룩거리는 기침으로 바뀌었다. 너는 기침을 억제하며 낮고 또렷한 목소리를 토해냈다. "오늘은 뭘 하지? 내일은 또 뭘 하지?"

   우리는

        그날의 행각처럼

               또다시 바닷가로 나아간다…

그날, 이곳으로 오기 이틀 전, 우리가 텅 빈 인천의 겨울 유원지에 도착했을 때, 닫혀져가는 빛의 소실점을 향해 무겁게 스며들던 탁한 주홍빛의 저녁 햇살이 시선을 차단하던 둑 건너편의 서해 저쪽으로 풍경을 이끌어가고 있었다면; 지금, 텅 빈 미구의 겨울 해수욕장을 향해 송림을 건너갈 때, 열려 있는 빛의 근원으로부터 트여오는 맑은 주홍빛의 아침 햇살이 동해의 물소리에 밀리듯 솔가지 사이로 화살처럼 뻗쳐들어와 솔잎의 바늘 끝에서 차갑게 반짝이고 있다.

그날, 발을 옮길 때마다 어둡게 바삭거리던 모래밭, 얼룩덜룩한 유원지의 원색들은 뿌옇게 얼어붙어 있었고, 붉은빛이 음침하게 착색된 높다란 송전탑은 그로테스크하게 긴 그림자를 뻗치고 있었는데, 커다란 조개껍질을 세워놓은 것처럼 만들어진 야외 무대 위에서 내가 "야!" 하고 소리치자, 그 소리가 낮고 무겁게 울려퍼져 나갔다면; 지금, 발을 옮길 때마다 눈부시게 바삭거리는 모래밭, 하늘과 바다는 희푸른 바람의 색깔로 나부끼고, 그림자를 찾지 못한 아침 햇살은 모래알들에 반사되어 무수히 튀어오르는데, 가득한 하늘 아래서 내가 "야!" 하고 소리치자, 그 소리는 거센 파도 소리에 밀려 등뒤의 땅으로 멀고 아련하게 사라져간다.

그날, 시야의 양쪽으로 길게 뻗친 긴 방죽이 시선을 흐리는 아득히 먼 곳을 향해 뻗쳐나가고 있었고, 방죽 위로 올라선 우리가 암갈색으로 비어 있는 개펄을 따라서 썰물에 바다 소리조차 멈춘 해안의 정적 속으로 걸어들어가며, 그 정적이 두렵다는 듯이, 그러나 그 정적을 깨뜨리는 것 역시 두렵다는 듯이, "추워?" "추워." "돌아갈까?" "아니. 이 둑이 끝나는 데까지 가고 싶어" 메마른 목소리를 나누었다면; 지금, 시야 가득히 들어차는 바다 위, 흰 어지러움으로 부서지는 물결이 옆으로 옆으로 파열을 물고 이어져나가며 길게 파도를 이끌어오고, 바다를 향해 다가선 우리는 발에 닿을 듯 말 듯 밀려오는 바다의 가장자리를 따라 걸으며, 이 가득찬 파도 소리를 감당할 수 없다는 듯, 그러나 이 소리를 거스르기 싫다는 듯, "추워?" "응." "그만 갈까?" "아니. 이 바다 소리를 좇아가보고 싶어" 떨리는 목소리를 나눈다.

그날, 결국은 긴 방죽을 차단하는 철조망이 우리를 가로막았으므로, 그 앞에서 '군 작전 지역·접근 금지'의 붉은 표지판을 들여다볼 수밖에 다른 도리가 없었을 때, 진핏빛의 노을이 끊임없이 한곳으로 몰려들어 그때 하나의 형체를 얻은 듯, 마침내 붉고 둥근 불투명체가 되어 음침한 바다를 깊이깊이 끌어내리고 있었다면; 지금, 결국은 긴 모래밭의 끝에서 기암의 절벽이 우리를 가로막으므로, 그 앞에서 낭떠러지의 가파른 꼭대기를 올려다볼 수밖에 다른 도리가 없었을 때, 열기 없이 이글거리던 태양은 점점 형체를 잃어가다가 이제 산산이 기화되는 듯, 마침내 무정형의 투명한 빛 공기가 되어 밝맑은 하늘을 높이높이 떠올리고 있다.

그날, 철조망 앞에서 너는 "이건 끝이 아니잖아" 하고 중얼거렸고, 나는 갑자기 잔인한 마음으로 너를 커다란 나무 밑의 어둠 속에 밀어넣었고, "이제 돌아가" 하는 너의 말에 "그대로 서 있어. 온몸이 꽁꽁 얼도록"이라 대답하고는 내가 왜 그런 말을 했는지 되뇌어볼 때, 너는 너무도 완전하여 오히려 다가갈 수 없는 체념으로 복종하고 있었는데, 그러다가 기어이 덜덜 떨기 시작한 우리가 더 이상 다리의 떨림을 의지만으로 가눌 수 없게 된 모습으로, 하늘과 바다 사이에 간신히 뻗쳐 있는 붉은 선 한 줄을 망연히 쳐다보았다면; 지금, 절벽 앞에서 너는 "여기를 끝이라고 할 수 있을까?" 하고 중얼거리고, 나는 바다 소리로도 지워지지 않는 불안한 마음으로 너를 절벽 밑에 떠 있는 낮은 바위 위로 건네보내고, "어디로 가야지?" 하는 너의 말에 "절벽 위로, 아니면 바닷속으로"라고 대답하고는 내가 왜 그런 말을 했는지 되뇌어볼 때, 너는 센 바람 속에서 위태롭게 몇 개의 바위를 건너뛰고 있었는데, 그러다가 미친 듯 머리칼을 마구 흩트리기 시작한 우리는 발 밑에서 튀어오르는 바다 방울을 얻어맞으며 기우뚱거리는 모습으로, 하늘과 바다 사이에 선명한 수평선을 아뜩하게 쳐다본다.

우리는 눈부신 빛어둠 속을 되돌아왔다. 소나무숲 사이로 난 아스팔트 진입로 끝에서 모래밭 양쪽으로, 여름이면 해산물을 파는 간이 음식점들이 문을 닫고 줄지어 서 있었다. 진입로 입구 바로 옆에, 유일하게 '영업중'이라는 막글씨를 써붙인 음식점이 있었다.

음식점의 유리창이 액자처럼 바다를 가두고 있었다. 우리는 전복죽을 주문했다. 나에게 등을 준 채 창밖을 향해 하염없이 앉아 있던 네가 문득 말을 꺼냈다. "인천에서 그 노을이 아슬아슬하게 스러져가던 장면 생각나?" 나는, 나를 쳐다보지 않고 있는 너를 향해 대답 대신 고개를 끄덕였다. "그때 네가 나한테 어디든 같이 가보자고 말했지. 그때 네 목소리가 어땠는지 알아? 마치 내 반응을 기대조차 않는 듯한 암담한 목소리였어. 그냥 혼잣소리처럼 말이야. 그렇지만 그러지 않고는 견딜 수 없다는 듯이. 뭐랄까, 몸을 움직이지도 않는데 몸부림치는 것 같은 인상을 주는 거." "하지만…" "그래, 하지만 나는 반응했지. 지금 생각해도 기이할 뿐이야. 나는 네 그 뜻밖의 말, 전혀 예측할 수 없었던 그 말에 놀랄 만큼 빨리 반응했거든. 오히려 난, 그 단 한 번도 상상해본 적이 없던 네 말이 바로 내가 바라던 소리가 아닌가 하고 더 놀랄 정도였어. 그날 아침에도 그랬었지. 학림에 들어섰을 때, 네가 혼자 있는 것을 보는 순간, 바로 내가 널 만나기 위해, 그들과 함께가 아니라 너하고 단둘이서만 만나기 위해 왔다는 걸 깨달았어. 아니, 그때 비로소 깨달았다기보다는… 글쎄, 그 모든 사태가 벌어진 건, 어쩌면 단순히 네가 바로 그때 거기 있었기 때문인지도 몰라. 어쨌든 내 막연하고 추상적인 심정이 그때 상황과 기막히게 맞물려 들어갔지. 그건 마치 무, 없을 '무'자 말이야, 그 무로부터 뭔가가 획 튀어나와 내 전부가, 존재가 되어버린 것 같은 느낌이었어… 그런데, 그런 장면들을 다시 한번 잘 분석해봐. 그 과정 하나하나를 핀셋으로 집어내듯. 어제였던가, 난 모든 게 단순하고 단편적인 사실들에 불과한 게 아닌가 말했었지. 네가 동행하자고 한 말과 그 직후의 내 반응도 마찬가지야. 그때의 네 말은 그 이후를 전혀 염두에 두지 않으면서 내뱉아진 것…, 그러니까 너는 그저 널 내팽개치듯 그런 소릴 했을 뿐이었겠지, 아마. 하지만 그런데도, 그게 결국 그 다음 순간의 단서가 되거든. 아무리 따져봐도 그것들은 여전히 단순한 두 사실에 불과해. 그 사이엔 필연성이 없어. 필연적일 필요두 없구. 단지, 그 두 사실은, 그럼에도 불구하고 무슨 관계가 있다는 거야. 관계, 관계가… 그게 무슨 관계가 아니라면 딴말을 써도 좋아. 어쨌든 거기엔 뭔가가 있어야만 해, 이름이! 그런데 그걸 모르겠어. 도대체 너하고 나 사이에 있는 것은 뭐야? 우리가 학림에서 맞부닥친 장면과 아이들이 오기 전에 도망치듯 그곳을 빠져나온 장면 사이에는 뭐가 있는 거지? 또 그 장면 하나하나, 그리고 너, 나라는 개별적인 모습들의 이름은 뭐야? 난 그 이름이 알고 싶어. 어쩌면 이곳에 온 것도 그걸 찾기 위해서인지도 모르지. 그러나 지금 생각에, 이곳에선 그것을 찾을 수 없을 것만 같아. 이런 막다른 곳에 오니까 더욱 막막해. 여긴 왠지 현실이 아닌 것만 같아. 무엇보다도 이곳 자체가 벌써 이름붙일 수 없는 곳이란 생각이 들거든… 여전히, 난 존재하지 않는 거야."

 우리는 식당을 나왔다. 소나무숲 속에는, 진입로를 따라, 썰렁한 겨울잠을 자고 있는 상점들이 담을 이루고 있었다. 페인트가 벗겨져나간 간판들이 혹은 그대로, 혹은 마구 꺾이고 떨어져 나뒹굴고 있었다. 'Wellcome to Migu Beach'라는, 맞춤법이 틀린 영문자가 그대로 그려져 있는 무지개형의 선전탑이 바람을 맞으며 양철 소리를 냈다. 우리는 그 선전탑 옆의 '도깨비집' 앞에 섰다. 시멘트 자국을 다듬지 않고 쌓아올린 허술한 블록벽 위에 온갖 괴상한 그림들이 그려져 있었다. 그리고 '아무리 무더워도 당신의 등골이 오싹해집니다' '지옥의 방' '야생의 방' '우주의 방' '환상의 방' 따위의 선전 문구들이 갈겨져 있었다. '휴업' 표지판을 단, 괴물의 입처럼 만들어진 문의 열쇠가 뜯겨져 있었다. 우리는 뻑뻑한 문을 억지로 열어제쳤다.

 나무로 짜인 골격 위에 천막을 얹어 만든 '도깨비집'의 천장은 심하게 찢겨져 있었다. 그 사이로 우리는 하늘을 올려다보았다. 그리고 도깨비의 세상을 관람하기 위해 발을 옮기기 시작했다. 긴 이빨과 꼬리, 비늘이 달린 살갗, 부라린 외눈과 시뻘건 코, 무시무시한 칼을 지니고 버티어선 수문장을 통과하자, 제일 먼저 '지옥의 다리'가 나타났다. 다리 밑의 시멘트 바닥 위에 역시 시멘트로 만들어져 채색된 듯한 여러 가지 얼굴들이 흉측한 표정으로 놓여 있었는데, 그것들은 마치 잘려나간 모가지들처럼 여겨졌다. '불의 강'이라는 이름으로 보아서, 영업중에는 아마도 그것들이 불길의 효과가 나는 강에서 끓어오르며 고통받는 얼굴들처럼 보일 것 같았다. 그 얼굴들의 머리꼭지에는 '연산군' '폭군 네로' '히틀러' 등의 명찰이 붙어 있었다. 그것을 발견하자 우리는 기침처럼 쿡쿡 웃어댔다. 우리는 물컹물컹 늪지처럼 발이 빠지는 붉은 스폰지 바닥 위로 건너갔다. 한쪽 모퉁이에는 머리칼을 허공에 매달고 대롱대롱 달린 채 도끼를 들고 있는 '고재봉'의 지푸라기 인형, 몸이 다섯 등분으로 잘린 채 꿈틀거리며 가시밭 위에서 피를 흘리는 '김일성'의 인형도 있었다. 잘린 팔과 다리, 뽑혀진 눈알 따위들이 바닥에 널려 발길을 가로막았다. 사람 크기로 곳곳에 서 있는 흉악한 파수병 괴물들의 눈과 입에는 불빛이나 연기를 뿜어내는 장치가 숨어 있었다. 음향 장치용 스피커를, 우리는 꼬리가 네 개 달린 악어의 입 속에서 찾아냈다. 그 밖에도 이상한 기계 장치들이 엉성하게 노출되어 있었다. 또 그런 적당한 보조 장치와 더불어 끔찍한 효과를 줄 모든 것들이, 그러나 아주 조잡하게 그 원래의 우스꽝스런 형상과 색채를 드러내고 있었다. 아니, 오히려 겉으로 노출된 기계의 골격들이 기이한 끔찍함을 느끼게 만들었다. 그것들은 흡사 사람의 살이 헤집어져 허어연 뼈가 드러난 듯한 인상을 주었다. 그 첫방의 출구에는, 불쑥 튀어나와 사람들을 깜짝깜짝 놀라게 할 달걀귀신이 혓바닥을 빼물고 탄력을 잃은 스프링 끝에 늘어진 채로 앞을 가로막고 있었다. 그 얼굴은 솜뭉치로 만들어져 있었다. 나는 주먹을 쥐어 그 얼굴을 강하게 후려쳤다. 허공으로 튀어오른 그 귀신은 혓바닥을 해롱대며 허공을 방향 없이 들쑤시다가 수그러들었다.

갑자기, 네가 웃기 시작한다. 아이같이 끝없는 웃음 소리. 나는 그 웃음 소리에 놀란 표정을 짓다가, 막연히 네 웃음을 이해할 수 있을 것 같은 느낌이 들면서부터 따라 웃기 시작한다. 우리는 웃음샘이 구멍난 사람들처럼 걷잡을 수 없이 계속 웃어댄다. 우리는 옆구리를 잡고 허덕이도록 웃는다. 웃음은 조금씩 거친 숨소리 뒤로 사그라든다. 거친 숨소리만 몇 번 더 허덕이다가, 마침내 조용해진다. 그러자 지독한 고요함이 닥쳐온다. 우리는 벽에 등을 대고, 찢겨진 천장으로 비껴 들어온 햇살을 바라본다. 그 안에 방향 없이 떠 흐르는 먼지들이 보인다. 우리는 멍청해져서, 잠든 채 눈뜬 사람들처럼 그 유동하는 침묵의 입자들을 들여다본다.

먼 밖에서, 자전거의 찌르릉대는 소리가 들려왔다. 우리는 말없이 몸을 들어 다음 방으로 갔다. 울창한 숲과 폭포의 장치, 공룡·독사·맹수 따위가 부분적으로 몸을 움직이게 만든 장치, 달나라의 표면 같은 바닥에 반구형의 돔을 만들어 그 안에서 움직이게 만든 둥근 우주선… 그런 것들을 거쳐 우리는 마지막 방에 도달했다. 종유굴처럼 생긴 방이었는데, 여기저기 뚫린 검은 구멍들로부터 무엇인가가 쏟아져나오게 되어 있는 모양이었다. 방 가운데 커다란 기둥이 서 있었고, 안으로 들어갈 수 있도록 만들어져 있었다. 내가 그 좁은 입구를 잡아당겼다.

우리는, 우리의 분열된 영상들이, 그곳에, 숨어 있는 것을 본다. 거울의 방이다. 우리는 다시 미칠 듯한 현재 속에 빠져들며, 흩어진 영상들을 붙들려는 듯 그 안으로 들어선다. 입구를 닫자, 우리는 완전히 거울 속에 갇히며, 순식간에 사방팔방으로 번져나가는 우리의 영상에 현기증을 느낀다. 네가 휘청 내 팔을 잡는다. 거울 속에 다른 거울들이 되비쳐지고, 거울 속의 거울들 속에 이중 삼중으로 되비쳐진 거울들이 무한한 반복과 연속의 면 속으로 우리의 분리된 모습들을 가두며 한없이 어지럽게 퍼져나가고, 거울과 거울이 접한 변과 세 거울이 만나는 모서리를 중심으로 어떤 시각을 통해 반사된 영상들이 맞물려 현란한 대칭을 이루고, 또 그 대칭들이 퍼져나가고, 천장의 거울 네 모퉁이에 뚫린 빛구멍으로부터 밀려든 빛줄기들이 각을 이루며 이리저리 직선으로 뒤얽힌 그 무수한 면들 속을 뻗쳐 나들면서 우리 영상들 둘레를 환상처럼 흐르고…, 그리하여 여기는 거대한 만화경인가, 몸을 움직일 때마다 이제 영상들은 다양한 무늬가 되어 우르르 따라 번지고, 우리의 넋조차 색종이가 되어 흩어져 번지고…"이걸 깨뜨리고 싶어!" 벽을 긁는 고양이처럼 거울에 두 손을 대고 거울 속을 노려보는 너의 신경질적이고 지친 목소리가 빛처럼 반사되며 거울의 속으로 속으로 사라진다. 나는 눈을 감고, 눈을 뜰 때 다시 다가올 혼란을 감당하기 위해 마음을 가다듬는다. 눈을 뜬다. 여러 방향으로, 거울 속의 거울 속의 거울 속의 〔…〕 거울들이 우리의 영상과 더불어 멀고 먼 점들을 향해 뻗쳐나가고 있다. 우리는 여러 개의 모습으로 찢겨져 거울 속의 점들로 수렴되는, 또는 그 아득한 여러 점들로부터 확대되어 나온 갖가지 모습들이 뒤섞여 이루어진 혼돈의 무엇이다. "저 점까지 들어가봤으면…" 하고, 나 혼자 중얼거린다. 그러자 나는 거울 벽에 손을 대고 긁고 있는 너의 모습을 이해한다. 불현듯 누군가가 밖에서 문을 잠가버릴 것 같은, 그래서 이 분열 속에서 미쳐버릴 것 같은 두려움이 엄습한다…

우리는 '도깨비집'을 빠져나왔다. 우리는, 겹쳐진 필름처럼 시야를 이중으로 가로막는 거울의 환영을 지우기 위해서 오랫동안 서 있어야만 했다. 진입로를 가로지르는 두툼한 철둑 위로 올라서서, 우리는 철길을 따라 꺾어들었다. 철둑의 잔디가 흔들렸다. 우리는 평행으로 뻗쳐나간 두 줄의 레일을 각각 하나씩 차지하며 올라섰다. 레일 위에서 두 발을 한 줄로 모두어 내디디며, 우리는 두 팔을 들어 균형을 유지하려고 애썼다. 너는 몇 번씩 떨어지면서도 거듭 레일 위로 올라섰다. 우리는 발 밑만을 주시하며 정신없이 철길을 따라 나갔다.

 철길이 소나무숲을 벗어나며 숲을 옆으로 끼고 뻗쳐나가기 시작하면, 갑자기 열리는 너른 호수가 두 눈 가득히 펼쳐지고 있었다. 우리는 철길 아래 호숫가로 내려섰다. 바람이 부는 겨울, 한낮의 태양이 너의 이마 위에 걸려 있었다. 너는 손으로 이마를 짚었다. 뜨거움이 느껴지는 모양이었다.

 ……이상하다. 풍경이 왜 이렇게 갑갑하게 느껴질까? 언젠가는 전혀 이렇지가 않았다. 지금은, 저 얼어붙은 수면이나, 내가 손을 대고 있는 이 나무나, 나뒹구는 돌이나, 그런 것들이 마치 모든 색에 무채색을 섞어서 진하게 뭉개놓은 유화처럼, 두텁고 불투명하게 느껴진다. 환하니까 오히려 그 불투명함이 더 확실하고, 그래서 더 답답하고, 그리고 뭐랄까, 모든 게 마치 이 바람이 춥다는 듯 안으로 단단하게 웅크리고 굳어 있고, 갑옷이라도 뒤집어쓴 것 같은데…, 그땐, 그, 적당한 표현이 잘 떠오르지 않지만, 풍경은 믿을 수 없을 만큼 맑고 투명했었다. 그냥 투명했던 것이 아니다. 전혀 체험해보지 못한, 그러니까 여전히 표면의 질감이나 색감이 그대로 있으면서 그 내부를 동시에 드러내주는, 그 내부의 깊고 환한 곳으로 시선을, 시선뿐만 아니라 모든 감각을 이끌어가는 것 같은 거. 그래서 모든 게 다 부드럽고 향기롭게 느껴졌었다. 내가 대고 있는 이 나무 속으로 손이 밀려들어가, 내 살과 나무의 살이 하나가 되고, 그래서 이

나무의 수액을 몸 속으로 받아들이는 것같이. 또 돌 속이라도 파고들 것같이. 그리고 코피가 흐를 때의 향기처럼 그런 식으로 처음 맡아보는 향기로운 냄새들이 코 안에 가득하고, 그 맛이 혀끝을 스쳐지나가는 듯싶었다. 그런 모든 것들은, 그래서 마침내 더 이상 옮길 수 없는 자리, 예컨대 화가가 그린 그림의 구도는 그게 아무리 완벽해도 절대는 아니라는 생각이 드는데, 그럴 수 없는 고유의 자리, 그런 확고한 자리에서, 이때까지 우리가 보고 만지던 저런 모습을 넘어선, 그래, 넘어선, 어떤 본질적인 뭔가를, 풍경의 정체라고나 할까, 그런 것을 내 온몸으로 느끼게 해주는 것 같았다. 그 정체라는 게 정확히 무엇인지는 모르겠다. 하지만 감각 속에서만은 아주 확실했다. 떠 있는 눈이 다시 뜨이는 것 같았으니까. 그 모든 건 지극히 순간적이었지만, 그렇지만…

"그렇지만…" 나는 자기 암시처럼 되새기던 생각을 멈추며, 뒤늦게 내가 그 기억 속의 풍경에 대해 중얼거리고 있었음을 깨달았다. 나는 천천히 풍경을 둘러보았다. 기억 속의 풍경 속에서와는 정반대로, 내가 손을 대고 있는 미루나무는 단단하게 저항하고 있었다. 풍경은 변하지 않았다. "그렇지만 뭐?" 하고, 네가 내 말씀을 이어주려는 듯이 나직이 말했다. "아니… 그뿐이야, 지금은." "지금은?" 그렇게 되물으며, 너는 가늘게 미간을 좁히고 풍경을 가늠했다. 그러다가 갑자기 몸을 굽히고 쿨룩거리기 시작했다. "아무래도 약을 좀 먹어야겠어."

 진입로 입구의 '송림약국'도 문을 닫고 있었다. 호수를 끼고 한 이십 분쯤 걸어나가면, 시내로 들어가는 버스 정류장이 있고, 거기에 약국이 있다는 것을 우리는 알고 있었다. 우리는 그곳으로 가기 위해 호수를 끼고 걷기 시작했다. 그러나 버스 정류장을 향해 나가고 있다는 사실이 나에게 야릇한 불안을 불러일으키고 있었다. 그런데 너 역시 그 어떤 불안을 나눠 지니고 있었던 모양이었다. 네가 물었다. "지금쯤 뭐 하고 있을까?" "아이들?" 내가 직감적으로 되물었다. "응." "늘 마찬가지겠지." "당황했겠지? 둘이 잠적했으니." "아마." "배신일까, 이게?" "글쎄… 그렇게 생각 안 하는 게 낫겠지." "사실은 배신이래도 할 수 없다는 느낌이야. 어쩔 수가 없었어." "올 게 온 거겠지. 참 지독히도 붙어 있었는데…" "처음엔, 그들과 함께 있다는 게 자유롭고 완전한 것이었어." "그들과의 관계는 마치 자라나는 돌 같았지. 견고하면서도, 그건 점점 더 커가는 견고함이었는데." "사실은 지금도 그때가 그리워. 그런데 이젠…" "이젠, 그래, 이젠…" "아무것도 변하지 않았는데, 모든 게 변해버렸어. 왤까? 정말, 어쩌다 이렇게 되었을까?"

얼마나 걸었을까, 우리의 등뒤에서 뛰는 듯한 발소리가 들려왔다. 처음에는 아주 조용한 암시처럼, 그러나 점점 더 커져가는 위협처럼, 그 둔탁하고 빠른 발소리는 금방 등 바로 뒤까지 다가오더니 속도를 늦췄다. 우리가 뒤를 돌아보는 것과 동시에, 그 발소리는 "저…" 하고 말을 건넸다. 병정이었다. 우리는 걸음을 멈추었고, 돌아섰다. 일등병 계급장을 단 병정의 진한 갈색 피부가, 바싹 마른 몰골 속에서 반짝이는 그의 눈빛을 강렬하게 만들고 있었다. 바로 저런 모습을 '빛나는 일등병'이라고 하지—하고, 나는 속으로 중얼거렸다. 그의 몸매에 비해 품이 넓은 군복은 몹시 낡아서, 줄을 잡기 위해 다린 옷자리가 반질거렸다. "담배 한 대 얻어 필 수 있을까요?" 오랜 망설임 끝에 내뱉은 그의 조심스런 목소리는 기실 담배를 원하고 있지 않았다. 나는 그의 어깨에 걸린 국방색 가방과 '전령'이라는 완장을 보며, "그러죠" 하고, 주머니를 뒤졌다. 담배를 건네다가, 나는 그의 손목에 감겨진 붕대에 흠칫 놀랐다. 놀라움이, 그의 손목에서 스며나오다 굳은 불그티티한 핏자국과 그 밑에 스며 있을 더 많은 피의 응결을 내 손목으로 옮겨 감았다. 내 눈 밑이 실룩거렸다. 잠시 머뭇거리던 나는, 내 입에도 담배를 하나 물린 후, 담뱃갑을 전부 그에게 내밀었다. "피세요. 얼마 남지 않았지만." 그는 사양하지 않았다. 그와 나는 성냥불을 나누었다. 우리는 다시 걷기 시작했고, 그는 우리에게 발걸음을 맞추었다. "여기 어딘가에 근무하시나요?" 나는 서먹서먹한 발걸음을 깨기 위해 물었다. "네." 그는 간단히 대답했고, 나는 더 이상 할말이 없었다. 그러자, "혹시 서울서 오셨나요?" 하고, 그가 물었다. "네" 하고, 이번엔 내가 간단히 대답했다. "저도 서울서 왔습니다." 그가 약간 떨리는 목소리로 말을 이었다. 나는 힐끗 그를 향해 고개를 돌렸는데, 그때 나는 그의 뺨과 목덜미에 그 혼자 몫의 외로움—외로움?—이 소름처럼 돋아나는 것을 보았다. "서울은, 늘 그렇지요?" 그가 다시 물었다. 이번엔 앞만 보고 걸어가던 네가 힐끗 그를 향해 얼굴을 돌렸다. "늘 그렇지요." 내가 대답했다. "혹시, 학생?…" "네." "역시 그렇군요. 이번에두 데모가 심했다죠?" 나는, 한 달이 지나도록 교문 앞에 붙어 있던 휴교 공고를 떠올렸다. "그런 셈이죠. 학생이셨나요?" 내가 되물었다. "네." "그럼 졸업하시고?…" "아뇨, 아직." "그럼…" "쫓겨왔죠." "아, 그러세요…" 우리는 말을 끊었다. 세 사람의 발자국 소리가 불규칙하게 들려왔다. 한참 만에 그가 목소리를 바꾸며 말을 이었다. "실은, 왠지 꼭 이 말을 해야 할 것 같은 느낌이 드는데요, 아까 아주 멀리서 두 분의 뒷모습을 처음 보았을 때, 꼭 아는 사람인 것 같은 생각이 들었었죠. 이상하게두 한번 그런 생각이 드니까, 확인하구 싶어서 견딜 수가 없었어요. 그래서 막 뛰어왔던 겁니다." 그는 무엇 때문에 그런 이야기를 하는 것일까? 나는 다시 그를 돌아보다가 그의 눈길과 마주쳤다. 그와 나는 눈길을 피하지 않고 마주보았다. 두 시선의 팽팽한, 그러나 적대감 없는 긴장이 마주치고 있었다. 마침내 그가 "그럼 바빠서…" 하고 말했다. 그리고는 마치 여태껏 쭉 뛰고 있었다는 듯이 앞으로 달려나갔다. 그의 발소리가 크게, 그러나 곧 작게, 눈앞에서 사라져갔다.
"안됐어." 그가 시야에서 완전히 사라지고 나자 네가 불쑥 말을 꺼낸다. 먼 물새 울음 소리를 흩트린 그 '불쑥' 때문에, 나는 어떤 연민 같은 감정으로부터 깨어나는 섬뜩함을 느낀다. 나는 그 섬뜩함의 여운이 사라져가는 짧은 시간을 세심히 받아들인다. 그리고 가능한 한 무심한 목소리로 대꾸한다. "안될 것도 없지." "너도 겪었으니까?" "아니, 그런 뜻이 아니야." "그럼?" "글쎄…" 대답을 피하며, 나는, 내가 느꼈던 그 연민 같은 감정이 무엇일까—하고 자문한다. 나는 그 무엇인가를 규명하고 싶다(아마 너는 그것을 쭉 원해왔었던 것 같다). 병정의 발소리, 흐릿한 예감, 그의 모습, 그의 계급장, 그의 표정, 그의 말투, 그의 손목에 감긴 피 묻은 붕대, 그의 타들어가던 담배, 그의 목소리…, 모든 것들이 '그'라는 하나의 형태 속에서 보여주던 어떤 느낌의 본질에 대해서. 규명, 그렇다. 나는 더 이상 그 인상들을, 그 느낌의 단편들을 나열하는 데 그치고 싶지가 않다. 내 몸 속에서 어지러이 날뛰는 그 무수한 심상들을 자신의 자리로 되돌려보내고, 또 잠재울 수 있는 빛나는 한마디를, 나 자신에게, 그리고 너에게 주고 싶다. 그런데 이 욕망은 또 지나친 것일까, 뜻밖에도 그 많은 심상들이 우수수 내 몸 속의 깊고 어두운 곳으로 떨어져내린다. 그리고 나는 곧 텅 빈 몸만으로 서 있는다. 텅 빈 몸, 이것은 말하자면 의식의 막다른 곳이다. 나는 절망한 사람처럼 머리를 거세게 흔든다. 머릿속에서 바다가 모습 없이 출렁거린다. 바다, 바다──하고, 나는 혼잣속으로 중얼거린다. 그러자 바다가 하나의 영상으로 가득 살아난다. 이어서 너의 영상이… 네가 바닷속으로 걸어들어가고 있다. 너는 나에게 등을 준 모습으로 점점 물결에 휩싸이기 시작한다. 나는 갑자기 너의 얼굴이 보고 싶어진다. 지금 너의 얼굴이 무엇을 표현하고 있는지 분명히 알고 싶다. 그 바람에 간절해져, 나는 너를 좇아 바다로 뛰어든다. 출렁이는 파도를 헤치며 허우적허우적 달려간 내가 간신히 너의 등을 잡아 돌린다. 순간, 나는 우뚝 멈추어선다. 거울처럼, 너는 나를 마주본다. 너의 얼굴은 어떤 표현을 완결하지 못한, 차라리 끝내 완결할 수 없기 때문에 멈추어선, 한없이 고통스런 애매함 그것이다. 순식간에 바다가 물러가고, 네 등뒤의 호수면 위에서 흰 점들이 가득 날아오른다. 물새의 무리가 먼 소나무숲 너머 바다 쪽으로 날아가고 있다. 그 배경과 너의 얼굴이 하나의 장면으로 고정된다.

  우리는 다시 버스 정류장 쪽을 향해 걷기 시작했다. 얼마나 걸었을까. 우연히 네 발부리에 걸린 자갈 하나가 때르르르륵 앞으로 굴러나갔다. 그것은 방향을 약간 비틀어 몇 발자국 남은 내 예정된 발길 쪽에 멈추었다. 나는 멍하니 그 앞으로 나아가

다가, 문득 한 발을 꺾어올렸다 내리며 자갈을 힘껏 내질렀다. 발끝에 전달되어오는 충격과 함께 지면에서 떠오른 자갈은 곧게 뻗쳐나가 햇살 속으로 사라지더니, 땍 땍 때르르르르르르륵 아득한 소리를 이끌다가, 문득 침묵이 되었다. 나는 그 침묵을 찾기 위해 햇살 속을 뚫어지게 바라보았다. 침묵의 모습은 어디에서도 보이지 않았다.

나는, 보이지 않는 침묵을 향해, 홀로, 서 있다. 인적 없는 길의 한가운데서 묵묵히 시간은 흘…러…간…다… 한참 만에, 나는, 몸을 돌려, 내가 걸어온 긴 아스팔트 길을 바라본다. 호수를 안고 있는 타원형의 길이 숲 뒤쪽으로 꺾어지는 먼 곳에서, 한 줄기 바람이 막 꼬리를 감춘다. 그것은 흡사 시간이 사라져가는 모습 같다. 무의식적으로 들어올려진 왼손을 의식하며, 나는 시계를 들여다본다. 열두시 구분 전… 그런데, 아, 시계는 멈추어 있다. 나는 거듭 시계를 들여다본다. 열두시 구분 이십일초 전, 초침은 역시 정지되어 있다. "시계가 죽어 있었군." 나는 내 귀를 향해 중얼거린다. "그럼 지금은 몇 시지?" 나는 내 목소리의 웅얼거림을 듣는다. 나는 주위를 둘러본다. 하지만 헛된 동작, 주위에는 시간의 지표가 되어줄 어떤 것도 없다. 그 깨달음이 문득 나를 초조하게 만든다. 정말 지금은 몇 시일까? 지금은, 그냥 지금일까? 나는 그 대답 없는 물음을 떨쳐내려는 듯 머리를 거세게 흔든다. 머릿속에서 바다가 모습 없이 출렁거린다. 바다, 바다—하고, 나는 혼잣속으로 중얼거린다. 그러나 바다는 가득찬 영상으로 살아나지 않는다. 살아나지 않는 바다가 나를 더욱 초조하게 만든다. 이 한없이 모호한 지금, 태양은 하늘의 막연한 자리에 높이 떠 멈추어 있다. 나는 고개를 떨군다. 그러면서 나는 내 발 밑의 좁고 어두운 그림자 속에 갇힌다. 좁고 어두운 내 골통이 부글거린다. 무의식적으로 이마를 향해 들어올려진 오른손을 의식하며, 나는 그 손에 쥐어진 흰 물체를 발견한다. 흰 편지 봉투다. 잠시 나는 편지를 만지작거린다. 편지의 내용이 하얗게 생각나지 않는다. 나는 손을 떨군다. 그리고 내 그림자의 캄캄한 심연을 내려다본다. 나는 그 심연의 사슬에 묶인 한 발을 무겁게 들어올렸다가 앞으로 내디뎌본다. 사슬이 끌린다. 사슬을 끌면서, 나는 다시 버스 정류장 쪽을 향해 걸음을 옮긴다.

　모든 것들이, 시야에 들어오는 모든 것들이 매순간 두터운 벽이 되어 나의 앞을 가로막고 있다. 발을 옮길 때마다, 풍경은 장면장면 한 장의 거대한 사진처럼 공기의 평면 속에 갇히고 굳으면서 하나의 벽을 이룬다. 하나의 벽을 밀치면 곧바로 내 앞을 가로막는 또 다른 공간의 두께, 평면화된 공간의 두께, 그 두께의 중압감…

　겹겹이 쌓인 풍경들을 헤치고…, 긴 풍경을 헤치고 난 후, 나는 지쳐 있다. 이제, 저만치 보이기 시작한 버스 정류장의 표지판 밑에서 내 앞을 가로막고 있는 것은 한 떼의 젊은 남녀들이다. 풍경의 끝이 사람이라니. 나는 크게 숨을 몰아쉰다. 버스를 기다리는지, 저들은 모여서서 찬 입김을 내뿜으며 깔깔대고 있다. 사람의 웃음 소리가, 사람 그 자체가 아주 오랫동안 대해보지 못한 대상처럼 곤혹스럽다. 선뜩선뜩, 내 흔들리는 시야 속으로 저들의 웃음 소리가 확대되며 찍혀온다. 저들도 그들이군, 그들이야, 젠장, 그들이라니. 입 안에서 웅얼거리는 스스로 뜻

모를 소리를 씹으며, 나는 저들에 대한 야릇한 미움에 사로잡힌다. 나는 어떻게 저들을 밀치고 우체통—그것은 저들의 뒤쪽에 있을 것이다—을 향해 나아갈 것인가. 사람을, 풍경도 아닌 사람을. 그러나 도리가 없다, 결판을 내는 수밖에… 눈을 가늘게 뜨고 거리를 가늠하던 나는 불현듯 늦추어져가던 걸음에 마지막 힘을 모은다. 나는 빠른 속도로 저들을 향해 전진한다. 옛날의 영화 필름처럼 뚝뚝 끊어지듯이 다가서는 저들의 동작, 여자—언 땅을 두드리는 독일군 같은 부츠, 남자—허우적대는 검은 장갑 낀 손, 다른 여자—허리를 동여맨 날렵한 외투의 가슴 곡선, 다른 남자—주홍색의 두터운 파카 옷 속으로 자라처럼 움츠리는 목, 또 여자—멋으로 흩날리게 만든 스카프, 또 남자—갑자기 놀란 눈, 눈 눈, 놀란 눈 열두 개, 사라진 웃음과 음성, 정적, 정적의 소용돌이! 나는 그들의 한가운데로 탱크처럼 진입한다. 한 순간 툭 떨어지는 심장, 길고긴 몇 초, 나는 그들을 통과한다. 드디어 우체통이 보인다. 나는 호흡을 거두지 않고 우체통에 다가간다. 그리고 서둘러 편지를 집어넣고 돌아서서 몇 발자국 멀어지다가, 갑자기 무엇이 생각났다는 듯 획 우체통을 향해 돌아선다. 저들의 눈길이 일제히 나에게로 쏠린다. 호흡이 불규칙하게 몰려나온다. 나는 내가 왜 몸을 돌렸는지 알 수 없다. 생각이 캄캄해진다. 저절로 마음의 밑자리에서 솟아오르던 나의 동작이 저들의 시선에 저지당한 것일까? 그렇다면 나는 저들과의 결판에서 졌단 말인가? "미쳤군" 하는 낮은 목소리가 들린다. 한 여자가 훗훗 웃어댄다. 기다렸다는 듯이 여섯 명이 한꺼번에 깔깔대는 소리가 터져나온다. 나는 그 웃음소리의 포승을 끊기 위해 온몸에 힘을 준다. 포승은 끊기지 않는다. 나는 뻣뻣이 서서 'POST'와 '우편'이라는 두 단어만을 마주본다. 점점, 나는, 굴욕과 증오와 허탈과 피로와 또 다른 걷잡을 수 없는 감정들과 추위 때문에 눈두덩이 붉게 열오르기 시작한다. 점점, 나는, 뒤틀린 감정과 감각에 의해 눈앞의 우체통이 일그러져가는 것을 본다. 그 견고하던 철제품이 이제 내 시선의 분노와 열기에 녹고 휘어져 형체를 잃어간다. 이지러짐 속에서 언어가 함께 뒤틀리며 해체된다… POST, P·O·S·T, P·S·O·T, T·O·P·S, ㅏ·O·ㅜ·S, ㅇ·T·O·d… 우편, ㅇ·ㅜ·ㅍ·ㅕ·ㄴ, 우·편, ㅍ·ㅜ·ㅇ·ㅕ·ㄴ, 푸·연, ㅗ·ㅏ·ㅇ·ㅛ·ㅍ, ㅑ·율, ㅠ·ㅇ·ㄴ·ㅏ·ㅂ, ㅑ·ㄲ, ㄱ·ㅗ·ㅠ·ㅍ·ㅇ… 저 철자들의 결합이… 기호가… 약속이… 완전히 녹아 사라진다… 눈앞에는 붉은 불덩어리뿐… 그리고… 불덩어리조차… 멀어져간다… 시야가 빈다… 없음… 없음…

없음!… 그러자… 텅 빈 여기의 밖 먼 곳에서, 아주 멀리서, 사라진 불길 혹은 기호의 울음 소리가 들려온다. 발끝에서부터 그 울음이 조금씩 전달된다. 울음이 조금씩 내 몸에 차올라온다. 우우웅 우우웅, 울음이 조금씩 가슴께를 흔든다. 웅 웅, 차 소리. 퍼뜩 그것을 깨달을 때, 버스 한 대가 괴물 같은 울음 소리를 내며 등뒤에 진입한다. 버스는 아스팔트 길 가운데에 만들어진 둥근 화단을 돌아 저들이 서 있는 정류장에 멈출 것이다. 소리가 높이 솟구쳤다가 끊긴다. 버스가 멈춘 모양이다. 문 열리는 소리, 버스를 내리는 발소리, 사람들——예닐곱 명쯤 될까?——이 웅얼대는 소리가 조금씩 분명해진다. 참, 나, 그놈이 이 좁은 바닥에서 곗돈 해 처먹구 어쩔려구, 글쎄, 입 딱 씻고 눈 감아, 저씨, 빨리 짐 내려요, 담에 다시 봅시다… 소리를 따라 모습들이 하나하나 분명해진다. 우체통이, 글자가 분명해진다. 나는 고개를 돌려 버스에서 흩어지는 사람들과, 막 버스에 오르고 있는 저들을 바라본다. 나는 비로소 돌아선다. 길 건너의 'ㅅㅓㅇㅅㅣㅁㅇㅑㄱㄱㅜㄱ' 옆에, 조그마한 'ㅅㅜㄹㅈㅣㅂ'이 있다.

 술집 안에서, 나는, 막걸리 반 주전자와 낚지볶음 반 접시를 시키고는, 유리창 너머로 길 건너편에 내다보이는 우체통을 바라보고 있다. 이제 나는 우체통의 세세한 형체를 한눈길에 파악할 수 있다. 그리고 우체통에 씌어져 희미하게 구별되어 보이는 무슨 글자들과 마크를 미리 알고 있다. 나는 아까 그것들을 보았다. 나는 그전에도 그것들을 보았다. 그래, 나는 안다. 그것은 '우편' 'POST'라는 글자들과 우편 마크다. 그 형체와 색과 글자들과 마크——그것은 어떤 고유한 형식 또는 이름의 규율이다. 이제, 비로소, 나는, 똑같은 모양에 똑같은 색깔을 칠해 똑같은 기호를 새겨넣은 저 형식을 통해 이 땅의 지도 위에 그물코처럼 촘촘히 찍혀 있을 수많은 우체통들을 생각한다. 또, 나는 그것들을 그곳에 존재하게 만든 어떤 '그들'을 생각한다. 그리고 다시 생각한다, 지금 저 단단한 쇳덩어리 속에 굳게 갇혀 '우리'가 공유하는 어떤 예정된 과정을 기다리고 있는 편지라는 형식을, 그 형식을 통해서 안심하고 있는 모든 '너'들 혹은 '그'들을, 그들과 조금도 다를 바 없는 '나'를. 그런데도 나는 그들과 다른 나 혼자만의 무엇을 감히 누구에겐가 전달할 수 있다고 믿었단 말인가… 나는 바닷가를 거닐고 있었을 것이다. 나는 텅 빈 해변의 상점가를 방황했었을 것이다. 그때 갑자기 나는 무엇인가를 쓰고 싶었을 것이다. 나는 그것을 누구에겐가 보내지 않고는 견딜 수 없었을 것이다. 나를 기억하는 남에게, 이곳까지 홀로 떠나와 또다시 남에게! 어찌하여 나는 그 터무니없는 희망을 꿈꾸었단 말인가. 그 견고하지도 못한 말을 가지고, 지금은 기억조차 나지 않는 그 헛된 말들을 적어가지고. 이제야 나는 아까 내가 왜 우체통을 향해 갑자기 돌아섰는지 알 수 있을 것 같다. 나는 막 집어넣었던 편지를 다시 끄집어내고 싶었던 것이다. 그러나 어떻게 그것을 끄집어낸다? 우체부가 올 때까지 기다려? 그러나 그는 언제나 올까? 그 뜸한 버스가 몇 번이나 이곳에 닿아야 그가 내릴까? 어쩌면 이미 이곳의 일과를 끝내버리고 안 올지도 모른다. 그러면?—하다가, 나는, 고통스럽게 팽창하는 생각을 억제해버리려는 듯, 눈을 감는다. 눈꺼풀 안으로 'POST'와 '우편'의 두 단어가 떠오르며 잠깐 어른거리다가 흰색으로 뭉개지더니, 이윽고 검은 눈꺼풀의 공간 뒤에 사라진다.

나는 고개를 돌리고 눈을 뜬다. 이런 술집에선 언제나 똑같이 보이는 이 빠진 술잔과 찌그러진 주전자와 퍼런 무늬가 있는 접시와 접시에 기댄 흰 나무젓가락과 겹겹의 덧칠이 벗겨진 테이블의 모퉁이와 그 모퉁이에 가려진 저쪽의 더러운 나무의자와 그 배경의 흙바닥이 보인다. 흙바닥이 움직인다. 쥐 한 마리가 뛴다. 나는 손을 뻗어 주전자를 기울인다. 사발 가득히 뿌연 액체가 찰랑거린다. 혼탁함, 저 혼탁함이 무엇을 씻어줄 수 있을 것인가—하며, 나는 젓가락을 향해 손을 뻗는다. 나는 젓가락으로 혼탁한 액체를 휘휘 저어댄다. 잠깐 저항하던 액체는 곧 원심력을 가지고 사발을 둥글게 맴돈다. 그 가운데 패인 구심점이 나를 호린다. 그러나 금방 동력을 잃으며, 술기를 포화한 술은 사발에 넘실댄다. 나는 술잔을 끌어당긴다. 그리고 걸죽한 동작으로 목의 근육을 쭉 젖혔다가 내린다. 목구멍 속으로 탁한 취기가 흘러내린다. 그러자 이번엔 무방비 상태의 내 의식 속으로 어떤 소리들이 끼여들어오기 시작한다. "…일까? 산다는 게 말이야." "글쎄요." "인간이란 말이야, 인간이란 과거의 집적체라고 말할 수 있을 것 같은데…" "네, 아마 그런 것 같애요. 과거를 기억할 수 없다면 어떻게 살겠어요?" 나는 그쪽으로 고개를 돌린다. "없겠지." "아주 쉽게, 사랑이란 걸 생각해도 그래요. 그게 좋은 것이든 나쁜 것이든 갖가지 시간이 쌓여야만 완전한 사랑에 도달할 것 같은…" "이렇게 말할 수 있을 거야. 자기가 가장 잊어버리고 싶은 추억까지도, 사실은 지금의 나를 만든 중요한 요소가 된다고. 그래서 우리는 과거를 통해서만 진실을 알 수 있지." 저들은 남자와 여자다. 목소리가 벌써 취해 있다. 여자의 고개가 남자의 어깨에 힘없이 기대어 있다. 저들은 언제 들어왔을까? 나보다 먼저였나? "전 가끔 이런 생각 하곤 해요. 두 사람이 함께 지니는 기억이 많으면 결코 헤어질 수 없을 거라고." "하하, 또 사랑 이야긴가?" "아이 참, 그냥 그렇단 거예요. 행복이란 게 그런 거 아니에요?" 그리고 그들의 흐뭇한 미소. 나는 그것을 견디기 위해서 입술을 잘근잘근 깨문다. 인간, 과거, 축적, 진실… 그 추상과 추상 사이에 숨겨진 욕망의 현실. 목소리의 욕정. 저것은 틀림없는 말인가, 또는 단지 음성일 뿐인가. "그런 걸 꿈꾸는 것만으로도 행복할 때가 있어요, 정말." 말들이 아닌 음성들이 내 머릿속에서 웅웅거리며 맴돌기 시작한다. 나는 두 사발의 술을 연거푸 마신다. 웅웅 소리가 점점 더 커진다. 나는 거세게 머리를 흔든다. 소용없다. 남자와 여자는 여전히 입을 놀리며 웅웅 소리를 뱉아낸다. 나는 더 이상 그 소리를 감당할 수 없을 것 같다. 안 되겠다, 일어서야지. 그러나 나는 일어서지 않는다. 나는 저들을 노려본다. 또다시 내가 피해서는 안 된다는 생각이 든다. 나는 더 이상 피할 곳도 없다. 그렇다면 가라, 너희들이 가라, 나는 여기에 있겠다. 나는 저들에게 시선의 안간힘으로 명령한다. 그런데 정말 내 명령이 전달된 것일까, 저들이 부스스 몸을 털며 일어선다. 저들은 흩어진 몸짓으로 돈을 지불하고 문 쪽으로 다가간다. 그러자 나는 더 큰 욕망을 느낀다. 나는 저들을 시험해보고 싶은 것이다. 나는 저들의 뒤통수를 뚫어지게 바라보며 다시 소리없이 명령한다. 나가라, 나가서 여자여, 너만 떠나라. 여자만 가고 남자는 다시 돌아와 나에게 오라. 남자가 힐끗 나를 뒤돌아본다. 그리고는 여자의 어깨를 감싸며 문을 열고 밖으로 나간다. 저들이 창틀의 영역으로부터 사라진다.

 나는 직사각형의 창틀을 그대로 바라보고 있었다. 폐허같이 죽어 있는 풍경을 내다보면서, 나는 서서히 오랜 악몽으로부터 깨어나는 듯싶었다. 술 때문에 찌뿌드드한 이마의 식은땀을 닦으며 혼란한 꿈에서 깨어나는 새벽의 한기가 등을 스쳤다. 그때 창틀 안으로 누군가가 들어섰다. 문이 열렸다. 조금 전의 그 사내였다. 사내가 현실의 저편으로부터 이편으로 건너왔다. 그는 문을 닫고 돌아서서 잠시 머뭇거리다가 성큼성큼 내 쪽으로 걸어왔다. 그리고 나를 내려다보며 쑥스러운 표정을 짓더니, 불쑥 몸을 굽히고, "술을 재미있게 드시더군요." 말을 꺼냈다. 그의 입에서 토해진 역한 내음이 전달되어오자, 나는 비로소 그의 침입이 엄연한 사실임을 깨달으며 당황하기 시작했다. "앉아도 되겠습니까?" 그가 재차 말을 걸었다. 나는, 그가 홀로 돌아오기를 명령한 내 의식의 장난이 원망스러웠다. 어쨌든 나는 그를 자리에 앉힐 의사가 전혀 없었다. 가라, 가라—하고, 나는 그를 향해 침묵했다. 그런데도 사내는 주모에게 "여기 막걸리 한 되하구 낙지 하나 더 주세요" 하고는 내 맞은편 자리에 앉더니, "미구에 사시는 분이 아니지요? 서울서 오시지 않았어요?" 하며 조금 자신만만한 표정을 지었다. "전 여기 시내에 있는 미구고등학교 교삽니다. 교사 초년생이지요. 지리를 가르치고 있어요. 서울서 대학 다니다가 금년 봄에 졸업했죠. 선생이랍시고 돼가지구, 고향이라고 다시 여길 오니까, 갑갑해요. 아까 저랑 같이 있던 여자 보셨지요? 심심하니까 데리구 다닙니다만, 말도 안 통하구. 그래서 서울서 온 사람만 보면 반갑답니다." 사내는 어떻게 내가 서울서 왔다는 것을 저토록 확신할까? 나는 그를 어떻게 처리해야 할지 알 수 없다는 듯이 술 한 잔을 훌쩍 마셨다. 그가 다시 대들었다. "실례지만, 뭘 하고 계신지요?" 나는 더 이상 침묵할 도리가 없는 것 같았다. "아직, 학교에 다닙니다" 하고, 결국 나는 대답을 빼앗겼다. "그럼 나이가?" "스물 넷입니다, 만으로…" 나는 무표정으로 대답했다. "어이구, 저랑 동갑이군요. 그렇다면 군댈 갔다 오셨나요?" 군대? "네. 남들보다 좀 일찍 돌아오긴 했습니다만." "그러셨군요? 그렇다면 나이 계산이 대강 맞겠네요. 전 군댈 면제받았으니까요. 근데 일찍 제대하셨다니, 무슨 사정이라두?…" 나는 그의 집요한 질문에 극심한 짜증을 느꼈다. 나는 심문받는 기분이었다. 나는 심문받아야 할 하등의 이유가 없었다. 나는 대답하지 않았다. "저두 대학 땐 군대 때문에 고민 참 많이 했어요. 그런데 군댄 어떻게 그렇게 일찍 가셨어요?" 나는 대답하지 않았다. 사내는 내 무반응이 그제야 마음에 걸린 모양이었다. 그는 자기 얼굴의 표정을 지우며 게걸스럽게 술을 마셨다. 그리고는 갑자기 무슨 용기라도 얻은 듯 표정을 환하게 그리며 다시 대들었다. "여기 호수 좋지요?" "네." 나는 할 수 없이 짧게 대답했다. "여긴 바다도 좋지만 호수가 아주 좋아요. 아시겠지만, '석호'라고, 동해안에선 가끔 볼 수 있는데, 여긴 유별나게 규모가 크죠." 사내가 전공 티를 내고 있었다. 나는 그의 얼굴을 빤히 들여다보았다. 한 번도 만난 적이 없었을 텐데, 어딘가 좀 낯익은 얼굴이었다. 사내가 쑥스러운 웃음을 지었다. 쑥스러움을 우회하듯, 그는 또 나를 겨냥하며 질문했다. "한겨울에 여긴 무슨 일로 오셨나요?" "네, 볼일이 좀…" "친척이라도 계신 모양이죠?" "아니오, 그냥 바다나 볼까 하고…" "아하, 참, 그것도 볼일은 볼일이군요." 사내는 몸을 뒤로 젖히며 요란스럽게 웃어댔다. 그는 저 나름대로 내가 무슨 농담이라도 한 줄 아는 모양이었다. 그러자 빈 사발을 채우던 나는 정말 농담을 한마디 내뱉고 싶어졌다. 나는 단번에 사발을 비우고, 막 이야기를 시작하려는 나를 경멸하듯 바닥에 대고 침을 탁 뱉았다. "아카시아 향기를 맡아보셨죠?" 뜻밖의 이야기에 사내는 잠깐 어리둥절한 눈치였으나, 곧 내가 말을 시작한 데 만족한 웃음을 띠며, "네" 하고 대답했다. "그 향기가 연상시키는 게 뭡니까?" "모르겠는데요." "군대에 있을 때 보급이 제 담당이었는데, 저희 보급 창고 옆엔 아카시아가 무성했지요. 그리고 보급 창고 구석엔 '플레이보이' 잡지 몇 권이 숨겨져 있었어요. 다른 계절엔 그걸 봐도 덤덤했어요. 그런데 아카시아 향기가 자욱한 초여름 오후엔 그 구석에 처박혀 있으면 환장하지요. 그땐 꼭 해야만 할 일이 있어요. 그게 뭔지 맞춰보시겠습니까?" 그는 어깨를 들썩했다. "모르겠는데요." "수음입니다." "아, 정액 냄새…" 사내는 손뼉을 딱 쳤지만, 아까보다 훨씬 덜 요란하게 웃었다. "수음 해보셨지요?" 내가 사내에게 침을 뱉듯 물었다. 사내가 정색을 했다. "아뇨. 여자하곤 자주 잤지만. 하지만 군대라면 그렇게라도 견뎌야 하겠죠." 개새끼. 나는 방문을 잠근 채 자기의 자지를 움켜잡고 허우적거리는 사내를 상상했다. 나는 빨리 이곳을 떠나겠다고 생각했다. 사내는 내 태도를 눈치챈 모양이었다. "해변에 묵고 계신가요?" 하고 그가 좀 다급한 투로 물었다. "네, 송파여관입니다." 나는 무심결에 그저께 밤의 병정에게 대답하면서 시계를 보았다. 열두시 구분 전…, 아, 참, 시계가 죽어 있었지. "실례지만 몇 시나 됐습니까?" 사내가 자기 시계를 보았다. "두시 사십오분인데요." "이거 참… 벌써 그렇게 되었군요." "무슨 하실 일이라도? 괜찮으시다면 시내로 자리를 옮겨 한잔 대접하고 싶은데…" 하고, 사내가 몹시 아쉬운 듯 말했다. "네, 고맙습니다만 전 볼일이 좀…" "그 바다 볼 일 말입니까?" 사내가 짐짓 농담기를 섞어 되물었다. "네, 바로 그 바다를 볼 일이…" 나는 진지하게 대답했다. 사내는 반쯤 의아해하고 반쯤 조롱당한 표정으로 나를 쳐다보았다. 그러나 그것은 진심이었다. 나는 방금 바다로 나가기로 결심했던 것이다.

바다로 가야지… 나는 주점을 등뒤로 한 채 중얼거렸다. 버스 정류장에는 시내로 들어가는 버스가 한 대 멈추어 있었다. 관광도로의 잘 닦인 아스팔트 위로 겨울 햇살이 무모하게 번득이고 있었다. 바다로 가야지… 나는 바다 쪽으로 몸을 돌렸다. 나는 걸었다. 그러나 선뜻 내켜지지 않는 걸음이 무거웠다. 왜 이럴까? 나는 힐끗 버스를 돌아보았다. 차라리 시내로 들어갈 걸 그랬나? 바다로 가기엔 아직 완전치 않은 것일까? 한 번만 더 그것을 유보시킨다면, 그리고 저 사내의 제안대로 함께 시내로 나간다면, 어제는 그 여자와 함께 실패했었지만 한 번만 더 사내와 함께 '그들'이 된다면, 더 철저히 저들-그들 속의 '그'가 된다면, 그러면(?) —

그는 우선 안전하게 시내로 잠입해 들어갈 수 있을 것이다. 시내의 어디쯤에서 버스를 내릴 때, 그는 가죽 점퍼를 입은 남자의 추적을 받지 않아도 될 것이다. 오히려 시내의 어느 모퉁이쯤에서 그들과 신분이 비슷한 남자를 만났을 때, 그는 사내의 친구인 그 남자와 인사를 나눌 것이다. 그는 또 그 남자와 공연한 웃음을 주고받을 것이다. 그리하여 그는, 어느 정류장 앞에 엎드려 있을 거지 아이의 드러난 속살이 터져 부르튼 상처를 보며 견딜 수 없는 동정심을 느낄 것이다. 그는 거지에게 동전을 몇 개씩이나 던져줄 것이다. 그리고 그는 연탄불 앞에 쪼그리고 있는 늙은 군밤 장사의 게슴츠레한 눈빛에서 생활의 긴 편력을 목격할 것이다. 그는 한줌의 군밤을 살 것이다. 사내와 함께 군밤을 씹으며, 그는 쇼 윈도 속에서 화려하게 차려입은 마네킹들을 유심히 들여다보고 그 옷이 어울릴 누군가를 생각할 것이다. 그때 그는 차가운 겨울을 울리는 우렁찬 해머 소리와 함께, 그 쇼 윈도에 비친 어떤 건물이 헐려가는 모습을 보게 될 것이다. 그와 함께 몸을 돌려 그 허물어져가는 건물을 쳐다보면서, 사내는 말할 것이다. "요즘엔 이곳에서도 아주 의욕적인 건설 붐이 일고 있죠. 저긴 십오층짜리가 들어설 예정이랍디다. 여기선 제

일 높은 건물이 되는 거죠…" 그는 계속해서 지껄여대는 사내의 이야기에 열심히 귀기울일 것이다. 사내는 크리스마스에 대해서, 날씨에 대해서 이야기할 것이다. 사내는 막 지나친 책방에 대해서, 자신이 읽은 책에 대해서 이야기할 것이다. 사내는 자기가 잘 가는 다방에 대해서, 술집에 대해서 이야기할 것이다. 사내는 또 자기가 잘 다니던 서울의 술집에 대해서도, 명동과 종로와 하숙집과 창녀촌에 대해서도 이야기할 것이다. 그리고 사내는 미구의 여러 가지 모습에 대해서, 미구의 역사에 대해서, 군데군데 남아 있는 이곳의 유적들에 대해서도 빼놓지 않고 이야기할 것이다.

그는 사내가 이끄는 대로 어느 유적물 앞에 다다를 것이다. 작은 숲에 둘러싸인 언덕 위엔, 고풍의 높다란 누각 하나가 '還鄕臺'라는 현판을 달고 우뚝 서 있을 것이다. 그는 곧 이곳에서 배출된 이조 시대의 유명한 유교 학자인 죽석 최선의 이름을 떠올릴 것이다. "이곳 사람들에겐, 아주 유서 깊고 또 상징적이랄까 그런 곳이죠. 최선 선생께서 조정에서 큰 벼슬을 지내시고 말년에 고향으로 돌아오셨을 때, 그분을 기리기 위해 지은 누각이랍니다. 선생께선 주위의 만류에도 불구하고 끝끝내 고향으로 돌아오시길 고집하셨답니다. 당시엔 여기서 서울까지 오간다는 것 자체가 모험이랄 수 있었는데도 말입니다. 후세의 이곳 젊은 이들에게 모범을 보여주기 위해서였지요. 당시의 이런 변두리에서도 훌륭한 인물이 나올 수 있다는 그 뜻이 아직까지도 미치고 있는 셈이죠… 그리고 어때요? 건축 양식도 독특한 면이 많지요? 저 서까래 같은 델 보세요. 선생 자신도 나중에 이걸 보고 크게 감탄하셨답니다. 원래 그분은 그림에도 조예가 깊으셨거든요." 그는 그 역사적인 인물을 위해 꼭꼭 존칭을 붙이는, 약간 상기된 사내의 얼굴을 힐끗 쳐다볼 것이다.

그는 사내가 이끄는 대로 '어물종합시장'이란 곳에 다다를 것이다. 거대한 창고처럼 만들어진 어물 시장은 자욱한 비린내에 싸여 있을 것이다. 즉석에서 회를 만들어 파는 아낙들의 손을 뿌리치며, 빼곡이 들어찬 가게들 사이로 좁고 차갑고 질펀한 바닥을 사내와 그는 헤쳐다닐 것이다. "여긴 삶의 현장이라 그럴까, 그런 느낌이에요. 전 우울하거나 그럴 땐 가끔 이곳에 오죠. 이 비린내, 전 이 냄새가 좋아요. 아주 옛날 사람들, 단순하고 건강한 사람들에게선 바로 이 냄새가 풍길 것 같은 생각이 들거든요." 살아 있는 바닷장어의 한쪽을 못에 걸고 긴 살가죽을 쭉쭉 벗겨내면, 벌건 살이 드러나며 꿈틀대는 모습. 그래도 살아 뒤틀리는 그것들을 몇 마리씩 한데 묶어 걸어놓은 모습. 각종 생선들의 뒤룩뒤룩한 눈, 눈들. 그때 한쪽 구석이 웅성거릴 것이다. 생선물에 얼룩진 점퍼를 입은 두 남자의 고함 소리. "이 새끼가 여기가 어딘 줄 알고…" "뭐, 씨팔놈아! 다 같이 밥 빌어먹는 처지에 텃세는 웬 텃세야!" 한 남자가 재빨리 다른 남자의 턱을 후려치고. 쓰러진 다른 남자가 문득 쇠갈고리를 집어 들고. 사람들이 우르르 그들을 떼어놓고.

그는 사내가 이끄는 대로 어느 골목 속의 당구장에 들어갈 것이다. "딱 한 게임만 몸을 풉시다. 몇이나 치세요?" 하며, 사내는 싱긋 웃을 것이다. "글쎄요. 재수생 노릇 할 땐 백까지 쳤는데, 그 이후론 하두 안 쳐봐서…" 큐대를 휘어잡는 사내의 실력은 충분히 삼백을 넘어설 것이다. 초록색 융단 위에 나뒹군 희고 붉은 네 개의 단단한 공들을 요리조리 몰아보며, 사내는 서서히 뭔가 보여주겠다는 얼굴을 빛내기 시작할 것이다. 마치 그 당구대야말로 자신의 영역이라는 듯이. 자기가 갈고 닦은 혼신의 실력을 유감없이 발휘하겠다는 듯이. 담배를 입술 끝에 걸치고 사내는 말할 것이다. "치시죠." 그는 적당히 첫 공을 때려놓고 사내에게 순서를 넘길 것이다. 사내는 능숙하게 몸을 옮겨가며 끌어당기고, 되밀고, 쿠션을 이용하고…, 흡사 당구에 숙련된 기능공처럼 정확히 공을 밀어나갈 것이다. 그래서 그가 삼십 점을 따고 사십 점을 잃을 때쯤, 사내는 삼백 점을 반으로 줄여놓고 은근히 딴전을 피우기 시작할 것이다. "혹시 연애하고 계세요?" 오랜만에 점수 딸 기회를 잡은 그는 "글쎄요"라고 대답하다가, 삐끗 공을 헛칠 것이다. 사내가 그 기회를 이어받으며 "글쎄요라뇨?" 묻는 순간, 딱 딱 소리가 울릴 것이다. 거짓말처럼 한구석으로 가지런히 몰리는 공들을 바라보며, 그는 다시 "글쎄, 글쎄요"라고 대답할 것이다. "혹시 그런 거 땜에, 그러니까 뭐 여자 관계가 복잡해서 이런 델 혼자 도망 오신 거 아니에요?" 사내는 다 알고 있다는 듯이 느글느글한 표정으로 그를 바라볼 것이다. 사내가 사십 점을 따고 다시 그의 차례. 방향을 맞추며 몸을 굽힐 때, 다시 사내가 말할 것이다. "제 생각엔, 연애란 잘되든 잘못되든 시간이 전부 해결해주는 것 같더군요." 그는 힘껏 공을 때릴 것이다. 딱, 딱! 공이 부딪쳐 귀가 멍멍해질 소리를 상상하며, 그는 다시 한번 있는 힘을 다해서 공을 때릴 것이다.

　당구장을 나와, 사내와 그는 잠시 거리에 서 있을 것이다. "어떡할까요? 시간이 아직 좀 이른데 영화라도 한 편 보시겠어요? 아니면 곧바로 술이나 할까요?" "글쎄요." 그때, 신문팔이 하나가 "석간 신문이오! 석간!"을 외치며 다가올 것이다. 사내는 갑자기 심각한 얼굴이 되어 신문을 살 것이다. 그는 아까부터 그토록 재빨리 바뀌어가는 사내의 표정을 새삼 확인하며, 사내가 내뱉을 말을 미리 헤아려볼 것이다. 과연 사내는 걱정스럽다는 투로 말을 건넬 것이다. "어떻게 생각하세요, 이번 사태를?" "글쎄요." 그는 습관처럼 "글쎄요"를 되뇌다가, 저도 모르게 한마디를 덧붙일 것이다. "그들은 그들의 일을 하는 걸 테니까." 사내는 재빨리 그 말꼬리를 낚아채 이을 것이다. "백교수 문젠 어떻게 될까요?" (그때, 그의 무의식의 늪바닥에서 내 의식이 곤두 일어서고,) 그는 갑자기 어디론가 하강하는 듯 기진해져서 되는 대로 대답할 것이다. "누구나 예상하고 있는 대로 되겠죠." "무슨 뜻이죠?" (꿈틀거리는 내 의식 때문에,) 그는 공연히 사방을 둘러보다가, "별 뜻은 없고, 그냥, 전 누구나 예상할 수 있는 일에 대해선 별 흥미가 없다는…" 하고 말을 흐릴 것이다. 그리고 그는 안개가 자라나듯 금방 자욱해진 머리를 두 손으로 누르며, "오늘이 며칠인가요?" 하고 멍청히 질문할 것이다. 신문에는 '1974年 12月 23日(月曜日)'이라고 인쇄되어 있을 것이다. 그는 손목시계를 볼 것이다. 열두시 구분 전… 아니, 그의 시계는 여전히 멈추어 있을 것이다.

나는 바다를 향해 달리기 시작한다! 더 빠르게 날리기 위해 더 힘껏 더 뒤로 당겨진 생각의 활시위를 막 떠난 화살처럼, 나는 풍경의 바람을 가르며 달린다. 지금 내 몸의 움직임은 모든 편력을 떨치고 오로지 하나의 열망에 들끓고 있다. 생각은 곧 동작이며, 근육을 충동하는 피다. 그 근육의 움직임만이, 뛰고 있다는 동작만이 내 모든 존재 방식이 되어, 나는 달린다. 이렇게 얼마나 달렸을까, 나는 길의 저 앞쪽에서 움직이는 작은 물체를 발견한다. 그것은 조금씩 사람의 형체를 드러낸다. 조금 더 가까워지자 나는 그가 병정임을 알아낸다. 병정은 재빠른 발소리를 듣기 시작한 모양인지, 몸을 돌려 내 쪽을 쳐다본다. 그리고는 길가에 세워진 이정표처럼 우뚝 선 채로 움직이지 않는다. 그의 자세가, 그의 복장이, 그의 얼굴이 하나씩 다가온다. 내가 거의 그의 앞에 도달했을 때, 그는 무엇을 말하고 싶은지 한 손을 휘젓는다. 나는 속도를 늦추지 않는다. 그의 눈길이 내 속도를 뒤쫓으며 따라 움직인다. 나는 이정표를 통과해버린다. 나는 호수를 끼고 바다로 뻗쳐나간 아스팔트 길의 두 선이 멀리서 만나는 하나의 점을 쉴 사이 없이 열어제친다…

  가득히   열린
    바다가
      유일한   진실처럼
    황홀한 죽음처럼
           출, 렁, 거, 린, 다…

바닷바람을 가슴에 맞으며, 지금, 나는, 육지를 떠나고 있다. "얼마나 나갈려오?" 노를 젓는 어부의 꺼끌한 음성. "육지가 안 보일 때까지요." 막막한 응답. 한 순간, 나는 백사장으로 달려가고 싶은 충동을 느낀다. 나는 눈길을 육지로부터 돌려버린다. 바람과 바람 사이로 짙푸른 바다가 굽이친다. 그 바람 속에서도, 멀고먼 보랏빛 수평선이 하늘과 바다 사이를 선명히 가르고 있다. 저곳으로 나는 가는 거다… 나는 주먹을 쥐며 스스로를 확인한다. 뱃머리로부터 패이는 바다의 흰 상처 속으로 곧 빨려 들어갈 것같이, 이 조그마한 배 속에 담긴 삶의 응결은 무력해

보인다. 무섭다. 무서운 곳으로 나는 가는 거다… 나는 어금니를 지그시 누르며 스스로를 확인한다. 그리고는 그저 나 자신을 배에 맡긴다.

노 젓는 소리의 끊임없는 반복… 여전히 수평선만을 바라보며, 점점, 나는 육지와의 거리를 짐작할 수 없게 된다. 한참만에 내가 어부에게 묻는다. "매일 바다로 나오기가… 무섭지 않으세요?" "무섭지요, 댁은 바다가 얼마나 무서운지 모를 게요." 찬찬히 풀려나오는 어부의 음성이 왠지 맑기 이를 데 없다. 나는 섬뜩한 느낌을 받으며 몸을 돌려 어부를 쳐다본다. 햇살 속에서, 어부의 얼굴이 눈부시다. 툇마루 끝에서 녹슨 구릿빛이던 어부의 얼굴이 이제 힘과 땀에 솟구쳐 빛나고 있다. 어부의 어깨 너머 아득히 먼 곳에서 육지가 가물거린다. 그렇게 아득히, 나는,

모든 것을 수락한다, **그**는. 그러자, 세찬 바람이 방향 없이 엇갈리더니, 갑자기 큰 물결 하나가 밀어닥친다. 검푸른 바다의 언덕 위로 배가 떠오른다. 솟구친 배가 느리게 떨어진다. 순간(!), **그**는, 가슴 한곳에서 온몸으로 밀려나가는 전율에 휩싸인다. 날카로운 빛 한 줄기가 머릿속을 지나간다. 오오! 숨어 있던 무수한 미지의 감각들이, 순식간에, 몸부림치는 작은 벌레들이 되어, 시간의 한점 한점을 물고, 온몸의 구석구석에서, 꿈틀꿈틀, 피부의 숨구멍을 기어나온다. **그**는 착란의 소리를 듣는다. 저 보랏빛 수평선 밑에 가라앉아 있는 어떤 환성이 **그**를 불러 일으킨다. **그**는 흔들리는 배 위에 일어서서 몸을 가누려고 애쓴다. 그리고 뱃머리 쪽으로 한 발 움직인다. 쨍한 햇살이 저 보랏빛 수평선으로부터 뱃머리까지 새하얗고 눈부신 길을 만든

다. "조심!" 하는 어부의 소리와 동시에, **그**는 까마득한 혼수 상태로 빠져든다. 물길 위의 햇살이 물결 결결마다에 부서져 출렁인다. **그**는, 그 너른 바다 위에, 하나의 햇조각이 되어, 어쩔 줄 모르며, 다만 흔들리며 빛나며, 떠 있는다…

 내려간다… 천천히 아주 천천히 깊디깊이 바닥 모를 깊이를 향하여 투명한 빛이 솟아오르는 곳을 향하여 이름 모를 색깔들이 숨김을 이루지 못해 헤쳐나오는 곳을 향하여 먹먹한 귀청에 울리는 무슨 합창 소리를 향하여 물무늬 아득한 화음을 향하여 물풀들의 윤무를 향하여 물꽃의 향기를 향하여… 잠겨든다… 천천히 아주 천천히 얼 없이 청람의 물빛을 휘감고 물의 꿈에 실려 물의 숨소리를 들으며 지느러미로 헤엄치며 아가미로 숨쉬며 몸의 비늘을 빛내며 바다풀처럼 머릿결을 흔들며 물의 젖가슴에 안겨 물의 살결을 열면서… 그러면 희디흰 물안개 자욱해 오고… 안개에 잠긴다 발목이 손목이 허벅지가 허리가 가슴이 얼굴이… 물 속의 물 찬 곤두박질 충만한 알몸을 휘감는 황홀한 경련…

 그런데… 아…
 추락… 길고긴 가라앉음… 빛이 사라진다 화음이 사라진다 향기가 사라진다… 흐름과 압력을 통해 전달되어오는 물의 암담한 움직임 물바람 괴괴한 귀신들의 땅에 떨어져 버려져 바다 밑을 걷는다 바다 밑의 숲과 돌 틈과 계곡을 헤맨다… 회오리가 친다 돌 같은 물기둥이 솟구친다 깜깜한 물의 천지가 휩쓸린다… 하늘이 아니다 심연이 아니다 낭떠러지가 아니다 단면이 아니다 공간이 아니다 아직껏 체험해보지 못한 어떤 상태 헤일 수 없는 어떤 어떰… 소리칠 수 없다 몸부림칠 수 없다 크나큰 공포…

아 아 아아아아아아아아아…

눈을 떴다…, 나는… 나는 허공 속에서 껌벅이는 두 개의 불빛을 보았다. 불빛 둘레의 흐릿한 윤곽이 조금씩 드러났다. 너? 너의 두 눈이 희미한 아침을 등지고 나를 내려다보고 있었다. "꿈꿨어?" 네가 나직이 물었다. "그런가봐." 나는 대답하면서 뼛속까지 저릿저릿해오는 오한에 몸을 떨었다. "신음하던데." 네가 내 이마의 진땀을 닦았다. 네 앞가슴이 풀어헤쳐져 있었다. 나는 내 온몸에 묻어 있는 것만 같은 네 살을 느꼈다. 내가 손을 뻗었다. 네가 비켜나며 이불 위에 얼굴을 파묻었다. "난 한잠도 못 잤어." 파묻힌 목소리가 울렸다. 나는 시야를 넓혔다. 낯익은 여관방. "근데, 우리가 어떻게 여기 있지?" 내가 힘들여 물었다. "어떻게?… 우리가 여기에 왔으니까." 기억해내고 싶은 어떤 것들이 두터운 장막에 드리워져 있었다. "어제 우린…" "넌 어제 지독하게 지쳤었나봐. 나도 그랬지만, 넌 내 몸에 기대다시피 여기로 돌아왔어. 그리곤 곧 쓰러져 잠들고." "어제 우린 바다로 나가지 않았었나?" "바다?" 네가 놀란 듯 되물었다. "배를 타고." "배?" 네가 고개를 쳐들고 의아스런 표정으로 나를 내려다보다가, "어제 우린 산에 갔었어" 하고 말했다. "산에?" 이번엔 내가 놀란 듯 되물었다. "암림산." "암림산?" 그때 불현듯, 머릿속의 장막이 걷히며 거대한 산 하나가 불가항력처럼 들어찼다. 암림산! 마침내 어제가 희미하게 떠오르기 시작했다… 어제, 우리는 약국 옆의 조그만 주점을 나와 관광 안내판 앞에 곰곰이 서 있었다. 그리고 거기서 '▲·暗林山

1410m, 卍·法恨寺'를 발견했던 것이다.

　그래, 그랬었다… 산 아래 마을에서 산길로 십여 리를 거슬러 올라간 '법한사'가 우리의 목적지였다. 마을을 지나쳐 작은 언덕을 하나 돌아섰을 때, 산은 곧 거대한 모습을 드러냈다. 암림산! 산은 뜻밖의 괴암들과 거목들의 터전이었다. 하늘을 수직으로 깎아내린 절벽들과 절벽처럼 곧게 곧게 뻗쳐오른 나무들, 흩뿌려서 녹지 않는 잔설들과 검푸른 산색이 계곡과 능선을 끼고 이루는 기이한 대조와 어울림, 산봉우리 끝에서 한 그루 나무의 잔가지까지도 선명히 부각시키는 쟁쟁한 햇살, 스스로 완전한 어떤 불가항력의 실체들이 숨이 탁 막히도록 앞을 가로막고 있었다. 산은 우리의 틈입을 거부하듯 바람과 그늘과 두터운 눈을 좁은 산길에 드리우고 있었고, 우리는 대항하듯 해가 지기 전에 되돌아오기에는 조금 벅찬 발길을 재촉했었다.

　'금령 계곡'이라는 팻말을 지나면서부터, 우리는 줄곧 다듬어지지 않은 산길의 위태로움을 느꼈다. 너는 몇 번씩 미끄러운 눈길 위에 무릎을 꿇었다. 산은 걸음을 옮길 때마다 더욱 짙고 깊어졌다. 하늘을 가르는 까마득히 높은 화강암 절벽인 '하늘벽'이 어느 하나 예사롭지 않은 기묘한 돌무늬를 그리며 한없이 이어지고, 계곡을 흐르는 적막은 그 절벽의 무늬틈 속에 스며들고 부딪혀 침묵으로 돌을 울리며 하늘로 떠오르고 있었다. 적막, 지독한 적막이었다. 간혹 발끝에 부딪혀 산길 밑의 더 낮은 계곡으로 떨어진 돌멩이의 울림은 곧 계곡의 정적을 더 깊이 채워주었다. 그 정적은, 계곡의 바닥을 따라 뻗쳐나간 얼어붙은 물줄기 밑에서 떠오르는, 겨울이 오기 전에는 그것만이 하늘과 땅 사이의 유일한 진실인 양 가득했을, 지금은 죽어버린 물소리의 넋인 듯싶었다. 어디선가 계곡으로 떨어져 들어오는 소리가 있다면, 그것은 언 물줄기 위에 눈이 시리도록 부딪혀 흩어지는 진혼의 햇살 속으로 흡수될 것이었다. 우리의 머리끝에서 발끝까지를 온통 비우면서 동시에 채워주는 그 아득한 정적에 홀려, 우리는 정신없이 산을 파고들었다. 그러다가 우리는 어디쯤에선가 하늘이 떨어지는 것 같은 눈부신 빛기둥에 놀라 걸음을 멈추었다. 폭포였다. 얼어붙은 폭포. 떨어지는 물이 어느 순간 허공에서 얼어붙어 빚어낸 믿을 수 없는 자연을 보며, 우리는 문득 두려움을 느꼈다. "왜 갑자기 이렇게 무섭지?" 하고, 우리들 중의 누군가가 그때 처음으로 말을 꺼냈다. 우리는 동시에 몸을 부르르 떨었다. 우리는 떨고 있는 서로의 모습을 깨달으며 다시 몸을 떨었다. 수십 미터를 솟구친 얼음 기둥의 중간쯤에서 섬세하고 차갑게 번득이는 햇빛, 그 옆에 절벽의 한가운데 뚫린 동굴의 어둠, 거기서 용틀며 삐쳐나온 소나무 줄기, 그 나무의 작은 가지 끝에 얹힌 눈송이 하나… 손닿을 수 없는 곳에 놓여진 그 무심한 광경은 우리가 처해 있는 그 순간, 그 자리의 어떤 상황을 가슴 철렁하게 보여주고 있었다. 폭포 위의 낮은 하늘에, 매 한 마리가 느리게 원을 그리며 맴돌고 있었다. 우리는 이유 없이 주위를 두리번거렸다. 그때, 우리는 몇 발자국 떨어져 있는 바위에 새겨진 '悅瀑'이라는 글자를 찾아냈다. 우리는 그리로 다가갔다. 패인 글자를 어루만지며 내가 말했다. "그만 내려갈까?" "아니." 네가 대답했다.

 절은 계곡이 ㄱ자로 방향을 바꾸는 모서리의 가파른 벼랑 위에 있었다. 나무와 돌에 가려진 절의 한 조각 모습을 발견하자, 우리는 뒷목을 끌어당겨온 두려움을 끊어내려는 듯 거의 뛰다시

피 절에까지 이르렀다. 생각했던 것보다는 아주 작은 법당 하나와 별채 하나가 벼랑 위의 좁은 터에 자리잡고 있었다. 처마끝에서 풀어져나오는 나직한 풍경 소리가 정적에 갇혀 절 주위를 한 줄의 실처럼 감고 있었다. 우리는 법당 앞의 안내판을 읽었다. '법한사·法恨寺·Buphansa Temple: 원명은 法默寺. 창건된 연대는 확실치 않으나 건축 양식으로 보아 고려말에 지어진 것으로 추정됨. 높이 100m의 절벽 위에 좁은 지형을 교묘하게 이용하여 지은 점이 특이함. 전설에 의하면, 고려 시대의 어느 이름없는 기승이 수도할 자리를 찾아 태백산맥을 헤매다 이곳을 발견하고 지었다 함. 그는 절의 이름을 붙이지 않고 빈 현판만을 걸어둔 채 법당 좌측에 있는 편편한 바위〔수도암〕에서 도를 닦기 위해 10년 간의 참선에 들어갔는데, 그 마지막 날 폭우 속에서 참선을 하다 벼락에 맞아 절벽 밑으로 떨어졌다고 함. 그는 죽어 떨어지는 순간까지 참선의 자세를 버리지 않아 절벽 밑에 거꾸로 박힌 그의 모습이 굳어 돌이 되었는데, 후에 默然이라는 중이 이곳에 와 빈 현판에 法默寺라 써넣고 그 돌을 일컬어 死通岩이라 이름붙였으나, 그 후 사람들은 그 기승이 뜻을 못 이룬 한을 기려 이 절을 法恨寺로 부르게 되었다고 전함.'

우리는 간단히 절을 둘러보고, 비탈진 샛길을 따라 절벽을 내려갔다. 옆으로 물길이 있는 편편한 바위 위에 묘하게 생긴 바위 하나가 우뚝 돌출되어 있었다. 자세히 짜맞춰보니, 과연 가부좌한 참선의 모습이 거꾸로 박혀 있는 것 같았다. 바위를 유심히 들여다보던 네가 일그러진 표정으로 나를 돌아보며 물었다. "어떻게 생각해?" "뭘?…" "이 바위를, 그러니까…, 이 바위에 붙여진 이름을."

"사실 내가 처음에 그곳에 가보고 싶었던 건," 하고, 너는 여전히 이불 위에 엎드린 채 말을 꺼냈다. "그 절 이름 때문이었어. 법한사, 이상한 이름이었지. 어떻게 '법'자와 '한'자가 함께 쓰일 수 있었을까, 무슨 사연이 있는 걸까, 그게 정말로 알고 싶었던 거야. 그런데 산을 오르면서 난 그런 생각을 다 잊어버렸어. 그 생각뿐이 아니야. 모든 생각을 다, 모조리. 생각을 다 잊어버리고, 난 뭘 생각했을까? 아니, 이땐 생각이 아니라, 뭐랄까, 어떤… 어떤 뭐, 였을까? 그때의 날 설명할 수가 없어. 속이 완전히 비워져버렸는데, 그 대신 뭔가가, 그건 비워져 있는 상태 바로 그건지도 몰라…, 그게 꽉 들어차 있는 것만 같다고 할까. 아마 그게 나를 자꾸 산으로 올라가게 했던 걸 거야. 그리고 산을 오르고 있다는 행위에 대해 티끌만큼도 망설임이 없었어. 없었을 뿐만 아니라 그게 전부였어. 전부, 오로지 그것, 이건 지나친 표현이 아니야… 나는 어제 밤새도록 거기에 대해서 생각했어. 도대체 그게, 그 상태가 뭘까? 어쩌다가 나는 그 지경에 이르렀었나? 그런 것들을 말이야. 그런데 전혀 모르겠어. 한 가지 생각이 미치는 게 있긴 있었지. 우리가 왜 폭포 앞에서 멈칫했던 거 말이야. 그때 우리가 별안간 무서움을 느꼈었잖아? 그지? 너도 틀림없이 무서워했었지? 무서움을 느낄 거였다면 벌써 느꼈을 텐데 왜 하필 그때 느꼈을까? 난 그게 그곳이 특별히 무서워서가 아니었던 거 같애. 그건 우리가 그 순간 변해 있었던 것 때문일 거야. 무슨 말이냐 하면, 그 이전의 상태에서 그 이후의 상태로 우리가 어느 틈에 옮겨져 있었던 거란 뜻이야. 그때 우리가 두려웠던 건 그때 그곳에서 인적이 없다는 게 뭐라는 걸 의식했기 때문이 틀림없어. 오직 자연이 그냥 그대로 있는 상태. 모든 거, 돌이나 나무나 절벽이나 얼음이나 눈이나 그늘이나, 아니, 그런 것들은 이미 그런 이름으로 불릴 수 없었어. 그냥 그것들이야. 그것들이 그냥 무시무시하게 함께 자리잡고 있었던 거야. 무심하게, 정교하기 이를 데 없지만 참으로 무심하게. 생각해봐, 사람이 한 번도 가보지 않은 곳에서도 물은 흐르구 꽃은 피었다 지구, 저 혼자서 말이야. 그게 물이야? 그게 꽃이야? 그걸 물이나 꽃이라고 부를 수 있어?… 그런데, 수백 년 전에 어느 인간이 처음 그곳에 들어갔다는 걸 상상해봐. 그는 무얼 생각했을까? 그는 왜 비어 있는 현판을 걸고 바위 위에 한없이 앉아 있었을까? 벼락이 그의 몸을 치지 않았다면 그가 무얼 했을까? 왠지 난 그가 벼락에 맞은 게 필연이란 생각이 들어. 이건 그냥 느낌인데, 그가 현판에 이름을 써넣었다면 죽지 않았을지도 몰라… 그리곤 누군가가 다시 그곳을 발견한다, 이름없던 텅 빈 절의 빈 현판에 이름을 써넣는다, 그리고 그곳에 이르는 길 도처의 폭포나 절벽에도 이름을 붙이고 바위에 새긴다, 지워지지 않게… 하지만 나는 그 이름들을 받아들일 수가 없어, 법한사도 법묵사도. 정말 침묵으로 통해버렸다면 침묵이라는 이름을 붙일 수 있겠어? 또, 그 중이 죽은 게 한스러운 일이야? 그건 우리가 나중에 산속을 헤매…" 영원히 그치지 않기 위한 그 중성적인 음성. 너의 그 독백은 길고긴 말의 행렬, 죽음만이 가로막을 수 있는 길 잃은 행렬처럼 계속되고 있었다.

  길을 잃고, 우리는 산속을 헤맸었다. 벼랑 아래서 다시 절을 올려다보았을 때 그것은 너무나 까마득했고, 조금 전에 내려온 샛길을 다시 헤어 올라가기에는 우리의 마음과 기력이 너무 지쳐 있었던 것이다. 우리는 그냥 물길을 따라 내려가 보기로 결정했다. 그러나 우리는 물길을 더 이상 따를 수 없는 곳에 도달했고, 그때 우리에게 주어진 길은 얼어붙은 물줄기를 건너 맞은편의 비교적 낮은 절벽 위로 오르고 있었다. 그리고 길은 사라졌다. 길이 사라졌다는 것을 깨닫는 순간, 우리는 아연히 서로의 눈을 보았다. 그 끝날 것 같지 않은 멀고먼 시선의 통로를 통하여, 우리는 예리한 칼날에 핏줄이 끊기는 것 같은 느낌을 주고받았다. 우리는 아무 말도 하지 못했다. 우리는 산 밑을 향하여 헤매기 시작했다. 우리는 무릎까지 빠지는 비탈진 눈밭을 헤맸다. 우리는 기운 햇살이 종이처럼 얇게 삐쳐 들어오는 빽빽한 숲속을 헤맸다. 우리는 발목을 휘어감는 잡풀 더미를 헤맸다. 우리는 키만한 높이를 뛰어내렸다. 우리는 저쪽으로 통하는 캄캄한 동굴의 찬 돌바닥을 기었다. 날카로운 나뭇가지가 네 이마에 붉은 줄을 긋고, 나는 넘어져 절룩거렸다. 손끝과 발끝은 완전히 얼어 몸에서 떨어져나간 듯싶었고, 헤맬수록 온몸은 서서히 마비되어왔다. 바작바작 타오는 입술을 깨물며, 우리는 상처의 아픔을 잃었다. 우리는 무서움조차 잃었다. 우리는 숨소리만으로 살아 있는 존재였다. 그리고 마침내 우리는 더 이상 걸을 수조차 없게 되었다. 바로 그때, 걸음을 멈추고 무너질 듯한 몸을 서로에게 기대 세우고 섰을 때, 우리는 시야의 끝에 펼쳐진 작은 빈터를 발견했다. 주홍빛으로 기운 햇살이 묘하게도 그곳만을 그림자 없이 채워, 주위와 선명히 구별되는 그런 공간이었다. 그곳은 왠지 햇살의 요람처럼, 햇살 속에 잠든 바다처럼 따스해 보였다.

"…수 없었어" 하고, 네 독백은 내 기억의 배경에 깔려 아직껏 이어지고 있었다. "우리가 찾는 길하고는 아무 관계도 없었는데, 그 작은 공지는 왠지 마음을 자꾸 끌어당기더군. 너도 그랬었나봐. 네가 내 손을 잡아끌었지. 그런데 난 정신이 퍼뜩 들었어. 저건 환각이다, 저곳에 가면 마음마저 홀릴 거다, 편안해지고 잠들어버릴 거다… 그래서 내가 저항했지. 그러자 갑자기 네가 커다랗게 소리치기 시작했어. 아아아아악…, 하고. 전혀 예상밖의 일이었어. 헛소리 같은 산울림이 허공에 떠다니기 시작했지. 점점 네 고함은 비명으로 변해갔어. 절규, 너무나 인간적인 절규같이. 산 전체를 울릴 것 같은 소리가 한동안 계속되었지. 그때, 꼭 거짓말처럼 사람이 하나 불쑥 나타났고, 그리곤 생각도 잘 안 나. 모든 게 꿈같애. 그냥 이끌리는 대로 몸을 맡긴 채 어찌어찌 마을에 이르고, 뜨거운 물을 마시고, 언 몸을 녹이며 아파서 눈물을 흘리고, 버스를 타고, 발을 구르며 정말 환장하게 긴 아스팔트 길을 걷고… 여기 와서 넌 곧 쓰러졌어. 목이 아픈지 자꾸 물을 달래면서 목을 손으로 감쌌지. 헌데 난 누워 있을 수가 없었어. 방이 빙글빙글 도는 거야. 그래서 일어나 앉았지. 몸이 풀려서 물처럼 녹는 것 같았는데, 어떻게 앉아 있었는지 몰라. 목 위만 허공에 떠 있는 것 같기두 하구. 그러다가 문득 불을 켰는데, 난 흠칫 놀랐어. 무늬, 이 방의 벽지 무늬 말이야, 그것들이 막 살아 움직이는 거야. 그리구 생물처럼, 거머리처럼, 아니 흡혈귀처럼 내 몸의 피를 빨아먹기나 하겠다는 듯이, 스멀스멀거리며 다가오잖아. 마치 내 반란에 보복하겠다는 듯이…" "반란?" 내가 무의식중에 그 불거져나온 한마디를 잡았다. "반란이지. 이게 반란이지 뭐야." 그리고 너는 갑자기 맥풀린 사람처럼 말을 끊었다. 나는 기다렸다. 그러나 너는 말을 잇지 않았다. 너의 말이 그쳤다는 게 나로서는 믿을 수 없는 일이었다. 어떻게 그 끝날 수 없는 독백이 그쳤단 말인가. 그러자 이번엔 침묵이 이 방을 사로잡고 있었다. 말은 존재한 적이 없었다는 듯이. 우리의 전생의 전생의 전생의 〔…〕 그 이전부터 침묵만이 있었고, 죽음의 죽음의 죽음의 〔…〕 그 이후까지 침묵만이 있겠다는 듯이.

아, 어렴풋이 생각난다… 네가 어젯밤 새도록 겪었을 그 침묵의 어둠 속에서, 나는 문득 눈을 떴었다. 눈앞이 새까맣고, 머리가 쑤셨다. 어디선가 찬바람이 와 닿는 것 같았다. 나는 여기가 어딘지 전혀 알 수 없었다. 나는 시간의 앞뒤를 헤아릴 수 없었다. 단지 밤의 한가운데 어디쯤, 또는 현실을 넘어선 어디쯤에 잠들어 있다가 눈을 뜬 것 같았다. 나는 부스스 고개를 들었다. 방안인 것 같았다. 방문이 빼꼼히 열려 있었다. 새까만 실루엣이 암청색으로 열린 밖을 배경으로 겨우 드러나 보였다. 너? 한 점 불꽃이 깜박거렸다. 담배 연기가 뿌옇게 열린 틈을 채웠다. 몽롱히, 내가 몸을 일으켰다. 그리고 너의 어깨를 잡았다. 돌아선 네 얼굴이 보이지 않았다. 네 눈빛이 보이지 않았다. 나는 너의 어깨를 끌어당겼다. 우리는 어둠의 바닥으로 쓰러졌다. 우리는 바다풀처럼 뒤엉켜, 어둠이 물결치는 대로 흐느적거렸다…

그러고도 너는 여전히 잠들지 못했던가? 무슨 손길이 너를 다시 어둠의 바닥에서 일으켜세웠던가? 아니(이것조차!), 진실로 우리는 서로의 살을 나누기는 했었던가? 나는 속옷 속으로 손을 밀어넣었다. 나는 내 몸을 더듬었다. 건조한 피부가 손끝에 펼쳐졌다. 그러나 네 살의 어떠한 실감도 추측할 수 없었다. 어떤 사실이 더 이상 사실로서 받아들여지지 않는 허전함. 다시 한번 되새겨보자, 그것은 틀림없는 사실이었나? 혹시 몽정의 신기루가 보여준 환상이었다면? 나는 확인하고 싶었다. "어젯밤에 내가 깨어났었지?" 대답이 들려오지 않았다. 나는 기다렸다. 한참 만에, "그래" 하는 소리가 들렸다. 너의 떨림이 잠깐 어떤 느낌을 부르다가 사라졌다. 그 대답은 내 질문과 너무도 동떨어져 내 질문의 대답이라고 확신할 수가 없었다.

 문 창호지가 환해졌다. 그러나 방의 구석구석에는 어둠의 거미줄이 쳐져 있었다. 무덤. 빛이 스며드는 무덤 속에 두 주검이 누워 있었다. 그러다가 어느 괴기 영화의 한 장면처럼, 주검들은 약속이나 한 듯 동시에 몸을 일으켰다. 그것들은 신성한 제의를 치르듯 옷을 입었다. 그것들은 무덤의 문을 열고 하늘에 몸을 씻었다. 이어서 그것들은 허공에 뜬 넋을 불러들여 생명체가 되었다. 어제의 악몽이 과거로 편입해 들어갔다… 우리는 세수를 했다. 머리를 두른 수건과 흰 목에서 피어오르는 김 속에 싸인 너의 무표정… 우리는 식사를 했다. 고개를 아래로 숙인 너의 밑으로 깔린 눈과 작게 오물거리는 입… 우리는 커피를 끓여 마셨다. 천장을 바라보는 너의 치켜뜬 눈과 멍하게 벌려진 입… 우리는 담배를 피웠다. 나를 바라보는 너의 불면의 눈과 굳게 다문 입… 굳어 있던 너의 입이 열렸다. "한 가지 물어도 돼?" "뭔데?" 나는 담배의 마지막 한 모금과 함께, 아까부터 가슴속에 몰려드는 막연한 예감을 길게 내뿜었다. "여기에 더 있을 생각이야?" 여기에, 더, 있을, 생각이야, 물음표. 끝내 밀려나가지 못한 예감이 과녁의 중심처럼 가슴속에 응어리졌다. "아마." 내가 자신 없이 대답했다. "왜?" 내가 잠시 망설였다. "몰라… 아니, 대답할게. 난, 우린, 어느 순간을 기다리고 있는 거야." "무슨 순간?" "그냥, 그냥 어느 순간이라고밖에 말 못 하겠어." "네가 기다리는 그 순간이 되면 어떻게 되는 건데?" "그건 그때 가면 알게 되겠지." 이번엔 네가 담배의 마지막 한 모금을 길게 내뿜었다. 그리고, "이건 어젯밤에 결심한 건데," 하고 잠시 사이를 두다가, "난 가겠어"라고 약간 힘을 주어 말했다. 내 예감의 과녁에 적중된 화살이 바르르 떨렸다. 가슴에 박힌 무뚝한 아픔을 꺾으며, 나는 네 결심을 우회했다. "어디로?" "바다로" 하고, 너는 애매하게 대답을 끄집어내더니, 곧 피식 웃었다. "너무 문학적인 소릴 해서 미안해. 난 서울로 돌아가겠어." "서울로? 그럼 모든 게 제자리로 돌아가는 건가?" "어떻게 될지 나도 모르지." "아이들과 만날 거야? 걔네들이 하는 일에 참여할 거야?" "가서 결정하겠어. 어쨌든, 이곳은 더 이상 감당할 수가 없어." 긴 침묵이 흘렀다. "언제 갈 건데?" "지금." 네가 단호하게 대꾸했다. 나는 단념했다. 그리고 나는 너의 두 눈을 쳐다보며, "……" 하고, 말없이 말을 시작했다. "……" 나는 그 침묵의 말들이 너에게 전달되고 무엇인가 너를 흔들게 하리라고 예감하지 않았다. 다만, 나는, 다만 그냥, 그럴 뿐이었다. "……" 그냥 맹목적으로, 그러지 않고는 견딜 수 없었기 때문에. 굳이 너에게랄 것도 없이, 어쩌면 나 자신에게조차도 아닌 어떤 말들을.

너는 떠났다… 열아홉시 오십분발 서울행 기차표를 샀을 너는 이제부터 긴 여분의 시간을 메우기 위해 무엇을 할까? 작은 여행용 가방을 하나 들고, 너는 역 쪽에서 시내 쪽으로 뻗친 일직선의 길을 바라보며 무엇을 생각할까? 아니면 혹시, 생각을 버리려고 애쓸까? 필경 너는, 헐벗은 가로수들을 따라 흐린 하늘 아래 부딪쳐오는 미구의 풍물들을 하나하나 헤쳐나가리라. 그럴 수밖에 없으므로. 쫓아도 잡히지 않는 시간의 꼬리를 따라서. 그렇다면(?) ─

먼저 너는 역 부근의 어물 시장에 들르게 될지 모른다. 아마도 너는, 그곳에서 무엇보다도, 회를 떠내고 버려진 생선의 머리와 뼈들만이 싸늘한 비린내 속에 쌓여 있는 모습에 사로잡힐 것이다. 너는 시끌한 주위의 싸움판도 잊은 채, 앙상하게 마지막까지 남아 기이한 무덤을 이룬 삶의 잔해들을 오래오래 바라볼 것이다. 그 죽어 눈뜬 생선들이 바라보는 것은 무엇인가?… 다음으로 너는 거기서 멀지 않은 곳에 자리잡은 고풍의 누각에 이르게 될지 모른다. 그래도 너는, 센 바람 속에 쓰러질 듯 서 있는 그 유적의 유래와 사연을 알려 하지 않을 것이다. 차라리, 죽어 뒤틀려진 꽃뱀의 껍질처럼 단청이 벗겨져 갈라지고 썩어가는 재목들의 얽힌 모습을 바라보면서, 너는 그 누각이 무너져 앉을 어느 시기를 상상할 것이다. 그 서까래의 정교한 얽힘 사이를 엮는 빈 공간에서 어른거리는 것은 무엇인가?… 거기서 다시 거리로 내려올 때, 너는 헐리고 있는 어느 건물의 삭막한 콘크리트 몰골을 보게 될지 모른다. 그러면 너는, 그 콘크리트 위에 다닥다닥 붙어 있는 인부들이 건물을 부숴내리는 무자비한 해머 소리에 네 가는 몸을 떨어댈 것이다. 그 격렬한 소리의 그림자에 드리워진 허기는 무엇인가?… 그리고 그 무너져가는 몰골이 비쳐진 어느 쇼 윈도 안에서, 너는 한쪽 팔이 뽑혀 있는 단단한 살색의 마네킹을 보게 될지 모른다. 그러면 너는, 그 마네킹의 가발마저도 벗겨내고 사람의 모습을 지워버리고 싶은 난

폭한 욕망을 느낄 것이다. 뽑힌 팔의 단면에 박힌 그 나사의 날카로움은 무엇인가?…

이제 너에겐, 연탄불 앞에 쪼그리고 앉아 있는 군밤 장사가 한겨울에 눈빛만 살아 날름거리는 늙은 살쾡이로 보일지 모른다. 너는 그를 먼발치로 우회할 것이다. 너에겐, 어느 정류장 앞에 엎드려 구걸하는 거지 아이의 해진 옷 속에 드러난 속살이 얼어붙은 나뭇등걸의 쭈글쭈글한 껍질로 보일지 모른다. 너는 그에게 동전을 던질 수 없을 것이다. 너에겐, 어디서 불쑥 앞을 가로막는 가죽 점퍼를 입은 사내의 얼굴이 아무것도 반사하지 않는 차가운 금속판으로 보일지 모른다. 너는 그 사내와 어깨를 아프게 부딪치며 지나칠 것이다. 그 아픔 때문에 몇 걸음 옮기지 못할 너는, 그때, 저쪽 가로수 밑에서 우체통을 하나 발견할지도 모른다. 너는 어떤 불확실한 기억에 이끌려 그리로 다가갈 것이다. 우체통의 모양과 색깔과 글자들을 내려다보던 너는 얼굴을 찡그릴 것이다. 괴물이군—하고, 너는 직감할 것이다. 끔찍한 원색의 무쇠 피부, 몸의 가장자리를 둘러친 둥글게 불거져 나온 반점과 띠, 시커먼 목구멍이 철컥 열렸다 닫히는 이상한 이중 구조의 입, 흑갈색 고름이 눌어붙은 상처… 그 굳어 있는 쇠붙이 괴물은 아무도 없는 밤마다 살아나서 흉흉하게 울어대며 거리를 떠돌지도 모른다고, 너는 생각할 것이다. 무서움을 느끼는 한편으로, 그러나 너는, 깊은 밤에 홀로 그 괴물의 심장을 찌르고 싶은 살의에 사로잡히기 시작할 것이다.

점점 온몸이 뒤틀려오는 감각 속에서 거리를 흘러다니다가, 너는 시큰거리는 무릎을 가누며 잠시 쉴 곳을 찾게 될지 모른다. 그래서 네가 찾아낸 곳이, 어느 골목 안에 '축·신장 개업'의 시든 꽃다발을 세워놓은 '심지'라는 찻집이 될지도 모른다. 그러면 채 마르지 않은 페인트 냄새가 희미한 조명 속에 숨겨진 그곳으로 들어서며, 너는 오랜만에 따뜻하게 감싸오는 어떤 음악을 껴안을 것이다. I'd love to change the world~ But I don't know what to do~ 아련한 바이브레이션과 그것을 뒤따르는 강렬한 비트, 언제 어떻게 퍼져나갈지 예측할 수 없는 음의 생동에 너는 다시 너의 몸이 충전되어오는 것을 느낄 것이다. 그리하여 너는 그곳에서 점점 대담하고 겁없는 눈빛을 빛내게 될지 모른다. 의자 속에 깊이 몸을 처박고, 너는 무심히 가방 속의 담배를 끄집어내어 불을 붙인 후 유유히 연기를 내뿜을 것이다. 주위의 사람들이 힐끗힐끗 너를 훔쳐볼 것이다. 너는 내뿜는 연기와 함께 너에게 던져진 경멸을 일일이 그들에게 되돌려보내며 마주 쏘아볼 것이다. 너는 네 곁의 장식대 위에 심어놓은 플라스틱 꽃의 잎새를 네 담뱃불로 지져버릴 것이다.

 너는 '심지'를 나와 골목길을 빠져나오려다 우연히 골목의 전봇대에 붙어 있는 포스터를 발견할지 모른다. '劇團 同世代 전국 순회 공연, 李雪福作…' 저거나 보러 가자—하고, 너는 생각할지 모른다. 그러나 네가 걸어서 그곳까지 찾아갔을 때에도 아직 시간은 일러, 너는 텅 빈 객석에 혼자 앉아 있어야 할지 모른다. 그러면 너는 그 밀폐된 고요의 바닥에서, 네 자신의 숨소리만을 한없이 받아들이며 스스로를 가다듬으려 할 것이다. 그런데 무슨 까닭일까, 너는 돌연히 터무니없는 기진함 속으로, 어젯밤의 어둠 속에서 문득 그랬듯이 야릇한 함몰 속으로 빠져들 것이다. 그 기진함의 넓은 넓이로서, 그 함몰의 깊은 깊이로서, 무대를 가린 크고 두터운 커튼만이 늪처럼 네 앞에 자리잡고 있을 것이다. 그것은 곧 일어날 연극의 반복되는 미래를 차단하는, 또한 그 미래의 과거를 차단하는 현재의 벽일 것이다. 그 때, 거기, 무대는 없는 것이라는, 존재하지 못하고 있는 것이라는 느낌. 너는 그 느낌과 더불어 증발해버린 듯한 너의 '지금'과 '여기'를 둘러볼 것이다. 수많은 빈 의자들, 온갖 부재의 자리들… 그 가득한 '없음'의 한가운데서, 그러나 너는 네 팔뚝을 꼬집어, 그 모든 '없음'을 의식하는 너 자신의 '있음'을 스스로 상기시킬 것이다. 그러면 느닷없이 파고들 의혹, 그 모든 '없음'의 자리에도 네가 그 '없음'의 몸으로 편재해 있는 것이 아닐까 하는 의혹. 대답이 불가능한 그 의혹을 굳이 증폭시켜, 너는 네 의식을 스스로 균열시킬 것이다. 그리고, 그렇게 허물어지는 의식의 뒤켠에서, 마침내, 너는,

            모든 것을 수락하리라, **그**는. 그때, **그**의 두 눈에는 맑은 액체가 가득차오리라. 그것은 눈물이 아니다. 그것은 눈동자 자체가 곧 증류수 같은 액체의 응집이 되어 환히 밝아오는 것. 어느 틈에, **그**는 그 두터운 커튼 너머를 바라보고 있으리라. **그**의 시선은 틀림없이 그 커튼의 표면에 멈추어 있건만, 또한 틀림없이 **그**는 그 너머를 뚫어보고 있는 충족감에 몸을 떨리라. **그**는 그 연극의 공연되지 않는 현재, 닫힌 커튼 뒤의 빈 무대에서 율동하는 '없음'으로 '있음'의 몸짓들을 세심히 관찰하게 되리라. 그러면서 **그**는 그 '없음으로-있음'의 '지금-여기'로부터 이어져나갈, 끊임없이 '지금-여기'의 삶으로 다가와 무대의 배면으로 넘어가는 매순간의 그 무엇을 예감하게 되리라… 그런데, 또, 알지 못할 그 무엇이 끼어드는 것인가, **그**는,

그 충족과 예감의 시간이 작은 흔들림에도 깨어짐을 깨달을 것이다, 너는. 어디선가 들려오는 작은 소음, 또는 문을 열 때 뻗쳐들어오는 한 줄기 빛에도 너의 두 눈은 뿌옇게 흐려지고, 시선은 다시 두터운 커튼에 차단될 것이다. 동시에, 너는 몸을 부르르 떨게 될 것이다. 이제 네가 떠나버리고자 하는 어떤 체험의 그늘 속에 잠깐 다시 발을 디더 넣었었다는 것을 깨달으며, 너는 자리에서 일어나 화장실로 갈 것이다. 너는 세면대의 찬물에 얼굴을 적실 것이다. 세면대 위의 거울 안에는, 물에 얼룩진 얼굴이 있을 것이다. 이제 너는 어쩔 셈이냐—하고, 너는 그 얼굴에게 질문할 것이다. 너는 얼룩을 닦아낸 후 자리로 돌아갈 것이다. 어느새 객석을 채우기 시작한 사람들이 웅성대고, 불이 꺼지고. 막이 오르고. 무대가 드러나고. 인물이 등장하고. 하지만, 너는 곧 그곳을 찾아간 데 대해 후회할 것이다. 첫 순간부터, 그것은 연극이 아닐 것이다. 그것은, 아직 시작되지 않은 무대를 바라보면서 네가 몸을 떨며 "연극!"이라고 발음할 때 너의 머릿속에 빛처럼 꽂혀오는 바의 그 연극이 아닐 것이다. 그것은 다만 연극인 척하는 연극일 것이다. 꾸미기 위해 꾸며진 무대, 시선을 툭툭 끊어버리는 조명, 오로지 훈련에 의해 그려지는 표정과 동작, 귀를 어둡게 하는 터무니없는 대사들—그런 것들이 연극이 시작되기 직전에 네 등뒤의 한없이 먼 곳까지 펼쳐져 이어지던 무대를 갑자기 그 물리적인 무대 장치 속에 좁혀버리고, 무대와 너 사이의 엄청난 거리를 조장할 것이다. 거기에 배우는 없을 것이다. 너는, 이미 배우가 아닌 무대 위의 그들을 이해할 수 없을 것이다. 그리고 왜 객석의 관중들이 그토록 심각한 척 소리죽여 무대를 응시하는지 이해할 수 없을 것이다. 그만, 제발 그만!——하고, 너는 외치고 싶을 것이다. 그렇게 거기 함께 존재해야 할 하등의 이유도 없이, 네 앞에서 연극은 거대한 액자 속에 갇혀 있고, 연극 앞에서 너는 너의 좌석에 갇혀 있을 것이다. 차라리 나가버리자——하고, 너는 불쑥 일어설 것이다. 그러다가 다시 그 자리에 주저앉을 것이다. 아니, 그냥 피해버리지 말자. 그러면서 너는 그 액자를 파괴하고 싶은 견딜 수 없는 충동을 느낄 것이다. 그러나 어쩔 셈인가? 너에게 무슨 방법이 있단 말인가?

  너는 지금 어디에 있는가? 너는 어디 어떻게 있는가?… 나는 지금 여기에 있다. 나는 여기에 홀로 있다. 나는 누워 있다. 나는 다시 잠들고 싶다. 이불을 머리까지 뒤집어쓰고, 무덤 속의 주검처럼, 편안히, 깊이, 꿈을 몰아내고. 그러나 의식의 빛이 아까부터 머릿속에 출렁거린다. 햇살처럼, 바다 위에 부서져 흔들리는 햇살처럼. 어쩔 도리가 없는 막막함처럼, 죽음조차도 한 조각 햇살일 뿐인 막막함처럼. 그래, 어쩔 수가 없었다. 어제, 거기에는 한 줄의 선명한 경계선을 두고 하늘과 바다만이 있었다. 그리고 모든 것은 사라졌다. 그런데 내가 무엇을 어떻게 할 수 있었겠는가? 나는 정신을 잃었다. 그리고 어떻게 나는 되돌아왔는가? 눈을 떴을 때, 나는 다른 곳에 있었다. 어둠 속에. 어둠 속에는 어둠밖에 아무것도 없었다. 내 의식만이 어둠의 우주 안에 떠 있었다. 내 의식만은 그때 자유로운 것 같았다. 그러나 곧 의식마저 슬그머니 소멸되었다. 그리고 다시 눈을 떴을 때, 나는 희미한 빛과 몸뚱어리 속에 돌아와 있었다. 이 방, 이 음습한 여관방에.

나는 몸을 뒤척인다. 뒤척임이 좁고 답답하다. 나는 몸을 돌린다. 베개를 가슴에 고인 후, 나는 담뱃갑을 향해 손을 뻗는다. 마지막 한 개비의 담배를 끄집어내고 불을 붙이기까지의 내 움직임이 한없이 길고 지루하다. 나는 첫 모금의 담배 연기를 몸 끝까지 깊이 빨아들였다가, 천천히 내뿜는다. 눈앞을 흐린 연기가 느릿한 추상의 무늬를 그리며 천장으로 떠오른다. 그 무늬의 바닥에, 머리맡쯤 해서 흰 종이들과 편지 봉투와 볼펜이 있다. 연기가 완전히 떠올라버리자, 그 백지들은 유별나게 희어 보인다. 나는 빈 백지들을 막연히 쳐다본다. 빈 백지들이 나를 막연하게 사로잡는다. 나는 무심코 그것을 끌어당긴다. 나는 무심코 볼펜을 든다. 그리고 심을 눌러—나는 손가락 끝에 모인 작은 힘을 느낀다—백지 위의 한 점에 가져다 댄다. 그런데… 아… 또 시작인가, 볼펜이 백지의 안으로 빠아져… 드은다… 아… 이것은 종이가 아닌가? 종이가 아니면, 이것은 무엇? 깊이다. 안개 같은 깊이다. 하나의 면 속에 자욱한, 헤아릴 수 없는 미궁을 숨긴 깊이다. 나는 깊이에 홀린다. 내 의식이 그 안개 속으로 끌려들어간다. 의식의 사방이 하얗다…

어렵게, 나는 머리에 힘을 주어 의식을 거두어들인다. 이제 그 착란은 골수에 스며들었는가? 볼펜을 떨구고, 종이를 밀어버리고, 나는 다시 번듯이 돌아눕는다. 착란이라구? 만약 저것이 착란이 아니라면? 현실이라면? 나는, 사분의 일쯤 타들어간 채 붙어 있는 담뱃재를 이불 밖에 아무렇게나 털어버리고, 다시 연기를 빨아들인다. 그러면서 나는 백지의 안개 속으로 사라져간 수많은 내 글자들을 생각한다. 나는 그곳에 그토록 깊은 미궁이 있는 줄을 미처 몰랐었다. 그리고는 내 피로 빚어낸 작은 생명들을 그곳으로 떠나보냈던 것이다. 이제 그것들은 끝없는 안개 속을 헤매다 죽어갔을지 모른다. 그러면 내 편지를 뜯은 너는 지쳐 죽어버린 글자의 시체들을, 아니면 시체조차 돌아오지 않은 빈 백지만을 받았을 것이다. 나는 다시 담배를 빨아들인다. 그러면서 나는 방안을 아련하게 울리는 웃음 소리를 헛듣는다. 저들의 웃음 소리다. 내가 아무것도 모르고 봉해버린 편지를 우체통에 넣고 났을 때, 저들이 나누던 웃음 소리. 이제야 확실히 알겠다. 저들은 저들의 그물에 걸려든 나를 비웃었음이 틀림없다. 내가 우체통을 의심하기 시작했을 때는 이미 너무 늦어 있었던 것이다. 우체통, 그것이 바로 함정이었다. 그렇다면…, 그렇다면 혹시, 내가 어제 바다에서 실패한 것—그것은 전혀 예측하지 못했던 실패였다—도 저들의 보이지 않는 그물 속에 걸려 있었기 때문이 아닐까? 그러고 보니, 그 어부도 수상하기 이를 데 없다. 나는 다시 담배를 빨아들인다. 나는 굴욕을 느낀다. 그리고 곧, 걷잡을 수 없도록 나 자신이 미워지기 시작한다. 담배 한 모금을 빨 때마다, 미움은 점점 더 커진다. 미움은 마침내 나를 죽이고 싶다는 생각에까지 이른다. 나를 죽인다? 나를 죽여? 죽인다구? 그러자, 아까 눈을 뜨고 누워 있을 때부터, 나는 나를 죽이고 싶었던 것 같다. 어쩌면 어젯밤의 암흑 속에서 잠깐 눈을 떴을 때도 나는 그랬었는지 모른다는 느낌이 든다. 그보다도 어제 배를 타고 바다에 나갈 때부터, 아니, 우체통에 편지를 떨굴 때, 또는 병정을 만났을 때, 또는 호숫가의 풍경 속에서, 또는 미구로 오는 기차 안에서, 또는 서울을 떠나고자 했을 때부터. 아니 아니, 그보다도 전부터, 더 멀고먼 어디로부터. 그렇다면…, 또다시 그렇다면, 혹시 그것은 지금의 증오가 아닌 다른 어떤 것들을 통해 애초부터 있어온 게 아닐까? 그런데 이제 그 모든 것들을 여과시키고, 서서히 정체를 드러내기 시작한 게 아닐까? 나는 마지막 모금의 담배를 길게 들이마신다. 나는 몸을 옆으로 눕히며, 이불 옆의 재떨이에 담배를 비벼 끈다. 그리고 생각을 고친다. 그렇다, 그럼에도 아직 저들이 미처 파악하지 못한 것이 있다. 아직 나는 저들에게 완전히 걸려든 게 아니다. 나는 저들의 그물이 지닌 촉감과 잠깐 접촉했을 뿐. 왜냐하면 그 편지를 써보냈던 나는 더 이상 내가 아니므로. 그 나는 지금의 내가 아니므로. 그 나는 여과되어버린, 지나가버린 나다. 그러므로, 지금의 나는, 다시, 또다시, 시작할 수 있을 것이다. 섬세하고 촘촘히 빛나는 저들의 현혹적인 그물을 물처럼 빠져나가 어떤 새로운 곳에 있기 위하여. 그것이 설혹 죽음의 그늘일지라도.

 나는 몸을 일으킨다. 머릿속에 들어 있던 바다가 흔들린다. 나는 머리맡의 종이들을 집어든다. 그리고 성냥을 당겨 종이에 불을 옮긴다. 확 번져오는 불길이, 그 흰 종이들은 이미 존재하지 않는다는 듯 소멸시킨다. 혹은 그 반대다. 흰 종이들은 자기 몸을 태우며 뜨겁고 생생한 불춤을 춘다. 불길은 순식간에 확대된다. 나는 황급히 창호지 문을 열고 불을 밖으로 내던진다. 종이들은 곧 재가 되어 날린다. 하늘이 잿빛으로 잔뜩 찌푸리고 있다. "눈이라도 오거라…" 하고, 내가 하늘을 쳐다보며 주술처럼 웅얼거린다.

 눈이 내리기 시작한다. 나는 바닷가로 나간다. 잿빛 하늘 가득히, 흰 점 점 점들이 부서져내려, 잿빛 바다 가득히, 주검의 넋처럼 홀연히 스며들고 있다. 여기서, 온 세상은 수도 없는 흰 점들이 희끗희끗 흩어진 점묘화인 양싶다. 다만 하늘과 바다만이 견고한 허무의 배경을 이룬다. 서로 조응하며 이미 경계선을 허물어버린 하늘과 바다는, 하나의 면으로, 아니, 작은 백지 속에서 내가 체험했던 자욱한 안개의 공간으로, 내 감각의 끝에서 끝까지 펼쳐져 있다. 그 안개의 공간에 숨어 밀려오다 순식간에 몸을 치켜드는 복병같이, 희게 일어서는 파도가 내 발끝에서 부서진다. 희디흰 파열, 그것을 나는 하염없이 바라본다. 그러다가 나는 문득 빈주먹을 움켜쥔다. 이거다! 이 파도, 이 부서짐, 이것이 바로 저 공간으로 들어가는 입구다. 어제, 그 바다의 한복판에는 어부가, 타인이 그물처럼 걸려 있었다. 그러나 아무도 없는 밤이라면, 나는 이 파도를 통해, 이 열린 문을 통해 헤엄쳐 들어갈 수 있으리라. 온몸으로, 온 정신으로, 다시 한번 그 아득한 곳을 향하여.

시간이 흐른다! 내 몸의 시간이, 내 몸의 맥박이 정밀한 초침처럼 소리내며 흐른다. 내 삶의 자연을 따라, 시작에서 끝으로…

진입로 입구를 돌아나오다가, 나는 눈 내리는 벤치에 앉아 있는 한 병정을 발견한다. 철모를 쓰고 탄띠를 두른 병정이 무릎 사이에 엠 식스틴 소총을 끼우고 앉아 담배를 피우고 있다. 그를 발견하면서부터, 시간은 내 관자놀이에서 더욱 거세게 맥박 치기 시작한다. 내가 그에게로 다가간다. 눈송이가, 일병 계급장을 단 그의 철모와 어깨와 무릎 위에 얹혀 쌓이고 있다. 병정은 내 등뒤를 바라보는 눈길로 내 쪽을 바라본다. 나는 주머니에서 새 담뱃갑을 꺼내 껍질을 뜯는다. "담뱃불 좀 빌릴까요?" 내가 말한다. 그는 말없이 손을 내민다. 그의 국방색 장갑과 옷

소매 사이로 드러난 손목에 한 줄의 상처 자국이 가로지르고 있다. 나는 왠지 친근해 보이는 그의 얼굴을 바라보면서 가볍게 몸을 떤다. "여기 근무하십니까?" 내가 묻는다. "네" 하고, 그가 대답한다. 나는 그의 옆자리에 앉는다. 곧 등과 엉덩이에 냉기가 스며든다. 나는 그의 옆구리에 차여져 있는 수통을 보며 다시 말한다. "뭘 그렇게 생각하십니까? 초면에 실례 같습니다만…" 병정의 옆얼굴에 쓸쓸한 웃음이 떠오른다. "글쎄요. 저도 모르겠습니다, 뭘 생각하는지. 그냥 눈을 보고 있다가…" "제가 한번 맞춰볼까요?" 병정이 천천히 고개를 돌려 내 얼굴을 쳐다본다. "어떻게 살까, 그게 아닙니까?" 병정이 소리없이 웃으며 그의 수통을 내려다본다. 그의 수통 껍질에는 그렇게 씌어 있다. '어떻게 살까?' "서울서 오셨습니까?" 병정이 묻는다. "네." "반갑군요. 저도 집이 서울입니다." 나는 고개를 끄덕거린다. 여전히 관자놀이의 맥박이 가쁘게 튕기고 있다. "혹시 학교 다니다 오시지 않았나요?" 나는 맥박의 이상한 암시에 사로잡혀 거의 확신에 찬 질문을 던진다. "네, 그랬지요. 그건 어떻게?" "그냥 그런 것 같아서요. 그렇다면, 혹시 쫓겨오신 게 아닌가요?" 병정의 얼굴에 잠깐 경계의 빛이 스친다. "절 아시나요?" "아니, 모릅니다. 하지만 알 것 같군요." 모든 걸—하고, 나는 덧붙이고 싶다. 무슨 뜻인지, 이번엔 그가 고개를 끄덕거린다. "한 가지 더 맞춰볼까요?" 하고 내가 다시 말을 끄집어냈을 때야 그의 끄덕거림이 멈춘다. 그리고 흥미있다는 표정으로 다시 나를 쳐다본다. "그 손목의 상처에 대해서 말입니다." 병정은 얼굴을 굳히며, 그러나 부드러운 목소리로, "관찰력이 대단하시군요" 하고 대꾸한다. "그건 군대에서 생긴 거 아닙니까? 그것도 자신의 손으로 만들어놓은…" 등을 일으킨 병정의 입이 반쯤 벌어지더니 무엇에 홀린 듯, "어떻게 그런 추측을 해냈죠?" 하고 되묻는다. "아니면," 하고 그가 말을 이으려는데, 내가 가로챈다. "아뇨, 그냥 추측입니다. 왠지 처음 볼 때부터 댁을 알 것 같은 느낌이 들었던 것뿐인데…, 이렇게 예감이 맞아들어갈 줄은 정말 저도 몰랐는데요." 병정은 갑자기 저 자신의 어떤 힘에 짓눌려진 것 같다. 그는 일으켜세웠던 몸을 다시 벤치에 기댄다. 그의 긴 한숨 소리. "그랬죠. 면도칼로 손목을 그었던 겁니다." 한숨처럼, 그가 말한다. "그렇게 죽고 싶었습니까?" "그렇게 살기 싫었던 적이 없었으니까요." "그들 때문에요?" "그들? 그들이라뇨?" 내가 말의 사이를 띈다. "그냥 댁이 생각하고 있는 그들 말입니다." "그들?… 듣고 보니 적당한 말이군요. 그랬죠. 그들 때문이었죠. 제가 그토록 믿었던. 변화가, 그들에게 어떤 변화가 생겼죠. 나와 밀접히 관련 있는 변화가. 이제는, 물론 이해는 합니다. 나도 그들과 한패거리였고, 그들에 대해서 잘 아니까요. 하지만 그때의 그 변화 때문에 내게 주어졌던 엄청난 고통은 어떻게 할 수가 없었던 거죠." "제대하면 다시 그들에게 돌아갈 겁니까?" "글쎄요…" 그는 대화를 끊으며 담배를 발 밑의 눈 속에 떨어뜨린다. 그리고, "어쩌면 그럴지도 모른다는 생각이 들곤 하는데…" 하고 자신 없이 말한다. "당장은, 그럴 수밖에 없을지도 모르니까요" 하고, 내가 덧붙인다. 정말 그럴 수밖에 없을지도 모른다. 이때까지 그의 젊은 삶이 아마도 그랬듯이. 모든 것을 그들 속에서 다시 확인해야 할 테니까. 그러나 나는 말한다. "그런데 그때부터 모든 게 달라지기 시작할 겁니다." 하지만 그는 자신 속에 빠져들어 내 마지막 말을 흘려버린 것 같다. 그의 몸 위에 쌓인 눈이 제법 수북하다. 그대로 그렇게 잠시 정지해 있던 그는 윗주머니에서 새 담배를 끄집어낸다. 그리고는 담배를 문 채로 독백처럼 중얼거리기 시작한다. "그들은 아직도 제 손목에 대해선 전혀 모르죠. 어떻게 생각하면 다행이에요. 소란이 난 건 정작 여기 부대 안에서뿐이었어요. 그때 일을 생각하면 참… 사실대로 하자면 난 영창감이었는데, 그런데 난 요주의 인물이었거든요. 대학 때 전력 때문에 말입니다. 나 같은 건 그저 조용히 있다가 제대해버리길 바라거든요. 무슨 문제가 생기면 어쨌든 골치 아프니까요. 그래선지 절군 병원으로 보내는 대신, 미구 시내의 어떤 개인 병원으로 보내서 치료를 시켰죠. 그런데, 살아났다는 것 자체가 견딜 수 없었던 저는, 제가 군 병원으로 해서 영창으로 가는 대신 그 개인 병원으로 보내진 게 왜 그리 고통스럽게 느껴졌던지… 그건 참 지독한 외로움이었어요…" 그는 이제서야 담배에 불을 붙인다. 그리고는 막 다시 살아나려는 외로움을 이기려는 듯 불쑥 일어선다. "쓸데없는 얘기죠, 이렇게 살아 있으니… 이젠, 늦기 전에 가봐야겠습니다. 해안 초소에 보급할 물자가 있어서 갔다 오는 길이었거든요." 그의 모습이 병정놀이를 마치고 집으로 돌아가기 위해 몸을 터는, 지치고 허기진 아이처럼 여겨진다. 내가 따라 일어선다. 그와 나는 바다 소리를 등지고 걷기 시작한다. 눈, 눈, 눈… 이 눈 속에서, 아직 나에겐 확실히 해야 할 말이 있다. 나 역시 늦기 전에. 그래서 나는 그의 어깨에서 덜그덕거리는 총을 보며 말한다. "물론 총을 쏴보셨을 테지요?" "네. 여러 번." "헌데 댁이 쏜 총알이 누군가를 죽일 수 있다고 믿고 계세요?" 그는 잠깐 머뭇거린다. 내가 다시 묻는다. "총에 맞아 죽은 사람을 보셨나요?" "아니오." "제 질문은, 그런데 그 총으로 지금 나를 쏘면 내가 여기 쓰러져 다시는 못 일어날 것이라고 믿느냐 그겁니다." "아마…" 하다가, 그는 갑자기 내 질문이 우스꽝스러웠던지 어이없다는 표정을 지으며, "물론 그렇겠죠" 하고 대답한다. "헌데 그때 왜 총으로 자신을 쏴버릴 생각은 안 했죠? 그게 더 확실한 방법이었을 텐데." 나는 묵묵히 다그친다. "글쎄요, 그건 그냥…" "거기에 대해선 두 가지로 이해할 수 있을 겁니다. 진실로 죽을 생각이 없었거나, 아니면 총이 사람을 죽이는 도구라고 생각하지 못했거나. 전, 두번째 경우라고 생각합니다." "무슨… 뜻이죠?" "극단적으로 말하자면, 평소에 그 총이 장난감에 불과하다고 느끼고 있었기 때문일 겁니다. 이야기를 좀 돌려서 할까요. 언제부턴가 전 군복을 입은 사람을 보면, 군인이란 말보다 병정이란 말이 먼저 떠올라 의아해했었지요. 그 까닭을 이젠 알겠어요, 명확히. 요컨대 병정이란 말은 놀이라는 말과 가까웠던 겁니다. 병정놀이라는 말 말입니다. 아이들이 신나하는 병정놀이. 그건 그 자체가 일종의 말놀이지요. 병장이니 대위니 대장이니 하는 이름을 붙여놓고 그럴듯하게 그 역할을 해내는. 근데, 곰곰 생각 끝에 알고 보니, 군대란 것도 결국 거대한 병정놀이나 마찬가지더라는 말입니다. 아이들의 놀이와 다른 게 있다면 전혀 즐겁지 못하다는 거. 그러나 무슨 형벌처럼 참여당하고야 마는 고통스런 놀이라는 거. 그런 차이는 있겠지만, 그 차이가 혹시 더 본질적일지도 모르겠지만, 아무튼 제가 무슨 말을 하려는지는 아시겠지요? 아마 댁도 역시, 그것이 놀이라는 느낌을 무의식중에라도 지니고 있었던 걸 테지요. 그러면 총은 놀이에 쓰는 장난감이 되는 거구요. 그래서 총을 사용할 수 없었던 것이라는 뜻입니다." 말을 마치는 순간, 그러나 나는 저 총이 사람을 죽일 수 있을지도 모른다는 불길한 생각에 휩싸인다. 만약 그 놀이 속에서 죽음조차도 하나의 장난으로 취급된다면… 병정은 입을 벌리고 무엇인가 말하려는 것 같다. 그러나 그는 힘없이 입을 다문다. 그와 나는 진입로 입구에서 헤어진다. 인사를 나누고, 그는 호수의 옆길을 따라 걸어간다. 여전히 그의 어깨에서 총이 덜그덕거린다. 그가 풍경의 한 점 속으로 사라지자, 나는 내 안에서 날카롭게 살아오르는 칼끝을 느낀다.

시간이 흐른다! 내 몸의 시간이, 내 몸의 맥박이 정밀한 초침처럼…

여관으로 돌아온 나는 방의 한가운데 서 있다. 나는 옷을 벗기 시작한다. 나는 속옷까지 모두 벗어버린다. 방의 외풍이 살갗에 소름을 끼친다. 나는 내 몸을 세심히 내려다보며, 한 손으로 살을 어루만진다. 나는 검게 윤나는 내 성기를 어루만진다. 스물넷의 나이만큼 젊고 싱싱한 육체다. 그 촉감이 가슴에 벅찬 응어리로 맺힌다. 나는 방을 배회하며 몸을 움직인다. 손과 발을, 허리를 움직인다. 딱딱하던 몸짓이 조금씩 부드러워진다. 힘을 빼고, 그래, 관념적인 힘을 빼고 저 스스로의 힘만 남게. 자, 포즈를 취해봐. 나는 내 육체에 조용히 명령한다. 내 몸이 물 흐르듯 움직이다가 한 순간씩 조각이 된다. 힘찬 동작을 만드는 순간이라 할지라도 미풍이면 흔들릴 듯 부드럽게, 엄격한 표정도 곧 웃음으로 바뀔 수 있게. 아무리 작은 근육이라도 순간순간 의미를 바꾸며 하나의 동작 속에 집결된다. 이제, 나는 홀로 어떤 장면을 연기해본다. 입이 저절로 열리며 대사들이 흘러나온다. "제발 날 좀 내버려두란 말이에요!" 나는 반항이다. "당신은, 당신은… 누구란 말인가?" 나는 번뇌하는 사랑이다. "가야 해요. 잡히면 끝장이에요." 나는 도주다. 움직임과 음성 하나하나에 나는 행복을 느낀다. 됐다…, 이제 됐다. 나는 멈춘다. 준비는 끝났다. 오늘밤엔 틀림없이 그곳에 도달할 수 있을 것 같다. 나는 여행 가방에서 새 속옷을 꺼내 입는다. 나는 겉옷을 단정히 입는다. 나는 짐을 정리한다. 나는 차곡차곡 짐들을 가방에 담는다. 나는 벽에 등을 대고 앉는다. 나는 차분히 눈을 감는다. 나는 내 몸 안에서 흐르는 시간의 소리를 주의 깊게 듣는다.

시간이 흐른다! 내 몸의 시간이…

나는 내 몸을 흩트리지 않고 앉아 있다. 창호지 문이 선뜻선뜻 어두워지기 시작한다. 이 방안에서 내 나이만큼 긴 세월이 흘러간 것 같다. 문득, 시간의 침묵을 깨고 기척이 들린다. "손님, 저녁 드세요!" 늘상 듣는 그런 기척과 그런 한마디가 지금은 내 연극 속의 의미있는 한 곳에 자리잡고 있다. 내 연극 속의 배우로서, 나는 몸을 일으킨다. 내 연극 속의 배우로서, 나는 창호지 문을 연다.

순간, 그러나, 나는 무대에서 끌려내려졌다. 불쑥, 밥상을 든 계집아이 등뒤의 눈발 속에서, 두 사람의 뒤엉킨 형체가 다가섰던 것이다. "아, 형씨, 안녕하쇼!" 이런, 어떻게 저 사내가… 나는 강하게 얻어맞은 듯이 몸짓을 흩트렸다. 흐르던 시간을 절단하는 듯한 예리한 통증이 손목을 휘감았다. "접니다, 저예요!" 술집에서 만났던 사내, 그 사내가 한 여자의 몸에 축 늘어져 외치고 있었다. 머릿속에서 어지러운 전파가 뒤엉켰다. 이 무슨 예기치 못한 침입이란 말인가. 한참 만에, 나는 간신히 입을 열었다. "어떻게… 여길?" 툇마루에 몸을 떨군 사내가 히죽이 웃었다. "어떻게라뇨? 왜, 술집에서 형씨가 여관 이름을 가르쳐줬지 않습니까?" 나는 또 한 번 비틀릴 수밖에 없었다. 그 실수, 그걸 놓치지 않았단 말인가. "그래서 심심하면 놀러 오라는 뜻으로 알아들었지요." 지독하게 자신만만한 오해였다. 아니면, 지독하게 나를 속이고 있었다. "좋은 술이 있어서 가져왔어요. 아주 좋은 술이죠." 벌써 완전히 취해버린 사내가 움켜쥔 병을 휘저었다. 도대체 나는 종잡을 수가 없었다. 나는 그를 물리칠 도리가 없는 것 같았다. 나는 여관집 계집아이가 내려놓고 간 밥상을 방안으로 옮겼다. 사내가 기다시피 방안으로 밀려들었다. 나는 그때까지 눈을 맞으며 다소곳이 서 있던 여자에게 말했다. "들어오시지요." 그제서야 여자가 신발을 벗었다. "이, 이 여잔 내 애인이오. 어제 술집에서 잠깐 보셨죠, 아마?" 사내가 다시 시끄럽게 소리쳤다. "앉으시죠." 내가 다시 여자에게 말했다. 여자가 고개를 숙인 채 방 한쪽 구석에 발을 포개며 내려앉았다. 사내가 겨우 일어나 앉으며 술병을 밥상 위에 탁 올려놓았다. 반쯤 비운 양주병이었다. "이봐, 잔 좀 꺼내." 사내가 여자에게 명령조로 말했다. 여자가 말없이 작은 종이 봉지 안에서 종이컵과 비닐에 싸인 마른안주를 끄집어냈다. 그러면서 그녀는 "이제 그만 드세요. 너무 취했어요" 하고 말했다. "괜찮아, 괜찮아…" 사내가 혀 꼬부라진 소리로 대꾸했다. "여자란 걱정이 너무 많아. 안 그렇소, 형씨? 하지만, 내 애인은 이뻐요. 이쁘죠? 아주 귀엽죠?" 여자의 얼굴이 무참하게 물들고 있었다. 그녀는 아랫입술을 지그시 깨물었다. 나는 사내를 한 대

후려치고 싶었다. 그는 술에 취해 불가능한 움직임을 겨우겨우 이어가며 종이잔에 술을 따랐다. "자, 드쇼, 형씨!" 그리고 내 앞으로 불쑥 내밀다가 술을 흘렸다. 내가 술에 젖은 잔을 받자마자, 사내는 옆으로 꼬꾸라졌다. 나는 짓밟아버리고 싶은 사내를 이불 위에 눕혔다. 사내가 고개를 좌우로 마구 흔들더니, 혼자 중얼중얼거리다가 잠잠해졌다. "재미있는 사람이에요." 내가 사내를 턱으로 가리키며 여자에게 말했다. 여자가 아직도 입술을 깨물고 있었다. 그녀는 천천히 고개를 들면서, "착한 분인데, 보통 땐 안 그러면서 술만 마시면…" 하고 조심스럽게 말했다. 나는 딱히 할말이 없었다. 사실, 알 수 없는 사내와 그의 애인이었다. 전혀 알지도 못하면서 불쑥불쑥 다가서던 사내는 결국 몇 년을 사귄 친구인 양 나에게 꼬꾸라졌다. 그리고 저 여자는 마치 내가 자기 애인의 잘 아는 친구처럼 이 쑥스러운 분위기를 허락하고 있지 않은가. 나는 몹시 당황해 있는 셈이었다. 그리고 그 당황 때문에 나는 나 자신을 지금 망치고 있는 듯싶었다. 그 기분을 알아차렸는지, 여자가 한참 만에 침묵을 깨며 "미안합니다" 하고 말했다. 그 말은 마치 그 침묵이 미안했다는 뜻처럼 들렸다. 그때 여자가 덧붙였다. "더구나 오늘은 크리스마스 이븐데…" 크리스마스 이브? 아, 그랬던가? 나는, 크리스마스 이브를 미안함의 특별한 이유로 들 수 있는 여자의 얼굴을 유심히 쳐다보았다. 여자가 예뻤다. 여자가 마주보았다. 여자가 더욱 예뻐 보였다. 그러자 귀가 뜨거워지며, 얼굴 전체가 일그러지는 것을 느꼈다. 이상하군, 왜 이럴까? 나는 내 안의 혼탁한 열기를 몰아내기 위해서 말했다. "이분은 여기서 자게 내버려두십시오. 내일 아침이면 잘 깨어날 테니까요." 여자는, 그 말을 가라는 뜻으로 받아들인 모양이었다. 여자가 몸을 일으키며 "그럼…" 하고 말했다. "아니, 눈발이 좀 뜸해지거든 가시지요." 내가 말했다. "아니에요. 어차피 눈은 그치지 않을 거예요. 여기 눈은 한번 내리기 시작하면 끝이 없답니다. 어떤 땐, 무릎까지 쌓이는걸요. 더 쌓이기 전에 가야지요." "그럼, 제가 정류장까지 바래다드리지요." "아니에요, 괜찮아요" 하고 그녀가 황망히 말했지만, 나는 따라나서지 않을 수 없었다.

눈송이들이 쉴새없이 앞을 가로막으며 떨어져내렸다. 나는 눈송이가 무거웠다. 얼어붙은 호수는 함지처럼 은은한 은빛을 머금고 있었다. 어둠 속의 은빛을 끼고, 여자와 나는 걷고 있었다. 말없이 땅만 보고 걷는 그녀는 나와 한 발자국 반 정도의 거리를 유지하고 있었고, 그 사이로 눈은 담을 쌓듯 떨어지고 있었다. 얼마나 걸었을까, 나는 그녀와 나 사이의 거리가 갈수록 벅차게 느껴졌다. 그래서 어느 순간 나는 여자 쪽으로 얼굴을 돌리고 "뭘 하고 계세요?" 물으며 한 발자국 다가섰는데, 거의 동시에 그녀는 잘 알아들을 수 없다는 듯이 "네?" 반문하며 한 발자국을 다가섰기 때문에, 어느 틈에 그녀와 나는 한쪽 어깨를 포개게 되었다. "무슨 일을 하시느냐구요." "네에, 전 책방 일을 보고 있어요." 여자가 머리 위에 눈을 털며 말했다. 그녀는 내가 말을 건넨 것이 기쁜 모양이었다. 약간 들떠오는 목소리로, 이번엔 그녀가 물었다. "여긴 뭐 하러 오셨어요? 더구나 혼자서, 그것두 겨울에… 무슨 특별한 일이라도 있으신 모양이죠?" 나는 내 방식대로 대답했다. "글쎄, 뭐, 여러 일들이 일어났기 때문이죠." 여자가 소리를 숨기며 웃었다. 나는 그녀의 웃음을 이해하지 못했다. 그녀가 다시 말했다. "아까 그이 말씀이, 그쪽 분께서 무슨 과거를 정리하러 오신 모양이라고 그랬었거든요." 개새끼… "헌데 그때 제가 무슨 상상을 했는지 아세요? 전 원래 이상한 상상을 많이 해요. 아까 그 이야길 듣자마자 문득 생각난다는 게 글쎄, 그쪽 분이 서울을 떠날 때, 왜 역 스피커에서 코맹맹이 소리내는 거 있죠, 그게 청승맞은 목소리로 '과거행 열차 발차, 과거행 열차 발차…' 하고 들려왔을 것만 같다는 거였어요." 여자는 다시 쿡쿡거리며 웃다가, "저 참 엉뚱하죠?" 하고 되물었다. 나는 가볍게 따라 웃었다. 그러자 이번엔 이 여자가 말할 수 없이 티없고 순진한 여자인 양싶었다. 나는 야릇하게 손끝이 저려오는 것을 참기 위해 주머니 속에 든 손을 주먹 쥐었다. "어쨌든 멋있는 분이신 것 같애요. 뭔가 깊고 고독한 분." 나는 또 웃었다. 그리고 가볍게 대꾸했다. "하지만, 그래서 죽고 싶은걸요." 여자가, "뭣 땜에요?" 내가, "살기 싫어서요" 하고, 낮에 작별한 병정의 말을 빌렸다. "저두 살기 싫은 적이 가끔 있어요. 쇼 윈도에 걸린 아주 예쁜 코트를 못 살 때라든가, 책을 팔다가 계산을 잘못해서 돈을 덜 받았다든가, 또 딴생각 하면서 뜨개질을 하다가 코를 잘못 끼워 망쳐버릴 때라든가… 가만 생각하니 살기 싫은 적두 많네요. 하지만, 전 살기 싫어서 죽고 싶어본 적은 없는 것 같은데요." 도대체 이 여자에겐 무슨 고민이 있을까? 나는 그녀의 가벼움 위에 나를 털어내고 싶었다. 그러면 나조차도 가벼워질 수 있을 것만 같았다. 어디선가 그녀를 끌어안고 싶은 마음이 급격히 용솟음쳤다. 마침 여자가 발을 헛디뎠는지, "어머!" 하면서 휘청했다. 나는 재빨리 여자의 허리를 움켜잡았다. "조심하세요" 하며, 나는 여자의 허리를 끌어당겼다. 그리고 그대로 여자의 등뒤를 낀 채 걷기 시작했다. 여자는 당황했는지 뒤늦게 "고마워요"라고 떨리는 목소리로 말했다. 여자의 허리가 저항하고 있었지만 나는 놓아주지 않았다. 여자가 저항을 포기했다. 당신을 사랑하고 싶습니다, 나랑 어디든지 가버립시다— 하고 말하려는데, 내 입이 나를 배반했다. "저분을 사랑하세요?" 그녀는 대답하기 힘든 모양이었다. "글쎄, 잘 모르겠어요. 아마 그런가봐요." 그러나 그녀는 곧 덧붙였다. "아니, 역시 잘 모르겠어요. 어쩌다 보니까 그냥…" 알 만하다. 어쩌다 보니까 그냥. 어쩌다 보니까 그냥 끌려다니고, 어쩌다 보니까 그냥 입술을 빼앗기고, 또 모든 것을 빼앗기고 말았겠지. 나는 그녀가 싫어졌다. 아니, 나는 이 여자의 그런 면 때문에 끌린 것이 아니었던가. 나는 다시, 당신을 사랑하고 있습니다— 하고 말하고 싶었다. 그러나 어느새 버스 정류장의 가로등이 보이기 시작했고, 그것을 발견하자 여자는 새벽 닭소리를 들은 유령처럼 화닥 놀라며 허리에 감겨 있던 내 손을 밀어냈다.

아무래도 나는 오늘밤 그곳으로 가지 못할 것 같았다. 절정을 향해 흐르던 시간은 이미 멈추어버렸고, 나는 허탈 상태에 빠져 있었다. 눈발을 헤치고 돌아오면서, 나는 참으로 오랜만에 외로움의 감정을 가깝게 느꼈다. 나는 방금 헤어진 여자를 곰곰이 생각했다. 눈발 뒤의 어두운 장막 위에 너의 얼굴이 떠올랐다. 나는 너에 대해 곰곰이 되뇌었다. 이번엔 방금 헤어진 여자가 나타났다. 그 여자를 생각했다. 그러면 너의 얼굴이… 너를 생각했다. 다시, 여자를 생각했다. 너를, 그 여자를, 너, 그 여자… 나는 바다로 건너가는 소나무숲 앞에서 잠깐 멈추어섰다. 나는 여관 쪽으로 향했다.

방은 따스했다. 잠속에 곯아떨어진 사내가 거친 숨을 내쉬고 있었다. 내 온몸에 외투처럼 입혀진 눈이 녹는 소리가 들렸다. 나는 거세게 머리를 흔들었다. 머리 위에 얹혔던 눈이 푸르르 흩어지며 방바닥에 떨어졌다. 온돌 위에서 곧 그것들은 녹아버렸다. 이제 나는 어떻게 해야 하는가?

나는 하염없이 방안을 방황한다. 그러다가, 순간, 나는 방 한쪽에서 빛의 덩어리를 느낀다. 거울이다. 불빛의 반사 때문에, 작은 거울은 오히려 빛이 쏟아져 들어오는 구멍처럼 보인다. 나는 그 구멍으로 다가간다. 그 구멍을 통해, 얼굴 하나가 고개를 뽑으며 방안을 들여다보고 있다. 네가 나인가? 내가 중얼거린다. 거울 속의 얼굴이 똑같은 말을 되뇐 것 같다. 그러자 나는 그 얼굴이 점점 낯설어지는 것을 느낀다. 나는 눈을 비빈다. 내가 너인가? 나는 거울을 향해 손을 뻗는다. 거울 속의 얼굴이 손을 뻗어, 거울 속으로 들어가려는 내 손을 막는다. 동시에, 나는 거울로부터 소외된다. 나는 고개를 떨군다. 나는 굴욕을 느낀다. 곧바로, 굴욕스런 나 자신이 미워지기 시작한다. 내가 고개를 들어 다시 거울을 쳐다볼 때마다, 미움은 점점 더 커진다. 미움은 마침내 나를 죽이고 싶다는 생각에까지 이른다. 나는 어금니를 깨문다. 나는 부들거리며 거울에서 돌아선다. 돌아선 내 앞에, 사내가 자빠져 있다. 나는 몸을 가누며 사내 앞에 무릎을 꿇고 앉는다. 사내의 헝클어진 머리와 입가의 침자국이 내 그림자에 가린다. 그림자가 하염없이 굳어 있다. 그러다가, 순간, 그림자의 고개가 흔들리기 시작한다. 서서히 어떤 깨달음과 회한이 밀려와, 내 고개를 한없이 끄덕이게 만든다. 나는 머리 위로 주먹 쥔 한 손을 들어올린다. 내 그림자가 비수를 꽂으려는 듯 사내의 가슴을 노린다. 그래, 네놈은 첩자다. 내 동태를 정탐하고 회유하려 보내진 시간의 첩자. 비겁하게 미인계까지 써가며 나를 그물 속에 끌어들이려던 비밀 공작원. 네놈은 누구와 한패인가? 가죽 점퍼를 입은 사내와? 아니면, 내 진로를 방해하며 낄낄거리던 그들과? 어쩌면 저들 모두가 한패인지도 모른다. 어쨌든 네놈은 벌써부터 내 의도를 눈치채고 있었음이 틀림없다. 나는 아슬아슬하게 비켜간 위기를 뒤늦게 확인한다. 이제 나는 어떻게 해야 하는가?

  나는 벽에 기대어 마지막 생각에 잠긴다. 나는 문득 몸을 일으켜 불을 끄고 자리에 눕는다. 눈을 감는다… 눈을 뜬다. 먹먹한 밤의 한가운데다. 나는 사내를 흔들어 깨운다. 내가 사내를 이끈다. 여관을 빠져나와 사내와 나는 바닷가로 나간다. 눈은 그쳐 있다. 쌓인 눈이 어둠을 희미하게 밝힌다. 눈이 쌓이지 않은 바다가 끝없는 암흑의 넓이로 앞을 가로막는다. 나는 그에게 담배를 건넨다. 나는 담배에 불을 붙이고, 바다를 향해 성냥불로 나 자신도 모르는 신호를 보낸다. 사내가 이상하다는 듯이 나를 쳐다본다. 그때, "손들엇!" 하는 소리가 들린다. 사내가 놀란다. 나는 그의 등을 밀며 "뛰어!" 하고 소리친다. 사내가 허둥지둥 뛰기 시작한다. 나는 뛰지 않는다. 한 방의 총성이 울린다. 잠깐 동안, 사내는 절묘한 몸짓으로 허공 위에 머문다. 사내의 몸이 무너진다. 총성은 마치 그 몸짓의 여운인 양 그가 무너진 허공에 어른거린다. 나는 두 손을 들고 있다. 완벽한 연기였다. 나는 총을 겨누고 있을 병정을 향해 돌아선다.

  돌아서며, 나는, 아득히, 내던져진다. 아득히 내던져져서, 나는, 천천히, 너에게로, 다가간다. 벽에 등을 대고, 너는, 다가서는 나를, 텅 빈 눈으로, 올려다본다…

　이제 너의 두 눈은 아무것도 되비치지 않는다 그와는 반대로 너의 두 눈은 모든 것을 흡수한다 둘레의 모든 형체들이 모든 무늬들이 모든 색들이 모든 빛들이 모든 사념들이 너의 눈에 빨려들어 스며들어 응집되어 순흑의 단단한 눈동자가 된다 너의 두 눈동자는 그리하여 아무것도 반사하지 않는 그러나 제 힘으로 빛나는 흑진주다 검은빛의 바람이 분다 얇고 섬세한 공기의 자락들이 벗겨진다 검은빛의 바람이 너의 맨몸을 휘감는다 바람의 몸처럼 소용돌이치며 너는 허무에 반항한다 반항의 빛 검은빛이 너의 전신에 빛난다 너의 온몸은 까아만 대리석이다 팽팽한 젊음의 윤기로 내면의 꿈이 솟구쳐올라 너의 머리카락을 물들인다 머리카락의 올올이 온갖 색깔들로 물오르는 식물처럼 자라난다 젊은 돌의 욕망이 온갖 색깔들로 뒤섞여 머리 위에 파동친다 영롱한 파동이 대리석의 어깨 위로 젖가슴 위로 허리로 더 깊은 곳으로 폭포처럼 쏟아진다 수억만 개의 색선들이 뒤섞인다 선들이 악기의 현처럼 울린다 낭랑한 울음이 배어나온다 돌 위에 물방울들이 맺힌다 점점이 바다가 퍼진다…

　그리하여… 오…

　이제 너의 두 눈은 나의 두 눈을 되비치지 않는다 그와는 반대로 너의 두 눈은 나의 두 눈을 흡수한다 나의 두 눈이 나의 온몸이 너의 두 눈에 빨려든다 빨려들어 스며들어 나는 물처럼 녹는다 나는 너의 혈관을 따라 단단한 돌의 살 속을 돌아다닌다 나는 열이 되어 너의 두 눈에 돌아온다 나는 너의 두 눈 밖을 내다본다 너의 두 손이 허공에 뻗친다 너는 공기를 조각한다 너는 공기를 조각하여 내 몸의 형상을 만든다 내가 사라진 곳에 내가 없음의 있음으로 부활한다 네 손길은 내 한 점의 세포에도 무심치 않는다 너는 내 형상에 숨을 부어넣는다 내 허공의 살이 숨쉬기 시작한다 너의 오색 머릿결이 내 살을 안는다 너는 주문을 외운다 바닥에서 바다가 스며나온다 바다가 발목을 적신다 바다가 허리를 가슴을 목을 적신다 바다가 머리카락을 풀어헤친다 우리는 바닷속에 몸을 뻗는다 우리는 바닷속을 움직여본다 물결이 우리를 자유롭게 한다 무용하듯 발끝으로 솟아오르고 무릎을 굽히고 허리를 돌리고 물의 하늘로 뛰어오르고 마침내 우리는 물고기처럼 몸을 펴며 출발한다…

오 오 오오오오오오오오…

문득, 아침이 온다. 어둠과 빛의 단층을 훌쩍 뛰어넘어 아침은 급격히 기습한다. 황홀한 기습. 방이다. 예사롭지 않은 방이다. 이 아침, 이 방의 공간은 더 이상 좁지 않다. 부르기만 한다면 모든 것이 여기에 있을 것이다. 너의 눈꺼풀이 맑게 껌벅인다. 그것은 잠에서 깨어난 눈이 아니다. "얼마나 왔을까?" "조금, 아주 조금." "갈 수 있을까?" "가봐야지." "지금은?" "지금." "여기는?" "여기." 나는 허공에 핀 꽃 한 송이를 꺾는다. 나는 그것을 네 머리에 꽂는다. 네가 내 손을 잡는다. 따뜻한 살이 손목에 감긴다. 네가 내 손목의 상처를 어루만진다. "난 알아. 넌 한마디도 말해주지 않았지만, 난 이 상처에 대해 모두 다 알겠어." 그리고 너는 격렬하게 내 얼굴과 목에 입술을 뭉갠다. 내 살에 문신이 찍힌다. 그 직접적인 감촉과 흔적을 통해, 너의 존재는 선명히 확인된다. 틀림없이 너는 지금 내 곁에 있다. 이 아침처럼, 너는 단숨에 되돌아왔던 것이다. 내가 사내를 사살하고 돌아섰을 때, 너는 내 앞에 있었다. 밤, 어제.

　어제, 낮. 어느덧 연극은 너에게서 멀리 흘러 끝나고, 너는 관객들이 모두 빠져나가도록 관객석에 그대로 앉아 있었다. 그리고 소음들이 완전히 빠져나가자, 너는 연극이 시작되기 전의 정적으로 되돌아갔다. 무대는 연극이 시작되기 전과 똑같이 묵묵한 커튼을 드리우고 있었다. 그 커튼에는 막 끝난 한 연극의 여운이 스며 있지 않았다. 그것은 차라리 열어제치고 뛰어올라 무엇인가 동작과 대사를 쏟아내고 싶은 단순하고 순수한 공백이었다. 변한 것은 아무것도 없었다. 변한 것이 있다면, 그것은 복잡하게 뒤얽힌 네 가슴속에 있었다. 연극이 진행되는 도중 벌떡 몸을 일으키던 자신의 모습이, 네 마음의 영사막에 반복되어 클로즈업되고 있었던 것이다. 몸을 일으켰다 다시 주저앉은 것, 그 몇 초 안 되는 네 행동은 너의 무력함을 입증했을 뿐이었다. 그때 일어서서 미친 여자처럼 발악이라도 했다면? 그러나, 마찬가지였을 것이다. 그 소요는 잠깐 동안 사람들을 당황케 하고 무대의 배우들을 곤경에 처넣겠지만, 힘센 사내 둘이면 사태는 간단히 수습되었을 것이다. 한 토막의 헛웃음거리. 연극은 잠시 후 정상대로 진행되었을 것이다. 그러면 너는, 연극이 끝나도록 그대로 앉아 있는 너나 마찬가지로 무력한 또 다른 너를 확인했을 뿐일 것이다. 흩어진 머리카락, 이빨을 드러낸 입, 무모한 눈물과 광기가 서린 눈으로 원한에 찬 듯이 앞을 쳐다보는 한 여자가 억센 사내들에게 어깨와 팔을 뒤틀린 채 질질 끌려나오는 모습이 네 영사막에 비친 마지막 장면이었다. 그 마지막 장면 앞에서, 너는 그 여자와 다름없었다.

　너는 뚜벅뚜벅 울리는 네 발소리를 들으며 극장을 빠져나왔다. 흐린 하늘에 막 눈송이가 흩날리기 시작했다. 아직도 기차 시간을 대기에는 일렀다. 발길을 정하지 못한 채, 너는 극장 입구의 낮고 넓은 계단을 한발 한발 내려섰다. 마지막 계단 위에서, 너는 이유 모를 갈등 때문에 멈추어섰다. 내려설까, 말까, 하는 망설임을 너는 스스로 이해할 수 없었다. 너는 참으로 오랜만에 외로움의 감정을 느꼈다. 어디선가 익숙한 웃음 소리와 웅얼거림이 들렸다. 너는 그 익숙함을 헤아리며 소리를 따라 두리번거렸다. 극장 옆문을 통해 나오는 한 떼의 젊은 남녀들이 있었다. 그들인가? 너는 그들을 목격하는 순간 솟아오르는 뜻밖의 반가움에 두 눈을 껌벅거렸다. 아니, 너희들이 어떻게?—하며, 너는 어느새 그들에게 달려갈 몸짓을 찾았다. 그런데 왠지 그 마지막 계단에서 발을 뗄 수가 없었다. 등뒤에서 누군가가 양어깨를 움켜잡고 있는 것 같았다. 누구야?—하고, 네가 말없이 말했다. 나야—하고, 뒤에서 응답했다. 나? 네가 반문했다. 저들을 헤아려봐. 둘이 비지? 하나는 너고, 나머지 하나가 나야. 헌데 왜 막는 거지? 그렇게 쉽게 돌아갈 수 있을까? 이번에 가면 다시는 돌이킬 수 없을지도 모르는데. 하지만, 난 지금 막막해. 그리고, 그런데, 저들이 내 앞에 있잖아. 그뿐이야. 그건 거짓말이야. 더구나 넌 지금 거짓 연극을 보았어. 넌 미칠 듯이 그걸 파괴하고 싶어했어. 왜 그게 거짓이었을까? 그건 그 연극이 모든 걸 무대 위에 가둠으로써 정당화시키려 했기 때문이야. 무대라는 틀이, 저건 현실이 아니라 무대다—라는 자명하지만 음흉한 가정이, 배우에게나 관중에게나 허위를 정당화시켜주는 도구가 된 거야. 진정한 연극이라면 그런 속임수가 없지. 거기에선 무대라는 틀이 현실이 되고, 현실이 온통 무대가 될 테니까. 진실은 그게 이루어지는 순간까지 가혹하게 몰아붙일 것이고, 그 가혹함 때문에 우리는 무대 위에서 우리를 스스로 고통스럽게 불태울 수밖에 없을 것이고, 마침내 무대와 세계가 함께 불탈 거야. 만일 네가 지금 그들에게 돌아간다면, 넌 그 거짓 연극의 숙명을 되풀이하는 게 아닐까? 물론 알아, 그들과 우리가 그 동안 그 테두리 안에서 최선을 다했다는 걸. 그러나 중요한 건 모든 게 달라지기 시작했다는 거야. 그들은 이제 더 이상 진실한 관계가 아니야. 관계인 척하는 관계의 틀, 고통스런 진실의 핵심을 슬쩍 비켜가기 위한 도피처일 뿐이야. 혼자가 아니니까 서로 위안이 될 수는 있겠지. 가혹한 고통을 유보시킬 수는 있겠지. 하지만 넌 그 유보를 단호히 끊고, 또 고통의 끝까지 가보기 위해 이곳으로 떠나왔잖아? 지금까지의 '우리' 자신 역시 우리 외부의 모든 조건들과 마찬가지로 우리가 부수고 싸워야 할 대상이니까. 너는 응답하지 않았다. 뒤에서 이야기가 이어졌다. 그 거짓 연극을 파괴하지 못한 무력감 때문에, 넌 외로워진 거야. 네가 그들에게 가려는 건 그 외로움 때문이야. 외로움, 그건 함정이지. 그러면서 등 뒤의 목소리는 네 어깨를 움켜쥐었던 손을 풀었다. 너는 발끝을 향해 수그리고 있던 고개를 들었다. 그리고 조심스럽게 몸을 돌렸다. 거기에는 이미 아무도 없었다. 너는 돌연한 위기를 느꼈다. 네가 다시 그들 쪽을 돌아보았을 때, 그들은 무엇인가를 유쾌히 지껄이며 네 쪽을 향해 다가오고 있었다. 너는 흠칫 뒷걸음쳤다. 그런데 네 뒷걸음은 마지막 한 계단을 잊고 있었다. 앗―하는 사이에 너는 발을 헛디뎠고, 넘어졌다. 차갑고 단단한 바닥이 가해온 아픔 때문에, 너는 눈물이 핑 돌았다. 아픔이 빠른 속도로 의식되어왔고, 그래서 너는 쉽사리 일어설 수 없었다. 네가 고개를 들었을 때, 너는 네 주위에 우뚝우뚝 서 있는 다리들을 보았다.

"그들이었어… 그들이 날 둘러싸고 있었던 거야. 난 그들에게 얼굴을 보이지 않기 위해 고개를 숙인 채 어쩔 줄을 몰랐지. 난 수치스러웠어. 날 그 자리에 쓰러뜨린 세상이 원망스럽고, 견딜 수 없었어. 심하게 어지러웠어. 토할 것 같았구. 그때 그들이 웃기 시작했어. 얼굴이 이지러지도록 추하고 무섭게 웃어대는 것 있지? 나를 둘러싸고, 미친 듯이. 욕지거리도 들렸어. 내 이름, 이름을 함부로 불러대고. 배신자가 받을 것은 치욕밖에 없다며, 마구 조롱하는 거야. 그렇게도 광란같이 날 못살게 굴었어. 거기서 내가 어떻게 몸을 일으키고, 그들을 밀치고 무작정 뛰었는지 모르겠어. 어쨌든 그 다음 순간, 나는 마구 달리고 있었어. 그런데 그들이, 저들이 날 쫓아오는 거야. 발소리, 무서운 발소리들이 막 뒤쫓아왔지. 난 알지도 못하는 곳을 정신없이 도망치다가 어디론가 뛰어들어갔는데, 그런데 누가 나에게 손짓을 하는 게 아니겠어. 이상한 모습을 한 여자였어. 눈이 깊고, 무표정하고, 유령처럼 움직이는. 마치 그림자가 형상을 얻어 움직이는 것 같은. 그 여자가 나를 자신의 어둠 속에 숨겼어. 나를 뒤쫓아오던 저들이 길을 지나쳐가자, 그 여자가 나를 끌어냈지. 그리고는 날 안전하게 안내해주겠다는 거야. 그 여자가 날 자기의 방으로 데려갔어. 그때 처음으로 웃어보이더군. 그런데 그 웃음이 얼마나 끔찍하던지. 그 여자 얼굴에 해골이 겹쳐져 보이는 그런 웃음, 그건 살아 있는 사람의 웃음이 아니었던 거야. 난 덜컹 겁이 나는 걸 간신히 참았는데, 그 여자가 잠깐 기다리라고 하더군. 무서워져서 그 여자가 나간 문을 몰래 열고 내다봤지. 전화를 걸고 있었는데, 글쎄, 이런 내용이 아니겠어? 내가 더 이상 어쩔 수 없이 완전히 지치도록 만들겠다, 완전히 굴복시키고 세뇌시켜서 데려다주겠다… 아, 그 여자도 한패였던 거야. 그건 더 절망적이고 깊은 함정이었던 거지. 나를 불구로 만들 덫… 그 여자가 돌아왔을 때, 난 뭔가 잊은 게 있으니 바닷가까지 갔다 와야겠다고 부탁했어. 그 여자가 얼굴을 찡그리더니 내 안전을 위해 동행하겠다고 그러더군. 우리는 거리로 나왔고, 난 무엇인가 크게 결단을 내려야만 할 것 같았어. 마침 횡단보도였지. 그 기회를 놓치면 안 될 것 같다는 생각이 드는 순간, 막 버스 한 대가 달려왔고, 난 있는 힘을 다해 그 여잘 버스에 밀어넣었지. 그리고는 날카로운 비명 소리, 브레이크 소리, 둔탁한 충돌 소리, 웅성거림… 내가 눈을 떴을 때, 그 여잔 죽어 있었어. 헌데, 헌데, 난 눈을 비비며 거듭 거듭 그 여자의 얼굴을 보지 않을 수 없었어. 그 얼굴은 바로 내 얼굴이었으니까. 그 여잔 바로 나였던 거야. 내 그림자, 내 유령이었던 거야…" 너는 흰 백지 위에 네 유령을 그리듯 이해할 수 없는 선들을 가득 채우고 있다. 너는 그 종이를 갈기갈기 찢는다. 작은 종이 조각들이 네 손 안에 수북하다. 너는 그것들을 힘껏 허공에 뿌린다. 방안 가득히 종이눈이 흩어진다.

 우리는
   미지의 행각처럼
      최초의 바닷가로 나아간다…

 해변은 희디흰 드넓음으로 열려 있다. 우리는 발목까지 빠지는 눈밭을 가로질러 바다 가까이로 나아간다. 시야 가득히 들어차는 바다 위에, 흰 산란의 물결이 옆으로 옆으로 파열을 물고 이어져나가며 길게 파도를 이끌어오고, 그 파도가 우리의 발목을 덮친다. 우리는 발목이 바다에 젖도록 내버려둔다. 발목에 기이한 따뜻함이 감긴다. 우리는 바다의 가장자리를 따라 걷고, 긴 모래밭의 끝에서 기암의 절벽과 만난다. "여기야," 하고 네가 바다 소리처럼 탁 트인 목소리로 외친다. "우리가 멈추었던 곳. 이제 어디로 가지?" 네 질문에는, 그러나 망설임과 회한이 없다. 내가 너의 눈을 똑바로 쳐다본다. "이 파도가 부서지는 걸 봐. 이 흰 파열이 우리의 입구야." "입구? 이곳으로 들어가?" "돌아봐." 부서지는 파도의 흰빛이 눈으로 쌓여, 백사장과 숲과 그 너머의 먼 산과 […] 온 땅을 뒤덮고 있다. 그것은 햇살을 반사하는 희디흰 빛이 이 모든 지상을 파도로 파열시키는 모습이다. "이제 온 세상이 다 파도야. 우리의 문이야." 내가 말한다. 네가 내 눈을 똑바로 쳐다본다. "그럼 돌아가?" "돌아가는 게 아니야. 떠나는 거야."

우리는 지상의 흰 파도를 헤치며 진입로 입구로 나온다. 진입로 앞의 눈밭 위에서, 두 어린아이가 서로의 꼬리를 쫓듯 원을 그리며 빙빙 돌고 있다. 천진한 웃음을 실실 흘리며, 새끼 짐승들처럼 뭐라고 짖어대며, 아이들은 제 궤적을 뒤밟는 것이 즐거운 모양이다. 우리는 진입로 바로 옆에서 '영업중'인 작은 간이 음식점으로 들어간다.

우리는 음식점의 유리창을 활짝 열어제치고 난롯가에 앉는다. 우리가 앉은 자리에서, 바다는 금방 창문으로 넘칠 듯싶다. 우리는 해삼을 주문한다. 젖은 양말과 신발을 말리고 있던 네가 문득 말을 꺼낸다. "어젯밤, 생각나?" 나는, 기억의 어떤 섬세한 부분을 점화시켜 환히 떨려오는 네 얼굴을 바라보며, 대답 대신 고개를 끄덕인다. "내가, 아마 자정도 넘어서였을 거야, 밤늦게 우리 여관방 문 앞에 되돌아왔을 때, 그 방엔 불이 켜져 있었지. 그때 네 모습이 어땠는지 알아? 네가 아직 내 기척을 눈치채지 못했을 때, 난 그 문 창호지에 무슨 실루엣처럼 그려진 네 그림자를 봤어. 넌 허공에 두 손을 뻗고, 마치 허공에 두 손이 묶인 듯이 말이야, 그리고," "그래, 그랬었지. 그리고…" "그리고, 고개를 뒤로 젖히고 몸을 꿈틀대고 있었어. 네 몸은 무엇인가 절박하기 이를 데 없는 것을 표현하는 것 같았어. 그게 뭣인지야 말로 안 되지. 그렇지만 그 처절함이라 그럴까, 그런 것에 내가 그대로 동화되어버리는 거야. 난 그걸 깨뜨리는 게 겁이 나서 한참 동안 그냥 서 있었지. 그러다가 문을 두드린 거고. 그러자 네 두 손이 서서히 내려오더군. 그 움직임이 너무도 완만하고 부드러워서 사람의 움직임이라고 믿을 수 없을 정도였어. 그리곤 역시 그렇게 꿈꾸듯이 몸을 움직이며, 나지막이, 아직까지 너에게서 들을 수 없었던 저음으로, 누구세요?—하고 묻더군. 그런데 그 목소리에 그 물음이 얼마나 충격적이었는지 알아? 나야—라고 대답하면 될 텐데, 그게 안 되는 거야. 그 물음이 그냥 단순한 물음으로 들리지가 않았던 거지. 난 내가 누구라고 말할 수가 없었어. 내가 누구지?—하고, 난 자문했어. 또 내 이름을 떠올려봤지. 그런데 그건 더 이상 내 이름이 아니었어. 그 대낮의 악몽 속에서 그 여자, 아니 나 자신을 죽였을 때, 내 이름도 죽었던 거라고나 할까. 그 사실이 마치 칼날을 보듯 선명히 확인되는 그 순간, 난 주르르 눈물을 흘렸어. 방에 들어섰을 때 네가 닦아주었던 그 눈물, 그건 그렇지만 희열 때문이었어. 난 걷잡을 수 없이 솟구치는 그 이상한 희열 때문에 몸이 와들와들 떨릴 지경이었지. 비로소 난, 낮에 역 대합실에서 몸을 웅크린 채 악몽에서 깨어나면서, 꽁꽁 얼어붙어 있던 내 몸이, 그런데도 왜 그토록 가볍게 느껴졌었는지 이해할 수 있었어. 어제 낮에 그 고비를 넘기면서부터, 난 지칠 줄 모르며 눈 내리는 거리를 쏘다녔더랬지. 점점, 거리는 신비롭게 다가왔어. 한없이 신비롭게. 전번에 난, 이곳이 이름붙일 수 없는 곳이기 때문에 현실이 아닌 것 같고, 감당할 수 없다고 말했던 적이 있었는데, 하지만 이젠 어느 틈에 그 반대가 된 거야. 이제 난, 아직 이름은 없지만 엄연히 우리 앞에 놓인 이 확실한 현실들을 살아낼 수 있다고…, 또, 이런 표현이 어울릴까, 그 현실과 마주서는 고뇌를 가지고 춤출 수 있다고, 그렇게 말한다면. 문 창호지에 비쳤던 네 몸짓같이 말이야. 그리고, 이건 보다 중요한 말일지도 모르는데, 앞으로 헤쳐나갈 앞날이 참담하고 어렵게 느껴지긴 하지만, 어쨌든 이제야 난 싸울 수 있을 것 같아. 내 식으로, 모든 것과. 삶, 관계, 또 모든 것, 정치나 사회 같은 것들과도… 난 존재하기 시작한 거야."

우리는 식당을 나선다. 아까 제 꼬리를 따라 돌던 아이들이 무엇을 보았는지 바다 쪽으로 달려가고 있다. 아이들이 달려가는 눈밭의 바다 가까이 유별나게 빛나는 빛의 작은 덩어리가 보인다. 우리는 바다를 등진다. 소나무숲 속에는, 진입로를 따라, 썰렁한 겨울잠을 자고 있는 상점들이 관처럼 늘어서 있다. 페인트가 벗겨져나간 간판들이 죽은 이름을 머금은 묘비처럼 걸리거나 나뒹굴고 있다. '안녕이 가십시오 또 오십시오'라는, 한글조차 맞춤법이 틀린 무지개형의 선전탑이 흰 풍경 속에 쭈그러진 양철 몰골로 휘어져 있다. 우리는 그 선전탑 옆의 '도깨비집'

앞에 선다. 벽에 그려진 괴상한 그림들 위에, 아마도 이곳 아이들이 던진 눈뭉치에 맞아 허옇게 멍든 자국들이 가득하다. 우리가 열어제쳤던 괴물의 입이 그대로 벌려져 있다.

'도깨비집'으로 들어선 우리는 모든 방들을 곧바로 통과한다. 우리는 마지막 방에 이른다. 우리는 주저 없이 거울의 방문을 열고 들어선다. 동시에, 기계적으로, 우리의 분열이 사방 팔방으로 퍼진다. 우리는 움직임을 따라 번지는 우리의 분열된 영상들을 휘둘러본다. 우리는 거울에 두 손을 얹고, 우리의 실재와 영상 사이에 놓인 그 가파른 단절을 더듬는다. 우리의 영상이 한 점으로 응결되는 거울 속의 먼 곳을 가리키며 내가 말한다. "가보지 않아도 이젠 저 끝을 알겠어." 어떤 꿈을 살고 있는 듯, 네가 내 앞으로 돌아선다… 눈짓 경련하는 뺨 가늘게 벌어지는 입술 허공을 두드리는 손가락 기우는 허리 떠오르는 발 그 움직임들이 음률을 타고 다가온다 서서히 내 몸이 네 움직임을 따른다 네 온몸의 끝에서 환상의 액체가 흘러나와 내 살 속에 스미고 내 몸 끝에서 새로운 흐름이 너에게로 빠져나간다 우리의 움직임은 그 움직임이 무엇을 뜻하는지 알지도 못하면서 그러나 화음을 이루며 이루어진다 우리는 좁은 공간을 춤추듯 휘돈다 팔과 팔이 허공 속에서 얽히고 너와 나 사이의 어떤 힘이 우리의 발을 동시에 이끌고 우리의 두 몸은 비어 있는 공간의 완성을 위해 어떤 형태를 향하여 나아간다 우리는 이 모든 분열에도 불구하고 이 모든 분열의 한가운데서 불굴의 실체로 존재하는 서로의 정신과 육체를 으스러지게 껴안는다…

우리는 '도깨비집'을 빠져나온다. 우리는 우리가 열어제쳤던 괴물의 입을 힘껏 닫는다. 진입로를 가로지르는 두툼한 철둑 위로 올라서서, 우리는 철길을 따라 꺾어든다. 철길 양 옆으로 줄지어선 나무들은 한낮에 백열의 불을 밝힌 촛대들이다. 우리는 눈에 덮인 채 평행으로 뻗어나간 두 줄의 레일 위로 올라서려다 미끄러지며 거의 동시에 넘어진다. 네가 깔깔거리며 눈 위를 뒹군다. 그리고는 두 손 가득히 눈을 담아올려 허공에 뿌린다. 나도 미친 듯이 눈을 퍼올린다. 거듭거듭 뿌려진 눈안개 속에 무지개가 선다… 손을 뻗치면 잡힐 곳에 햇빛의 점 점 점들이 무수히 튀어오른다 머리 위에서 은빛 쇳조각들이 찰랑거린다 길이 곤두박질하고 햇살이 물구나무선다 하늘이 우리를 떠받치고 바다가 머리 위에 출렁댄다 바늘진 솔잎 수억만 개가 허공을 날아 바다에 박힌다 푸른 피가 방울 방울 떨어진다 갈증에 겨워 우리는 고개를 쳐들고 피를 받아 마신다…

철길이 소나무숲을 벗어나며 숲을 옆으로 끼고 뻗쳐나가기 시작할 때, 갑자기 열리는 너른 호수가 두 눈 가득히 펼쳐진다. 우리는 철길과 헤어져 호숫가로 내려선다. 얼어붙은 물껍질의 너른 벌판 위에 가득히 눈을 받아, 호수는 희디흰 드넓음으로 열려 있다. 그 위에 햇살이 아득히 흩어진다. 우리는 이마 위에 걸린 태양을 올려다본다. 빛, 형체도 없이 너무도 확실하고 견고하게 하늘과 땅을 어우르는 빛——그 빛의 근원이 영원히 손 닿을 수 없는 곳에, 단지 감각의 믿음 속에 이글거린다. "봤어! 지금, 막 봤어!" "뭘?" "바람!" "바람?" "응, 바람을! 그냥 느낀 게 아니야. 딴 걸 통해서 본 것도 아니야. 이 두 눈으로 직접 본 거야. 바람의 몸을 본 거야."

우리는 호수를 끼고 걷기 시작한다. 관광 도로와 반대편으로 호수를 도는 이 길은 두세 사람이 나란히 걸을 수 있을 정도의 좁은 산책로다. 길을 덮는 눈 위로 우리는 첫 발자국들을 새겨 나간다. "어떻게 이 길을 한 번도 안 가봤지?" "글쎄 말이야. 이리로 가볼 생각도 못 했었잖아?" "마치 달의 뒷면이라도 걸어가는 느낌인데."

얼마나 걸었을까, 저 앞의 길 옆에 웬 사람의 형체가 웅크리고 있는 게 보인다. 조금씩 그의 모습이 확대되어온다. 호수를 낀 산책로에서 한 줄의 길이 갈라져 소나무숲 속으로 뻗친 길목에, 얼룩무늬의 예비군복을 입은 한 남자가 눈 위에 주저앉아 포개 세운 무릎에 얼굴을 처박고 있다. 우리는 그에게 방해가 되지 않도록 조심스럽게 걸음을 옮긴다. 그런데 그는 기척을 느낀 모양이다. 그가 천천히 고개를 들어 우리를 향해 얼굴을 올린다. 우리는 동시에 걸음을 멈춘다. "아…" 우리는 동시에 소리죽여 탄식한다. 치켜든 그의 얼굴에 눈물이 주르르 흐르고 있다. 오랜 시간을 흐느껴 운 흔적이 그의 얼굴에 확실히 얼룩져 있다. 그가 한없이 망연하게 우리를 쳐다본다. 우리도 걸음을 옮기지 못한 채 그를 내려다본다. 마침내 그가 힘없이 입을 연다. "담배 한 대 얻어 필 수 있을까요?" 나는 대답 대신 담배를 찾아, 그대로 앉아 있는 그를 향해 무릎을 접고 건넨다. "감사합니다." 그는 내가 켜준 성냥불에 담배를 붙인다. 그리고는 침묵의 심문에 굴복하고 체념한 포로처럼, 불현듯, "울고 있었지요" 하고 말을 꺼낸다. "잘 모르겠어요. 헌데 이 앞에 서니까 젊다는 게 왜 이다지 서러운지…" 나는 그의 예비군복이 막 입은 새것임을 발견한다. 모자 아래 드러난 그의 머리가 짧다. "제댈 하셨나요?" 내가 묻는다. "네, 지금 부대에서 나오는 길이죠." 그의 가슴에는 일등병 계급장이 달려 있다. "일등병으로 제대를? 무슨 사연이 있는 모양이죠?" "의가사 제댑니다. 별안간 아버지가 돌아가셨죠. 제가 외아들인데." 그는 잠시 사이를 두더니 다시 말을 더듬는다. "헌데…, 그리고도 줄곧 무슨 꿈만 꾸는 기분이었는데…, 조금 전에 이 앞에 서니까, 이제는 살아 있는 것이나 또 살아가는 것이나 그 전부를 스스로 떠맡게 되었다는 게 너무도 확실히 실감되는 거예요. 도대체 왜 이토록 벅찬 일들이 계속 터지는지, 젊어서 겪어야 할 일이 이리 많은지…" 그는 무엇인가 마구 쏟아내고 싶은 말들을 참는 기색이다. 그러더니 그는 몸을 일으키며 옷에 묻은 눈을 털어낸다. "댁들이 나타났으니, 이젠 가야겠습니다. 더 이상 나 혼자 있을 곳이 못 되니…" 그는 두 손을 모두고 수북히 눈을 담아올려 얼굴을 문지른다. 그리고 수건을 꺼내 닦는다. "담배 고마웠습니다." 말하기가 무섭게, 그는 우리가 걸어온 쪽으로 몸을 돌려 빠른 걸음으로 멀어져가기 시작한다.

우리는 그 제대병이 앉아 있던 자리에 나란히 앉아 호수를 조망한다. 그러자 내 입에서 문장이 씌어져 나온다. "…그는 스물한 살의 나이에 군대로 갔지. 그가 해야 할 일이라고 믿었던 일을 하고 났을 때, 가야 할 곳은 군대밖에 없었으니까. 물론, 그땐 그렇게 할 수밖에 없었어. 그는 옳다고 믿었고, 옳은 것을 행동하는 데 대해 추호의 거리낌도 없었을 뿐만 아니라, 뒤에 닥칠 일 따위를 미리 계산해볼 만한 나이도 아니었으니까. 그래서 그는 담담하고 당당하기조차 한 모습으로 군대로 갔던 거야. 그런데 바로 그 다음 순간부터 그 자신과의 단절이 시작되었다고나 할까. 첫발을 들여놓자마자, 군대는 그에게 군대처럼 생활할 것을 요구, 아니, 명령한 거야. 개처럼 먹고, 짖고, 뛰고, 엎어맞는 생활밖에 군대를 감당할 방식은 없었어. 그래서 그는 그것을 견뎠어. 그걸 견디는 것 자체가 고통스럽지는 않았지. 그러나, 그 대신 그를 지독히도 고통스럽게 한 게 있었는데, 그건 아무것도 그의 그 삶을 정당화시켜줄 수 없다는 자각이었어. 그가 어떤 일을 위해 행동했었다는 과거에 대한 긍지나 더욱더 삶답게 살아가겠다는 미래에의 당위 따위는, 그때 거기서 무력하기 이를 데 없었던 거야. 겨우 기억 속에 추상의 흔적을 남기고 사라져버린 과거나 형체조차 가늠할 수 없는 미래가 어떻게 그 매순간의 허탈과 고통을 이겨낼 수 있었겠어. 결국 그는 그가 겪고 있는 생활을 자신의 현실, 문자 그대로의 현실이라고 받아들일 수가 없었고, 그 비현실을 살기 위해서는 그가 현실이라고 믿는 세계와의 접촉에 의지할 수밖에 없었어. 편지 말이야. 그건 간접적이긴 했지만, 아주 확실한 접촉이었고 통로였지. 그들, 그가 언제나 함께 움직이고 얽혀 뒹굴었던 그들이 보내는 한 장 한 장의 편지를 기다리며 그는 그 밀려난, 그래, 밀려난 세월을 하루하루 지워갔지. 그 역시 닥치는 대로 편지를 쓰며. 보초를 보면서 선 채로 편지를 쓸 정도였으니까… 하지만, 그런 그에게 정말로 가혹한 일이 닥쳐왔어. 어느 날, 그는 전혀 예상할 수 없었던 방문을 받은 거야. 방문한 사람들 자체가 뜻밖은 아니었어. 둘이었는데, 그가 사랑하던 혹은 그렇게 믿었던 여자 아이와, 또 그와 그녀의 친구였던 남자 아이였어. 둘은 모두 그와 함께 일했던, 그리고 언제나 함께 움직였던 '그들' 중의 한 사람들이었지. 헌데, 상상해봐, 자신과 사랑하는 사이라고 믿던 여자의 입을 통해, 그녀가 그녀를 동반한 그의 친구와 사랑하고 있다는 말을 듣는다는 걸. 그리고 바로 그것을 밝히기 위해 왔다는 걸. 그 여자가 솔직하고 자유분방한 여자긴 했지. 또 사실 그게 '그들' 속의 한 사람다운 행동이었고. 하지만, 병정이 되어 있는 그를 찾아와, 바로 눈앞에서, 손을 뻗으면 닿을 그 거리에서, 그 살아 있는 입술로, 그런 고백을 한다면? 그녀와 그의 과거는 사랑이 아니었다, 그건 일종의 깊은 동지애였다, '그들' 속에서 맺어온 그런 친구로서의 관계는 지속해나가자, 그리고 그 사실을 분명히 밝혀두는 것은 세 사람뿐 아니라 그들 전체의 관계를 위해서 필요한 일이다, 라고 이야기한다면? 그건 남이 손댈 수 없는 논리였으니까, 그는 그걸 고스란히 받아들일 수밖에 없었지. 뜬눈으로, 그 둘을 번갈아 바라보며. 그 자신에게 그토록 관계 깊은 일이, 그건 사실 그가 간직해오며 자기 자신에게조차 숨기려고 애써온 어떤 꿈이었는데, 그런 일이, 자신이 전혀 가담하지 않은 채 수정되어 엄연한 사실로 다가온 거야. 그는 그 모든 것을 받아들였어. 그리고 그 모든 것을 끊어버리듯, 자신의 손목에 면도칼을 그었어. 그러나 그는 불행하게도, 또는 다행스럽게도 살아났지. 그때 그는 살아 있다는 것 자체가 완벽히 막다른 곳임을 느꼈어. 편지들은 뜯어보지도 않은 채 불태워버려 외부와의 통로는 차단되었고, 부대 안에서도 점점 말수가 적어졌지… 헌데, 정말, '누가 지금이 가장 비참하다고 말할 수 있을까?' 느닷없이, 아버지가 돌아가셨다는 전보가 날아든 거야. 그때, 그 부고를 받고 자기 관물대 옆에 놓인 총을 멍하니 바라보며, 그가 제일 먼저 중얼거린 게 무언지 알아? 뭔가 더 일어날 줄 알았어, 뭔가 더 일어날 거야— 하는 소리였어. 그는 가족에게 지독히 반항적이었고, 가족을 끊어버리고 싶은 인연으로 늘 생각했었지. 그러나 그런 생각이란 사실 그 인연이 끊을 수 없는 숙명이란 전제에서 태어나게 마련이지. 그런데 그의 눈에 보이던 숙명의 한 실체가 그때 진짜로 사라지게 되었던 거야. 비로소 모든 것을 다시 확인하고 새로 시작할 수밖에 없었던 그때, 그 되돌아볼 틈도 주지 않고 일방적으로 말야."

우리는 그 제대병이 앉아 있던 자리에 나란히 서서 호수를 조망한다. "지나간 모든 것은 도리가 없지. 그리고…, 어쨌든, 이게 또 하나의 시작이야. 아주 먼, 아주 작은 시작이야." 지금 우리가 바라보는 너른 호수는 희디흰 '비어-있음'의 공간이다. 그러나 그것은 가득찬 '비어-있음'이다. 그 희디흰 공간 저쪽에서, 희디흰 물체들이 줄지어 번득이며 하늘로 떠오른다. 흰 물오리들의 날갯짓이 우련하다. "그래, 시작이야. 상처를 간직했으니."

……상처란, 그 흔적이 지워지지 않음으로써만 상처일 것이다. 섬세한 비단결처럼 짜여져 자신의 앞에 아득히 펼쳐진 의식의 장막이 있다고 하자. 제 삶의 무늬를 남김없이 짜넣은 그 장막은, 그러나 또한 의식의 시야를 가로막을 것이다. 그런데, 어느 순간, 두께를 느낄 수 없을 정도로 얇고 예리한 면도칼이 단 한 번 소리도 없이 그 장막 위를 스치고 지나간다면? 의식이 의식할 틈도 없이 너무도 재빠르게, 눈부시고 날카롭게, 그 자욱한 장막을 째고 안개를 자르듯 하나의 줄을 그어놓는다면? 그리하여 그 한 줄의 칼길 너머로 언뜻 제 의식의 밖인 다른 하늘이 보인다면? 그때, 그 의식의 다른 하늘은, 그것이 무엇인지 확인되기도 전에 우선 아픔으로 올 것이다. 육신이 다쳐 제 피가 흘

러나오고 제 뼈가 드러나면 아픔이 오듯이. 제 살에 가려 보이지 않을 때에 추상일 수밖에 없었던 피와 뼈가 살을 열고 솟구쳐 현실이 됨으로써 감각의 고통이 오듯이. 그 다른 하늘은 말하자면 의식의 피와 뼈일 테니까. 그러면, 벌어진 의식의 살——장막——과 아픔을 시간이 다듬어준다 할지라도, 칼길의 흔적에는 언제나 그 다른 하늘빛이 어른거릴 것이다. 제가 본 하늘이 선명했을수록 더 진하게. 왜냐하면 그것이 거기에 있어 스며들었기 때문에. 상처에 스민 그 다른 하늘빛은 지울 수 없는 물감, 삶에 적셔진 낯 모를 죽음의 물감이므로. 낯 모를 죽음, 죽음이란 표현은 결코 과장이 아닐 것이다. 몸 속에서 생명을 지탱해주는 피와 살이건만, 제 몸의 상처를 영원히 열어놓고 그것들을 보고자 할 때 곧 죽음과 맞닿게 된다는 것을 상기해본다면. 그렇다면, 상처를 받는다는 것은 삶과 죽음을 하나로 만드는 넋굿이라고나 할까. 그리고 상처란 그 넋굿의 자리로서 그것을 현재 속에 간직하는 흔적이라고나 할까. 다시 볼 때마다, 그 아픔의 과거가 '여기'에 살아나고 미래인 다른 하늘이 '지금' 속에 가득 펼쳐지는 곳. 시간의 직선적인 흐름이 무너져 솟구치며 소용돌이치는 곳. 상처를 통해, 마침내 우리는 다른 삶을 살기 시작할 것이다.

   열아홉시 오십분을 기다리는 미구역 앞 광장에는 차가운 어둠이 가득 내려 있다. 줄지어 선 수은등들이 바다 위의 섬처럼 불을 밝히고 있다. 희미한 가로등 아래, 내가 이곳에서 겪지 못했던 웬 사람들이 몰려 서 있다. 그 앞으로, 실제로 혹은 상상으로 겪었던, 나를 뒤쫓던 어떤 사내가 지나간다. 내 앞을 어지럽히던 저들, 젊은 패거리들이 지나간다. 내 잠속에서 사살당한 남자가 지나간다. 그의 애인인 여자가 지나간다. 총 든 병정이 지나간다. 한 제대병이 지나간다… 그러자, 여행 가방을 들고 역 건물을 막 나선 한 쌍의 남녀가 그 자리에 멈추어선다. 그리고 사방을 두리번거린다. 너희들은 어디서 왔는가? 어디서 이곳으로, 무엇 때문에? 그리고 어디로 갈 참인가? 나는 너희들의 시간을 거슬러 올라간다. 너희들이 어깨를 감싸고 앉아 말없이 창밖을 내다보며 이곳을 기다리던 기차 안. 쏜살같이 스쳐지나가는 기차 옆의 풍경. 기차 안에서 바라보던 정오의 태양. 기차 안에서 밝아오던 아침. 싸늘한 쇠난간을 붙잡고 개찰할 때, 기름에 얼룩진 자갈과 철로가 뻗쳐나간 곳에서 희미하던 새벽빛. 역 앞의 시계탑. 텅 빈 새벽 거리. 새벽을 밟던 발소리. 몇 번씩 눈을 떴던 그 전날의 밤. 눈을 떴을 때마다 재깍재깍 들려오던 시계 소리. 그 전날, 내일을 마지막으로 다듬고 헤어지던 저녁의 유별난 불빛들. 이미 결정된 내일을 제가끔 생각하며 마주 보고 있던 방, 너희들의 방…

……돌이킬 수 없는 것은 돌이킬 필요가 없는 것이 되어야 한다.

……내가 이곳에서 기다리던 어느 순간? 이제, 그것은 지나간 매순간이었으며 다가올 매순간이다. 이제, 모든 일이 일어날 수 있다. 나는 그 모든 일을 받아내겠다.

곧 개찰이 시작될 것이다.

民嬅, 나의 아내에게
그리고 20년 후의 딸, 恩芝에게
이 허구의 기록을 바친다

1983. 5. 14

초판 해설

전체에 대한 통찰

김 현

돌이킬 수 없는 것은 돌이킬 필요가 없는 것이 되어야 한다.

 이인성의 첫번째 소설집 『낯선 시간 속으로』는 네 개의 중편으로 이루어져 있다. 그 네 개의 중편은, 「낯선 시간 속으로」(1979), 「그 세월의 무덤」(1980), 「길, 한 이십 년」(1981), 「지금 그가 내 앞에서」(1982)의 순서로 발표되었지만, 소설 집에는, 그 발표 연대와는 관계없이, 그 소설들이 다루고 있는 사건의 연대에 따라, 「길, 한 이십 년」(1973년 겨울~1974년 봄), 「그 세월의 무덤」(1974년 여름), 「지금 그가 내 앞에서」(1974년 가을), 「낯선 시간 속으로」(1974년 겨울)로 배열되어 있다. 그것은 작가가 그 네 개의 중편을 미리 치밀하게 구성한 뒤 그것들을 따로따로 써 발표했으리라는 추측을 가능하게 한다. 그것들은, 그만큼, 능숙한 목수가 잘 맞춰놓은 가구처럼 잘 짜여 있다. 그것들을 단순하게 중편소설들이라고 부르기에는 그 전체성 때문에 약간 어색하겠지만, 그렇다고 그것들을 장편소설이라고 부르기에는 개별적인 완결성이 지나치게 강하다. 나로서는 그것들을 뭐라고 불러야 할지 모르겠다. 연작소설이라는 편리한 말이 있지만, 그 말에는, 전체성보다는 억지로-붙임이라는 부가적 의미가 들어 있어, 이인성의 소설집에는 그 용어를 사용하기가 약간 불편하다.

인식의 주체가 바로 인식의 대상이 되어 있기 때문에, 묘사가 세밀해지지 않을 수 없는 그 소설들은, 하나의 행위가 각각의 소설의 핵을 이루고 있다. 그 행위들이란:
 1) 아버지가 죽자, 군 복무중이던 나-그는 의가사 제대를 하여 서울로 돌아온다;
 2) 나-그는 아버지의 무덤에 간다;
 3) 나-그는 아버지를 자기가 죽였다는 느낌에 시달린다;
 4) 자살을 하려고 미구시에 갔다가, 새로운 활력을 얻고 서울로 되돌아오려 했다,
라는 행위들이다. 그 핵심이 되는 행위 주변에, 그 행위의 의미를 밝혀줄 수 있는, 그러나 확실하게는 밝혀주지 않는 사건들이 겹치는데, 그 사건들은 대개, 과거의 사건들이다. 그 과거의 사건들은 나-그의 행위를 뒷받침하고 있는 받침들인데, 그 받침들은 단일하고 투명한 의미를 갖고 있는 것들이 아니라, 복잡하게 서로 삼투하여, 서로의 의미를 살리기도 하고 죽이기도 하며, 무수하게 그 의미를 변형시키는 것들이어서, 받침이면서 동시에 파괴물들인 그런 복합적인 받침들이다. 그 받침들을 끊임없이

떠올려, 그것들의 의미를 분석하고 해명하려고 하는 나-그의 초조함의 근거를 밝히는 작업은, 그렇게 쉬운 것은 아니지만, 사실, 이인성의 소설집의 근거를 밝히는 작업과 맞먹는다.

사건만을 따라가자면, 이 소설집의 핵심 단위를 이루고 있는 네 개의 행위를 계속적으로 쫓아가게 하는 수수께끼의 기능을 맡아하고 있는 것은, 왜 나-그는 서울로 되돌아오는 것에 대해 그토록 초조해하는가라는 의문이다. 그 의문은 이 소설집의 거의 끝에 가서야 그 해답을 얻는다. 나-그는 그가 군대에 있을 때 그를 버리고 그의 친구와 사랑에 빠진 여자 때문에, 서울에 되돌아가는 것을 그토록 초조해한다. 그 밝힘의 과정은 물론 그렇게 단순하지 않다. 그것은 말하기 힘든 매우 가슴 아픈 상처이기 때문이다. 나-그 자신의 표현을 빌면:

…그는 스물한 살의 나이에 군대로 갔지. 〔…〕 그런 그에게 정말로 가혹한 일이 닥쳐왔어. 어느 날, 그는 전혀 예상할 수 없었던 방문을 받은 거야. 방문한 사람들 자체가 뜻밖은 아니었어. 둘이었는데, 그가 사랑하던 혹은 그렇게 믿었던 여자 아이와, 또 그와 그녀의 친구였던 남자 아이였어. 둘은 모두 그와 함께 일했던, 그리고 언제나 함께 움직였던 '그들' 중의 한 사람이었지. 헌데, 상상해봐, 자신과 사랑하는 사이라고 믿던 여자의 입을 통해, 그녀가 그녀를 동반한 그의 친구와 사랑하고 있다는 말을 듣는다는 걸. 그리고 바로 그것을 밝히기 위해 왔다는 걸. 그 여자가 솔직하고 자유분방한 여자긴 했지. 또 사실 그게 '그들' 속의 한 사람다운 행동이었고. 하지만, 병정이 되어 있는 그를 찾아와, 바로 눈앞에서,

손을 뻗으면 닿을 그 자리에서, 그 살아 있는 입술로, 그런 고백을 한다면? 그녀와 그의 과거는 사랑이 아니었다, 그건 일종의 깊은 동지애였다, '그들' 속에서 맺어온 그런 친구로서의 관계는 지속해 나가자, 그리고 그 사실을 분명히 밝혀두는 것은 세 사람뿐 아니라 그들 전체의 관계를 위해서 필요한 일이다, 라고 이야기한다면? 그건 남이 손댈 수 없는 논리였으니까, 그는 그걸 고스란히 받아들일 수밖에 없었지. 뜬눈으로, 그 둘을 번갈아 바라보며. 그 자신에게 그토록 관계 깊은 일이, 그건 사실 그가 간직해오며 자기 자신에게조차 숨기려고 애써온 어떤 꿈이었는데, 그런 일이, 자신이 전혀 가담하지 않은 채 수정되어 엄연한 사실로 다가온 거야.〔287~88 ; 308~10〕*

사랑의 상실은, 나-그에게, 자기와 밀접한 관계를 맺고 있는 것이, 자기의 의사와 관계없이 결정될 수 있다는 것을 확인시킨다. 그 삶이 자기의 삶인가? 아니, 삶 속에서의 나란 무엇인가? 그 질문들은 때로 그를 철저한, 그러나 철저해질 수는 없는 분석가로 몰고 가기도 하며, 때로 죽음의 유혹으로 그를 몰고 가기도 한다. 나-그가 명철한, 의식하는 의식의 병을 앓으면서도 죽음의 매력에 끊임없이 끌리는 것은, 그 질문들이, 정답이 없는, 자신이 자신에게 알맞은 대답을 찾아내야 하는 것들이기 때문이다. 분석이 제대로 진행되는 것 같을 때에는 그토록 명료한 의식이, 생각하는 의식까지를 대상으로 만드는 의식이, 순간적으로 그 분석의 과정에서 일탈하여 죽음을 꿈꾸는 것은, 그 해

---

* 〔23 ; 26〕 표시의 앞의 숫자는 초판본의 면수를, 뒤의 숫자는 신판본의 면수를 나타낸다―편집자.

답의 어려움을 역으로 보여주는 것인데, 이인성은 그 의식을, 그의 표현을 조금 뒤바꾸면, 조금만 열을 받아도 녹아버리는 구리의 의식[91;100]이라 부르고 있다. 그 구리의 의식이 빛을 발할 때, 나-그는 의식하는 의식의 의식이 되어, 하나의 인물은 나-그이면서 나와 그가 되며——그때 나나 그는 얼마나 많은 존재자들일까!——, 그 구리의 의식이 녹아 물처럼 흐를 때, 나-그는 모든 것을 휩쓸고 파괴하여, 자신까지를 죽이려 한다. 명석한 의식과 흉포한 죽음은 불모성의 사랑의 양극이라 할 만하다. 비생산적인 사랑의 명석성과 흉포함. 명석한 의식은 우리란 갖가지 모습들이 뒤섞여 이루어진 혼돈의 무엇[219;235]이라고 분석하며, 흉포한 의식은 과연 흉터가 없는 여자가 있을는지 [43;45]라고 묻는다. 되풀이되는 분석과 물음이 우리를 초조하게 만들며, 왜 우리는 초조한가를 해결하기 위해, 우리는 소설의 이야기를 뒤쫓는다. 나-그의 분석과 질문이 끝나면 우리의 초조함도 끝나리라는 듯이.

의식하는 의식에 대한 의식은, 이상이나 최인훈의 경우에서처럼, 자아의 분열이라는 현상을 야기하며, 그 현상은 유리창, 거울, 유리문 등의 이미지로 나타난다. 자아의 분열, 소위 분신 *le double*의 문제는 의식의 흐름이라는 수법의 발견 이후에 그 중요성을 획득한 것만은 아니지만 그 이후에 그 중요성이 널리 알려진 문제이다. 이인성이 그의 소설의 주인공을, 나-그로 지칭하고 있는 것은, 내가 나이면서 그이며, 그가 그이면서 나라는 것을 분명하게 보여주기 위해서이다. 나나 그는 견고한 실체가 아니라, 혼돈의 덩어리이며, 나-그는 일정한 규모로——그 규모는 대개 성과 이름으로 표시된다——축소될 수 없다. 나-그는 나나 타인에게 어떤 사람으로 확실하게 인식되지 못하고, 나나 타인에게 어떤 사람으로 확실하게 행동하지도 못한다. 나-그는 자기 존재에 어떤 근거를 줘야 할 것인가를 확실하게 모르는, 부유하는 의식이다. 자기를 바라다보는 의식은 유리창〔59 ; 63〕, 거울〔71 ; 76〕, 유리문〔105 ; 111〕 등의 외적 사물로 흔히 표현된다. 그것들은 구리(거울)의 의식이다. 그 의식은 자기를 객체화시켜 나-그로 만들고, 자기의 삶을 연극 속의 삶으로 만든다. 자기의 삶 자체가 인위적인 것, 거울 속에 비춰인 것이 되는 것이다. 삶은 연극, 예정된 순서, 습관에 지나지 않으며〔71 ; 75〕, 현실은 틀에 박힌 말을 통해 주어진〔53 ; 56〕 현실일 따름이다.

명석한 의식이 부정적으로 작용할 때, 그것은 타인들의 삶을 빈정거리고, 자신의 삶을 파괴하려는 경향을 띤다. 빈정거림은 타인을 동물화시키는 데서 명료하게 나타난다. 포장 리어카에서 토스트를 구워 파는 아주머니는, 모래 위에 제 알들을 떨어뜨릴 것만 같은 중년의 암거북〔40 ; 42〕이며, 놀란 친구의 눈은 토끼의 눈〔45 ; 47〕이다. 버스 속에서 물건을 파는 어린 아이는, 비에 흠뻑 젖은 어린 원숭이〔48 ; 50〕이다. 사람을 동물로 만드는 의식은, 누구를 보기만 하면, 그가 짐승이라면 무슨 짐승일까 사유하는 의식이다〔45 ; 48〕. 사람은 사람다움을 잃고, 동물의 특성, 느릿느릿한 동작(거북이), 큰 눈(토끼), 흉내(원숭이)… 등으로 축소된다. 사람 역시 틀에 박힌 삶, 현실의 한 표상이다. 타인을 동물로 만든 빈정거리는 의식은, 그것이 자신을 향할 때, 파멸을 예감하고, 재촉하는 죽음의 의식이 된다. 그 의식은 해를 둥근 원으로 응집되어 있는 핏방울로 보며〔31 ; 33〕, 세계를 얼어붙은 겨울의 세계로 인식한다〔41, 57 ; 44, 61〕. 그 의식은, 술집도 관으로 보게 만들며〔86 ; 92〕, 미래를 출구 없는 무덤으로 느끼게 한다 〔95 ; 102〕. 그 끔찍한 의식은 사람까지 주검으로 보게 한다. 버스 속의 사람들을 전부 주검으로 의식하는 장송의 의식〔97 ; 103〕은, 자기의 주민등록증을 들여다보며, 조금 유치하긴 하지만,

'성명' 또는 죽음의 단위, '주민등록번호' 또는 죽음의 일련 번호, '생년월일' 또는 죽음이 시작된 날, '본적' 또는 죽음의 발생지, '주소' 또는 죽음의 현위치, '호주 성명' 또는 죽음의 뿌리… 〔98 ; 104〕.

라고 사유한다. 죽음은 부유하는 의식을 무로 돌려보내 무기물로 만든다. 나는 나무가 되고 싶다, 나는 돌이 되고 싶다, 라고 그 의식은 외친다. 죽음은 사유의 아픔을 제거해준다. 그것은 나는 무엇인가라는 물음을 없애준다. 그 의식이 죽음의 자리로 바다를 선택한 것은 자연스럽다. 바다는 주검까지를 없애주기 때문이다. 그 의식이 선택한 바다는, 입구를 찾기 힘든(迷口) 바다이다. 바다는 허무의 배경이고 안개의 공간이다〔261 ; 281〕. 그러나 그 바다는 동시에 희디흰 드넓음이다〔280 ; 301〕. 다시 말해 거울이다. 장송의 의식은 반사하는 명석한 의식에 다름아니다.

사건만을 따라가자면, 나-그의 의식하는 의식의 병을 야기시킨 것은 사랑의 상실이다. 그러나 구리의 의식이 녹아가면서, 녹지 않으려 하면서, 나-그에 대해 사유한 것을 모아 보면, 그것에 앞

서는 것들이 있음을 알 수 있게 된다. 23세〔69 ; 73〕 혹은 24세 〔233 ; 250〕의, 이름도 성도 밝혀져 있지 않은 서울내기〔36 ; 38〕, 외아들〔35 ; 37〕 나-그는, 종이 비행기를 접어 날리는 습관을 갖고 있으며〔184 ; 197〕, 담배를 고등학교 때부터 피우고〔65 ; 70〕 소주를 즐겨 마시는〔175 ; 188〕 연극학도이다. 나-그의 할아버지는 평안도 출신의 철저한 기독교인으로, 교회가 타락했다고 무교회주의자가 되고〔99 ; 106〕, 강원도 산골에 들어가 시골 사람들을 가르치다가〔65 ; 70〕, 연탄 가스 때문에, 그리고 얼마 안 있어 다시 엎어진 석유난로에 당한 불의 상처 때문에 5년간을 누워 있다가〔101 ; 107〕 돌아가신 신념인이다. 나-그의 아버지에 의하면, 그 할아버지와 나-그는 눈빛의 막막함이 닮아 있다〔99 ; 105〕. 역시 외아들인〔100 ; 107〕 나-그의 아버지는 공부만 하는〔65 ; 70〕 역사학자〔102 ; 109〕로서, 봉덕사종 비천상을 좋아하고〔66 ; 71〕 그의 아들을 어려워하는〔98 ; 105〕 선비풍의 인물이다. 나-그가 집에서 받은 교육은, 성경 공부〔65 ; 70〕 외에 이 세상을 위해 좋은 일을 하기 위해(훌륭한 사람이 되기 위해) 공부를 열심히 해야 하며, 연극 따위는 안 하는 게 좋다〔65 ; 70〕는 교육이다〔66 ; 70〕. 할아버지의 신념, 아버지의 사유, 성경 공부는 나-그를 형성한 중요 인자들이다. 나-그가 뒤에 예전에 나는 아버지처럼 생각하고 할아버지처럼 행동했다고 사유할 정도이다〔105 ; 112〕. 나-그는 과외를 하지 않고 일류 중학교에 갔으며, 고등학교 때부터 연극에 미친다〔65 ; 70〕. 나-그는 재수하여 대학에 입학한 뒤〔24 ; 25〕, 연극을 하나 만들고 싶다는 꿈을 갖고〔30 ; 31〕, 야학 선생을 하며, 사랑이 바로 삶이라고 믿는다〔39 ; 41〕. 학생답지 못한 행동으로 군에 입대한〔41 ; 43〕 나-그는 그의 행동에 충격받은 아버지의 죽음으로 의가사 제대하여 〔35 ; 37〕 다시 서울에 돌아온다. 나-그는, 서울내기이며(서울내기이면서도 나-그는 자연에 상당한 관심을 표명하지만, 서울내기답게 자연에 동화되지는 않는다), 외아들이며(외아들인 나-그의 아버지의 고집과 외아들인 나-그의 고집!), 명문 중고를 졸업하고 명문대 재학중인(명석성, 빈정거림, 비연대성-독존성), 기독교 교육을 받은(비타협성, 죄의식, 섭리… 나-그는 「슈퍼 스타 예수 그리스도」를 좋아한다) 예술가 지망생이다. 나-그의 꿈은, 삶이라는 연극 무대 위에서 한번만 더 되살아 보고 싶다는〔106 ; 113〕 반성적 꿈이다. 나-그의 꿈이 반성적인 꿈인 것은, 나-그가 바라는 되풀이 삶이 맹목적인 되풀이삶이 아니라, 자기 삶에 의미를 부여하기 위한 되풀이삶이기 때문이다. 언제, 어떻게, 왜 내가 변했을까? 내 삶의 방식이 왜 더 이상 통하지 않는 것일까〔105 ; 112〕? 내 예전의 삶의 방법은 무엇이었으며, 앞으로의 그것은 무엇이어야 할까? 의식 있는 대학생의 한 전형처럼 행동하던 나-그는(가난한 자들에 대한 연민, 같은 일을 하는 친구들과의 연대감, 야학 선생…) 결국 사랑의 상실이 자기에게 그런 반성적 꿈을 꾸게 한 것이라는 것을 깨닫게 되며, 또한 할아버지에 반항한 아버지처럼, 자기도 아버지에 대한 반항으로 자기의 삶의 방식을 이끌고 나가려 했다는 것도 받아들이게 된다.

나는 당신들에 대한 반항을 통해서 다른 삶을 살고 있다고 생각했었지. 〔105 ; 112〕

그러나 그 반항은 반항이 아니라, 그들의 의연함을 자기식으로 살아내려 한 욕망의 왜곡된 표현이다. 담배 피우고, 술 마시고, 연극 하고… 하는 것이 그들에 대한 반항은 아니다. 그것은 차라리 나도 할아버지나 아버지처럼 어른이다라는, 아니 차라리 어른이고 싶다라는, 한 철학자가 프로메테우스 콤플렉스라고 부른 욕망의 표현이다. 그 욕망은, 할아버지와 아버지의 죽음으로 지나치게 빨리 충족되지만, 그 충족은 막막함을 동반한 충족이다. 이제는 어떻게 해야 하는가? 나-그의 끔찍한 의식은, 사랑의 상실, 아버지의 죽음에서 멈춰서지 않는다. 그것의 욕망의 뿌리는 이 현실에서 도망가 편한 곳에서 쉬고 싶다는 도피―휴식의 꿈이다. 나-그가 회상하는 가장 오래 된, 가장 먼 유년기의 사건 하나가 그것을 신비하게 드러낸다.

그는 제 머릿속을 샅샅이 뒤졌다. 그가 찾아낸 가장 먼 추억은, 네 살 때던가, 나중에 안 일이지만 피난에서 돌아온 후 누상동 집에서 얼마간 나와 셋방살이를 했다는 동대문 밖 신설동 시절의 어느 장면이었다. 봄이었나보다. 그의 과거인 어린아이가 나른한 햇살을 받으며 마루 끝에 앉아 있었는데, 나이가 위였던 주인집 계집애―지금은 얼굴이 지워진―가 다가와 등뒤에 숨기고 있던 조그맣고 빨간 사과를 내밀었다. 아이는 아작 한 입을 물었다가 곧 뱉아냈다. 조그맣게 잘린 사과의 살 속에 흰 벌레가 곰실거리고 있었다. 아이는 놀라 사과를 내팽개치며 괜스레 뛰쳐나갔고, 그때 달려간 곳은 골목 입구의 부서진 공장 건물이었다. 벽돌 몰골 속에는 어둠이 웅크리고 있었다. 아이는 더 큰 아이들이 귀신놀이를 하던 그 무서운 어둠 속으로 혼자 한발 한발 헤쳐 들어갔다… 〔36 ; 38〕

피난살이, 셋방은 네 살짜리 아이가 겪은 현실의 어려움을 무의식적으로 표상한다. 얼굴이 지워진 주인집 계집아이가 그 아이에게 조그맣고 빨간 사과를 준다. 얼굴이 지워진, 다시 말해 형체 없는, 보편화된, 주인집 계집애가, 다시 말해 여성이, 조그맣고 빨간 사과, 조그맣고 선명한 둥근 원을 내민다. 여성적인 것이 원과 결부되는 것은 아주 자연스럽다(얼굴, 젖, 엉덩이—자궁의 원!). 그 사과 속에 흰 벌레가 있다. 그는 놀라 그것을 버리고 부서진 공장 건물 속의 무서운 어둠 속으로 들어간다. 그는 여성적인 흰 원과 편안히 만나지 못하고 거기에서 벌레(벌레 같은 삶!)를 보고, 무서운 어둠 속에 들어간다. 그 무서운 어둠은, 여성적인 둥근 원과 대립되는 것 같지만, 사실은 하나이다. 대립은 하얀 벌레, 무서운 어둠에서 생겨난 것이지만, 조그맣고 빨간 사과의 원은, 어둠은 흔히 둥근 터널의 어둠으로 상상되므로, 어두운 원과 겹친다. 그 원들은 왜 무서운가? 다시는 그 원들의 여성적 편안함 속에 쉴 수 없기 때문이다. 그 원들은 어머니의 자궁이라는 원초적 원의 변모이다. 그 원 속에 이제는 편안히 쉴 수 없다. 그러나 나-그는 그 어둠의 원 속으로 깊이 깊이 들어간다. 그 들어감이 그의 방황의 근원이다. 들어가, 원의 편안함 속에서 휴식을 취하는 체험을 나-그는 뒤에 다시 한 번 되살린다.

우리는 무서움조차 잃었다. 우리는 숨소리만으로 살아 있는 존재였다. 그리고 마침내 우리는 더 이상 걸을 수조차 없게 되었다. 바로 그때, 걸음을 멈추고 무너질 듯한 몸을 서로에게 기대 세우고 섰을 때, 우리는 시야의 끝에 펼쳐진 작은 빈터를 발견했다. 주홍빛으로 기운 햇살이 묘하게도 그곳만을 그림자 없이 채워, 주위가 선명히 구별되는 그런 공간이었다. 그곳은 왠지 햇살의 요람처럼, 햇살 속에 잠든 바다처럼 따스해 보였다. 〔249 ; 267〕

길을 잃고 산속을 헤매다가 빽빽한 숲속에서 만난 작은 빈터는, 베케트의 소설 주인공들이 자주 만나는 빈터와 마찬가지로, 환하고 따스한 공간이다. 그 공간은 요람 같다. 그 공간은 숲속의 둥근 원이다. 동시에 그곳은 어머니의 자궁이다. 그 원 앞에, 나-그는 그의 애인과 같이 서 있다. 그의 애인이 이제는 나-그의 둥근 원이 될 것이다. 그러나 그 원은 깨지고, 나-그는 초조해하며 얼어붙는다. 나-그는 어디론지 돌아가야 한다는 막연한 절실함〔9, 39 ; 9, 41〕에 시달린다. 그 돌아감은 돌아오며 떠나기, 떠나며 돌아오기〔58 ; 62〕이다. 어머니의 자궁으로의 회귀 욕망이 나-그의 욕망의 뿌리라는 것을, 이인성은,

 그와 나는 아버지와 아버지의 아버지의 무덤에 다가간다. 두 무덤은 위아래로 나란히 숨죽인 어머니의 젖가슴처럼 자리잡고 있다. 〔107 ; 114〕

라고 암시적으로 묘사한다. 아버지들의 죽음과 어머니의 젖가슴! 나-그는 아버지에게 반항하며 아버지를 죽이려 하지만, 실제로 아버지가 죽자, 자기의 반항이 어머니에게로 되돌아가려는 욕망에서 생겨난 것임을 깨닫는다. 나-그는 어머니의 자궁 속에서 아버지의 책을 베고 잠자고, 할아버지와 같은 믿음을 꿈꾼 것이다〔105 ; 112〕. 어머니의 자궁으로 되돌아가려 해도 그곳으

로 되돌아갈 수 없다는 인식이 바로 나-그의 상처이며, 그 상처에서 나-그의 병이 생긴다. 그 병은 아버지에 대한 반항, 아버지와 같은 권위에 대한 반항, 그리고 사랑의 상실로 이어진다. 병은 그 상처를 알면 쉽게 고칠 수가 있다. 나-그는 어머니의 자궁 같은 미구(迷口)의 바다로의 침잠을 포기하고, 나-그의 삶을 살기로 작정한다.

앞으로 헤쳐나갈 앞날이 참담하고 어렵게 느껴지긴 하지만, 어쨌든 이제야 난 싸울 수 있을 것 같아. 내 식으로, 모든 것과. 삶, 관계, 또 모든 것, 정치나 사회 같은 것들과도… 난 존재하기 시작한 거야. 〔283 ; 304〕

나-그가 자신의 삶을 살아나가겠다고 결심하는 것은, 나-그의 욕망의 뿌리가 밝혀진 이상, 아주 자연스럽다. 그 결심은 유식한 대학생인 나-그가 성숙한 성인이 되었음을 보여주는 한 표징이다. 나-그의 삶은 보다 깊고 넓어질 것이다. 군대, 사랑의 상실, 아버지의 죽음 등, 나-그가 겪을 수 있는 고통은 다 겪어냈기 때문이다.

이인성의 소설은, 네 개의 중편소설이 하나의 전체로서, 나-그가 자살의 유혹을 이겨내기에 이르는 과정을 묘사한 성장소설이다. 성장소설은 괴테의 경우가 그러하듯 대개 원숙한 나이에 접어들어 삶과 세계를 성숙한 눈으로 바라다볼 수 있는 작가가 쓰게 마련이다. 이인성은 그러한 원숙한 나이에 이르른 작가가 아니다. 그런데도 그가 그러한 소설을 쓰기에 이르른 것은,

"어떤 전체를, 그래요, 전체를 밀고 나가야"〔124 ; 133〕 한다는 생각에 그가 사로잡혀 있었기 때문이다. 그 생각은 그로 하여금, 삶과 세계를 하나의 정황으로만 인식하여, 그것의 역사적 성격만에 매몰되게 하지 않고, 동시에 그것을 하나의 상징으로만 인식하여, 그것의 초월적 성격에만 전념하지 않게 한다. 정황과 상징〔124 ; 133〕은 적절하게 하나의 전체 속에 통합된다.

"그래, 넌 거지를 볼 때마다 옷을 벗어줘야 한다는 주장이라도 하고 있는 게냐?" "그게 아니구요, 아버지. 아버지의 저 역사라는 것이 흘러가는 곳으로 흘러가야 한다고…" "사람들이 얽혀 흘러가는 일이 그렇게 단순한 게 아니야, 적어도 내가 아는 바로는." "아버진 평생을 두고 그것을 연구해 깨달으신 바를, 아버지가 책 속에 쓰신 것을 스스로 믿기는 하세요?" "믿는다는 말은 너무 종교적이구나. 난 믿는다기보다두 어쨌든 그렇게 되어야 한다는 생각이야." "그렇다고 그게 저절로 흘러가는 건 아니지요." "그 말은 옳구나. 하지만, 정말 그것을 위해 뭘 해야 할는지 넌 깊이 생각해보았니?" 아버지의 목소리는 언제나처럼 낮게 억제되어 있었다. "전 그릇된 걸 보았습니다." "앞뒤가 바뀐 소리지, 그건. 그게 처음부터 깨끗한 물로 흐르던?"〔94 ; 100〕.

에서, 아버지에게 격하게 대들던 나-그가,

상처를 통해, 마침내 우리는 다른 삶을 살기 시작할 것이다. 〔290 ; 312〕

에서, 상처까지도 긍정하고 나아가는 나-그의 아버지의 입장에 이르를 수 있게 되는 것은 그 전체에 대한 작가의 통찰력 때문이다. 그것이 이 작품을 단순한 언어적 유희, 의식의 장난 이상의 것이 되게 하고 있다. 한국 문학은, 이제, 그를 통해, 1974년에 23살 혹은 24살에 이르른 한 상처받은 젊은이의 전형적 모습을 갖게 되었다. 그 모습은 성숙한 모습이다. 그 성숙한 젊은이가 말한다.

돌이킬 수 없는 것은 돌이킬 필요가 없는 것이 되어야 한다.
〔291 ; 313〕

신판 해설

상처의 계보학, 또는 생성의 의미론

김 동 식

> 시간은 변화하고 운동하는 모든 것의 형식
> 이다. 그러나 시간 자체는 불변하는 형식이다.
> ——G. 들뢰즈, 『칸트의 비판 철학』

I. 막연(漠然)함

이인성의 첫 작품집 『낯선 시간 속으로』에는 스무 살 남짓한 청년의 얼굴이 비친다. 온몸으로 자신의 시대를 살아가고자 했던 열혈 청년. 특정한 이름도 없이 '그'나 '나'와 같은 인칭대명사로 표시될 뿐이어서 청년에 대한 첫인상은 막연함 그 자체이다. 그럴 수밖에 없는 것이, 이인성의 소설이란 삶의 시간 의식으로부터 연유하는 막연함 그 자체를 밀고 나가는 소설적 모험이기 때문이다. 막연함은 이인성 소설이 우리에게 던지는 화두이며, 그의 소설이 수락할 수밖에 없는 운명과도 같은 출발점이다. 나이프로 물감을 뭉개고 덧칠하는 과정을 거쳐 완성된 유화의 불투명성과도 같은, 삶의 속살로 파고들어가고자 하는 투명한 의식의 몸짓. 근원적인 혼돈 또는 무질서, 형상적이지 않는 것 또는 경계의 불명료함에 대한 직관적인 인식. 막연함은 인식의 장애물, 또는 장애물에 맞닥뜨린 인식이 아니라 삶에 대한 직관의 방식이다. 막연함을 끝까지(곧은 직선의 형태가 아니라, 멀리 우회하면서) 밀고 나가 자신의 내밀한 상처에로 천천히, 아주 천천히 육박해 들어가는 그의 소설적 여정. 자신이 도달한 인식의 지점들을 반복하고 지연시키면서 넘어서는 글쓰기 방식. 그 속에서 처음의 인식은 반복되는 고쳐쓰기를 통해 다른 인식으로 변모될 것이다. 그리고 우리는 "거의 보이지도 않을 거리를 움직이며 또는 거의 제자리에서 그냥 머물고 있는 듯한데도 어느 아득한 경계를 넘어가 있음을 깨닫"(김진석, 「초월에서 포월로」, 『초월에서 포월로』, 솔, 1994, p. 211)게 될 것이다. 따라서 그의 소설적 모험을 버겁게 좇아가는 이 글 또한 어쩔 수 없이 막연함에서 시작해서 멀리 돌아갈 수밖에 없을 것 같다. 청년부터 만나보도록 하자.

II. 관계의 이름들

 대학의 연극반에 대해 각별한 애정을 갖고 있는 한 청년이 있다. 연극이라는 영역을 공유하고 있었기 때문이었을까. 그는 자신이 다른 연극반원들과 함께 '우리'라는 테두리 안에 있다고 생각한다. 하지만 연극을 매개항으로 해서 이루어지는 나의 확장이 곧바로 우리로 이어진다고 보기에는 뭔가 미심쩍은 부분이 남는 것이 사실이다. 이 책에 수록되어 있는 작품들을 읽어나가다 보면 나와 우리 사이에 보다 내밀한 매개항이 가로놓여져 있음을 쉽게 알아차릴 수 있는데, 연극반 동료인 '너'라는 존재가 바로 그 내밀한 영역에 해당한다. '너'란 무엇인가. 나의 말과 숨결이 도달해야 할 궁극적인 지점, 나의 현실적이면서 동시에 이상적인 청자. 아마도 사랑이라는 감정이 '나와 너' 사이 그 어딘가에 있었을 것이고, 존재를 기울여 '너'라고 말함으로써 '나'는 비로소 탄생할 수 있었던 것. '너'는 '나'를 발생시키는 근원어 *Grundworte*였던 셈이다. '너'를 말함으로써 청년은 '나'라는 말 속에 들어가 거기에 설 수 있었고, '너'라는 말 속에는 '나'의 전존재를 대변하는 사랑이 있었다.

 청년 또한 '너'를 매개로 하여 '너'의 그들과 '나'의 그들을 '우리'로 긍정할 수 있었다. 나-너의 관계야말로 다른 연극반원들(그들/그녀들)을 끌어들여 '우리'를 구성하는 구심점이었던 것. 적어도 청년의 입장에서는 그러했고, 그럴 수밖에 없었다. 청년의 존재는 나-너의 관계에 기반하고 있는 '우리'라는 굳건한 울타리 속에 뿌리내리고 있었고, 청년은 그 속에서 엄숙주의가 지배하는 공동체가 아니라, 축제의 공동체를 꿈꾸고 있었던 것. "큰 하늘 밑 밝은 마당으로 나서는 한판 놀이였으면… 육신이 넘치는 하늘의 뜻을 감당하지 못해 마구 뛰쳐나오는, 맹목적으로 남의 이름을 부르며 얼싸안는, 전율과 황홀의 커다란 불이었으면…"(93).

III. post/stop: 연속과 단절의 양가성

 축제를 꿈꾸는 자는 불온하다. 그들은 기존의 질서가 관철되지 않는 공간을 꿈꿀 뿐만 아니라 게임의 룰을 수정할 수 있는

'자유'를 욕망하기 때문이다. "그런 축제를 위해 그는, 저들 게임의 규칙을 무너뜨리는 자유로운 파격이기를 바랐었다"(93). 축제를 불온시하는 시대의 부당함에 맞서 그는 옳다고 생각하는 것을 행동하였고, 그 때문에 학교도 다닐 수 없게 된다. "'학생의 신분을 벗어난' 그가 가야 할 곳은 군대밖에 없었다"(43). 시위·제적·강제 징집. 그렇게 청년은 21세의 나이에 군대를 가야 했고, 동해안의 해안 경비 초병으로 근무하게 된다(역사학자인 아버지는 이런 아들에 대해 크게 상심했고, 청년이 군대에 있는 동안 갑작스럽게 사망한다. 청년은 자기 때문에 아버지가 돌아가신 것으로 생각하게 된다).

그의 말처럼, 그때부터 "자신과의 단절"이 시작되었고 "아무 것도 그의 그 삶을 정당화시켜줄 수 없"(309)었다. 군대 체험이란 '우리'라는 연극-공동체로부터의 격리를 의미하는 것이기 때문이다. 정확하게 말하자면, '너'와의 근접성이 유지되지 않는 상황. 너-나 사이에 폭력적으로 개입한 군대라는 울타리는 '너'에 대한 직접적이며 무매개적인 관계를 용인하지 않는다. 그 거리만큼 나의 존재 또한 흔들릴 수밖에 없다. 이 상황에서 청년이 할 수 있는 일이 무엇이던가. 너와 연극 공동체에 대한 자신의 애정을 표현할 수 있는 매개항을 찾는 것이 아니었을까. post라고 새겨진 우체통이 그것이다. "편지 말이야. 그건 간접적이긴 했지만, 아주 확실한 접촉이었고 통로였지"(309).

post 또는 우체통이란 나와 너(우리)를 이어주는 연결의 지점이면서 동시에, 그리 세련되지 못한 아나그램 *anagram*을 적용하자면, 단절과 정지의 표지(stop)이기도 하다. 또한 접두사로 쓰일 때는 시간적인 선'후' 또는 시간과 관련된 강한 단절을 암시하기도 해서, 우리말로 후기(後期) 또는 탈(脫)이라고 번역되는 말. 연속과 단절의 양가성을 표현하고 있는 post라는 말을 제외한다면, 그 당시 그의 삶을 비유적으로 표현하고 예시해주는 말을 달리 찾을 수 있을까. 이전의 삶과는 단절된 다른 삶을 살고 있는 그의 상황, 정지되어버린 삶의 시간 속에서 무표정한 얼굴로 미친 듯이 편지를 보내는 그의 모습. 편지 쓰는 일은 그가 자신의 존재 근거를 확인하는 최소한의 방책이었다. 그는 편지로써, 말로써, 글로써 자신의 믿음과 타인들의 믿음을 붙들어두려고 했을 것이다. 영원히 떠나온 것이 아니라 언젠가는 돌아갈 것이며, 군대는 한동안 고통스럽게 묶여 있어야 하는 반환점이라는 전언(傳言). 그의 소망처럼 post는 연속을 꿈꾸는 반환점일 수 있을 것이다. 하지만 더 큰 단절의 예후(豫候)일 수도 있다.

IV. 막다른 골목

청년이 돌려받았던 답장의 내용은 무엇이었을까. 실연 또는 배신의 일방적인 통고. 낡은 표현을 쓰자면, 고무신 거꾸로 신는 일 또는 70년대적인 멜로드라마 한 편. "자신과 사랑하는 사이라고 믿던 여자의 입을 통해, 그녀가 그녀를 동반한 그의 친구와 사랑하고 있다는 말"(309)이 그가 받은 답장의 내용이다. '너'는 '나'에게 더 이상 나의 너가 아님을 아주 잔인한 방식으로 선포하고 있는 셈이다. 깨어진 나-너의 관계, 이제 더 이상 너일 수 없는 '그녀'의 '그'일 수밖에 없는 나란 무슨 의미를 가질 것인가. 이 지점에서 나-너의 관계 위에서 유지되던 '나'는 종언을 고하게 되고 '그-나'의 관계로 대체된다('나'로 대변되는 청년은 죽었다고 보아도 무방하다. 뒤에서 보게 되겠지만, '너'의 상실로 인해 존재 근거를 상실한 '나'는 무덤에서 '그'로 대변되는 청년을 기다리고 있다). 당연히 '우리'라고 믿었던 연극-공동체도 허물어진다. 믿음을 담은 글(書信)에 대해 믿음을 저버리는 행위(背信)로 답한 그들만의 '우리'가 그의 우리일 수는 없기 때문이다.

너는 증발하고 우리는 붕괴되고, 그-나는 벌레처럼 연병장을 박박 기고 있다. 그의 삶을 견딜 수 있는 근거가 있을 리 만무하다. 존재론적인 근거를 상실한 자가 나아갈 수 있는 길이란 결국 막다른 골목일 터이다. 막다른 골목을 향해 무서운 속도로 달려가는 일, 배신(背信)에 대해 배신(背-身)으로 응답하는 일이 가능할 것이다. "그리고 그 모든 것을 끊어버리듯, 자신의 손목에 면도칼을 그었어"(310). ……단절.

운명이었을까. 죽음에 대한 청년의 선택은 받아들여지지 않았고, 그는 다시 삶의 영역으로 되돌아왔다. 그러나 그러한 상황 역시 또 다른 단절이었고 막다른 골목이었다. "그때 그는 살아 있다는 것 자체가 완벽히 막다른 곳임을 느꼈어"(310). 그리고 또 다른 죽음이 외부에서 그를 불렀다. 아버지의 급작스러운 죽음이 그것이다. 죽음과 얼굴을 마주했었던 그가 다시 삶으로 되돌아오게 되었을 때, 그를 예전의 그가 있던 곳으로 불렀던 것이 죽음이었던 것. '돌아간다'고 표현되는 죽음에의 길에서 되돌아온 그를 다시 불러들이는 아버지의 죽음. 반환점인가. 그는 돌아왔고 이제 돌아간다. 하지만 어디로 가야 할 것인가. 연극 공동체? 집? 돌아간다는 말의 의미는 무엇인가. 돌아간다는 말이 이처럼 낯설어질 수 있을까. post라는 말이 암시했던 것처럼, 더 큰 단절이었고, 동시에 욕망하지 않는 반환점이었다.

V. 흩뿌려져 있는 돌아감의 의미들

'1974년 봄, 또는 1973년 겨울'이라는 부제를 달고 있는 작품 「길, 한 이십 년」을 보자. 손목에 한 줄기 상처를 안고 막다른 골목에서 또 다른 막다른 골목으로 돌아나오는 청년의 모습이 있다. "어디론가 돌아가야 한다는 막연한 절실함"(9)만을 지니고 있을 따름인 그는, 73년 겨울에는 춘천에서 서울로 오고 있었고, 74년 봄에는 종로 부근에서 서성대고 있었다. 돌아감의 의미를 이해하기 위해서라면, 연대기적으로 선후 관계에 놓이는 두 시간대를 동시적인 관계로 병치시키고 있는 독특한 서술 방식을 비껴가지 않으면 안 될 것 같다. 두 시간대에 따른 '그'의 궤적을 간략하게 살펴보자.

73년 겨울: 제대병인 그는 "지나는 길에 잠시 머문 춘천을 떠나 돌아오기 위해 서울행 직행 버스에 앉아 있었"(9)다. 도중에 (상상 속에서 춘천 쪽으로 거슬러 올라간 그는) 조부가 운영했던 '풀무배움집'을 거쳐 서울에 도달한다.

74년 봄: 홍화문(弘和門) 근처에서 버스를 내린 그는 친구에게 연극 불참을 통보하고, 명정전을 둘러보고, 야학으로 가는 버스를 탄다. 도중에 절두산 성지에 내려 신부와 '순교'에 대해 이야기한다.

두 시간대에 공통적으로 등장하는 버스란 직선적인 시간의 메타포로서, '그'를 싣고 정해진 목적지를 향한다. 73년 겨울 춘천을 출발한 직행 버스는 연극반이 있는 서울에 그를 내려놓을 것이고, 74년 봄 종로에서 떠난 시내 버스는 야학으로 그를 데려다줄 것이다. 연극반과 야학, 공동체의 흔적을 가지고 있는 장소들, 하지만 이제는 적소성을 상실해버린 공간일 따름이다. 따라서 그는 그곳에 가지 못한다. "그가 돌아가야 할 곳이 아니라는 깨달음"(10) 때문이다. 그는 어디론가 돌아가야 한다는 강박관념과, 이곳 또는 그곳은 진정으로 돌아가야 할 곳이 아니라는 회의주의 사이를 끊임없이 왕복하고 있을 따름이다. 이전에 몸담고 있던 곳으로 돌아가는 것이 그가 말하는 '돌아감'으로는 불충분한 것이라면, 도대체 돌아간다는 말의 의미는 무엇인가.

그렇다면, 다시 한번, 손목의 상처를 안고 막다른 골목에 대면해 있는 청년의 상황으로 돌아가자. 그 상황에서 그가 취할 수 있는 태도나 방법을 생각해보자:

1) 막다른 골목을 둘러가는 것(迂廻),
2) 막다른 골목을 넘어가거나 뛰어넘는 것(超越/포월),
3) 막다른 골목에 도달하게 된 근원적인 이유를 찾아 거슬러 올라가는 것(回歸),
4) 원래 살던 곳으로 안전하게 돌아가는 것(復歸/歸還),
5) 막다른 골목을 밀고 나가다 탈진해 죽어버리는 것, 또는 우리말의 '돌아감'(死亡) 등.

아버지의 돌아감(死亡)이 그를 서울로 돌아오게(歸還) 하게 했고, 그 돌아감의 과정중에 그는 직행 버스를 내려 춘천 쪽으로 거슬러 올라가는(回歸) 완행 기차를 탄다. 그가 기억하고 있는 생물학적인 기원인 조부의 텃밭을 거쳐서 돌아와야(迂廻) 하기 때문이다. 그리고 생각한다, 현실 "그 너머로 가는 것(超越)이 곧 되돌아가는 것일까?"(41)라고. 이인성의 작품에서 발견되는 '돌아감'의 가능한 의미들.

 그는 돌아감의 미적분학을 시험하고 있는 것일까. 돌아감은 막연함과 결부되어 있기에 하나의 의미로 한정되지 않는다. 따라서 아직까지도 막연하다. 하지만 돌아감에 대해서 두 가지 정도는 말할 수 있을 것이다. 하나는, 이인성이 말하는 돌아감이란 어떠한 의미를 한정하기 위한 돌아감이 아니라는 점. 어쩌면 그것은 돌아감이라는 말 자체에로 돌아가는 일에 더 가까울 것이다. 그 과정 속에서 그는 돌아감의 단일한 의미가 아니라 다양한 의미를 구현할 수 있었을 것이다. 돌아가는 과정 위에 흩뿌려져 있는 돌아감의 의미들, 또는 돌아감의 의미 산포 *dissemination*. 두번째는, 직선적·목적론적인 시간을 벗어나는 전략이 돌아감이라는 점. 돌아감은 일상적인 시간으로의 안정적인 복귀가 아니라 반항(거스름)과 일탈(벗어남)의 전략을 내비치고 있다는 점. 「길, 한 이십 년」에 나타나는 돌아감이 '완결되지 않는 돌아감'으로 귀결되는 이유도 거기에 있을 것이다. 돌아감의 비결정성. 돌아가고는 싶지만 돌아갈 수 없는(/ 없을) 움직임과, 돌아갈 수는 있지만 돌아가고 싶지 않은 움직임이 혼재된 상태. 그가 이전의 공동체로 돌아가려 하지 않는다는 것이 분명한 사실이라면, 돌아갈 수 없음을 분명히 감지하고 있으면서도 여전히 돌아가고 싶어하는 곳은 어디일까. 그것은 손목의 상처로 대변되는 커다란 단절이 발생하기 이전의 지점들이 아닐까. 그 의미의 비결정성에도 불구하고, 돌아감이 여전히 존재론적인 근거 찾기에 해당하는 것이라면, 청년은 상처 이전의 '나'

를 여전히 꿈꾸고 있는 것이리라. 상처 있는 삶을 긍정할 수 없다면, 상처로부터 상처 이전의 상태를 지향하며 멀어져가거나 상처를 망각하는 일이 가능할 것이다. 따라서 커다란 단절을 단속(斷續)의 지점들로 바꾸는 일이 요청될 것이다.

Ⅵ. 시간을 꿰매는 일, 또는 상처를 숨기는 방식

「길, 한 이십 년」을 살피다 보면, 이 작품이 2개의 단락으로만 구성되어 있다는 사실을 발견하게 된다. 무려 50여 페이지에 달하는 첫번째 단락은 '그'를 주인공으로 하는 3인칭 시점을 유지하고 있고, 반 페이지 분량의 두번째 단락은 '나'를 화자로 하는 1인칭 시점에 의한 진술로 구성되어 있다. '너'를 잃어버리고 손목에 한 줄 상처만을 간직한 채로 돌아오고 있는 '그'의 막연함과 절실함이, 숨막힘과 갑갑함을 강요하는 폭력적인 단락 구분을 통해서 형태론적인 표현을 얻은 것이리라. 그렇다면 73년 겨울과 74년 봄이라는 상이한 두 시간대를 병치시켜, 50페이지 분량의 단락을 만들어낼 수 있었던 힘은 어디에 있는 것일까.

1) "알았어! 어디서 볼까?" "글쎄… 응, 그래, 종로 대학서점에서 보자." "몇 시?" "네시." "그러지." "끊는다." 숲이 끊기면서, 벌목지일까, 헐벗은 등성이에 바둑판처럼 가지런히 심겨진 작은 전나무 묘목들이 보였다. 〔14: 강조는 인용자〕

2) 하지만 그는 아직 왕을 만날 자신이 없었다. 그는 발길을 왼쪽으로 돌렸다. 왼쪽으로 방향을 꺾자 문득, 버스 오른쪽 시

야에 넓은 물의 터전이 펼쳐졌다. 〔14~15: 강조는 인용자〕

인용문 1)에서 대화체 "끊는다"는 74년 봄 종로에서 친구와 전화 통화하는 내용이고, "숲이 끊기면서" 이후의 풍경은 73년 겨울 서울로 오는 버스에서 바라본 바깥 풍경이다. 2)에서도 발길을 왼쪽으로 돌리는 대목은 74년 봄 명정전을 들어서는 장면이고, 왼쪽으로 방향을 꺾은 버스는 73년 겨울의 장면이다. 전화가 끊기면서 숲이 끊기고, 발길이 왼쪽으로 향하면 버스도 좌회전을 한다.

단어들은 장면의 끝에서 서로 겹쳐지고, 그로 인해 시간은 병치된다. 언어의 유사성은 '반복'되면서 시간-장면의 차별성을 산출한다. 차이를 산출하는 반복, 돌아감이라는 말 그 자체로 돌아감으로써 돌아감의 다양한 의미론적인 차이를 드러내었던 것과 상동적인 방식. 반복을 통해서 앞으로 조금씩 나아가기. 반복에 대한 무의식적인 관념은 제자리걸음 또는 "전혀 공간을 이동하지 않는 보행법"(127)에서 찾을 수 있을 것이다. 반복 또는 제자리걸음, 사실 그렇다. 하지만 동일한 것의 되풀이라는 관념은 동일한 관념의 되풀이일 따름이다. 관념이 말하는 제자리(동일한 자리)를 걸을 수 있는 제자리걸음은 존재하지 않는다. 거시적으로는 큰 변화가 없을지라도, 제자리걸음을 하는 동안 우리는 끊임없이 전후좌우로 움직이고 있기 때문이다. 반복은 무차별성을 산출하는 것이 아니라 차이의 생산을 반복하는 기제이다. 이인성의 소설은 반복-차이의 기제를 특유한 서술 방식으로 채택하고 있었던 것.

이러한 관점에 선다면, 이인성의 소설에 나타나는 언어의 겹침―반복이 일종의 매듭이나 솔기를 이루면서 서사를 진행시켜 왔다고 말할 수 있을 것이다. 반복―차이에 입각한 서술 방식이 상이한 두 가지의 시간 층위를 꿰매어가는 일로 나타났던 것. 그렇다면 시간을 꿰맨다는 것의 함의는 무엇일까. 왜 그는 시간을 꿰매고자 한 것일까. 청년에게 있어서 손목의 상처는 시간의 단절과 유비 관계에 있다. 시간을 포함한 모든 것을 끊어버리겠다는 생각으로 손목을 그었던 그를 떠올린다면 쉽게 이해할 수 있는 일이다. 손목에 각인된 단절의 흔적은 시간의 단절 그 자체이다. 연대기적으로 그는 계속해서 삶을 살아가고 있지만, 상처 이전과 이후는 다른 층위에 놓여진 시간이다. 따라서 언어를 매개로 해서 두 시간을 꿰매는 일이란 손목의 상처를 봉합하는 일과 상동적이다. 봉합된 상처 안과 밖으로 두 가지가 남게 될 것이다. 하나는 몸의 어둡고 깊은 곳에서 다가오는 통증, 다른 하나는 흔적으로서의 흉터. 문제의 틀이 변했다. 그가 상처 이전의 삶으로 돌아가기를 여전히 욕망한다면, 이제는 통증을 잊고 흔적을 사라짐에 이르게 하는 일이 필요하게 될 것이다. 보다 지독한 해결 방식이 요청된다.

Ⅶ. '無―덤'의 일반 경제

그는, 여전히, 통증에 시달리고 있다. 하지만 "시간은 흐르지 않아, 고통은 지나가지 않았다"(66). 상처를 숨긴다고 통증이 사라지는 것은 아닐 터이다. 여전히, 그는 돌아가려 한다. 삶의 막다른 골목을/으로부터 돌아가려는 곳은 과연 어디일까. "무덤으로 가기 위해, 그는, 잠에서 깨어났다"(64)라는 문장으로 시작되는 「그 세월의 무덤」을 보자.

침대에서 가까스로 몸을 일으킨 그는 집의 구석구석을 살펴보면서 조부와 아버지에 대한 기억을 되짚어가고, 어렸을 때부터 살아왔던 동네를 벗어나면서는 청소년기까지의 기억을 재구성해낸다. 자신이 지금까지 살아온 삶의 궤적을 되밟아온 셈이다.

골목이 끝나는 곳에서, 그는 한 세월의 끝에 도달했다. 그것은 그의 현재, 만 스물세 살의 나이였다.
그는 골목을 벗어났다. 골목을 벗어나자마자, 그는 자신의 돌연한 현재를 목격했다. (73)

그는 돌아가고 있다. 학교에 도착한 그는 연극반 서클 룸을 둘러보고는 서둘러 종로로 나온다. 우연히 눈에 띈 다방 여자를 좇아 빌딩 꼭대기까지 하릴없이 올라갔다가 그냥 내려온다. 시간이 흐르지 않는 그에게는 12시를 알리는 사이렌이나 겨드랑이의 가려움도 없었기 때문이다. 초월의 불가능성, 무덤으로 향할 수밖에. 이미 작고한 아버지와 함께 조부의 무덤을 찾아나서는 이상한 여행의 끝에, 더 이상한 일이 벌어진다. 무덤에는 '나'가 미리 와서 '그'를 기다리고 있었던 것.

그는 자기를 바라보는 숨은 눈을 의식했다. 그 눈은 언덕을 돌아서는 모퉁이에 자리잡고 있는 판잣집 주막의 어둠 속에 있었다.
……나는, 어둡고 퀴퀴한 주막 안에서, 유리문 건너로 다가오는 그를 바라본다. 그는 이제 상당히 지쳐 보인다. 유리문 안을 기웃거리던 그의 눈이 내 눈과 마주친다. (111)

'너'의 배신과 자살 기도 이후로, 청년은 '나'로서가 아니라 '그'로서 존재했다. 청년이 '나'일 수 없었던 이유는 무엇일까. '나'는 현전의 의식을 대변하는 이름이다. 그런데 상처로 대변되는 커다란 단절의 지점 이후로 '나'는 죽어 무덤에 미리 와 있게 된 것. 그렇다면 단절의 지점은 무엇이었던가. "손목에 휘감기던 한 줄 아픔과 솟구치던 피와 그 순간의 한없는 침몰"(34). 또는 의식의 현전성이 유지되지 않는 순간. 이 대목에서 '나'는 상처의 틈 사이를 빠져나와 무덤에 이르게 되었던 것이고, 한없는 침몰의 시간과 그 이후를 살아가는 '그'만 남게 되었던 것.

침몰의 시간을 살아온 그가 또다시 죽음을 선택하고자 하는 이유는 무엇일까. 현재를 되찾기 위함일까. 현전의 의식이 그에게 그토록 소중한 것이었을까. 그럴 수도 있고 아닐 수도 있다. 하지만 분명한 것은, 새로운 출발은 과거가 아닌 현재에서만 가능하다는 점이다. "이제 나는 과거야. 나는 아버지처럼 생각하고, 할아버지처럼 행동했어. 나는 당신들에 대한 반항을 통해서 다른 삶을 살고 있다고 생각했었지. 〔……〕 문제는 내 삶의 방식으로는 더 이상 밀고 나갈 수 없다는 데 있다고나 할까. 〔……〕 나는 내 믿음을 살아가지 못했다는 데 대해, 그리고도 내가 살아 있다는 데 대해, 나 자신을 용납할 수가 없어…"(112~13).

"믿음의 죽음"(56)을 꿈꾸어왔던 열혈 청년. 그가 꿈꾸는 죽음이란 음악의 선율처럼 흘러온 삶이 음악처럼 완결되는 방식이었다. 출생과 죽음 사이를 가득 채우고 있는 음악과도 같은 삶.

그 음악의 주제 동기 *leitmotif*가 믿음 또는 신념이었을 것이다. 「지저스 크라이스트 슈퍼 스타」에서처럼, 죽음 너머로도 그 삶의 음악이 흘러 넘칠 수 있다면, 그 죽음은 시대의 울타리를 넘어설 수 있을지도 모른다. 그러나 '그'가 욕망하는 죽음은, 물신(物神)이 지배하고 믿음이 사라져버린 이 땅에는 없다(그의 해괴한 행적을 신의 죽음을 마지막으로 기념하기 위해 스스로를 희생양으로 삼아 벌이는 제의로 볼 수도 있을 것이다). 죽음이 죽어버린 시대. 어쩌면 그는 자신에게 합당한 죽음의 형식을 찾아 그토록 헤매고 다녔는지도 모른다.

상처 이전에 꿈꾸었던 죽음이 불가능하다면, 상처 이후에 그가 욕망하는 죽음은 어떠한 것인가. 상처의 망각으로서의 죽음. 고통의 망각을 위해 존재 자체를 무화시키고자 하는 꿈, 또는 사라짐으로서의 죽음. 하지만 죽음은 소멸이나 사라짐이면서 동시에 교환이다. 이제 그는 자신의 죽음을 통해 '그' 자신의 일회적인 재현과 '나'의 재생을 맞바꾸고자 한다. 자신의 소멸을 담보로 재현에의 욕망을 갖는다. '그'가 말한다.

내게 마지막 꿈이 있다면, 내 자신이 그 연극으로서, 그 공연 전체로서, 무대 위에서 한 번만 더 되살아보고 싶다는 거야. (113)

'그'가 웅덩이로 들어가고 '나'는 그를 묻었다. 그의 무덤은 그렇게 완성되었다. "나는 빈주먹을 움켜"쥐고 "주검에 뿌리를 내린 나무"(115)처럼 서 있다. 이제 '나'는 죽음을 향하는 존재 *Sein zum Tode*라는 하이데거적인 명제로부터 벗어나 있다.

'나'는 죽음에 뿌리를 내린 나무이고, 죽음으로부터 연원하는 존재이며, 그의 죽음(無化)과 교환된 그 무엇이기 때문이다. 그는 무로 돌아가고, 연극을 통해서 그를 재현하는 임무는 나의 몫이 되었다. 무로 돌아가는 그가 나에게 하는 말, "나머지는 너의 몫이야"(113). 그렇다. 나머지는 무로부터 주어졌고, 무덤은 무-덤으로 분배되었다. 그에게는 무(無)가 주어졌고, 나에게는 나머지(덤)가 주어졌다. 무덤, 과거와 현재가 교환되고 무화와 생성이 교차하며 무(無)와 덤이 분배되는 지점. '그'와 '나'가 만든 '無-덤,' 또는 무덤의 일반 경제학.

VIII. 演技/延己/延記

이 책에 수록된 이인성의 소설들은, 그 발표 순서와는 무관하게, 어떤 연속적인 흐름을 따라 배열되어 있다. 그 흐름의 중심에 놓여져 있는 것이 바로 연극 또는 연극 만들기이다. "그는 감히 연극을 하나 만들고 싶다는 꿈을 품고 있었다. [……] 그런데 이제 막 어떤 시작을 부여할 수 있을지도 모른다는 생각이 들었던 것이다. 만일 그 막연함 자체로 연극을 만든다면…"(31). 연극은 처음부터 삶의 막연함과 대면하고 있는 허구의 형식이었다. "하던 일 다 끝났어?" "왜, 연극 쓴다던 거." "그거, 다 끝냈어. 어젯밤에"(81). 대본이 완성되자 스스로를 묻기 위해 무덤에 갔던 것을 보면, '그'에게 있어서 연극이란 스스로 선택한, 스스로 받아들일 수 있는 죽음의 형식이라 할 것이다. 연극 장르가 가지고 있는 현재성을 토대로 해서, 죽음의 현재성을 구현하는 일.

글쓰기(연극 대본)의 끝냄과 스스로 자신의 무덤 만들기 사이에 가로놓여진 상징적인 의미를 고려한다면, '그'의 진정한 무덤은 연극 대본이라고 보는 것이 타당할 것이다. 그렇다면, '그'와 '나'가 보여주었던 무덤 만들기(스스로를 묻기)란 연극이 상연되기 이전에 미리 수행되었던 연기(演技/延記/延己)가 아니었을까. 연기를 통해서 형체 없는 그의 몸은 무덤 바깥으로 연장되고, 그의 글쓰기는 현실의 무대 위에서 다른 몸을 얻으며, 그 전과정을 통해서 다시 한번 더 되풀이될 자신을 꿈꾸었으니 말이다.

그렇다면, 죽음과 삶을 서로 주고받은 '그'와 '나'의 관계와 그 각각의 정체는 무엇일까. 먼저 '그'에 대해서 살펴보자. 단적으로 말해 '그'는 '나'의 과거(태)이며 지나간 시간이다. "내가 나이기 이전에, 나는 '그'였다." "지나가버린 나인 그" "지금 여기에 없는 그는 텅 빈 시간, 텅 빈 공간이다." "그는 나였다. 그러나 나는 그가 아니다"(117). 그는 지나간 시간과 공간에 무수하게 현존했을 나의 과거태이다. 동시에 그는 부재하는 익명의 시공간이기도 하다. 그와 나의 관계는 시간의 가역성을 인정하지 않는 선조적인 시간 위에서 움직여나간다. 반면에 '나'는 의식의 현전성이며 데카르트적인 자아 또는 회의하는 자아의 이름이다. "내가 나를 나라고 의식하면서, 그는 내가 아니기 시작했다"(117). 나를 나라고 인식하는 순간에 구성되는 '나,' 또는 자기 자신으로 현전하는 코기토, 인식론적인 극점 *stigma*에 서 있는 순간(지금)의 의식.

부재하는 과거의 시공간인 '그'와 현전의 의식인 '나' 사이에는, 손목에 그어진 한 줄기 상처와 같은, 뛰어넘을 수 없는 간극이 존재한다(고 '나'는 생각한다). 그 간극을 사이에 두고 가

정법적인 의식의 연극적인 분열상이 펼쳐진다. 스스로를 묻어 무덤을 만드는 것부터가 그러했다. '그'는 자신을 연극으로 재현하는 일이 '나'의 몫이라고 말했지만, '그'를 재현하는 연극은 '나'의 연극이 있기 이전부터 이미 시작되었던 것.

IX. 역설

부재하는 과거의 익명적인 시공간인 '그'가 무덤으로 들어갔다. 그리고 '나'는 그의 얼굴 위로 흙을 부어넣었다. 그는 소멸의 길로 기어들어갔고, 나는 새로 태어난 셈이다. 나는 단지 그의 유언을 수행하기만 하면 될 것이다. 부재하는 그를 연극 공연을 통해서 한번만 더 재-현전 re-presence하게 하는 것. 나의 입장에서 볼 때, 이 일은 그리 어려운 일이 아닌데, 그것은 두 가지 이유에서 그러하다.

첫번째는 허구적 재현의 방법이 지니는 안전성. 허구를 통한 것이기에 그가 부활해서 행세하는 일은 없을 것이다. 연극 무대 위에서 펼쳐지는 연기(演技)란 재현의 순간을 지나면 연기(煙氣)처럼 사라질 것이기 때문이다. 두번째는 그를 재현하는 일 자체가 '나'의 욕망과 닿아 있다는 점. '그'를 소박한 '없음'이라고 생각하는 나는, 그의 '없음'이 연극이라는 허구를 통해 "다시 '있음'으로 있게 되기를 원"한다(118). 나는 그를 허구적으로 재현하는 과정을 주재함으로써, 스스로를 확인하고 '나'로 남기를 욕망하기 때문이다. "나에 의해서 있어졌다가 없어지는 것"(118)을 보고 즐기며 정체성을 확인하고자 하는 '나'에게 있어서 '그'를 재현하는 일은 입맛에 맞는 일이기도 하다. 연극이 상연될 무대가 "나에 의해 있게 된 무대"(119)임을 누차에 걸쳐 강조하는 이유도 거기에 있다.

> 그 자신인 이 연극이 씌어져 있게 한 것은 바로 그다. 〔……〕 그는 이 연극을 나에게 주었다. 〔……〕 나는 이 연극을 받아들였다. 그리하여 내가 이 연극을 공연으로 있게 하였다. (118)

하지만, 부재하는 익명적 시간에 대한 허구적 재현이 그리 만만한 일일까. 두 가지 문제가 발생한다. 하나는 '그'의 존재 방식(또는 부재 방식)과 관련된 것이다. '나'의 소박한 생각과는 달리 '그'는 형체를 버리고 사라진 것이 아니었다. 역설적이게도 '그'는 '나'의 눈앞에 펼쳐져 있는 '비어 있는 무대'('나'가 그토록 여러 번에 걸쳐 강조했던 "아무것도 보여주고 있지 않는 무대"〔116〕)와 상동적인 존재 방식(부재 방식)을 지니고 있다는 것. 비어 있는 무대는 텅 빈 시공간인 그의 존재-부재 방식 그 자체였던 것. 처음부터 그는 사라지거나 소멸한 것이 아니라 비가시적인 그 무엇으로 현전하고 있었던 것. 없음으로서의 있음, 또는 부재로서의 현존. "그렇다면 역설인가. 그는 '없음'으로 있었단 말인가"(117).

다른 하나는, 연극 공연 이후의 문제. '나'는 허구의 속성은 끝난 뒤 사라지는 것에 있다고 생각한다. 하지만 그의 존재-부재 방식이 비어 있는 무대의 그것과 상동적이라면, 무대 위에 펼쳐졌던 연기는 사라질지라도 무대(舞臺)는 여전히 무대(無-臺)로 남을 것이다. 아니면 연극 이전과는 다른 모습으로 텅 비어 있을지도 모른다. "연극이 끝난 후의 그 '비어-있음'"은 "연극이 시작되기 전의 이 '비어 있음'"(119)과 같으면서도 다를 것이다. 그리고 차이가 생겨날 것이다. 어쩌면 허구가 끝난 뒤 그는 또 다른 비어 있음으로 옮겨갈 것이고, 그 연쇄적인 차이의 미끄러짐 속에서 나는 나를 확인할 수 없을지도 모른다.

X. 타자 또는 여백의 지향성

무대를 무대(無-臺)로서 긍정하지 않고 어떻게 연극을 진행시킬 것인가. 따라서 '나'가 무대에서 텅 빔을 보기 이전부터 이미 "그는 저 비어 있는 무대"에 "없음으로 있"었다는 사실을 긍정하지 않으면 안 될 것이다. '나'의 의도는 빗나가고 '그'의 역설이 재현되는 형식이 그 자체로 연극이 된다.

어렴풋함에 위장된 무대는 비어 있지 않다. 그 사실이 이제 절대적인 사실로 드러난다. (120)

후설의 말처럼, 의식은 '무엇에 대한 의식'이다. 지향성이 의식의 본래적인 능력인 것이다. 하지만, 의식-지향성으로 구조화될 수 없고 의식에 의해서 현존으로 귀속될 수도 없는 그 무엇이, 분명하게, 존재한다. 의식의 지향성이 포회할 수 없는 여백의 지점, 존재자 저편의 영역이 낯선 사람의 얼굴처럼 '나'를 바라보고 있다. 낯선 시간, 또는 타자의 영역. 시간은 지향성의 여백이며, 존재론적 지평 너머에 있다. 데카르트적인 의식, 또는 의식-지향성이 전제하고 있는 욕망의 움직임이란 일치에의 욕망이 아니었던가. '나'를 '나'라고 생각하는 '나'가 의심의 여지 없이 존재한다고 생각하는 '나'나, 인식이란 형상 *eidos*으로 환원되는(달리 말하면 선험적인 일치를 향해 나아가는) 과정이라고 보는 것이 바로 그것. 하지만 타자와의 관계는 일치를 전제로 한 대칭적인 관계가 아니라 비대칭적인 관계(E. 레비나스)라는 것. 낯선 시간 또는 타자로서의 시간은 현전의 시간(只今)과 잠재적으로 공존하지만 일치하지는 않는다. 존재-비존재의 역설 또는 질서-무질서의 역설은 바로 이 지점에서 생겨난다. 타자에 대한 최소한의 인식이라도 원한다면 최소한의 언어적 지시어가 필요할 터인데, 이인성 소설에서 '그'가 바로 그것이다. 자신을 재현하고자 하는 '그'의 연극은 이미 시작된 지 오래고, 이제 비어 있지 않은 텅 빈 무대를 향한 '나'의 연극이 시작될 것이다.

XI. 訥辯/더듬이: 언어의 육체성

낯선 시간, 또는 타자로서의 시간은, 그것을 바라보고 인식하려는 의도(지향성) *intention* 와 처음부터 어긋나 있었다. 비어 있다고 생각한 무대가 더 이상 비어 있지 않다는 역설을 승인하게 될 때, 달리 말하면 의식-지향성이 끝닿은 지점에서, 의식은 무너져내린다.

어렴풋함에 위장된 무대는 비어 있지 않다. 그 사실이 이제 절대적인 사실로 드러난다. 바짝, 입술이 타며 체념이 완성된다…순간(!), 간신히 묶여 있던 사고력의 팔호가 머릿속에 풀어진다. 풀어져, 돌연히, 흩어진다. 중심을 이탈하는, 생각, 조각들. 돌연히, 마구 뒤섞인다. 〔……〕 휘몰린다. 돌연히, 폭풍처럼 거칠게. 돌연히, 유동체처럼 끈끈하게. 질척인다, 어지럽게. 어질어질, 머릿속의, 빛과 어둠이, 무질서하다. 돌연히, 보이는 게 보임, 사라짐. 떠오르는 게 떠오름, 사라짐… 순간(!), 나는, 기적처럼, 의식의 최소한도를 수습한다. 뜻밖의 빛 한 점, 내 마지막 의식이 저 스스로를 포착한다. 머릿속이 혼돈으로 회오리칠 때, 그러나 그것을 그것으로 느끼게 한 의식의 한 줄 더듬이가 남아 있다. 보이는 걸 보면서, 떠오르는 걸 떠올리면서, 있는 것을 있는 대로 받아들인, 무너지는 의식에 대한 끝의식. 끝의식? 〔……〕 다시 내 앞의 무대를 더듬기 위해, 나는 더듬이를 세우며 고개를 쳐든다. 〔120~21: 강조는 인용자〕

역설을 인정하자 의식의 괄호는 풀어져 혼돈에 빠진다. 강조해놓은 부분에서 알 수 있듯이, 의식의 현전성이 유지되지 못하자 숨어 있던 쉼표들이 개입하면서, 이인성 특유의 눌변(訥辯)이 자연스럽게 흘러나온다. 물론 쉼표의 개입은 차이를 만들어내는 타자의 흔적에 다름아닐 것이다. 몸이 말하는 방식. 통사론적인 문법을 벗어나 심하게 더듬거리는 그의 말투는 외견상 실어증의 증상을 보인다. 하지만, 인접성이나 유사성의 장애로부터 연유하는 것은 아니다. 오히려 그것은 타자의 육체성을 더듬고 있기에 더듬거리며 말할 수밖에 없는 언어이고, 의식의 끝에 개입하는 몸의 언어이며, 광기의 언어이다. 따라서 '더듬거리는 말투'가 '더듬이(觸角)'로 전이되는 것은 결코 이상한 일이 아니다. 의식의 경계에 도달한 끝의식이 더듬이로 표현된 것이라면, 무대는 의식(인식)과 의식 너머를 가르는 경계로 자리하고 있다. 그는 그 경계를 촉각(觸覺)을 동원하여, 달리 말하자면 자신의 몸으로 더듬어간다. 회귀와 귀속에 의해 동일자로 돌아오는 것이 아니라, 동일자-타자의 경계를 탐색하는 일. 의식이 무너지자, 타자의 몸이 의식의 몸을 불러일으켜 그 혼돈을 버티도록 한다. 더듬대면서(觸覺) 더듬더듬 말하는 것(訥辯), 또는 의식의 한계에서 일어난 언어의 육체성.

XII. 愛-無, 또는 탈경계의 육체적 언어

'나'의 연극은 텅 빈 무대에서 시작되어야 했다. 아무것도 없는 무대에 투영된 나의 의지가 그를 연극적으로 재현하게 될 것이었다. 그리고 나는 무대를 바라보는 관객의 입장에서 '그'의 죽음이 재현되는 방식을 바라보면 그만이었다. 하지만 나의 의도는 가장 근원적인 지점에서부터 어긋나기 시작했는데, 그는 사라진 것이 아니라 부재로서 현전하고 있었기 때문이다. "그가 먼저 그곳에〔무대에〕 '없음' 혹은 '비어-있음' 그 자체로 있었다"(149). 무대는 그 자체로서 이미 존재와 무, 현전과 부재가 혼란스럽게 맞물려 돌아가는 연극의 공간이었던 것. 이 사실을 고통스럽게 승인하자, 의식의 굳건한 구조가 와해된다. 무너지는 의식의 끝에서 겨우 스스로를 수습한 의식을 이인성은 '끝의 식'이라고 하는데, 이 끝의식은 '있는 것을 있는 그대로 받아들'이는 더듬이의 의식이다. 비어-있음이라는 역설이 의식을 더듬이로 바꾸어놓은 것. 그 더듬이의 몸-의식이 타자와 동일자의 경계를 더듬더듬거리고 있었던 것, 이를 두고 애무(愛撫)라고 할 수는 없을까. 레비나스의 지적처럼, 애무는 그 더듬는 행위가 찾고자 하는 것이 무엇인지 모른다. 모른다는 것, 근본적으로 질서잡혀 있지 않음, 이것이 애무의 본질적인 것이다(레비나스, 『시간과 타자』, 문예출판사, 1996, pp. 109~10).

눈을 가린 관객이 온몸으로 무대를 더듬으면서 무대 위로 기어오르려 하기도 하고 고개를 갸우뚱해보이기도 한다면, 그 사람은 관객일까 배우일까. 무와 혼돈을 더듬거리는 행위는 생각지도 못한 커다란 변화를 가져오게 되는데, 무대 밖의 관객으로 자처하던 '나'가 연극에 개입하게 된다는 것이다. 무대를 애무하듯이 더듬거리고 있는 나의 몸은 연극을 가능하게 하는 모종의 질서들을 자신도 모르는 사이에 뭉개며 지나가고 있다. 에로틱한 테러리즘. 경계를 인식하는 의식과는 달리, 몸의 움직임은 언제나 탈경계적이다. 이 지점에서 연극이 전제하고 있던 것들이 모두 혼돈 상태에 빠진다. (보론:「지금 그가 내 앞에서」의 독특한 서술 방식은, 피란델로 L. Pirandello의 극중극〔劇中劇〕형식과 브레히트 Brecht의 서사극 이론이 상호 적용된 결과라 볼 수 있다. 관객의 몰입을 의도적으로 방해하고 극의 전개 과정으로부터 관객을 소외시킴으로써 미적·정치적 효과를 노린다는 브레히트의 서사극 이론을 피란델로적인 극중극의 방식으로 껴안게 되면, 관객은 '관객'이라는 역할을 하는 배우가 되어, 관객/배우, 무대/객석의 구분이 모호해지게 된다. 동시에 브레히트적인 전략을 관객이 아닌 무대 위에 적용하게 되면, 무대 위에서 배역에 따라 펼쳐지는 모든 행위〔우리가 연기라고 부르는 행위〕와 극중극 형식 사이에 은밀하게 그리고 노골적으로 설정되어 있는 공모 관계를 풀어놓을 수 있다. 배우로 하여금 배역에 몰입하지 못하도록 하는 것. 그럼으로써 배우로부터 배역이 떨어져나오게 되고 그의 몸짓은 현실과 연기 사이의 애매한 지점에 놓이게 될 것이다. 배우들 또한 막 뒤에서는 다른 배우의 연기를 구경해야 하는 관객의 처지에 놓이게 된다. 연출/관객의 구분도 마찬가지이다.) 허구/현실, 무대/객석, 배우/관객, 연기/삶, 배역/배우 사이에 날카롭게 가로놓

여겨 있던 경계는 혼돈에 빠지게 된다. 따라서 연극의 기초를 구성하는 전제들은 무규정적인 상태에 빠지게 된다. 애무의 손길이 닿은 내밀한 곳이 결국은 무규정적인 상태였다는 것, '나'의 애무는 처음부터 '愛-無'였기 때문이다. 이런 상태에서 그와 나의 구분이 여전히 유효할 수 있을까.

저기〔무대: 인용자〕가 내 분신의 투명한 몸공간이라면, 여기는 그의 분신의 투명한 몸공간이 아닐까? 내가 그의 몸을 싸안고 있듯, 그의 몸이 나를 커다랗게 싸안고 있다는 느낌이 휘몰려온다. 〔……〕 혹시 그 두 몸은 하나가 아닐까? (172)

액자 *frame*에도 물감을 칠했던 쇠라 G. Seurat의 그림처럼, 자웅동체의 생물체처럼, '그'와 '나'는 분리되지 않는다. 부재하는 과거태로서의 '그'와 의식의 현전성을 대변하는 '나'는 잠재적인 공존 *virtual coexistence* 상태에 있다. 애무의 손길로 얽혀 있는 에로틱한 공존, 몸은 경계를 혼돈으로 체험한다.

XIII. 경계와 탈경계의 잠재적 공존

연극이라는 허구는 함정이었다. 그/나, 과거/현재/미래, 부재/현존, 연극/현실, 무대/객석은 날카롭게 구분되어 있는 것이 아니라 잠재적으로 공존하고 있었다. "이 공연을 의도하지 않았다면, 이 '비어-있음으로-있음'이 있다는 것조차 몰랐을 테지만… 오, 이 무슨!…"(119)이라고 통탄해봐야 소용없다. 일단 연극이라는 함정부터 빠져나와야 할 것이다. 그리고 또다시 끝까지 가봐야 할 것이다. 허구를 허겁지겁 빠져나와 도달한 곳이 미구(迷口)시였다. '잠재적 공존'이라는 테마가 소설적으로 형상화된 작품 「낯선 시간 속으로」를 보자.

이 작품은 지독하리만큼 탈연대기적이다. 작품에 등장하는 시간의 층위가 통시적으로 다른 층위에 놓여져야 하기에 동시적인 상황으로는 제시될 수 없는 장면들이 공시적인 상황으로 제시되어 있다. 작품을 통괄하고 있는 연대기적인 시간은, 부제에 의하면, 1974년 겨울이다. 이해를 돕기 위해 인물을 중심으로 시간-층위를 나누어보자.

첫번째는, 동해안의 끝 미구시 근처에서 해안 경계 초병으로 복무하고 있는 '병정'의 시간이다. 병정은 서울 출신이며, 시위 전력 때문에 군대로 쫓겨왔고, 애인의 변심 때문에 손목에 칼을 긋고 자살을 기도하지만 미수에 그치고, 아버지의 급작스러운 죽음으로 의가사 제대하게 된다. 1973년 겨울에 의가사 제대하고 춘천을 거쳐 서울로 돌아왔던(그렇지만 이 작품에서는 돌아가게 될) 제대병. 따라서 그의 시간대는 1973년 겨울 이전이면서 동시에 1974년 겨울이다. 병정이 경계 근무를 하면서 만나게 되는 사람으로는 혼자 온 남자와 연인처럼 보이는 남녀 한 쌍이 있다.

두번째는, '나'의 시간이다. 미구시에 "언젠가도 한번 와 본 적이 있었"(183)다는 '나'는, '너'를 죽이고 싶다는 생각에 1974년 겨울 혼자서 미구를 찾는다. 별로 하는 일 없이 미구시를 돌아다니다가 "나는 길 건너편 양장점 쇼 윈도 앞에 팔짱을 끼고 서 있는 한 쌍의 남녀를 발견했다"(194).

세번째는 '나-너'의 시간이다. 연극반을 이탈해서 끝까지 가보고 싶다는 생각으로 함께 동행하여 미구를 찾아온 '나-너'로서, 혼자 온 '나'가 양장점 쇼 윈도에서 보았던 한 쌍의 남녀가 바로 그들이다. "우리가 쇼 윈도로부터 돌아섰을 때, 길 건너편에 한 남자가 우두커니 서서 이쪽을 쳐다보고 있었다"(195).

크게 보면, 1973년 겨울 이전의 시간과 1974년 겨울의 시간이 공시적인 상황으로 제시되어 있다. 그리고 1974년 겨울 '나'의 시간의 경우, 혼자 여행 온 상황과 너와 동행한 상황이 동시적으로 제시되어 있다. '나'는 혼자 미구시에 온 동시에 '너'와 함께 오기도 했다는 것, 그리고 1973년 겨울에 의가사 제대해 버린 병정의 수하(誰何)를 받고 깜짝 놀라기도 한다는 것. 어떻게 이런 일이 있을 수 있는가. 한 시간-공간에 어떤 인물이 있다면, 그와 동시에 다른 시간-공간에 존재할 수는 없는 일이 아닌가. A가 A이면서 동시에 A 아닌 다른 것이 될 수 없다는 논리학의 원리에서 벗어나 있는 것이 아닌가. 이러한 논리가 무대와 현실, 죽음과 삶을 갈라놓는 원리이자 법이었던 것, 하지만, 그것은 허위였다. 부재와 현전, 타자와 동일자, 과거와 현재 그리고 미래는 잠재적으로 공존하기 때문이다.

무대와 현실의 경계가 희미해지자 그들은 연극을 버리고 '끝'을 찾아왔다. 그 끝을 지키고 있던 병정이 그것을 증명한다. 하지만 끝이기에, 막다른 골목이기에 돌아가야 하는 것일까. 병정의 경우, 그럴 수도 있을 것이다. 하지만 그들은 그렇지 않다. 막다른 끝이란 무엇인가. 땅의 끝이 아니던가. 땅과 바다를 갈라놓은 관념의 뿌리는 무엇인가. 바닷속에서는 숨쉬고 살 수 없다는 것이 아닌가. '땅/바다, 삶/죽음, 호흡/질식'의 체계적인 대립항이 '끝'이라는 닫힌 관념을 구성하고 있지 않은가. 땅과 바다가 만나는 지점을 경계라 한다면, 경계를 끝이라고 인식하는 것은 과연 정당한 것일까.

> "이 파도가 부서지는 걸 봐. 이 흰 파열이 우리의 입구야."
> "입구? 이곳으로 들어가?" "돌아봐." 부서지는 파도의 흰 빛이 눈으로 쌓여, 백사장과 숲과 그 너머의 먼 산과 〔…〕 온 땅을 뒤덮고 있다. 그것은 햇살을 반사하는 희디흰 빛이 이 모든 지상을 파도로 파열시키는 모습이다. "이제 온 세상이 다 파도야. 우리의 문이야." 내가 말한다. 네가 내 눈을 똑바로 쳐다본다. "그럼 돌아가?" "돌아가는 게 아니야. 떠나는 거야." 〔302: 강조는 인용자〕

포말을 동반하는 파도는 땅과 바다가 만나는 곳에서 발생한다. 부서지는 파도의 흰빛은 땅의 시작이 된다. 파도의 파열에서 시작된 흰빛이 눈 덮인 백사장과 숲과 산까지 이어져 있지 않은가. 땅과 바다의 끝-경계라고 생각했던 파도의 파열은 땅으로 이어지는 시작이었다는 것. 경계는 끝이 아니라, 끝이면서 시작이다. 경계는 닫혀 있는 종결의 형식이 아니라 부서지면서 열리는 지점들의 연속이다. 따라서 경계는 더 이상 막다른 골목일 수 없다. 경계는 끝이면서 출발점이기에 돌아감만을 강요하지 않는다. 경계에서 끝이 아니라 시작의 입구를 보았다면 돌아감이 아니라 새로운 생성을 위한 떠남이 될 것이다. 탈경계의 움직임과 공존하는 경계의 의미들, 또는 생성의 의미론.

XIV. 지속

미구시로 기어들어온 그들(병정, 나, 너)에게는 없는 것이 두

가지가 있다. 심각한 단절을 경험한 이후로 그들에게는 변하는 표정과 흐르는 시간이 없다: "정지된 표정"(196), "그의 시계는 여전히 멈추어 있을 것이다"(257). 시간은 그들의 몸 바깥으로 형식적으로만 흘러갈 뿐, 그들은 시간의 흐름을 느끼지 못한다. 시간은 그들의 존재나 생명과 단절되어 있는 그 무엇이다. 시간의 단절이라는 상황에 처한 그들이 자신의 존재에 대한 실감을 갖는다는 것은 무리한 일이 아닐 수 없다. 이러한 상황을 돌파할 수 있는 실마리는 무엇일까. 미구라는 공간이 일차적인 해법이다. 미구는 어떠한 곳인가. 미구는 병정이 손목을 그은 곳이며 땅의 끝이다. 단절의 체험이 있었고 땅이 끝나는 곳. 미구에서 단절과 끝에 대면하게 된다면, 역설적으로, 어떤 열림을 기대할 수도 있지 않을까. 공간적으로나 인식론적으로나 끝 또는 어떤 한계에 도달해 있는 그들이 스스로에게 던지는 물음.

그 이상을 우리는 알 수 없다. 우리는 지금 여기에 있다. 우리는, 지금, 여기에, 있다. 아니, 우리는 지금 여기에 진정 '우리'로서 있는 것일까? [197: 강조는 인용자]

진정성을 추구하는 물음이다. '나는 생각한다. 그러므로 존재한다'라는 데카르트의 명제를 회의하는 자아들의 물음이다. 그들의 회의는 '우리는 지금 여기에 있다'라는 명제를 '반복'하면서 분절(,)하는 데서 시작한다. 그리고 감각-사유에 의해 확인되는 존재에 대해서조차 반성적인 회의의 끈을 늦추지 않는다. 이들이 자신의 존재 근거를 확인하기 위해 선택한 전략은 크게 두 가지이다. 하나는 반영. 거울, 쇼 윈도, 너의 눈동자에 비추어진 모습에서 존재를 확인하고자 하는 욕구. 다른 하나는 명명(命名). 언어의 구조를 통해서 존재를 규명하고자 하는 욕구.

먼저, 거울을 중심으로 반영의 전략을 살펴보도록 하자. '나-너'는 미구시에 있는 놀이공원에 들러, 그곳에서 우연히 거울의 방으로 들어가게 된다.

> 여러 방향으로, 거울 속의 거울 속의 거울 속의 [⋯] 거울들이 우리의 영상과 더불어 멀고 먼 점들을 향해 뻗쳐나가고 있다. 우리는 여러 개의 모습으로 찢겨져 거울 속의 점들로 수렴되는, 또는 그 아득한 여러 점들로부터 확대되어나온 갖가지 모습들이 뒤섞여 이루어진 혼돈의 무엇이다. "저 점까지 들어가봤으면…" 하고, 나 혼자 중얼거린다. 그러자 나는 거울 벽에 손을 대고 긁고 있는 너의 모습을 이해한다. 〔235: 강조는 인용자〕

거울은, 자신을 반영하고 반성하는 의식, 달리 말하면 자의식의 메타포이다. 따라서 거울의 방은 중첩된 자의식의 구조 또는 자의식의 과잉 상태를 의미하는 것으로 볼 수 있다. 자의식의 중층적 구조 속에서 나의 존재는 무한한 지점들로 분산되거나 거울 속의 점들로 수렴되는 양상을 보인다. 존재를 확인해보려는 열망은 혼돈의 시원을 좇아가고 싶다는 말에서 그리고 이미지가 투영된 거울의 표면을 손으로 만지는 모습에서 충분히 읽어낼 수 있다. 그러나 자신의 존재에 대한 단일한 이미지는 포착되지 않는다. 그 무수한 겹침 속에서 그들이 보았던 것은 존재의 이미지가 아니라 혼돈이었다. 이 혼돈을 넘어서는 방법은 없는 것일까. 혼돈을 혼돈 그 자체로 수락하면서 서로의 존재를 확인하는 방법은 없는 것일까. 시간이 흐른 뒤, 다시 한번, 거울의 방에 도달한 그들의 모습을 눈여겨보자.

그 움직임들이 음률을 타고 다가온다 서서히 내 몸이 네 움직임을 따른다 네 온몸의 끝에서 환상의 액체가 흘러나와 내 살 속에 스미고 내 몸 끝에서 새로운 흐름이 너에게로 빠져나간다 우리의 움직임은 그 움직임이 무엇을 뜻하는지 알지도 못하면서 그러나 화음을 이루며 이루어진다 〔……〕 우리는 이 모든 분열에도 불구하고 이 모든 분열의 한가운데서 불굴의 실체로 존재하는 서로의 정신과 육체를 으스러지게 껴안는다… (305)

존재의 확인은 몸의 끝에서 몸의 끝으로 이어지는, 몸의 한계를 흘러 넘어가는 생명의 움직임 속에 있다. 이러한 상황을 두고, 베르그송의 말을 빌려, 지속이나 생명의 도약이라고 표현할 수도 있을 것이다. 인식의 한계와 육체의 분열을 넘어가는 지속의 흐름은 쉼표나 마침표와 같은 구두점이 전혀 사용되지 않은 특이한 문장에서도 확인할 수 있다. 반성적 의식의 현란하고도 과장된 몸짓을 지나 몸의 생명 속에서 지속을 발견하는 첫번째 장면.

다음으로 명명의 전략을 살펴보자. 기호나 언어를 통해서 존재의 본질에 도달할 수 있으리라는 생각, "무엇인가를 규명하고 싶다"(240)는 욕망, 명명하는 행위를 통해 존재를 확인하고 이름을 붙여 존재를 이해하고자 하는 생각.

이지러짐 속에서 언어가 함께 뒤틀리며 해체된다… POST,

P·O·S·T, P·S·O·T, T·O·P·S, ㅏ─O·ㅜ·S, ㅇ·1·O·d… 우편, ㅇ·ㅜ·ㅍ·ㅕ·ㄴ, 우·편, ㅍ·ㅜ·O·ㅕ·ㄴ, 푸·연, ㅣ·ㅏ·ㅇ·ㅛ·ㅍ, ㅑ·윯, ㅠ·ㅗ·ㄴ·ㅏ·ㅂ, ㅑㅇ·펀, ㄱ·ㅗ·ㅠ·ㅍ·ㅇ… 저 철자들의 결합이… 기호가… 약속이… 완전히 녹아 사라진다… 눈앞에는 붉은 불덩어리뿐… 그리고… 불덩어리조차… 멀어져간다… 시야가 빈다… 없음… 없음… (245)

기호의 배후에서 그가 본 것은 무엇이었던가. 문자의 뒤틀림과 해체, 기호가 전제하고 있는 약속의 사라짐, 그리고 '없음.' 기호의 배면에서 그가 보았던 것은 기호의 무의미성(자의성)이었다. 그것도 모르고 병정은 서울의 연극반원들에게 미친 듯이 편지를 써보냈던 것. 사랑과 믿음을 기호로써 안정적인 상태로 묶어둘 수 있을 것이라는 생각은 애초부터 근거가 박약한 것이었다.

그렇다면, 기호의 무의미성 너머에는 무엇이 있을까. 다시 한 번 더 기호를 통해서 존재의 본질에 다가서려는 시도를 해본다. 관광 안내판에서 본 암림산과 법한사, 처음에 그는 지도상의 기호와 낯선 이름이 산과 절의 존재 이유를 규명하고 있다는 생각을 한다. "사실 내가 처음에 그곳에 가보고 싶었던 건, 〔……〕 그 절 이름 때문이었어"(265). 그런데 산을 오르면서 암호 풀이라는 본래의 목적은 망각되어버리고, 아무런 생각이 없는 무념무상의 상태에 빠져들게 된다. "그 생각뿐이 아니야. 모든 생각을 다, 모조리. 생각을 다 잊어버리고, 〔……〕 속이 완전히 비워져버렸는데, 그 대신 뭔가가, 그건 비워져 있는 상태 바로 그건지도 몰라…, 그게 꽉 들어차 있는 것만 같다고 할까. 아마 그게 나를 자꾸 산으로 올라가게 했던 걸 거야"(265).

　비어 있음으로 충만한 상태, 언어도 생각도 없는 그곳에 다른 사물들의 존재가 고스란히 흘러들어왔기 때문일 것이다. 이름붙일 수 없고 의식-지향성이 도달할 수 없는 곳에 그냥 있는 것들에 대한 긍정. 산을 오르면서 그의 사유는 침묵했던 것이고, 바로 그 침묵 때문에 존재의 침묵과 이어졌던 것. 내적인 음성도 침묵을 지켜 존재의 침묵과 하나의 흐름으로 이어진 그 순간 "그 이전의 상태에서 그 이후의 상태로 우리가 어느 틈에 옮겨져 있었"(265)다. 의식의 현란하고도 과장된 몸짓을 지나 침묵 속에서 지속을 발견하는 두번째 방식: "시간이 흐른다! 내 몸의 시간이…"(287) 생성은 존재자의 한계 지점에서 도약한다. 그리고 존재에 이른다.

XV. 상처의 발생학

　무덤과 연극을 거쳐 다시 미구로 돌아온 그들, 존재와 비존재의 역설을 보았고, 인식과 언어의 한계를 거쳐 지속과 생성의 차원에 이르렀다. 무엇이 그들로 하여금 지속과 생성을 느끼도록 한 것일까. 몸이다. 그렇다면 몸이 가질 수밖에 없는 한계를 넘어서게 한 것은 무었일까. 그것은 상처다. 상처란 과거의 닫힌[/다친] 흔적이 아니라 몸의 탈-경계 지점이다. 경계는 끝이 아니라 끝과 시작이 공존하는 탈경계의 지점들이고, 막다른 골목이 아니라 새로운 지평이며, 그 경계-지평에서 그가 본 것은 시간과 몸으로 대변되는 타자의 얼굴이었다. 이인성은 예리한 면도칼이 인식의 장막 위를 지나가면서 생기는 상처에 대해서 말한다. 그 벌어짐 사이로 인식의 새로운 장을 보여줄 상처. 존재론적 열림 *opening*의 흔적으로서의 상처. 상처가 있었기에 인식과 관념이 설정해놓은 한계를 몸으로 넘어갈 수 있었던 것이며, 몸의 한계 지점에서 다른 몸의 시간으로 옮겨갈 수 있었던 것.

따라서 그가 말하는 상처는 병정의 손목에 남아 있는 자살의 흔적으로 국한되지 않는다. 이인성 소설의 상처는 몸에 각인된 타자의 흔적이며, 신체의 분리를 넘어서 내가 타자에게 다가가고 타인이 내게로 올 수 있는 통로이다. 또한 몸 안의 어둠을 그 자체로 보여준 새로운 지평이기도 하다. 열린 상처, 그것은 삶과 죽음을 하나로 만드는 열린 흔적이다. 상처가 열린 흔적일 수 있는 것은 "현재 속에 간직하는 흔적"(312)이기 때문이다.

다시 볼 때마다, 그 아픔의 과거가 '여기'에 살아나고 미래인 다른 하늘이 '지금' 속에 가득 펼쳐지는 곳. 시간의 직선적인 흐름이 무너져 솟구치며 소용돌이치는 곳. 상처를 통해, 마침내 우리는 다른 삶을 살기 시작할 것이다. (312)

상처는 과거의 아픔을 미래로까지 연장하는 기억-흔적이 아니다. 상처는 과거·미래·현재가 잠재적으로 공존하는 곳이며, 타자로서의 시간이 나의 몸 속으로 들어오고 나의 생명이 시간을 향해 투사되는 지점이다. 상처는 삶과 죽음의 단절이 아니라 삶과 죽음이 공존하는 지속이다. 생명력이 죽음의 위협 앞에서 극도로 위축되었던 흔적이 아니라 모든 가능성을 담고 다시 나의 몸 속으로 다가오는 순간들을 받아들이는 열림의 지점들. 상처는 현재의 매순간과 만난다. 그리고 모든 순간마다 새롭게 열린다. 상처로부터 새로운 시간이 시작된다. "그래, 시작이야. 상처를 간직했으니"(289).

이제 다가올 모든 순간은 매순간마다 모든 가능성을 담지하고 있을 것이다. 시간은 소멸되지도 않고 확률에 제한되지도 않는다. 지나가면서 열리는 시간은 그의 몸과 상처를 통해 얽힐 것이다. 그리고 몸은 상처를 통해, 매순간 시간이 가져다줄 모든 가능성을 향해 열릴 것이다. 따라서 상처의 시간은 생성의 시간이다. "이제 모든 일이 일어날 수 있다. 나는 그 모든 일을 받아내겠다"(313). 니체의 주사위처럼, 모든 가능성들이 회귀하는 순간들은 상처를 열어놓으며 지나갈 것이고, 그 가능성들은 다음 순간 고스란히 다시 돌아와 그의 상처로 다가올 것이다.